W0287259

BASTEI
LÜBBE

Von Heinz G. Konsalik sind folgende
BASTEI LÜBBE TASCHENBÜCHER erschienen:

10042 Liebe in St. Petersburg
10519 Und dennoch war das Leben schön
10607 Ein Mädchen aus Torusk
10678 Begegnung in Tiflis
10765 Babkin, unser Väterchen
10813 Der Klabautermann
10893 Gold in den Roten Bergen
11107 Natalia, ein Mädchen aus der Taiga
11130 Liebe läßt alle Blumen blühen
11151 Es blieb nur ein rotes Segel
11214 Nächte am Nil
11377 Die Bucht der schwarzen Perlen
12166 Die Blut-Mafia
12330 Mayday... Mayday... Eastern Wings 610
12595 Die Liebesverschwörung
12670 Der Herr der zerstörten Seelen
12847 Die Ecstasy-Affäre
14232 Die strahlenden Hände
14251 Sibirisches Roulette
14351 In den Klauen des Löwen
14486 Liebe auf dem Pulverfaß
14549 Der Hypnosearzt
14684 Frauenbataillon
14718 Die Fahrt nach Feuerland
14914 Wer stirbt schon gerne unter Palmen
15180 Liebe am Don

Über den Autor:

Heinz G. Konsalik zählt zu den erfolgreichsten deutschen Autoren der Gegenwart. Seine 155 Romane erzielten eine Gesamtauflage von über 83 Millionen Exemplare, wurden in 42 Sprachen übersetzt und zum Teil auch verfilmt.
Er wurde am 28. Mai 1921 in Köln geboren. Nach dem Abitur studierte er zunächst Medizin, dann Theaterwissenschaften in Köln, München und Wien.
Im Zweiten Weltkrieg war Konsalik Kriegsberichterstatter, nach Kriegsende Dramaturg und Redakteur; aber schon 1951 hatte er als freier Schriftsteller großen Erfolg.
Im Oktober 1999 starb Heinz G. Konsalik 78jährig in Salzburg.

KONSALIK

Der Herr der zerstörten Seelen

In den Fängen einer skrupellosen Sekte

ROMAN

BASTEI LÜBBE

BASTEI LÜBBE TASCHENBUCH
Band 12670

1. Auflage: Juni 1997
2. Auflage: August 1997
3. Auflage: Oktober 1999
4. Auflage: Februar 2003
5. Auflage: September 2004

Vollständige Taschenbuchausgabe

Bastei Lübbe Taschenbücher ist ein Imprimt
der Verlagsgruppe Lübbe

Originalausgabe
© 1997 by Autor und AVA -
Autoren- und Verlagsagentur GmbH, München-Breitbrunn
Lizenzausgabe: Verlagsgruppe Lübbe GmbH & Co. KG,
Bergisch Gladbach
Einbandgestaltung: K. K. K.
Titelbild: Noak
Satz: MPM, Wasserburg
Druck und Verarbeitung: GGP Media GmbH, Pößneck
Printed in Germany
ISBN 3-404-12670-X

Sie finden uns im Internet unter
www.luebbe.de

Der Preis dieses Bandes versteht sich einschließlich
der gesetzlichen Mehrwertsteuer.

1

Zu ihren kniehohen Stiefeln trugen sie schwarze hauchdünne Strumpfhosen, zwischen den Beinen hing metallisch schimmernder Schmuck. Auch die Oberkörper steckten in dünnem schwarzen Stoff, so transparent, daß man sofort erkennen konnte, wer nun Mann, wer Frau war.

Drei Frauen also und zwei Männer. Die Schlanke in der Mitte jedoch, das Mädchen mit dem zarten Busen, war sie – ja, das war Kati Folkert ...

Tommi Reinecke besaß ein Fotobetrachtungsgerät, das ihm bei der Auswahl der geeigneten Bildausschnitte half. Er beugte wieder den Kopf darüber. Er hatte das Foto schon dreimal durch die Optik betrachtet. Nun schaltete er erneut die Beleuchtung ein. Der Hintergrund blieb noch immer reichlich verwaschen, das Giftgrün der Südseegötzen, die die Kulisse der Disco bildeten, war zu einem blassen Braun gedämpft. Ganz klar erkennbar aber standen die fünf Figuren im Vordergrund.

Die Schädel hatten sie sich mit irgend etwas zugewickelt, das wie eine schwarze Verbandhaube aussah. In Schwarzweiß teilte eine gezackte Trennlinie die Gesichter. Sie wirkte, als sei sie mit einer schartigen Axt geschlagen worden. In ihrer bizarren Maskerade erweckten die fünf den Eindruck, als seien sie aus einem Gespenstertheater davongelaufen.

Das Mädchen, das Tommi Reinecke für Kati hielt, das Kati sein mußte, stand in der Mitte. Sie wurde von einer anderen Frau festgehalten, die einen knöchellangen Mantel trug. Sie wirkte kompakt, die Dame, wie ein schwarzer Schrank, hatte den Kopf vorgeschoben, so daß sie einen Teil von Katis Hals verdeckte.

Aber es war Kati.

Den Schnitt der Augen hatte sie durch riesige schwarze Striche vergrößert, das lange glatte Haar lag auf den Schultern. Wie bei den anderen lief über ihre Stirn ein Band, auf dem eine Art Plakette glänzte. Ihr Mantel war kürzer. Auch sie trug Stiefel ...

Reinecke drehte an der Feineinstellung, um das Zeichen auf dem Metall genauer erkennen zu können: ein Pentagramm. Doch Satans-Zeichen gehörten wohl zu dieser Art von Partys: Pentagramme, Katzenknochen oder vertrocknete Hühnerklauen. Auch das Dreieck mit dem komischen Haken, das der Junge hinter Kati auf der Brust trug, war ein Satanssymbol ...

Tommi Reinecke nahm die Fotografie wieder aus dem Gerät. Die anderen Fotos, die auf der Grufti-Party in der Diskothek »Bali« geschossen worden waren, interessierten ihn nicht. Satan, Luzifer, Hexen – der ganze Quatsch war bei den Kids nun mal in; morgen würde es etwas Neues sein, ganz klar, und auch, wenn die Zeitungsredaktionen Tommi Reinecke mit Anfragen eindeckten, ob er nicht noch mehr Material über die Satansbewegung in der Jugend-Scene liefern könnte, so war ihm das im Augenblick ziemlich egal. Aber diese Aufnahme, das war etwas anderes: Eine Kati Folkert auf einer Grufti-Party, das war schon ein Hammer ...

Reinecke legte das kleine Sechs-mal-neun-Format mit dem Gesicht nach unten, um noch einmal dieses sonderbare Gekritzel auf der Rückseite studieren zu können, überlegte es sich jedoch anders und ging erst mal in die Küche. Dort füllte er Katzenfutter für den Kater in den Napf, der schon wieder leer war, holte sich eine Tasse Kaffee aus der Maschine und kramte dann den ganzen Postkorb durch. Hier! Da war Katis Karte. Die Vorderseite war mit wilden schwarz-rot-gelben Tuschfarben bemalt, die ihn zunächst an eine Picasso-Skizze erinnert hatten.

Reinecke las noch einmal, was auf der Rückseite in Katis üblichem Stakkato zu lesen war: *»Hallo, Tommi! – Bin dreimal bei Dir gewesen, hab' Dich nie erwischt. Dorothea treibt sich, weiß Gott wo, herum, Arabien oder Israel. Na, dort gibt's wenigstens keinen Schnee ...«* Dann: *»Brauch' Dich ein bißchen, brauch' Dich sogar ziemlich ... Bussis und besos – Kati.«*

Brauch' Dich ... das hatte er schon einige Male von ihr gehört.

Dieses Mal beunruhigte es ihn.

Er trug die Karte zu seinem Arbeitstisch zurück, um die Schrift mit der Schrift auf der Rückseite des Fotos zu vergleichen. Es war dieselbe, ohne Zweifel, die gleichen Unterlängen, der gleiche flüchtige Strich bei den Endvokalen.

Die Mitte des weißen kleinen Rechtecks nahm eine Art Zeichnung ein. Darunter war groß und deutlich die Zahl »sechs-sechs-sechs« geschrieben.

Von der Zahl führte ein energischer Pfeilstrich nach oben zu einem Zeichen, das Reinecke aus der Physik kannte: Omega, ein Widerstandswert. Er wurde mit diesem griechischen Buchstaben bezeichnet.

Als er das Foto quer legte, konnte er Katis Worte nur mit Mühe entziffern: *»Warum nur hab' ich soviel Zeit verloren?«* las er. *»Doch gibt es dieses Warum? – Nein, denn sicher war alles so gewollt.«*

Er zog die Stirn in Falten. Was sollte das? Aber »sechs-sechs-sechs«, das hast du doch schon mal irgendwo gehört ... und Omega?

Tommi Reinecke zog an seinem Zigarillo und sah Schopi, seinem Kater, zu, der gerade vom Sofa sprang und gemütlich der Küche zustrebte. Was war mit Kati?

»Ich brauch' Dich sogar ziemlich ...«

Aus ihrer Sprache übersetzt bedeutete es, daß sie in irgendeiner Krise steckte. In Starnberg, überlegte Tommi, bei ihrer Mutter, kannst du nicht anrufen, die gondelt wieder mal durch die Weltgeschichte, um für »Heute« eine ihrer Reportagen abzuliefern ...

Er seufzte, erhob sich, nahm im Stehen einen neuen Schluck Kaffee und versuchte dabei, Kati vor sich zu sehen, ihr unbefangenes, klares, schmales, hübsches Gesicht, meinte ihre Stimme zu hören: »Mensch, Tommi, nimmst du mich eine Runde mit?«, wenn er sie an der Akademie auflas, um sie zu einer Fahrt durch Schwabing einzuladen. Sie waren auf seiner Harley über die Leopoldstraße gedonnert, durch das Siegestor bis zur Freiheit und zurück, und Kati saß auf dem Soziussitz und schlug ihm auf den Rücken vor Vergnügen ...

Eine Kati bei Grufti-Partys? Nun, das konnte noch ins Programm passen, aber »sechs-sechs-sechs«? Und Omega? Vielleicht war sie eine Zeitlang auf die Musik abgefahren, auf Dead-Metal- oder Black-Sabbath-CD's, vielleicht fand sie es witzig, eine »Schwarze Party« mitzumachen oder sich als Hexe zu verkleiden. Vielleicht gab's ja auch eine Freundin, die sie mitschleppte und ihr den berühmten »ultimativen Kick« versprach, von dem sie alle redeten und von dem keiner wußte, was er eigentlich sein sollte ...

Na schön, aber das andere, der Rest?

Reinecke wählte Do Folkerts Nummer in Starnberg. Nichts. Nur das Freizeichen ...

Ein leiser, fast zarter Ruck, ein leichtes Poltern, und der Airbus hatte aufgesetzt. Es war ausgestanden. München-Erding ... Was dort draußen vorüberhuschte, war die Landebahnbeleuchtung des Flughafens »Franz Josef Strauß«.

Dorothea Folkert legte die Hand auf die Schnalle des Sicherheitsgurts und löste sich aus dem angenehmen Dämmerzustand, der sie in den letzten eineinhalb Stunden umfangen hatte wie eine zweite schützende Haut.

Kairo, Damaskus, Beirut und dann wieder Jerusalem und Tel Aviv, ein Viertausendmeilentrip ... Gestern noch war sie zusammen mit einer Gruppe von amerikanischen CNN-Leuten durch die Täler des Golan gekrochen, um zu beobachten, wie die Armee ein Terroristen-Haus in die Luft sprengte – und nun vergessen, gestrichen, abgehakt.

Do Folkert passierte den Zoll, holte den Koffer und machte sich mit ihrem Gepäckkarren auf den Weg zur Garage. Hinter all dem Glas schimmerte Schnee. Schnee auf Autodächern, Schnee auf den Flächen der Flugzeuge, dem Vorfeld, den Zufahrten, Schnee selbst auf den Kiefern am Horizont ...

Die Boutiquen hatten noch geöffnet. Do konnte nicht verhindern, daß sie immer wieder in die Schaufenster blickte. Zu oft hatte sich in solchen Sekunden das schlechte Gewissen gemeldet: Herrgott – und das Geschenk für Kati? Dieses Mal brauchte sie sich keine Sorgen zu machen. Das Geschenk steckte in ihrer Handtasche: ein Silberanhänger mit Mond in einer filigranzarten Fassung, eine hübsche arabische Arbeit aus einem der Kellergeschäfte der Altstadt von Jerusalem.

Kati würde ihn bestaunen und in ihre Anhängersammlung einreihen – falls sie zu Hause war. Aber das würde sie wohl. Unterwegs hatte Do zwar immer wieder vergeblich angerufen, aber schließlich: Der Akademiebetrieb begann am 17. Januar, und das Telegramm hatte Kati sicher erreicht ... Ein Feuer würde im Kamin brennen, Musik würde spielen, hoffentlich nicht so ein Techno-Zeug, und vielleicht hatte Kati sogar Hanne in der Küche geholfen. Jedenfalls brauchst du nur noch diese Rutschpartie nach Starnberg hinter dich zu bringen, sagte Do Folkert sich, und alles ist ausgestanden.

Als sie den Wagen auf die Autobahn steuerte, fühlte sie, wie ihr Rücken sich entspannte. Ein Bad, dachte Do Folkert, o ja, ein Bad!

In der Stadt am See trieben nur wenige Flocken durch die Licht-Aureolen der Straßenlampen. Klar gezeichnet, mit hellen Fenstern und schweren, weißen Schneedächern standen die Häuser vor dem dunklen Himmel.

Do bog nach links ab und fuhr zum Burggarten hoch. Seit Jahren hatte sie ihr Job an die Abfolge unglaublicher Kontraste gewöhnt: gestern Bergkämme, knochig und kahl wie Kamelrücken – hier Gartenzwerge und dahinter die funkelnden Lichtergirlanden der Weihnachtsbäume.

Sie ließ den Frontera in der Garageneinfahrt stehen, sog tief die kalte trockene Luft in die Nase, schloß die Gartentür auf und blickte hoch.

Das Haus war nahezu dunkel, ein breiter Schatten.

Nur in der Küche und in der Anrichte brannte das Licht. Do blieb stehen. Eine Welle von Unbehagen flog sie aus dem Dunkel an. Als sie die Tür aufstieß, entzündete die Automatik die Leuchten rechts und links der Gartentreppe. Bis zum Haus hinauf erhellten sie den Weg. Die Treppe war gefegt und mit Sand gestreut. Hanne natürlich ... Kati traute sie soviel Einsatz nicht zu. Aber sie mußte doch den Wagen gehört haben!

Do stieg die Stufen hinauf, vorsichtig, die Hand nahe am Geländer.

Oben ging die Tür auf.

»Kati!« wollte sie rufen – und blieb stumm: Da war ein Geruch, dunkel und unangenehm. Mit einer Spur ätzender Schärfe, wehte er auf sie zu, der Geruch nach frisch verkohltem Holz, nein, der Gestank einer Brandstelle ... Hatten sie den Weihnachtsbaum schon verbrannt? Der war doch erst nach dem siebten Januar fällig.

Außerdem, Weihnachtsbäume stinken nicht …

»Frau Folkert?« fragte eine Stimme.

»Hanne!«

»Ach Frau Folkert, Gott sei Dank, da sind Sie ja. Ich helf' Ihnen …«

Do nahm die nächsten Stufen, blieb wieder stehen. »Hanne, das riecht hier ja bestialisch.« Ihr fiel ein, daß sie den Koffer mit dem geblümten Seidenstoff für die Haushälterin noch im Wagen hatte.

»Frau Folkert, Maria und Josef, was für ein Glück, daß Sie gekommen sind …«

Etwas war in Hannes Stimme, das Do alarmierte. Die Haushälterin kam ihr entgegen, die Arme leicht ausgestreckt, stand nun vor ihr, trotz der Kälte im blauen Küchenkleid, das Gesicht blaß, ängstlich; sie hatte Falten auf der Stirn, Falten an den Mundwinkeln, zitternde Lippen.

»Was ist, Hanne? Wo ist Kati?«

»Frau Folkert, ich … ich bin so durcheinander … Kati ist fort. Weg.«

Der Geruch schien sich zu verstärken.

»Und vorher hat sie …« Die Moser redete nicht weiter. Do konnte ihren Atem hören. Nun sah sie die Taschenlampe in Hanne Mosers Hand. Sie blitzte auf. Der Strahl wanderte zur Terrasse. In den schmalen Lichtstreifen schob sich ein dünnes graublaues Band von Rauch.

»Vorher hat sie was?« fragte Do.

»Frau Folkert, vorher hat sie ihre Sachen verbrannt … alles.«

Dos Nacken spannte sich. In all ihren Reporterjahren hatte sie sich wie auf einem endlosen, unaufhaltsamen Fließband den unglaublichsten Situationen ausgeliefert gesehen, und dabei war es für sie zu einer Art lebenserhaltender Routine geworden, sie zu bewältigen.

Dies aber war etwas anderes.

»Geben Sie mir die Taschenlampe.«

»Bitte?«

»Die Taschenlampe, Herrgott!«

»Ja. Ja, natürlich, Frau Folkert.«

Do nahm Hanne die Lampe ab und ging voraus. Sie ging über die Steinplatten zur Treppe, die zum Westflügel und zur Terrasse führte ...

Kati hat ihre Sachen verbrannt? – Alles?

Tommi Reinecke stellte die Flasche in den Eisschrank zurück, öffnete das Küchenfenster, lehnte sich hinaus, um nachzusehen, ob der Kater sich dort unten irgendwo herumtrieb. Nichts. Nichts als naß schimmernde schwarze Abfallkübel, Schneereste in den Hofecken, ein kahler Haselnußstrauch und grauer feuchter Beton.

Er ging zum Telefon und drückte wieder einige Nummern. »Deep-Dark-Shop«, meldete sich eine tiefe Frauenstimme, die nicht viel mehr war als ein matter Hauch. Selbst zum Flüstern schien sie zu müde, aber sie reichte aus, um Tommi Reinecke in das Souterrain in der Agnesstraße zu versetzen, in Köhlers komischen Basar, wo die Abteilung »Okkulte Mächte« durch ein einen Meter großes Pentagramm aus Messing gekennzeichnet war und wo man all die Dinge finden konnte, die wohl dann interessant wurden, wenn man von Wahnvorstellungen heimgesucht wurde: Zahlenmystik, Hexenzauber und Satansbücher, Schwarze-Magie-Anweisungen, Sammlungen alchimistischer Rezepte und ägyptischer Geheimlehren, ägyptische und gnostische Orgien-Philosophien. Das »Lexikon der Parapsychologie« stand da neben einem Bildband über Inkubus-Beschwörungen, man konnte sich an den Telemar-Festen des Meisters Aleister Crowley aufheizen oder sich den bebilderten Band über den Horror der Inquisition und der Hexenprozesse besorgen. Und das war noch lange nicht alles. In den Regalen glänzte Schlangenhaut, funkelten die Amulette, gab es Fläschchen mit Liebes- und Hexen-Elixieren, während von den Wänden Plastik-Totenschädel und Pappmaché-Ziegenköpfe herabglotzten und man nach drei Minuten vor lauter Räucherstäbchengestank einen Hustenanfall bekam.

Der Deep-Dark-Shop war wirklich einen Besuch wert, und die okkulten Mächte stellten nur einen Teil des Angebots dar. Die »SM«-Abteilung gleich nebenan lieferte Peitschen, Handschellen, Lack- und Leder-Dessous. Und als Krönung – für zweihundert Mark Leihgebühr pro Tag – einen Gynäkologen-Stuhl. Dieser Deep-Dark-Shop war schon etwas ...

»Ist Axel da?« frage Tommi.

»Axel?« flüsterte es zurück.

»Axel Köhler.«

»Wer spricht denn?«

»Reinecke.«

»Einen Augenblick.«

Anscheinend genügte das »Reinecke« in der Agnesstraße. Es dauerte genau drei Sekunden, bis Köhler sich meldete.

»Tommi? Schön, daß ich etwas von Ihnen höre. Ich wollte Sie heute sowieso anrufen.« Das klang knapp, präzise, keine Spur von Magie-Gesäusel. Köhler war Geschäftsmann. Und daß dies auch sofort klar wurde, darauf legte er Wert. Geschäftsmann und Kenner der tiefen Schattenschluchten der menschlichen Seele; beides gehörte für ihn nun einmal zusammen.

»Wollten Sie mich wegen des Videos sprechen, Tommi?«

Köhler hatte Tommi vor einer Woche auf eines seiner Schmuddel-Videos aus dem »Satans-Logen-Bereich« angesprochen, da das Thema in den Yellow-Press-Blättern wieder einmal Hochkonjunktur hatte.

»Nein. Geben Sie mir ein paar Tage Zeit. Ich brauche eine kleine Information.«

Er hörte Köhler atmen. Wahrscheinlich witterte er ein neues Geschäft.

»Sechs-sechs-sechs.«

»Wie bitte?«

»Drei Zahlen. Irgendein Kürzel ... Zahlenmystik. Mensch, da sind Sie doch Fachmann, oder? Habt ihr was darüber in eurem Kramladen?«

Köhler lachte leise. »Sechs-sechs-sechs, das steht für Luzifer ... Ist ja eigentlich ganz normal, daß sich manche Satanslogen so nennen. Unsere hier in München zum Beispiel auch.«

Normal? dachte Tommi. Sicher. Was sonst? Laut fragte er: »So? Und was ist das für ein Verein?«

»Genau der, den Sie suchen, Tommi. Sie wollten doch ein paar Fotos? Na, sehen Sie, wie gut, daß Sie mich heute angerufen haben. Mit Bruder Jakob habe ich mich nämlich schon in Verbindung gesetzt. Der hat nichts dagegen, daß Sie ein bißchen herumfotografieren, diskret natürlich, sehr diskret, ohne viel Licht, aber das schaffen Sie schon, oder?«

»Bruder Jakob?«

»Das ist der Ordensmeister, Tommi.«

»Ah so, der Ordensmeister ... Natürlich.«

Daß Tommi sich auf den ganzen Quatsch einließ, war auch nur Köhlers Bestreben zu verdanken, einen neuen Deal abzuschließen. Der ganze Boom mit den Satans-Jugend-Sekten kam langsam auf Hochtouren, und die Redakteure schrien nach Bildmaterial.

»Bruder Jakob sagt, gegen eine Ordens-Spende ... Das ist ja wohl klar.«

»Wieviel?«

»Na, ein Tausender würde reichen.«

»Und wann?«

»Das ist es ja«, stöhnte Köhler. »Heute nacht. Werden Sie das schaffen?«

»Ich glaube schon«, sagte Tommi Reinecke. »Ich ruf Sie nochmals zurück.« Er legte auf und blickte auf den Pfeil, den Kati von »sechs-sechs-sechs« nach Omega gezogen hatte. Eine Satansloge also ... Zuerst die Grufti-Party im »Bali« und nun bereits eine Satansloge! Du mußt wirklich mit Do sprechen, nahm Reinecke sich vor. Dringend mußt du das ...

Jim Morrisons Verschwinden fiel Do als erstes auf. Selbst er hatte daran glauben müssen ... Jahr um Jahr hatte er über der Kommode gehangen, an eine Felswand gelehnt, das rechte Knie angezogen, den Blick halb in irgendeine Abenddämmerung, halb auf das Bett von Kati gerichtet, in dem sie die Träume träumte, die man eben als heranwachsendes Mädchen träumt. Nichts war von dem Bild geblieben als ein helles Rechteck an der Wand.

Im übrigen sah es im Zimmer aus, als habe eine Bombe eingeschlagen. Die schmale Kommode, in der Kati ihre Malutensilien aufbewahrte, lag umgestürzt auf dem Boden. Farbtuben, Bleistifte waren auf dem Teppich verstreut. Die Schubladen hatte Kati zuvor herausgerissen, drei davon lagen auf dem Bett. Von der Porträt-Fotografie ihres Vaters existierte noch ein verbeulter Silberrahmen. Der hübsche braune Vogelkopf aus der Zeit, als Jan sich noch als Hobby-Bildhauer betätigt hatte, lag mit abgebrochenem Schnabel in einer Ecke. Katis eigene Bilder – weitere helle Flecken an der Wand. Hier sah es aus, als habe ein Mafia-Kommando sich vorgenommen, ein Jungmädchen-Zimmer zu verwüsten.

Do schob einen umgekippten Stuhl zur Seite, ging zur Schrankwand und öffnete die Türen.

Die Kleider hingen in Reih und Glied auf ihren Bügeln. Sie blickte hoch zum Kofferfach. Nichts schien zu fehlen. »Sie hat nur ein bißchen Wäsche, den Anorak, Jeans und Pullis mitgenommen. Sie hat alles in eine Tasche gesteckt«, hörte Do die klagende Stimme der Haushälterin hinter sich.

»Ich denke, Sie waren nicht im Haus?« Dos Knie begannen zu zittern. Sie mußte sich am Schrank abstützen. Ihre Stimme klang ihr selbst fremd. Eine idiotische Frage! Alles war idiotisch, nein, war verrückt, auf eine grausame, absurde Weise verrückt ...

»Die Frau Bernhard von Nummer 15 hat gesehen, wie sie heimkam. Die Kati war ja die ganze Zeit nicht in Starnberg gewesen. Die Frau Bernhard hat einen Wagen gesehen und wie Kati ausgestiegen ist. Ich war ja erst um sieben hier. Da war alles schon passiert ... Die Frau Bernhard kam mir entgegen, als ich die Gartentür aufschließen wollte. Ich sah aber den Rauch oben ... Zunächst dachte ich, daß der alte Schober vielleicht Tannenreisig verbrannte. Aber warum sollte er das? Mitten im Schnee? – Ja, und der Wagen war wieder weg ... Sie sind so blaß, Frau Folkert. Ist Ihnen nicht gut?«

»Weiter, Hanne. Los, erzählen Sie!«

»Die Frau Bernhard sagte mir, als es gebrannt hat, hätten sie die Feuerwehr anrufen wollen. Aber dann hätten sie entdeckt, daß es ja nur auf der Terrasse brannte. Die Polizei haben sie dann trotzdem alarmiert, und der Herr Bernhard ist in die Garage gelaufen, um aus seinem Mercedes den Feuerlöscher zu holen.«

»Die Polizei ...«

»Ja. Die ist auch dagewesen. Aber was konnte die schon machen?«

Das Zimmer, dieses Zimmer mit den zerbrochenen Möbeln und den nackten Wänden begann um Do zu kreisen. Sie ging zur Tür, wieder erfüllt von dem panikartigen jähen

Drang: Weg, nur fort hier! Dann vernahm sie einen hohen, sirrend-metallischen Laut. Sie blickte zu Boden: Katis Gitarre.

Do bückte sich, kam kaum wieder hoch, die Gitarre hielt sie in der Hand – oder das, was von ihr übrig geblieben war: Der Klangkörper war zerstört, das helle Holz zersplittert. Die Splitter ragten wie scharfe, spitze Zähne aus den Holzresten. Die runde Schallöffnung mit dem hübschen Intarsien-Kreis gab es nicht mehr. Dos Augen schmerzten. Und plötzlich sah sie Katis Kopf über das Instrument gebeugt, die runde Stirn, die gerade kurze Nase, die Schatten der Wimpern und das lange Haar, das die Saiten streifte, wenn ihre Tochter den Kopf bewegte.

Die Übelkeit war wie eine Faust, die nach Dos Magen griff.

Sie betrachtete die kläglichen Gitarrenreste. Sie las die zwei Reihen spanischer Worte auf dem Papier, das auf den noch intakten Gitarrenboden geklebt war: *»Bartolomé Vidal. Plaza España, Barcelona.«*

Barcelona – dachte Do. Kati hat die Gitarre von ihrer Barcelona-Reise mitgebracht. Wann? Vor zwei Jahren ...

Diesmal hatte sie Mühe, die Tür zu erreichen. Sie lehnte sich daran. Wieder spürte sie Hannes Blick auf sich. Es war ein Blick, der nichts ausdrückte. In Hannes Bäuerinnengesicht hatte der Schock jedes Begreifen gelöscht: »Beim Herrgott! Alles rausgeschmissen. Die Schubladen, ihre Sachen, die Bücher ...«

Ja, dachte Do, beim Herrgott! – Und dann hat sie auf der Gitarre herumgetrampelt, hat Jans Bild von der Wand gerissen, auf den Boden geschleudert oder es gleichfalls zertreten. Von mir stand kein Bild auf dem Nachttisch. Ich hatte noch Glück ...

Dorothea Folkerts Schlafzimmer sowie ein kleiner Salon, ein Ankleidezimmer und das Gästezimmer lagen im ersten Stock des Hauses, Katis Zimmer im Erdgeschoß. Sie hatte darauf bestanden, im Erdgeschoß zu wohnen, und Do verstand das auch: So hatte Kati ihren eigenen Eingang, konnte Freunde empfangen und sich unabhängig fühlen.

Do ging durch den Korridor. Nach Erklärungen würde sie später suchen. Jetzt mußte etwas getan werden. Was? – Irgend etwas. Sie konnte es sich nicht leisten, loszuheulen. Im Studio nahm sie die Cognac-Flasche aus der Bar, schüttete ein Glas halb voll und trank. Dann griff sie zum Telefon. Die Nummer brauchte sie nicht nachzuschlagen. Während sie sie drückte, betete sie, daß Jan keinen Nachtdienst hatte oder sonstwie durch seine Klinik davon abgehalten war, zu Hause zu sein.

»Hier bei Professor Schneider.«

Die Frauenstimme war jung und hell. Sie gehörte Jans Freundin Bea. Ausgerechnet!

»Folkert. Kann ich Jan sprechen? Es ist dringend.«

»Tut mir leid. Aber das geht nicht.«

»Was geht nicht?«

Do war sich darüber klar, daß ihre plötzlich aufflammende Wut mit dem Mädchen am anderen Ende der Leitung wenig zu tun hatte, aber sie konnte sie nicht beherrschen. Also fing sie an zu schreien: »Herrgott noch mal, habe ich nicht gerade gesagt, daß es dringend ist! Es handelt sich um Kati. Und die ist schließlich auch seine Tochter. Was soll das heißen – es geht nicht?!«

»Daß es nicht geht, Frau Folkert. Jan ist gar nicht im Haus. Er hat vor einer Stunde angerufen. Irgendwas mit einer dringenden Operation. Tut mir leid. Aber Sie brauchen ja nicht gleich zu schreien.«

Da hast du recht, dachte Do und legte auf.

Für die nächste Nummer brauchte sie das Buch. Klinikum

Harlaching. Abteilung Gefäß-Chirurgie. Diesmal meldete sich eine Schwester. »Professor Schneider? Ausgeschlossen. Er ist im OP.«

Do drehte den Hörer in der Hand hin und her und goß sich ein zweites Glas Cognac ein. »Hanne, hör mal, ich brauch' etwas zu essen.«

Sie trank den Cognac nur zur Hälfte. »Irgendeine scharfe Brühe. Und ein paar Brote.«

»Aber Frau Folkert, ich hab' doch Hasenbraten und Rotkohl ...«

»Hanne! Eine heiße Brühe! Und ein Sandwich. Soll ich dir die Bude mit Hasenbraten vollbrechen?«

Hanne Moser ließ die Arme fallen und verschwand in der Küche. Eine Art Anfall muß Kati gehabt haben, dachte Do. Irgendein Schub von Verrücktheit, Paranoia, pubertäre Aggression. Aber Aggression gegen wen? Und warum, zum Teufel? Da gibt es also eine Kati, die niemand kennt, von der du nicht die geringste Ahnung hast. Es gibt ein sonderbares Wesen von einem anderen Stern, das alles verbrennt, was es mag, und vielleicht am liebsten noch das ganze Haus angezündet hätte. Herrgott – warum? Was ist eigentlich los?

Do öffnete die Tür, um zum Bürotrakt zu gehen.

»Frau Folkert ... Frau Folkert.« Hanne stand in der Küchentür.

»Was ist denn?«

»Die Brühe ist gleich fertig ... Aber Kati hat etwas dagelassen. Für Sie.«

»Ich kapier' nicht.«

»Sie hat einen Brief für Sie dagelassen, Frau Folkert.«

Dos Mund wurde trocken. »Hanne, verdammter Mist! Wieso sagen Sie das erst jetzt? Einen Brief? Wo ist er? Geben Sie her.«

»Hier, Frau Folkert.«

Hanne griff in die Seitentasche ihres Arbeitsmantels und

zog ein zusammengefaltetes Blatt Papier heraus. »Wissen Sie, als die Polizei kam, habe ich es weggesteckt. Ich wollte nicht, daß die das lesen.«

Do hörte es kaum. Sie öffnete das Blatt, strich es mit der Hand glatt und sah die Schrift ihrer Tochter. Ja, das war Katis Schrift, sie war deutlich, groß, voller Energie: Vier Zeilen, vier Reihen Buchstaben, die Dorothea ansprangen, die sie nicht begriff und die ihr vielleicht deshalb so bedrohlich erschienen, weil ihr Inhalt sie zu erschlagen drohte.

Du magst Dich meine Mutter nennen ... Du bist es auf dem Papier. Vielleicht auch im Fleisch. Aber mit meiner Seele und meinem Herzen und allem, was ich bin, hast Du nie etwas zu tun gehabt ...

Kurz vor elf Uhr stellte Tommi Reinecke sein Kamerastativ in ein schmuddliges Zementviereck von vier Metern Breite und vier Metern Länge in dem ehemaligen Ersatzteillager einer pleite gegangenen Autowerkstatt in Gräfelfing bei München. Axel Köhler half ihm dabei. Nie hatte Tommi einen Kaugummi kauenden Köhler erlebt, nun aber bewegten sich Köhlers Kiefer unablässig. Er schien ziemlich aufgeregt. Die Taschenlampe, die sie mitgebracht hatten, war ihre einzige Lichtquelle. Von der Decke hing eine verstaubte Glühbirne. Sie funktionierte nicht mehr. Außer der Tür gab es noch eine viereckige Durchreiche, die in die ölverschmierte, betongraue Garagenruine führte.

Der Regen prasselte auf das Dach. Irgendwo gluckste es. Wahrscheinlich ließ ein Loch in den Eternitplatten Wasser herein. Wenn schon!

Tommi zog einen schmierigen Plastikvorhang zur Seite und ließ den Lichtstrahl in die Garage wandern.

Da hatte sich jemand eine Menge Mühe gemacht, den trostlosen Raum für etwas herzurichten, das noch außerhalb von Tommis Vorstellungsvermögen lag: Das Licht der Lampe beschien eine Hebebühne. Es sah ganz so aus, als sei ihr eine besondere Rolle zugewiesen. Man hatte sie auf etwa einen Meter Höhe hochgefahren. Der vordere Teil der Stahlholme war mit Bohlenbrettern belegt, auf denen wiederum ein ziemlich vergammelter Teppich ausgebreitet war.

»Was soll das?« fragte Tommi.

Köhler gab keine Antwort. Köhler kaute weiter. Rechts und links von der Hebebühne standen wie in einer Kirche jeweils fünf beinahe mannshohe Wachskerzen.

»Geklaut«, flüsterte Köhler.

Dann stammten sie also tatsächlich aus einer Kirche. Na gut, was wollte er weiterfragen? Zum Wundern war wohl jetzt nicht der richtige Zeitpunkt.

Tommi wandte sich wieder seiner Kameratasche zu. Er hatte hochempfindliches Material für die Pentax mitgebracht, 32er-Filme, die trotz ihrer Sensibilität ein ganz gutes Auflösungsvermögen garantierten, und die Kerzen würden für die passende düstere Stimmung sorgen. Aber klare Bilder waren wohl trotzdem nicht drin.

Tommi zog einen kleinen Klemmspot aus der Tasche. »Eine diskrete Lichtquelle« hatte »Bruder Jakob« ihm zugebilligt. Also suchte Tommi nach einem diskreten Platz und fand ihn auch: ein T-Eisen, das aus der Wand ragte. Er entdeckte eine Steckdose, schloß ein Kabel an. Die Steckdose spendete tatsächlich Strom. Reinecke sah auf seine Uhr. Es war kurz vor elf Uhr nachts. Der große Auftritt der Logen-Brüder war für Mitternacht angesagt, und die Vorstellung, in dieser sonderbaren, düsteren Zementhöhle darauf zu warten, wollte ihm nicht recht gefallen. »Was ich jetzt brauche, Köhler, ist ein Bier. Und einen Schnaps. Besser drei Schnäpse. Kommen Sie mit?« Köhler nickte.

Als sie zurückkamen, war es zwanzig Minuten vor Mitternacht. Die Garage lag etwa vierzig Meter von der Straße entfernt zwischen verwilderten Schrebergärten und einem Reifenlager. Der Parkplatz davor war noch immer leer. Es war kalt, aber wenigstens regnete es nicht mehr. Die Seitentür des flachen Werkstattbaus stand offen. Ein wenig Licht drang heraus.

Tommi blieb stehen.

Irgend etwas hatte sich verändert. Köhler hielt ihn am Arm fest. »Was ist denn das?« flüsterte er.

»Eine Orgel«, sagte Tommi. »Bach, Matthäus-Passion.«

Die Töne wirkten in der grauen, feuchten Luft wie ein klarer, harter, funkelnder Strom. Sie wurden lauter und lauter, je mehr die beiden Männer sich der Tür des Seiteneingangs näherten. Genau in dem Augenblick, als sie durch die Tür traten, schlug die Musik um. Es war, als entlade sich ein Gewitter an einem Sommerabend. In die breit dahinfließende Orgelmusik jaulte ein ekstatischer Gitarrenschrei, dann kam das Wummern der Bässe, ein wildes, sich steigerndes Trommelfeuer von Rhythmus und Lärm. Black Sabbath gegen Bach ... Und wer immer diese Kombination witzig fand, das Spielchen konnte er sich leisten: Nachbarn wurden nicht gestört.

»Und wenn eine Streife kommt?« fragte Tommi.

»Na und?« Köhler nahm seinen Kaugummi aus dem Mund und warf ihn auf den Boden. »Black Sabbath ist schließlich auch so was wie Kirchenmusik, oder?«

Tommi folgte ihm zögernd. In dem großen, sich im Dunkel verlierenden Raum gab es eine einzige Lichtquelle: der Spot. Die Kerzen waren nicht angezündet, doch die Lichtrichtung des Spots war verändert worden. Der Schein lag nun auf einem kleinen Kerl, der völlig in sich versunken und unberührt von allem zwischen zwei Lautsprecherboxen am Boden kauerte und an seinem Regler herumfummelte.

Jetzt hob er den Kopf. Dann stand er ganz langsam auf. Er trug eine Stahlbrille. Die runden Gläser funkelten. Er hatte eine dieser Bürstenfrisuren. Die Füße steckten in schwarzen Springerstiefeln, den ganzen Körper bedeckte ein grauer, langer weiter Hängerpulli. »He«, sagte er, »ihr seid das?«

»Ja.« nickte Tommi. »Wir sind das.«

»Ich muß den Scheiß da in die Reihe bringen.«

Der »Scheiß« war noch immer Black Sabbath. Die Matthäus-Passion hatte er abgestellt, Gott sei Dank. Aber im Vergleich zu dem Lärm von vorher war der Rock nun fast ein Flüstern.

»Die ganze Bude ist nichts als Zement. Da kommen die Bässe nicht.« Der Kleine drehte auf. Und da kamen die Bässe. Tommi hatte das Gefühl, als schlage ihm eine ganze Serie von Fäusten gegen Magen und Zwerchfell.

Er gab dem Spot die alte Richtung und flüchtete ins Lager zu seiner Kamera. Köhler folgte. Die Musik wurde wieder leise, und als sie dann aufs neue anhob, war es die Orgel, diesmal in langsamem, feierlichem Marschrhythmus.

»Sie kommen«, flüsterte Köhler ihm ins Ohr.

Draußen auf dem Platz war Motorenlärm zu hören. Dann ein lautes Metallscheppern. Sie zogen die Jalousie hoch, die den Eingang schützte. Köhler stand an der Lagertür, Tommi schob vorsichtig den Kopf an die Durchreicheluke und bewegte probehalber den Schwenker des Stativs.

Die Kerzen brannten jetzt.

Das offene Tor bildete ein graues Rechteck. Natürlich war dies alles nichts als eine läppische Komödie. Eine Satansloge? Nichts als ein Vorortverein pickeliger Münchner Jugendlicher – Dennoch ...

Und da waren sie, umbraust vom Orgelklang: Sie trugen Kapuzenmäntel, schwarz und glänzend, es war Mitternacht, die Stunde der Schwärze ... Und dann noch diese Augenschlitze. In dem bißchen Licht funkelte es darin wie zerbrochene Glasstücke.

Tommi korrigierte den Bildausschnitt.

Aber es war nun einmal zu dunkel, als daß er die Kamera fixieren konnte. Alles war total unsinnig – und trotzdem, er fühlte etwas im Hals, das ihm sonst fremd war, und erinnerte sich plötzlich an eine Nacht vor vielen Jahren: Ein brennendes Holzkreuz und ein Haufen Verrückter in den Mänteln des Ku-Klux-Klan. Die waren nicht schwarz, sie waren weiß gewesen. Sie hatten sogar Gewehre dabeigehabt. Sie zogen sie aus ihren Hüllen. Er, Tommi, hatte ungerührt mit der Kamera draufgehalten ... Wieso eigentlich empfand er die jetzige Situation viel beklemmender als die Nacht damals in Alabama? Vielleicht, weil der Ort nicht Huntsville hieß, sondern Gräfelfing? Nein, das war nicht logisch ... Und das hier? War das logisch: die Schritte, das Schlurfen ... Sie hatten sich zu einer Zweierreihe formiert und rückten langsam näher. Die Orgel jubilierte, Kyrie eleison ... Tommi drückt zum ersten Mal auf den Auslöser.

Nein, nichts war logisch! Bei diesen Alabama-Hinterwäldlern hatte es sich um gefährliche Schlägertypen gehandelt, Erzreaktionäre, Leute, die vom Lynchen träumten und darin auch noch eine Tradition aufzuweisen hatten. Die hier dagegen? Die Herrschaften von der Satansloge? Kleine Jungen, Kids.

Wieder knallten die Trommelschläge los, schrien die Gitarren, stampften die fromme Inbrunst des Johann Sebastian Bach in den Zementboden – oder jagten sie zum Teufel ... Mit dem hatten sie's ja. Sie schmissen die Arme hoch, kreischten irgend etwas unter ihren Kapuzen, knallten mit den Absätzen ihrer Springerstiefel. Die hier? Kinder aus der Vorstadt, und die dazugehörenden Eltern saßen vor ihren Fernsehern und sahen sich die Harald-Schmidt-Show an. Oder pennten in ihren Reihenhäusern.

»Na?« Axel Köhler stieß Tommi den Ellbogen in die Rippen. Er mußte ihm ins Ohr schreien, so laut war der Krach.

»Tolle Kapuzen!« rief Tommi zurück. »Haben Sie die verhökert?«

»Klar«, grinste Köhler.

Tommi hatte nicht mal ein Kopfschütteln ...

»Tu, was du willst. Sei das Gesetz!« brüllte es.

»So sei es«, flüsterte es zurück.

Die Hebebühne war zum Altar geworden. Den pfahllangen Typ in der schwarzen Satansvermummung, der davor stand, hatte Tommi sofort erkannt: »Bruder Jakob«, Logenchef und Satanspriester. Sein linker, langer, knöcherner weißer Zeigefinger zog Kreise durch die Luft. »Tu, was du willst!« dröhnte es von den Wänden.

»Bruder Jakob« genügte das nicht.

»Was uns gefällt, das wird zur Welt ... O hoher Fürst, o Satan, Luzifer und deine Diener – kommt zu uns!«

»Kommt zu uns!« schrien sie, schrien durcheinander, traten im Kreis zum Altar, umringten Jakob, der jetzt langsam seine Kapuze zurückzog und ein hageres, fanatisch verzerrtes Gesicht entblößte.

Im Versteck stieß Köhler einen heiseren Laut aus. Tommi war sich nicht klar, ob es Begeisterung oder Belustigung bedeutete. Es war auch nicht wichtig. Wichtig war allein, daß er selbst seine Gedanken auf die Reihe bekam. Wichtig wäre auch gewesen, daß dieser Verrückte dort einen oder zwei Schritte nach links machte, so daß ihn der Spot besser ausleuchten konnte. Einen Meter nach links, na los, mach schon! Und da tat er es auch und riß den Mund auf. Prima!

»Christus! Sklave der Sklaven. Wir verachten dich!«

»Verachten dich ...«

Reinecke hatte beschlossen, die ganze Angelegenheit so

anzugehen, wie sie es verdiente: mit Humor. Vor allem mit Ruhe. Was er brauchte, waren ein paar gute Aufnahmen, dann etwas wie eine Gliederung, einen Ablauf. Die Leute dort waren bescheuert, na und? So was ist heutzutage normal. Das sagte Tommi sich und handelte entsprechend. Er drückte auf den Auslöser, ließ die Kamera leicht nach rechts schwenken – und noch einmal. Ja, und da stand er, »Bruder Jakob«, die Nase schmal wie eine Messerklinge. Der Spot zeichnete den Schlagschatten. Eine Fratze wie die Teufelsmaske einer Basler Fastnachtsaufführung. Genau das, was du brauchst, Tommi!

Auch die sechs um ihn hatten jetzt ihre Kapuzen herabgerissen: Kalkgesichter. Pickelgesichter. Jungen, Verrückte … Tommi konnte sich das sagen, er konnte versuchen, etwas wie einen Wortsinn aus dem kreischenden Singsang herauszuhören, mit dem sie wohl eine katholische Messe verhöhnten: »Arsch im Himmel, erbarme dich unser!« Aber er konnte nicht verhindern, daß etwas anderes in ihm die Übermacht zu gewinnen versuchte: ein Gefühl, das wie ein Stromstoß war und ihn von der Zehe bis zu den Fingerspitzen durchschoß – Ekel. Aber Tommis Zeigefinger blieb ganz ruhig. Er schoß Bild auf Bild. Und wenn alles gutging, würde man später auf den Fotos sehen, wie pickelige Jungen vor einer Hebebühne Kreuze schwangen, Kreuze mit winzigen silbern leuchtenden Christusfiguren darauf.

Sie hielten die Kreuze mit dem Kopf nach unten. Und lachten. Und grölten.

Und jetzt?

Jetzt warfen sie sie auf den ölbeschmutzten Boden. Ein dünnes Klappern hallte durch den Raum.

Es war nur der Anfang.

Tommi bekam Schwierigkeiten mit der Kamera. Es reichte, reichte wirklich. Sie rissen ihre Kutten hoch, faßten darunter, knöpften die Hosen auf und pinkelten – ja, pinkelten auf diesen armseligen kleinen Haufen von Kreuzen und schienen das ganz toll zu finden.

Zwei hatten Bierflaschen zwischen den Zähnen und tranken, während es ihnen unten rauslief und sich eine glitzernde große Lache auf den Boden zwischen den Kreuzen bildete. Jakob, der Wahnsinnsbruder, hielt einen Silberpokal. Er grinste teuflisch, ließ ihn von den Jungen halb vollpinkeln und stellt ihn sorgsam, als zelebriere er das Abendmahl, auf die Hebebühne zurück.

Tommi schraubte die Kamera vom Stativ.

»Was ist denn?« zischte Köhler aufgeregt.

»Sehen Sie doch. Infantiler Schweinekram. Ich mach' das nicht länger mit.«

Er konnte Köhlers Gesicht nicht erkennen. Es war wie der ganze Köhler ein grauer Schatten. Nebenan begann es erneut, Orgelmusik und »Bruder Jakobs« Stimme.

»Mensch, jetzt ... jetzt geht's erst los!« erregte sich Köhler.

Tommi zögerte. Job blieb Job ...

»Hoher Fürst«, rief »Bruder Jakob«, »in Demut bitten wir dich, unseren neuen Bruder ...«

Die Stimme stockte. Jakob kam nicht weiter. Offensichtlich hatte er den Namen vergessen.

Einer der Kapuzenköpfe flüsterte ihm etwas zu. Jakob nickte. »... unseren Bruder Jens als deinen Diener und als Mitglied unseres Ordens anzunehmen.«

Das Sucherbild blieb zu dunkel, um vernünftig zu arbeiten. Reinecke ließ die Kamera sinken.

Zuvor, unter all den Kutten und Kapuzen, hätte er den Jungen nicht ausmachen können. Aber da war er nun. Und jetzt lag auch Licht auf ihm. Der Junge war schmal, hochaufgeschossen und höchstens sechzehn Jahre alt. Er trug Jeans, die üblichen viel zu großen schwarzen Jogging-Schuhe und eine kurze Windjacke. Er stand mit gesenktem Kopf da, die

Schultern hochgezogen, stand mit schwarzen Gummisohlen mitten in der widerlichen Pfütze, wirkte irgendwie armselig, nein, verängstigt.

Nun drehte er den Kopf.

Die Augen waren weit aufgerissen, und für eine quälende Sekunde hatte Tommi den Eindruck, als starrten sie nur ihn an, nein, als schrien sie um Hilfe. Der Mund des Jungen bewegte sich. Nun öffnete er ihn, und Tommi konnte eine Zahnspange blitzen sehen. Der Junge sagte etwas. Es war nicht zu hören. Vielleicht wußte er gar nicht, was er sagte. Es hatte den Anschein, als bekäme er nicht so recht mit, was um ihn herum vorging.

»Gib deinen Arm«, forderte »Bruder Jakob«.

Und wieder funkelte es im Strahl des Scheinwerfers. Eine Messerklinge. Tommi erkannte, daß sie gezackt war. Noch immer war er nicht imstande, sich zu rühren. Ein Junge, dachte er hilflos. Sechzehn. Eine Zahnspange. Und dieses Gesicht ...

Es verzerrte sich vor Schmerz. Und dann kam der Schrei – der Schrei eines gequälten, gepeinigten Kindes.

Blut spritzte hoch.

Die anderen lachten.

Das Blut zog dunkle Linien über die helle Haut, tropfte zu Boden. In seinem Versteck ballte Tommi Reinecke so sehr die linke Faust, daß sich die Nägel ins Fleisch bohrten. Dieses Schwein! Dieses verrückte Dreckstück, das sich einen solchen Irrsinn ausgedacht hat ...

Was macht er jetzt?

Nimmt den Pokal, winkelt dem Jungen den Arm ab, läßt das Blut hineinfließen – Blut in Urin! ...

Und als ob das nicht reichte, riß einer der beiden, die den Kleinen festhielten, ihm den Kopf zurück, während Jakob ihm den Pokalrand zwischen die Zähne schob.

Tommi hatte genug, endgültig. Er ging zur Tür. Köhler hielt ihn an seinem Pullover fest. »Was ist denn?«

»Was ich brauche, ist frische Luft. Und tun Sie mir ’nen Gefallen, packen Sie nachher das Stativ zusammen. Ich hol’s ab.«

Reinecke verließ das Gebäude durch die düstere Halle. Ein paar Köpfe drehten sich nach ihm um. Aber niemand hielt ihn auf ...

Als er die Tür hinter sich zudrückte, war ihm, als verlasse er eine andere, von Dämonen und den Kräften des Bösen besessene Welt. Ein Kind ... Das war doch noch ein Kind ...

Und Köhler, der Drecksack?

Kauft Kutten und Meßkelche, verscherbelt meterweise diesen okkulten Satansschund, entblödet sich nicht, auch noch Geld damit zu machen.

Die Luft war feucht und kalt. Über Tommis Kopf hatten sich die Wolken geöffnet. Eingesäumt von silberhellen Rändern, standen die Sterne am Himmel, eiskalte Stecknadelpunkte, Millionen von Lichtjahren entfernt.

Reinecke blieb stehen.

Er blickte die vom Neonlicht kalkig erhellten Häuserzeilen entlang. Die Kneipe dort an der Ecke, wo er zuvor mit Köhler sein Bier getrunken hatte, war jetzt geschlossen. Hinter den zugezogenen Vorhängen mancher Fenster aber brannte noch Licht. Von irgendwoher klang Fernsehgebrabbel. Talk-Shows oder ein Hollywood-Schinken? Schwachsinn in jedem Fall ...

Tommi sog mit geöffnetem Mund die Luft ein. Und der Gedanke, hunderttausendmal gedacht, wollte wieder Oberhand gewinnen, zusammen mit dem altbekannten Gefühl lähmender Ohnmacht: Was zum Teufel – ja, zum Teufel – haben sie aus dieser Welt gemacht?

Dasselbe wie zu allen Zeiten?

Vielleicht. Aber Reinecke sah wieder den dünnen weißen

Jungenarm, sah das gezackte Messer, das Blut und die Urinlache am Boden. Und die schwarzen Kapuzen. Und vernahm den gepreßten Atem des Dreckstücks Köhler neben sich …

Schlimm …

Soviel kannst du gar nicht essen, wie du kotzen möchtest. Aber deine Wut, hat sie dir je weitergeholfen? Und das ewige Nach-Gründen-Bohren genausowenig. Was zum Teufel aber kann einen Zahnspangen-Jungen dazu bewegen, an derart widerwärtigen Satans-Riten teilzunehmen?

Vor Reinecke färbte sich der Horizont mit dem schmutzigen, brandigen Rot der Stadt. Höllenrot … Die Hölle gehört zum Himmel, und Satan, der gefallene Engel, zu Gott. Und auf die Frage, was einen Haufen von Jugendlichen dazu bringen kann, sich »Satan zu weihen«, findest du auch keine Antwort …

»Weihen«? Hatten sie das Wort überhaupt im Vokabular? Wußten sie etwas von Kirche, Glaube, von Erlösung, Himmel und Hölle? Wer ging denn noch in den Religionsunterricht? Ihre Apostel hießen Tom Cruise, Boris Becker oder »Schumi«. Und die Hertie-Modeabteilung, die nächste Disco oder McDonald's waren die Kirchen, die sie frequentierten. Und später hieß ihr »Gott« Mercedes oder TUI oder Porsche.

Was also ist es, was diese Jungen hierher treibt? Ist es, daß sie von den Marketing-Göttern und ihrem Konsum-Schwachsinn die Schnauze voll haben und sich auf die Flucht begeben? Nach irgendwohin … Daß sie etwas suchen, das gar nicht extrem und hart genug sein kann, wenn es ihnen nur aus der Öde heraushilft …

Ist es das? …

Reinecke lief weiter, eine Stunde lang, immer München entgegen, bis ihn endlich ein Taxi auflas. Eine Antwort auf seine Frage fand er nicht. Was treibt sie?

Zu Hause in seiner Küche nahm Tommi Reinecke einen kräftigen Schluck aus der Obstlerflasche, die im Eisschrank für solche Gelegenheiten bereitstand. Der Schnaps half nicht. Und Schopi, der Kater, war auch nicht zurückgekommen, streunte irgendwo dort unten über den Hof.

Na schön ...

Im Zimmer war es still, und Tommi war hundemüde. Er schloß die Augen. Dort drüben lagen noch immer die Fotos: Sechs-sechs-sechs, Omega, Grufti-Partys, Satanslogen ... Er mußte mit Do Folkert sprechen, obwohl er auf nichts weniger Lust hatte als darauf, daß sie ihn wieder mit diesen von Verzweiflung geweiteten Mutteraugen anstarrte, um dann endlos über ihr Verhältnis zu ihrer Tochter zu reden.

Eines aber stand für ihn fest: Kati mochte tausend Motive haben, und es konnte ihr alles mögliche zugestoßen sein, aber daß ein Mädchen wie sie ernsthaft mit einem Irrenhaufen wie diesen Logen-Leuten von Sechs-sechs-sechs zu tun hatte, kam nun doch nicht in Betracht.

Doch mit wem dann? ...

2

Vor zwölf Jahren, nach ihrer Scheidung, als Do Folkert Haus und Anwesen »Burggarten 23« erwarb, bildete die Terrasse etwas wie Höhepunkt und Schlußstein der ganzen Planung. Sündteuer war sie obendrein. Erde mußte bewegt, Steinmetze angeheuert, Sandsteinquader die enge Serpentinenstraße hinaufgeschafft und dann mit einer Seilbahn noch an den Hang gebracht werden. Ihre Mutter hatte Dorothea finanzielle Hilfe angeboten, aber dann lautstark protestiert: »Wahnsinn ist das! Was soll denn das werden, einen halben Berg abzutragen, damit du über diesen dämlichen See gucken kannst, auf den es sowieso die Hälfte des Jahres regnet!«

»Also erstens ist das kein dämlicher See. Das ist der schönste See Oberbayerns. Zweitens siehst du das ganze Gebirge, gut, zugegeben, bei klarer Sicht. Drittens kann Kati auf der Terrasse mit ihren Freundinnen spielen. Und schließlich, Mama, mache ich daraus auch mein Büro. Ich jedenfalls kann mir keinen schöneren Platz zum Schreiben vorstellen ...«

Natürlich schlossen sich Katis Kinderspiele und die Schreiberei gegenseitig aus. Das hatte Do damals nicht bedacht. Sie hatte gerade ihr erstes politisches Buch, »Die Machtbesessenen«, auf die Bestseller-Liste gebracht, gleich eine ordentliche Vorauszahlung für ein zweites vom Verlag erhalten und den alten Bauernhof über Starnberg mit ihrer üblichen, ebenso zähen wie aggressiven Energie in ein gemütliches Zuhause umgewandelt: nicht zu groß, aber auch nicht zu klein, nicht protzig, aber mit Stil und Geschmack. Und vor allem so, daß sich jede Alleinerziehende-Mutterproblematik von selbst in Wohlgefallen auflöste – Dorothea hatte alles vor sich gesehen, ganz genau hatte sie es sich in ihrer Phantasie zurechtgelegt: Unbelastet von Streß würde sie sich Kati widmen können. Was sie selbst anging, würde sich nicht viel ändern: an den Wochenenden ein paar Freunde, gelegentlich ein Liebhaber, dem man allerdings die Deponierung einer Zahnbürste im Haus verbieten mußte, dennoch, alles hübsch romantisch, mit einem Glas in der Hand das Abendbrot abwarten und dann sinnend auf die Lichter starren, die den See umgrenzen ...

Natürlich kam alles ganz anders. Und was Do mit links in den Griff kriegen wollte, entglitt ihren Händen. Die Bestsellerei erwies sich als mieses Lotteriespiel, und vor dem Schuldenberg, der sich nach der Fertigstellung des Baues auftürmte, blieb die einzige handgreifliche Realität das Angebot von Schmidt-Weimar, des Herausgebers von »Heute«, den gerade freigewordenen Chef-Reporterposten anzunehmen. Dorothea mußte zugreifen. Dazu war das Gehalt zu sensationell. Außerdem hatte sie freie Themenwahl und bei Aufträgen der Chefredaktion ein Einspruchsrecht, aber es war ihr trotzdem nicht wohl, als sie unterschrieb. Was der Vertrag wirklich bedeutete, nämlich Streß rund ums Jahr, sollte sie bald erfahren ...

Und jetzt?

Jetzt stolperte sie, den ganzen Nahost-Horror-Trip noch in den Knochen, über den Schnee und kletterte die schmale Außentreppe zu ihrer Terrasse hoch. Nur eines blieb wirklich: dieser ekelhafte Gestank.

Und noch etwas.

Glut. Ein Glutnest mitten auf der Terrasse, nicht viel

größer als eine Faust, aber noch hell genug, um den riesigen unappetitlichen, naß glänzenden Brandhaufen zu beleuchten, der sich in der Mitte der Terrasse erhob.

Dorothea war stehen geblieben.

Ziellos hüpfte der Lichtfleck ihrer Taschenlampe über ein Chaos aus schwarzbraunen oder verkohlten Resten: Stoffetzen, angesengte Kartonstücke, verbrannte Buchhälften, Bilderrahmen mit zersprungenem Glas. Direkt vor Do glimmte etwas. Sie gab ihm einen nervösen Tritt. Das Ding kreiselte dem Brandhaufen zu. Es war eine Puppe, Katis Lieblingspuppe. Do hatte sie ihr zur Kommunion geschenkt, und Kati hatte sie »Betsy« getauft. Bald hatten sich Betsy und Kati als unzertrennlich erwiesen. Ohne Betsy zu schlafen – kam nicht in Frage! Auch beim Essen saß Betsy neben dem Teller. Sie mußte sogar mit in die Badewanne.

Und nun?

Nun hatte Betsy keinen Kopf mehr. Von ihrem langen blonden, schimmernden Haar war eine einzige Flechte übriggeblieben. Die war braun versengt. Die Hitze hatte sie fest in den Plastikrücken der Puppe eingebacken. Außerdem besaß Betsy noch ein Bein. Das linke.

Do schluckte.

In ihr war ein einziger Impuls: Fort! Bloß weg von hier!

Sie blieb trotzdem stehen.

Sie wollte das nicht sehen. Sie wollte auch nicht denken. Bis hinüber zur Schiebetür, die ins Studio führte, waren es nur zehn Meter. Aber Do hätte durch diesen qualmenden, stinkenden, nassen und noch glühenden Schutt waten müssen, der alles enthielt, was einmal das Glück ihrer Tochter gewesen sein mochte.

Do drehte sich um und stieg mit zitternden Beinen wieder die schmale Treppe hinab ...

Elf Tage zuvor, es war drei Tage nach Silvester gewesen, hatte Kati Folkert beschlossen, das Haus in Starnberg zu verlassen und ins Fränkische zu fahren, zu einem Ort, der dicht an der tschechischen Grenze lag und den Namen »Schloß Schönberg« trug. Wie es dazu kam – diese ganze Kette an Eindrücken und Ereignissen blieb für Kati merkwürdig verschwommen. Nur an die Nacht, in der sie ihren Entschluß faßte, erinnerte sie sich in allen Einzelheiten. Selbst der Kräuterteegestank von Hellas Joint war ihr gegenwärtig und die wilden Schlangenlinien, die Hellas alter Fiesta zog, als sie ihn zur S-Bahn-Haltestelle am Stiglmaierplatz steuerte. Sie stoppte so hart, daß Katis Schädel beinahe gegen die Frontscheibe schlug.

»Und jetzt?« hatte Hella gefragt.

Kati hatte geschwiegen.

»Willst du wirklich noch raus nach Starnberg? Ich glaube kaum, daß du die letzte Bahn überhaupt noch erwischst.«

Willst du wirklich nach Starnberg? – Kati sah in Gedanken das dunkle Haus am Burggarten vor sich, hörte ihre Schritte auf der Treppe, sah sich die Tür aufschließen, den Plattenspieler oder Fernseher einschalten ... Willst du wirklich?

Sie drehte den Kopf und blickte Hella an, ihr verschmiertes Make-up, die riesigen verlaufenen Lidstriche, die Frage in den Augen: Was willst du? Kati wandte das Gesicht wieder dem leuchtenden »S« dort draußen auf dem kreisrunden grünen Grund zu.

Das nicht! – Es war kein Gedanke, es war wie ein Befehl: Keine einsamen nächtlichen S-Bahn-Fahrten mehr, kein Taxi, das dich vom Bahnhof zum Burggarten bringt, kein Herumtappen in leeren Räumen, kein schlafloses Nachdenken und Im-Bett-Herumdrehen – das nicht, das nie mehr!

Kati brauchte es nicht einmal zu sagen, Hella startete bereits den Motor. »Na, dann fahren wir doch zu mir nach Hause.«

Hella ließ sich auf der Akademie zur Kostümbildnerin ausbilden und bewohnte derzeit das Gartenhaus eines Onkels im Norden von Schwabing. Dazu gehörte auch eine Art verglaster Verschlag, den sie »meinen Wintergarten« nannte. Darin stand ein Campingbett, auf dem eine Kunststoffmatratze lag. Sie war Kati Folkerts Schlafstätte, wenn sie keine Lust hatte, nach Starnberg zu fahren.

Sie schafften die Hermann-Vogel-Straße, ohne von einer Streife gestoppt zu werden. Bis zur Haustür mußte Kati Hella stützen, sonst wäre sie umgekippt. In der Küche holte Kati das Mineralwasser aus dem Eisschrank, füllte für Hella ein Glas und hielt es ihr hin. Sie sah schrecklich aus; sie sah aus wie eine Hexe, während ihr das Wasser aus den Mundwinkeln lief, und sie war Katis einzige Freundin, zumindest der einzige Mensch, mit dem sie reden konnte und mit dem sie sich trotz all seiner Verrücktheit und der ewigen Suche nach einem neuen »Super-Kick« verstand. Im letzten Jahr hatte es ein Mädchen namens Iris gegeben: Iris Weingart; mit ihr war Kati sogar nach Spanien gefahren, doch das war lange her.

»Willst du auch einen?« fragte Hella.

»Was?«

»'nen Joint. Dann kribbelt's wieder.« Hella lachte.

Kati drehte sich wortlos ab, ging durch den kleinen Flur, durch das Wohnzimmer mit seinen dunklen Möbeln und öffnete die Tür zum »Wintergarten«. In der Ecke lagen zerbrochene Tonscherben. Die verdorrten Pflanzen strömten einen leicht bitteren Geruch aus.

Kati zog sich nicht aus. Sie setzte sich auf die Liege. Der Raum war erfüllt von einem schwebenden, alles erfassenden bläulichen Licht. Der Mond? Nein, die Straßenlampe – oder beides zusammen.

Kati preßte die Handflächen gegen ihre Augen, als könne sie damit die Bilder vertreiben, die sie quälten. Sie streckte sich aus, ohne die Kleider abzustreifen. Sie fühlte sich zu schwach dazu. Sie würde nicht schlafen, das wußte sie schon jetzt.

Am Morgen hinterließ Kati einen Zettel auf Hellas Küchentisch: *»Bin zu Ramon. Bringe Butter und Brezen mit.«*

Der Morgen war kühl und frisch, der Himmel blitzte vor Bläue. Von irgendwoher kam das Pfeifen eines Verkehrsflugzeugs, und Kati wehrte mit Mühe diesen idiotischen Pawlowschen Reflex ab, der sie bei jedem Flugzeuggeräusch an ihre Mutter denken ließ. Sie ist nun einmal immer unterwegs, zumindest in deinem Gehirn, die hinreißende, unschlagbare Do Folkert, die dann, wenn sie zurück ist, die berühmten Folkert-Beine lässig übereinanderschlägt, den rechten Arm vom Sessel baumeln läßt und den Leuten wieder einmal erzählt, wie's in der Welt so aussieht ...

Kati nahm die U-Bahn und stieg an der Akademie aus.

Toledo – die Buchstaben waren groß, schwarz und ziemlich antik, dazu aus Schmiedeeisen. Ramon war mächtig stolz darauf, er hatte sie in Spanien zusammenhämmern lassen. Zu dem babyblauen Hausanstrich wollten sie trotzdem nicht passen.

Kati schob die Tür auf, und da stand Ramon, hatte den schwarzen Lockenkopf in den Zigarettenautomaten gesteckt und reparierte irgend etwas. »Was hast du es so eilig um diese Zeit?«

»Was heißt denn um diese Zeit? Es ist halb elf.«

»Trotzdem«, sagte Ramon und richtete sich auf. »Guck doch rein. Niemand da. Nur ein einziger Vogel.«

Es stimmte: Das Toledo war leer bis auf einen Typ, der in einer Ecke saß. Er hatte ein Glas vor sich. Daß man ihn überhaupt wahrnahm, lag an einem verirrten Sonnenstrahl, der sein helles Haar aufleuchten ließ.

Kati setzte sich dorthin, wo es Licht gab: an die Fensterreihe zur Straße.

»Deinen Kaffee, Kati?« fragte Maria, Ramons Kellnerin, von der Theke.

Kati nickte. Doch Maria brachte nicht nur den Kaffee, sondern gleich auch die beiden schwäbischen Brezeln mit Butterstückchen.

»Ein Super-Service heute. Dabei hab' ich sie noch nicht mal bestellt.«

»Du nicht. Der andere.«

»Der andere?« Kati begriff erst, als Maria den Kopf zur Ecke drehte. Er saß da wie zuvor. Neben dem Glas lag ein Buch. Nun hob er den Kopf und stand auf.

Auch das noch! dachte Kati.

»Kann ich ...«

Sie goß ihren Kaffee ein, führte die Tasse an den Mund, dann sah sie den Mann an. Er war zwar groß, aber viel zu dünn, das hatte sie schon festgestellt, als er herankam. Auch sein Gesicht war reichlich mager. Aber sein Lächeln war warm, herzlich und irgendwie entwaffnend wie das eines Kindes. Mit der rechten Hand schob er unablässig eine blonde Haartolle zurück, die in seine Stirn fiel. Das Hübscheste an ihm waren die Augen. Sie lagen ziemlich tief in den Höhlen und waren von einem intensiven Grüngrau, dessen Farbe noch durch die langen Wimpern verstärkt wurde. Es war ein Blick, der jeden Widerstand zur Seite schieben wollte und gleichzeitig angenehm und aufrichtig wirkte.

»Sind sie frisch?« fragte der Mann und deutete auf die Brezeln. Kati zog die Geldbörse aus ihrer Jacke und zählte vier Mark auf den Tisch.

Er ließ sie liegen.

»Eigentlich wäre jetzt die Frage fällig, woher ich weiß, daß du am Sonntag morgen bei Ramon Brezeln holst.«

»Eigentlich. Aber die Frage interessiert mich nicht.«

Kein Wimpernzucken, nichts. Nur sein Lächeln. Und auf

der Tischplatte zwischen ihnen funkelten noch immer die vier Markstücke in der Sonne. Er schob sie hin und her.

»Richtig. Wieso auch?« meinte er.

Die Brezel schmeckte noch salziger als sonst. Hastig trank Kati einen Schluck Kaffee.

Er lächelte. »Aber wenn ich jetzt zum Beispiel fragen würde, was dich so bei Nacht und Regen mit deiner Freundin ins ›Bali‹ treibt, um dort mit einem Haufen von Blödsäcken eine Grufti-Party abzuziehen, was würdest du dann sagen?«

Das Stück Brezel zwischen ihren Fingern zerbrach. »Wieso ... wie ...«

Er lächelte. »Wie ich darauf komme?«

»Ja. Nein, das heißt ...« Der Zorn war wie eine kleine heiße Spirale in ihrem Hinterkopf. Zorn? Verwirrung ... »Wie kommen Sie dazu, Maria mit Brezen an meinen Tisch zu schicken? Was tun Sie hier? Ich habe Sie noch nie gesehen. Wer sind Sie überhaupt?«

»Martin. Ich bin Martin.«

Wenn er so weitergrinst, nahm Kati sich vor, schütte ich ihm den Rest Kaffee ins Gesicht.

»Martin Hilper – einer der wenigen auffälligen Typen wahrscheinlich, aber daß du mich hier noch nie gesehen hast, ist nun auch nicht meine Schuld.«

Sie drehte den Kopf, um Maria zu winken, wollte sich erheben – und blieb doch sitzen.

»Sieh mal, Kati ...«

»Meinen Namen wissen Sie also auch?«

»Aber ja ...« Seine Stimme war leise, weich. »Ich hab' so etwas Einfaches gefragt und dich doch in Schwierigkeiten gebracht. Das wollte ich nicht, glaub mir, wirklich nicht.«

»Was dann?«

»Das habe ich doch schon gesagt. Die Gründe erfahren, dein Denken, deine Seele kennenlernen.«

»So? Meine Seele? – Und was haben Sie im ›Bali‹ getan?«

Sein Lächeln verschwand. »Das ist nicht wichtig. Ich wollte wissen, was du dort suchtest.«

Kati gab keine Antwort. Er hatte noch immer den Blick auf sie gerichtet. Diesmal hielt sie ihm stand. Dunkle Pupillen, graugrüne Kreise ... Sie wäre längst davongelaufen, doch irgend etwas lag in diesen Augen, das ihr den Zorn nahm.

»Soll ich dir sagen, was du dort gesucht hast?« fragte Martin.

»Und was suchte ich?«

»Dich selbst«, sagte er.

Sie sagte: »Jetzt kommt die Abteilung Tiefsinn. Lassen Sie mal, wirklich ... Also, eine Freundin hat mich zu diesem Quatsch mitgenommen, weil sie's ganz lustig fand, sich das mal anzugucken. Und ich, ich habe es gerade eine halbe Stunde lang geschafft ...«

»Trotzdem.«

»Was trotzdem?«

»Trotzdem stimmt es: Du hast Angst, aber du siehst dir so etwas an. Und warum? Weil du auf der Suche bist. Wie viele, Kati. Wie wir alle.«

»Und nach was?«

»Darüber wollte ich mit dir reden. Alles zuvor war nur eine Feststellung. So wie es eine Feststellung ist, daß es andere Wege gibt, dein Ziel, dein wahres Ziel zu erreichen.«

Sie wunderte sich, daß sie nicht aufsprang und davonging. Aber sie blieb sitzen.

»Komm«, sagte Martin, »laß uns ein bißchen in den Englischen Garten gehen und darüber reden ...«

Do blickte noch einmal zum Haus hoch: Es war wie ein Schatten, ein bedrückender Schatten, etwas, das ihr fremd, nein unbegreiflich geworden war.

Sie lenkte ihren Wagen dem Hang zu. Es hatte aufgehört zu schneien. Do schaltete »Bayern 3« ein in der Hoffnung, etwas über die Strecke zu erfahren. Sie hatte Glück: Die Zufahrtstraßen im Raum München schienen geräumt. Schwierigkeiten gab es an der Autobahnausfahrt Stuttgart. Aber dort wollte sie ja nicht hin. Haidhausen lag auf der anderen Seite.

Haidhausen, Lothringer-Straße 46a. Der Gedanke war Do gekommen, als sie Katis Gitarrenruine in der Hand hielt und die Adresse des Herstellers las: Barcelona. Plaza España. In Barcelona war Kati vor zwei Jahren gewesen. Auch an den Vornamen der Freundin erinnerte sie sich, die ihre Tochter damals bei ihrer Barcelona-Reise begleitet hatte: Iris. »Weißt du, wenn ich die Iris nicht hätte ... Sie ist der einzige Mensch, der mich versteht.«

Vielleicht würde der einzige Mensch, der Kati verstand, auch wissen, was in sie gefahren war ...

Es war kein besonderes Problem, Iris' Nachnamen und die Anschrift herauszubekommen. Hilde Kromer, die Sekretärin, die sich Do zweimal in der Woche leistete, damit sie Briefe und Manuskripte tippte, das Archiv in Ordnung hielt und den ganzen Rechnungs- und Administrationskram besorgte, hielt auf peinliche Ordnung. So brauchte sie nur im Menü »Privatverbrauch« abzurufen, und da war es auch schon: 28. 4. bis 30. 5., Lufthansa-Tickets, Hotelkosten, Museumsbesuche, ein Tagegeld von zehntausend Peseten, was ja für zwei Mädchen in Barcelona wirklich nicht hoch war. Alles in allem, las Do, hatte sich Katis und Iris' Barcelona-Trip auf ganze 4244 Mark summiert.

War das nun zuviel, war es zuwenig? Dorothea versuchte, eine Antwort darauf zu finden und sich dabei in zwei Mädchen hineinzuversetzen, die eine große aufregende, fremde und sicher auch teure Stadt erlebten. Eines stand fest: Stets hatte Kati den Aufwand vor Augen, den ihre Mutter trieb, und das waren nicht nur die Luxushotels oder die exklusiven Restaurants, in die sie Kati manchmal mitnahm. Kleider, Einladungen, der ganze Zirkus, der zum Job gehörte, kamen noch dazu. Aber das begriff Kati doch? Zumindest hatte sie so getan. Und dann der Haß, der aus ihrem Brief sprach: *»Mit meinem Herzen hast Du nie etwas zu tun gehabt.«*

Sie fühlte, wie jede klare Überlegung im Wirrwarr der Gefühle zu ersticken drohte, in Verzweiflung, Unverständnis und Ungeduld.

Sie hatte die Autobahn erreicht und gab Gas ohne Rücksicht auf die gefährliche rutschige Fahrbahn: Haidhausen. Lothringer Straße 46a ...

Schneeräumer hatten die Bürgersteige in Haidhausen mit schmutzig-grauen Haufen zugeschüttet. Do lenkte den Frontera an einer Verbotsstelle auf den Bürgersteig und stieg aus. Feuchtigkeit kroch durch die dünnen Sohlen ihrer Lederpumps. Der Nebeldunst roch nach Kohlendioxyd und Schwefel. Die Nummer 46a ... Hier!

Die Haustür war angelehnt. Do schaltete die Beleuchtung an, und da stand es auf einem schmalen Stück Karton, der an einem der Briefkästen mit Tesafilm befestigt war: *Iris Weingart*. Darunter: *Ranitzer.*

Als sie die Treppe hinaufstieg, spürte sie, wie die Schwäche wieder nach ihr greifen wollte. Ihr Atem wurde knapp, das Herz klopfte, und bleierne Müdigkeit kroch ihr in die Beine. Sie lehnte sich gegen die Wand. Wahnsinn, ja, aber du mußt ihn hinter dich bringen.

Bis zum dritten Stock hatte das Treppenhaus mit einem grünen Kokosläufer aufgewartet, von nun an tat's ein Glattstrich aus Zement. Eine blaue Tür leuchtete Do entgegen und darauf war es wieder zu lesen, neben einem WWF-Aufkleber, der einen Pandabären zeigte: *Weingart.*

Sie klingelte. Im gleichen Augenblick erlosch das Licht. Während sie noch nach dem verdammten Schalter suchte, öffnete sich bereits die Tür. Sie konnte nur eine Silhouette erkennen. Es war die Silhouette eines Mannes.

»Bitte, verzeihen Sie die Störung ... Ich suche Iris Weingart.«

Der Mann tat unschlüssig zwei Schritte rückwärts, drehte den Kopf und rief: »Iris!«

Das Licht flammte auf. Von der Decke hing eine nackte Glühbirne und beleuchtete sein knochiges junges Gesicht, an dessen Seiten dünne blonde Haarsträhnen auf ein paar magere Schultern fielen.

»Da vorne, gleich die übernächste Tür ...« sagte er.

Sie war klein, zierlich und auf eine zarte Weise hübsch. Das Dreiecksgesicht mit den breiten Wangenknochen unter kurzgeschnittenen Fransen rötlichen Haares wurde von zwei braunen erstaunten Augen beherrscht.

»Ich bin Do Folkert«, sagte Dorothea. »Katis Mutter. Tut mir wirklich leid, Fräulein Weingart, wenn ich Sie so spät überfalle, nur ... ich fürchte, es geht nicht anders.«

Stoffteile lagen um Iris Weingart auf der Couch verstreut. Sie ließ die Schere sinken, die sie in der Hand hielt, und blieb vollkommen ruhig. »Kati? – Die Kati hab' ich lange nicht mehr gesehen.«

»Zu mir sagte sie, Sie wären ihre beste Freundin ...«

»Ach nein? – Was ist denn los?«

»Kati ist verschwunden.«

»Was heißt verschwunden? Wollen Sie sich nicht setzen? Ich mach' uns einen Tee.«

Während Do ungeschickt nach Worten suchte, immer unter dem Blick dieser aufmerksamen braunen Augen, wurde ihr bewußt, wie unwirklich alles wirken mußte, was sie erzählte.

Iris Weingart reagierte nicht. Sie verschwand und kam mit zwei Gläsern zurück, in denen Teebeutel schwammen.

»Die beste Freundin? Soll ich Ihnen sagen, wie das in einer Akademieklasse ist? Wie bei den Schiffbrüchigen. Die Schwächeren kriechen zusammen. Da gibt's all diese Supergenies. Die können kaum laufen, so gut finden die sich ... Na, und dann gab's noch uns: die Kati, die Tochter der Starjournalistin aus Starnberg – und mich, die Iris aus Castrop-Rauxel. Schon wenn der Name Castrop-Rauxel fiel, fingen die an zu lachen.«

»Die Tochter der Starjournalistin? War das Katis Bezeichnung für mich?«

Iris Weingart verzog den Mund. »Hätten Sie's gern anders gehabt? Es stimmt doch?«

Do schwieg. Sich in Katis Welt zu versetzen, darum ging es, nur das konnte weiterhelfen ... Und du Kuh hast immer gedacht, deine Tochter wäre wenigstens stolz auf das, was du beruflich erreichen konntest, doch »Starjournalistin« schien für sie ein Schimpfwort ...

Do starrte in ihr Glas. Wie stand es in dem Brief? *»Mit meinem Herzen und allem, was ich bin, hast Du nie etwas zu tun gehabt ...«*

»Sehen Sie«, sagte Do, »ich mußte beruflich für einige Tage nach Israel. Und als ich dann nach Hause kam – ich habe es ja erzählt ...« Sie griff in ihre Tasche. »Aber außerdem fand ich das hier ...«

Sie reichte Iris den Brief, und die junge Frau las die wenigen Zeilen.

»So etwas tut weh, nicht wahr? Das kann ich mir denken ...«

»Und daß sie all die Sachen, die sie liebte, verbrannt hat, was sagen Sie dazu?«

»Was soll ich dazu sagen? Ich hab' mich mit Kati schon lange nicht mehr unterhalten. Ich bin ja nicht mehr auf der Akademie. Aber sagen Sie: Warum tun Sie das alles eigentlich?«

»Wie bitte?«

»Warum suchen Sie sie überhaupt?«

»Was soll ich denn sonst tun? Ich mach' mir solche Sorgen. Oder finden Sie richtig, wie sie sich verhält?«

»Was ist schon richtig? Sie ist halt ausgeflippt. Das tut doch jede mal. Sie hatte das schöne Haus in Starnberg einfach satt. Vielleicht nicht das Haus, aber das ewige Warten und die Anrufe ... Ich war ja selbst ein paarmal draußen. Die Villa ist ein bißchen groß für jemanden, der sich allein fühlt. Sie zittern ja, Frau Folkert ...«

»Ich zittere nicht.«

»Kinder großzuziehen, Frau Folkert, ist sicher ein mieser Job. Bei uns lief's genau umgekehrt: Ich bin abgehauen, weil ich das ewige Aufeinanderhocken nicht mehr durchhielt. Okay, meine Mutter meinte es gut, aber sie machte mich hysterisch mit ihrer Tuttelei. Völlig fertig machte mich das. Mein Vater, der konnte hundertmal das Schwein sein, von dem sie immer erzählte, konnte saufen, mit jungen Frauen herumhuren, das störte mich nicht. Aber meine Mutter mit ihrem moralischen Getue, ihrem ewigen: ›Ist doch so schön gemütlich mit uns. Du wirst schon sehen, was aus dir wird, wenn du immer weg willst ...‹ Da war mir der Alte lieber. Vielleicht, daß er amoralisch war, na und? Wenigstens war er ehrlich ...«

»Warum hat Kati nie etwas gesagt? Sie konnte doch mit mir reden. Sie hat es früher auch getan ... Wirklich, sie konnte mit mir über alles reden.«

»Mami, die liebe Schwester, nicht wahr?« Die Augen blieben abschätzend und unerbittlich. »Irgendwann wird man einfach älter. Und dann ist's damit vorbei. Dann willst du nur eines: leben! Leben, Freiheit und deine eigenen Erfahrungen machen. Damals, in Barcelona, da wollte Kati gar nicht mehr nach Hause. Wir hatten so ein paar Typen, einer stammte aus Jaen, irgendwo in Andalusien, der hieß Pedro. Er war zwar Student, aber von Beruf Sohn eines reichen

Vaters. Der hatte einen ganz dicken Schlitten, der wollte uns mitnehmen, hat uns mit wer weiß was die Ohren vollgequasselt, und Kati war ganz begeistert. Ich lehnte ab. Ich wußte, der wollte ihr ja doch nur an die Wäsche. Und allein hatte sie wohl Manschetten.«

Ohne Gnade, diese Stimme!

»Ich jedenfalls mußte zurück. Was sollte ich in diesem Jaen? Und als ich Kati das sagte, das war in so 'ner Kneipe im Barrio Gotico, kriegte sie 'nen Heulkrampf. Vielleicht war's auch das Hasch; sie zog sich einen Joint nach dem anderen rein. ›Porros‹ nennen sie dort die Joints, Porros – komisch, nicht? Sehen Sie, Sie zittern doch!«

Es stimmte. Do preßte die Hände zusammen, doch auch die Gelenke bebten, sie konnte sich nicht länger kontrollieren. Sie hatte die Ellbogen auf die Tischplatte gestützt und preßte die Fäuste gegen die Augen.

Endlich war Iris Weingart still.

»Ich muß sie finden«, hörte Do sich flüstern. »Schon, um mit ihr reden zu können. Das verstehen Sie doch? Verstehen Sie das nicht?«

Iris Weingart gab keine Antwort darauf. Sie sagte: »Ich hab' Kati noch einmal getroffen. Nicht in der Akademie, in der Fußgängerzone. Sie erschien mir völlig verändert, aber sie sagte, daß sie viel ruhiger geworden sei und endlich den Weg gefunden habe ...«

»Welchen Weg?«

»Wenn ich das wüßte. Ihren Weg halt ...«

Do erhob sich.

Auch Iris Weingart stand auf. »Dieser Zettel«, sagte sie, »ist schon sonderbar ...«

Doch als Do ihr die Hand gab, hielt Iris sie fest. »Ich bin nicht der einzige Mensch, der sie verstand, Frau Folkert. Leider kann ich nicht helfen. Aber jemand, mit dem sie sich wirklich viel unterhalten hat, war Timo.«

»Und wer ist das?«

»Timo Konietzka. Der ist den ganzen Sommer über irgendwo in Indien und arbeitet im Winter hier als Diskjockey. Manchmal kam er in die Akademie, weil er dort Freunde hatte.«

»Und wo ist das?«

»Die Diskothek?«

»Ja.«

»Das Ding heißt ›Bali‹. Ziemlich mieser Laden. Gar nicht so weit von hier. Ich kann Ihnen den Weg erklären ...«

Die Zufahrt führte zwischen einem Baumarkt und dem mit verrostetem Draht eingegrenzten Gelände eines Gelegenheitshändlers für Wohnwagen hindurch zu ein paar Bruchbuden, die letzten Reste des Industrieparks Neubiberg.

Jedesmal, wenn er am Abend zur Arbeit fuhr, erinnerte sich Timo Konietzka an den Schrecken, der ihn befallen hatte, als er das »Bali« zum ersten Mal zu Gesicht bekam. Damals hieß es noch »Powerslide«. November war es, und es regnete. Timo hatte gerade seine Einlage von zwanzigtausend Mark aufgebracht, obendrein auch eine neue Verstärkeranlage besorgt und vorgeschlagen, das ehemalige Metall-Lager knallrot zu streichen. Sie taten es, und das war's dann auch. Ein Zurück gab es nicht ... Gut, er würde sich sechs Monate am Indischen Ozean erholen, aber die Vorstellung, in dieser Bude vier Monate als Diskjockey durchzuhalten, war Timo von Anfang an als purer Horror erschienen. Nur Vorstadtverrückte konnten auf die Idee kommen, sich abends in einem derartigen Schuppen vollzudröhnen.

Doch die gab's. Und sie kamen, selbst bei einem solchen Scheißwetter wie heute. Die kamen immer, ob's regnete oder schneite.

Und dies war nun wieder so ein Abend.

Timo legte ein neues Band ein. Er hatte es mit ein bißchen *feeling* versucht, Liza Stansfield, doch die Typen hier wollten ihren Rock und ihren Techno.

Timo nahm den Ton zurück und beugte sich nach vorn über den Rand des Boards. Die Lichtblitze rissen die Gesichter aus dem Dunkel und schleuderten sie wieder zurück. Bei fünfhundert Watt wirkten sie alle, als seien sie mit weißer Farbe angepinselt. Die aufgerissenen Münder sahen aus wie schwarze Schußlöcher.

Timo sah auf seine Uhr: Die Zwölf-Uhr-Streife war durch. Aber was hieß das schon? So doof waren die Bullen auch wieder nicht; manchmal standen sie dreißig oder vierzig Minuten später wieder im Stall, denn dann lief das Pillengeschäft. Meist war es Ecstasy, aber es lief auch der ganze Amphetamin-Dreck, den sie Designer-Drogen nannten. Daggy dort vorne, dieser Nieten-Irokese, setzte am meisten um. Die Kroaten, die sich wie Dealer-Könige vorkamen, hingen in der anderen Ecke und soffen wie immer. Dann gab's noch die Gören. Die hatten die Streife abgewartet und sich dann reingequetscht, ein bescheuerter, zappelnder Kindergarten mit Teenie-Ärschen und ausgestopften Bustiers, die Älteste gerade siebzehn. Am wenigsten gefiel es Timo, daß sich drüben am Eingang die Kroaten vermehrten. Sie waren jetzt schon zu viert. Und du Idiot hast dir einen normalen Abend ausgerechnet!

Einer der Kroaten stand jetzt auf, wie um besser sehen zu können. Auch sein Kumpel schirmte mit der Hand die Augen ab. Beide starrten sie zur Tür, durch die gerade eine Frau gekommen war. Sie war groß und wirkte ziemlich breitschultrig in der eleganten gesteppten, olivbraun und blau gestreiften Wildlederjacke, die sie zu ihren langen gleichfalls olivfarbenen Woll-Leggings trug. Das dunkelblonde Haar lag glatt an ihrem Kopf. Im »Bali« und um diese Zeit machte die Frau den Eindruck, als sei sie einem Raumschiff entstiegen.

Noch ein Problem, dachte Timo und drückte die Zigarette endgültig im Aschenbecher aus. Die Frau war um die Vierzig. Und die Frau war eine Dame ...

Es ging auch schon los. Einer der Kroaten schwankte halb besoffen auf sie zu, und auch die drei Lesben schienen zum Angriff entschlossen. Timo betätigte die Pause-Taste, um sie abzulenken. Die Musik verstummte. Wie auf Kommando drehten sich ihm vorwurfsvolle Gesichter zu.

»Saugeile Jacke!« kreischte Ulla, die schrillste der Lesben.

Timo rannte nach unten.

Er stieß zwei Punkies zur Seite. Bloß keinen Ärger. Die Frau hatten sie inzwischen richtiggehend eingekeilt. Und natürlich war es Fatty, der sie als erster anging: »Bist mein Jahrgang, Baby ... Dich hamse für mich gebaut ...«

Auf seinen Asienreisen hatte Timo viel gelernt. Dazu gehörte auch, dort hinzuschlagen, wo's weh tut ... Bei Fatty war's dazu noch gefahrlos, der war zu vollgekokst, um zu reagieren. Timo schlug. Nichts. »He?« sagte Fatty nur. »He ...«

»He?«

Do sah blutrot-feuchte Lippen, sah ein Gesicht, das sie irgendwie an ein frisch abgesäbeltes Kotelett erinnerte, so rot, so glänzend, wie es war. Auch der Rest paßte dazu: Ein kahlgeschorener Kopf, der glänzte, als sei er mit einer Speckschwarte eingerieben worden. geschwollene schmale Augen, das irre helle Glitzern darin. Und diese Monster-Visage hing vor einer grünen Plastikkulisse aus Palmblättern und Kunstorchideen. Von der Wand grinste ein Südseegötze. Ein zweiter thronte wie ein Buddha auf einer Säule. Dazu noch die drei Weiber in ihren Plastikklamotten, die sie anzumachen versuchten.

Ein Alptraum!

Nun streckte der Schwarten-Typ den Arm nach ihr aus. Selbst die Handoberflächen hatte er tätowiert.

»Nehmen Sie die Finger weg ...«

Das hörte er nicht. Er grinste einfach weiter. Doch dann verdrehte er plötzlich die Augen, sackte weg und hockte auf dem Boden.

»Alles okay?« fragte eine Stimme neben Dorothea. Der Junge, der sie ansah, hatte breite Wangenknochen und schmale, fast violettblaue Augen. Er trug Schlabberhosen aus schwarzem Seidenstoff und darüber eine mit bunten verrückten Farben bestickte Weste. Das Haar war zu einem Zopf zurückgebunden. Er war groß, ziemlich mager und schien nun wirklich nicht der Mann, der einen Zwei-Zentner-Typ wie den in der Bomberjacke sekundenschnell in einen stöhnenden Elendshaufen verwandeln konnte.

Aber genau das hatte er getan.

Die anderen schienen es völlig in Ordnung zu finden. Sie lachten. »He, Timo! Los, Musik!«

Der Besoffene vom Eingang, der einzige in einer Anzugjacke, schaukelte heran. Ein Dicker stellte sich ihm entgegen und schob ihn mühelos mit seinem Bierbauch weg.

»Was is'n, Timo?«

»Wo, verdammt noch mal, warst du die ganze Zeit, Eddy?«

»Du fragst zuviel.« Der Dicke grinste.

Der Mann mit den blauen Augen wandte sich an Do. »Meinen Sie nicht, daß es besser wäre, wenn ich Sie rausbringe?«

»Heißen Sie Timo Konietzka?«

»Okay. Aber das ist jetzt das Unwichtigste.«

»Für mich nicht. Ihretwegen bin ich hier. Kann ich Sie sprechen?«

»Draußen.« Timo drehte den Kopf. »Eddy, mach du weiter.«

»Wir können uns ja in meinen Wagen setzen«, schlug Do vor.

Er hielt ihren Arm, als habe er Angst, sie könne ihm entwischen, und schob sie dem Eingang zu.

Sie gingen zum Frontera und stiegen ein. Do ließ den Motor laufen, schaltete die Standheizung an, und das Gebläse erfüllte den Wagen sofort mit einem Strom angenehmer Wärme. »Drei Minuten«, sagte Timo. »Länger kann ich nicht.« Und dann mit einem halben Seitenblick: »Wir haben den Laden voll. Wer hätte gedacht, daß bei dem Sauwetter so viele antanzen. Was wollen Sie? Wer hat Sie geschickt?«

»Iris Weingart.«

»Kenn' ich nicht.«

»Aber Sie kennen meine Tochter.«

»So?«

»Kati. Kati Folkert.« Im Dunkeln sah Dorothea ihn an. »Die kennen Sie doch?«

Er schwieg.

»Das können Sie ja wohl beantworten? Warum sagen Sie nichts?«

Er griff in die Tasche nach seinen Zigaretten, holte ein Päckchen heraus und hielt es ihr hin.

Do schüttelte den Kopf.

Er zündete sich eine Zigarette an und blies den Rauch gegen die Windschutzscheibe. »Und um sie zu suchen, sind Sie mitten in der Nacht hier herausgefahren?«

»Ja.«

»So was haben Sie doch sonst nie gemacht.«

»Sie kennen Kati also?«

»Kennen? Was heißt kennen. Sie kennen doch auch jede Menge Leute. Sie sind ja Journalistin, nicht wahr? Kennen Sie die, mit denen Sie zu tun haben? Oder kennen Sie Ihre Freunde? Kennen Sie sie wirklich?«

»Kann ich jetzt doch eine Zigarette haben?«

Timo gab ihr Feuer. Do legte den Kopf gegen das Polster und schloß die Augen, als sie den ersten Zug nahm. »Vielleicht haben Sie recht. Ich bin hier herausgefahren, weil ich meine Tochter kennenlernen will. Nein, weil ich sie kennenlernen muß ...«

Sie erzählte, was geschehen war, und Timo hörte schweigend zu. Ein VW-Bus kam auf den Parkplatz geprescht, spuckte eine Ladung junger Leute aus, und als sich die Tür zur Disco öffnete, wehten Geschrei und das Wummern der Musik zu ihnen herüber.

»Hätten Sie das nicht schon früher ein bißchen versuchen sollen?« sagte Timo schließlich. »Das mit dem Kennenlernen.«

Do gab keine Antwort. Sie wollte, konnte sich nicht verteidigen. Sie fühlte sich zu erschöpft. Ihre Knie begannen wieder zu zittern.

»Und sie hat alles verbrannt?« fragte er.

»Ja.«

»Feuer reinigt.«

»Was haben Sie mit ihr besprochen, Timo? Was hat sie zu Ihnen gesagt? Was wollte sie von Ihnen wissen?«

»Zuviel ...« Er lachte leise. »Außerdem, glauben Sie bloß nicht, daß Sie die einzige Mutter sind, die in diesen Schuppen kommt, um ihre Tochter rauszufischen. Aber Kati, das war ein bißchen anders, das war sogar ziemlich anders ... Kati ging ins Extrem ... war am Kippen. Deshalb hab' ich sie mir mal vorgenommen. Und dann kam sie immer wieder. Sie hat mich auch nach Starnberg eingeladen, in Ihr Haus, und als ich das sah, da konnte ich mir dann alles vorstellen ...«

»Was?«

»Was? – Sehen Sie sich doch hier um. Warum, glauben Sie, kommen die alle in eine so miese Baracke wie das ›Bali‹?«

Sie schwieg.

»Ich will Ihnen was sagen: In Goa spreche ich manchmal mit einem alten Mann, von dem ich ziemlich viel halte. Wollen Sie wissen, was der sagen würde? Der würde – sinngemäß, damit Sie begreifen – sagen: Alles, was ihr im Westen abzieht, euer Fortschritt, eure Technik, euer Erfolgsglaube, euer Streß, die Hektik und euer ganzer bescheuerter Vergnügungsrummel, das ist nichts anderes als ein einziges Davonrennen ... Ja, Flucht ist das. Die Flucht vor den drei einzigen wahren Problemen, die der Mensch in seinem Leben zu bewältigen hat: Erstens die Einsamkeit, zweitens der Sinn von dem, was du tust, und drittens der Tod. Ihr aber wollt das nicht wahrhaben, würde er sagen. Ihr seht es ja nicht einmal. Wie sollt ihr also diese Fragen lösen? Oder euch nur darauf vorbereiten?«

»Und darüber habt ihr gesprochen?«

»Kati hatte eine Menge Fragen.« Er deutete auf den matt erleuchteten Kreis der Uhr am Armaturenbrett: »Noch zwei Minuten, okay? Aber wie soll ich Ihnen in zwei Minuten erklären, was ich von Kati weiß? Wie soll ich Ihnen überhaupt etwas erklären, wenn Sie sich bis jetzt selbst noch nie gefragt haben, was eigentlich mit Ihrer Tochter los ist?« Timo Konietzka redete länger als zwei Minuten ...

Es war kurz nach zwei Uhr nachts, als Do wieder zu Hause ankam. Diese Strecke hatte sie geschafft, ohne zu wissen, wie.

In Starnberg war es kälter. Hier lag noch Eis. Do merkte es, als sie die Gartentür öffnete und zur Treppe ging, und dann ein zweites Mal, als ihr auf der Treppe die Sohle des rechten Schuhs wegrutschte, sie in der Panik des Fallens wild und vergeblich nach dem Geländer suchte, stürzte und einen ekelhaft grellen Schmerz am Hinterkopf spürte.

Sie blieb liegen.

Zuviel ... es war einfach zuviel! Liegenbleiben, die Augen schließen ... Das Hämmern im Schädel – wenn schon! Augen geschlossen halten, nichts denken, nicht länger ...

»Mensch, Do? Hast du dir weh getan?« Eine Stimme ... Sie kam von irgendwoher, von sehr weit weg, aus irgendwelchen Lichtjahr-Entfernungen. »Was ist, Do?«

Jemand richtete sie auf.

Als sie die Lider öffnete, sah sie direkt in Jans hellen, wachsamen Arztblick.

»O Mist, Jan«, flüsterte Do schwach. »Verdammter Mist ...«

»Richtig. Und es paßt ziemlich auf alles, was? Wie ist das passiert?«

»Ausgerutscht. Gefallen«, stöhnte sie kläglich. »Den Kopf aufgeschlagen.«

Die tastenden Finger an ihrem Hinterkopf waren zart wie ein Hauch. »Eine Beule, sonst nichts.«

»Nein?« Sie ächzte anklagend, während Jan ihr auf die Beine half. »Gar nichts? Überhaupt nichts?«

»Diese therapeutische Untertreibung wende ich bei allen schwierigen Patienten an.« Nicht einmal in dieser Situation konnte Jan auf seine Witzeleien verzichten.

Sie ließ sich die Treppe hinaufhelfen, war sogar dankbar für seine Hand – und nicht allein für die Hand, sondern für die Nähe, den ganzen Mann. Denn das war ja das Merkwürdige und war es eigentlich immer gewesen: So oft sie sich stritten, so wütend Do auf Jan sein konnte, so sehr ihre Meinungen auseinandergehen mochten, so rabiat sie sich während ihrer Ehe wegen irgendwelcher Banalitäten bekriegen konnten und so fremd sie sich am Ende wurden – wenn Jan dann auftauchte, genügte manchmal schon ein Sich-Ansehen, ein stummes Nebeneinander-Hergehen, eine Berührung der Hand, um Dorothea zu besänftigen.

»Unbewußte Kongruenz«, hatte es Jochen Steppat, einer der Psychologen genannt, den Do nach Ihrer Ehepleite aufsuchte. »Natürlich ist mir klar, daß es sich bei euch um vollkommen verschiedene Charakter-Strukturen handelt. Jan zupackend, lustbetont, abgehoben, du wiederum der klassische Einser-Typ, geprägt durch die Kindheitserfahrung einer fordernden Mutter, der man ständig gefallen will. Bloß kein Sich-gehen-Lassen. Statt dessen Ideale – und die natürlich korbweise. Aber wie leicht brechen die zusammen und halten der Wirklichkeit nicht stand?«

Do wußte zwar nicht, was ein Einser-Typ sein sollte, aber daß Ideale der Wirklichkeit nicht standhalten, hatte sie erfahren. Lange genug.

Auch bei diesem Schrankmenschen von Bayern ...

Oben im Haus beugte Jan sich über sie, zog ihr die Jacke aus, dann die Stiefel, sprach von Zirkulationsstörungen, eiskalten Füßen und daß sie aussähe, als sei sie gerade zwanzig Jahre älter geworden. Do nickte nur. Zwanzig Jahre? Nein, vierzig ... Tot war sie. Tot ...

Sie schloß die Augen.

Irgend etwas knisterte.

Sie fuhr hoch. »Feuer! Wer hat denn das Feuer gemacht?«

»Wer schon? Bea erzählte mir, daß du angerufen hättest, weil irgendwas passiert sei. Also fuhr ich hierher. Und die Hanne erzählte mir dann alles. Und weil mich das Rumhocken und Warten verrückt machte und auch die Moser mir nicht sagen konnte, wo du stecktest, hab' ich mich halt beschäftigt.«

Den Namen Kati hatte Jan nicht ein einziges Mal ausgesprochen.

Die Müdigkeit war wie klebriger, zäher, kriechender Leim. Nur der scharfe pochende Schmerz in ihrem Schädel hielt ihr Denken noch wach. »Jan?« flüsterte sie. »Sag's doch endlich. Sag, daß ich ein armseliger, unmöglicher Versager bin ...«

»Und warum?«

»Du weißt doch alles. Hanne hat dir doch auch von dem Brief erzählt. Und dann dieser Wahnsinn mit dem Scheiterhaufen ... Sie hat nicht nur ihre Sachen, ihre Bilder, ihre Kleider verbrannt, Jan, sie hat uns mit verbrannt. Oder zumindest das, was sie für uns empfindet. Und das war in letzter Zeit wohl nur Haß. Oder glaubst du etwas anderes? Warum? Warum nur, Jan?«

Er schwieg. Er nahm das Glas Cognac, das er ihr eingeschenkt hatte, und trank es selbst.

»Warum hat sie's getan?« wiederholte Dorothea, und ihre Stimme zitterte. »Ich denke es die ganze Zeit. Immer nur das.«

»Wo warst du überhaupt?«

»In Neubiberg. In einer Disco ...« Ihr Kopf sackte zur Seite. Endlich war es soweit: Die Tränen lösten sich, langsam rannen sie rechts und links der Nase entlang zum Mundwinkel, liefen über das Kinn, tropften auf ihren hellen Pullover. Jan ließ sie weinen. Er wußte, daß sie diese Tränen mehr brauchte als alles andere.

»Es ist meine Schuld. Du denkst es auch ... Es ist meine Schuld ... Warum sagst du's nicht? Sag's doch!«

»Komm, Do – bitte! Du mußt jetzt schlafen.«

Es war, als habe nicht nur ihr Körper, sondern auch ihr Gesicht, dieses Gesicht, das Jan immer als schön empfunden hatte, seinen Halt verloren. Nicht durch die tiefen Falten an den Mundwinkeln, um die Augen, die Wangenkerben. Es war etwas anderes: Die Kraft war aus diesem Gesicht gewichen.

»Geh ins Bett, verdammt noch mal!«

»Was soll ich da? Schlafen?«

Ihre Augen behielten diesen seltsamen Glanz. Darin fieberte etwas, das Jan noch nie an ihr erlebt hatte. Die Hölle der Selbstzweifel.

»Was heißt hier Schuld, Do? Himmelherrgott, komm runter von deinem Schuld-Trip. Ich muß mir doch dasselbe sagen. Hab' ich mir die Zeit genommen, die Kati brauchte? Ich war doch auch zufrieden mit ihrem ›O Papi, macht doch nichts, wenn du soviel zu tun hast! Wir sehen uns schon wieder ...‹ Ich hätte ihr doch widersprechen müssen. Und? Hab' ich's getan?«

»Kati wohnte hier. Nicht bei dir!«

Wohnte? Dorothea erschrak vor der Vergangenheitsform.

»Kati ist einundzwanzig. Mach dir das jetzt endlich klar! Sie ist erwachsen und dabei, die Welt zu erfahren. Das ist ein Prozeß, der immer von Krisen begleitet wird. Bei jedem Menschen.«

»Das sind doch nur Sprüche.«

»Sprüche? Himmelarsch, wenn ich daran denke, was ich in ihrem Alter alles angestellt habe! Was ist denn passiert? Sie hat ein bißchen auf der Terrasse herumgezündelt. Und ist weg. Selbsterfahrungstrip nennt man so was heute.«

Do schüttelte den Kopf. »Es ist schlimmer, Jan, viel, viel schlimmer. Ich kann dir nicht sagen, warum, aber ich spüre es ... Nein, ich weiß es. Deshalb habe ich Angst.«

»Was soll, Herrgott noch mal, denn passiert sein?«

»Sie ist depressiv, Jan. Völlig verstört. Sie ist nicht die Kati, die wir kennen.«

»Dann hat sie ihre Depression bisher ganz gut getarnt.«

»Ich hätte es trotzdem merken können. Ich hätte es merken müssen. Sie hat es ja nie gezeigt. Der Junge hat es mir gesagt.«

»Welcher Junge?«

»Dieser Diskjockey.«

»Und wie kam der dahinter?«

Do lehnte sich auf der Couch zurück und schloß die Augen. Sie versuchte, die Hände hinter den Kopf zu schieben, um die schmerzende Stelle zu schützen, und hatte Mühe damit.

»Er hat noch viel mehr gesagt. Er sagte, er kenne viele Mädchen, die ausflippten, aber bei Kati sei alles anders gewesen. Sie nahm Hasch. Sie nahm auch Ecstasy. Sie war bei irgendwelchen sonderbaren Partys und nahm all dieses grauenhafte Tabletten-Zeug.«

Er dachte an Beas Joints. Partys, na ja ... Und Tabletten? – Was willst du als Arzt dazu sagen? Er schwieg weiter.

»Der Junge meinte, er habe Kati in letzter Zeit immer in Extremzuständen erlebt. Er schrieb es ihrer Sensibilität zu. Und ihrer Einsamkeit ... Er sagte, sie sei auf diese Einsamkeit nicht vorbereitet worden.«

»Das ist doch Klippschul-Psychologie.«

Dorotheas Worte kamen leiser, stockender. »Aber es ist die Wahrheit. Der Junge hat sie, glaube ich, besser erkannt als wir ... Kati wollte mit ihm schlafen, Jan. Er meinte, nicht weil sie in ihn verliebt war, sondern nur, weil sie sich so alleine fühlte und einen Halt suchte. Er lehnte es ab. Er hatte Angst, daß Kati eine weitere Enttäuschung nicht mehr verkraften könnte, daß sie dann total abstürzen würde.«

»Hat er ihr auch Briefe geschrieben?«

»Weiß ich nicht. Das glaub' ich kaum. Er ist nicht der Typ dafür ...«

»So? Denkst du ... Und von wem stammt dann das hier?« Jan ging zur Fernsehtruhe, hob die kleine Metallvase hoch, die dort stand, und hielt ein Stück Papier in der Hand. Er kam zurück. Die Ränder des Papiers waren vom Feuer angefressen, auch die Oberfläche war versengt. Jan hatte es wohl aus den Brandresten gefischt. »Das habe ich auf der Terrasse gefunden.«

»Und? Was ist es?«

»Ein Brief. Und offensichtlich von einem Mann ... Was sagst du dazu?«

Jan begann zu lesen: »*›Es ist kein Zufall, daß wir uns trafen, Kati. So wenig, wie es Zufall sein wird, wenn wir uns wiedersehen, hier in Bayreuth wahrscheinlich, denn in der nächsten Zeit werde ich kaum Gelegenheit haben, München …‹*«

Er brach ab. »Nein, das kann ich nicht entziffern. Es ist völlig versengt. Wahrscheinlich heißt es ›zu besuchen‹ oder irgend so etwas …«

Jan beugte sich tiefer über den Papierfetzen. »Aber hier geht's weiter, ganz tiefsinnig: *›Zufälle gibt es nicht. So, wie alles in dieser Welt bis ins letzte Elementarteilchen zueinander in Beziehung steht und seinen Gesetzen folgt, so ist auch unser Leben verwoben. Was immer wir tun wollen, es folgt bestimmten festgelegten Leitlinien.‹*«

Er ließ das Papier sinken und grinste mühsam. »Ende der Durchsage. Der Rest ist verbrannt. Na, was hältst du davon?«

Was sollte sie davon halten? Do fühlte sich so schwach. Sie hielt die Augen geschlossen. »Bayreuth? – Das kann nicht von Timo sein.«

»Timo?«

»Der Diskjockey. Er wohnt in München.«

»Von wem ist der Brief dann?«

Ja, von wem? Hatte Kati noch andere Beziehungen? Gab es da noch mehr Jungen oder Männer? Was wußte Do schon von Kati? Doch nur dieses eine: *»Mit mir, mit allem, was ich bin, hast Du nie etwas zu tun gehabt …«*

Do starrte vor sich hin. Wieder war Jan hinter sie getreten, um mit sanften, langsamen, ruhigen Bewegungen ihre Schulter zu massieren. »Hast du schon Tommi Reinecke angerufen?«

Sie schüttelte den Kopf.

»Das solltest du aber …«

Sie sah auf die Uhr. »Um diese Zeit?«

»Bei Tommi macht das doch nichts. Er hat Verständnis. Und er weiß eine Menge … Und außerdem ist Tommi der einzige von uns, mit dem Kati immer Verbindung hielt.«

Aber Tommi war nicht zu erreichen. Er war nicht zu Hause …

3

Kati konnte den Schatten des Schranks erkennen und das hohe bläuliche Funkeln des Fensters. Zuvor hatte sie es geöffnet, nun bewegte der Wind die Vorhänge. Es war ein eisiger Hauch, der ihre Stirn traf. Kati drehte sich im Bett um und zog die Schultern zusammen. Wieso war es nur so kalt geworden?

Sie schloß wieder die Augen und versuchte alles, was in den letzten beiden Tagen geschehen war, in einen Zusammenhang, zumindest in so etwas wie eine logische Abfolge zu bringen. Es gelang ihr nicht. Ihr Gedächtnis reagierte langsam und widerwillig, projizierte nur einzelne, isolierte Eindrücke und Bilder in ihr Bewußtsein, merkwürdig fremde und zugleich angenehme Erinnerungen: Die Reise mit Martin von Schönberg über München nach Starnberg und dann wieder zurück. Endlose Stunden, die vorüberglitten, weich und dunkel, als existiere die Zeit nicht mehr.

Sie hatte auch kaum gegessen, nur immer wieder den Tee getrunken, den Martin in der Thermosflasche mithatte. Im Grunde war es, als habe auch Katis Körper sich aufgelöst, als schwebe sie über dem kleinen Wagen und sehe von oben zu, wie er durch die Landschaft kroch. Über die Autobahn, dann durch München zum See, zum Haus. Ja, sie war im Haus gewesen, sie war glücklich, tanzte, und da war ein Feuer, in das sie Dinge warf. Ja, sie tanzte, tanzte, und auf der Rückfahrt schlief sie ein …

Heute aber?

Heute nachmittag die Sitzung mit Reto. Er hatte nicht einmal nach ihrer Reise gefragt, saß nur in seinem großen Sessel im verdunkelten Pavillon.

Spürst du es, Kati?

Sie sah ihn nicht. Reto war hinter ihr. Sie sah nur die Farben und Bewegungen auf dem Bildschirm. Aber Retos Stimme war bei ihr, war wie eine freundschaftlich beruhigende Berührung, wie ein Streicheln, leise und suggestiv, sie war zu einem Teil von ihr selbst geworden, so, als denke sie die Gedanken, die er aussprach: *Es ist nichts als Übergang, Kati. Ein Übergang zum Glück und Vergessen ... und ich werde dich begleiten. Hab keine Furcht, du kannst alle Gedanken denken, so verrückt und so abwegig sie auch sein mögen, ich werde ihnen folgen und sie verstehen. Ich bin dein Bruder, dein Freund. Spürst du es?*

O ja, sie hatte es gespürt. Und wie sie es gespürt hatte ...

Es wird wie ein Strom sein. Er wird dich ergreifen. Doch er wird dich nicht forttragen, du wirst dich in ihm geschützt und zu Hause fühlen, so wie das Kind im Körper seiner Mutter.

Und es war wahr. Kati fühlte sich so bewahrt, so umschlossen, nie hätte sie es für möglich gehalten, daß es so etwas gab.

Alles, was da ist, Kati, Materie oder Fleisch, alles kommt von Gott. Auch unsere Bausteine sind Teile des von ihm geschaffenen Kosmos. So wie die Kraft, die in uns wohnt. Sie ist göttlich und kosmisch zugleich – und daher unendlich. Auch du besitzt diese Kraft. Glaubst du es?

»Ja.«

Wir sind göttlich, Kati.

»Ja. Reto.«

Ihr Kopf schmerzte. Das war zuvor schon so gewesen, doch sie war trotzdem eingeschlafen, und Retos Stimme hatte sie selbst im Traum begleitet.

Wenn es nur nicht so kalt wäre …

Kati Folkert schlug die Decke zurück und schob die Beine über die Bettkante, um aufzustehen und das Fenster zu schließen. Sie wollte nicht frieren.

Sie ging auf Zehenspitzen, und die Berührung des Teppichs, der den Boden bedeckte, tat ihr gut. Sie schloß das Fenster und wollte zum Bett zurück. Doch sie kam nur bis zur Mitte des Raums.

Die Tür hatte sich geöffnet. Das Licht ging an. Kati drehte sich um und erschrak. Im Türrahmen stand eine schwarze Silhouette.

»Kati?«

Es war dieses Mädchen, es war Toni. Reto hatte sie Kati gestern vorgestellt, weil Toni mit ihr das »Alpha-Training«, den »Reinigungskurs« machen sollte. »Dies ist deine Schwester Toni …« Das mit »Schwester« und »Bruder« wollte Kati noch nicht so leicht über die Lippen, den Nachnamen aber hatte sie sich gemerkt: Becker …

»Was ist denn? Mach doch das Licht aus.«

»Entschuldige schon … Kann ich hierbleiben?«

»Hierbleiben? Wieso denn?«

»Weißt du, ich … ich …« Es klang kläglich und war kaum zu verstehen. Kati dachte an das Mädchen von gestern: ein Mädchen im vergammelten, verfleckten Jeansanzug, das sie aus grauen prüfenden Augen angestarrt und mit seinem kessen, selbstsicheren Auftreten richtig verwirrt hatte.

Toni wohnte im Zimmer nebenan. Sonst war der Flur leer. Reto hatte mit Helga, seiner Freundin, die Wohnung im unteren Stockwerk. Oben in dem Haus, das das »Nest« genannt wurde, gab es zehn Zimmer, genügend Platz für zwanzig Neuaufnahmen, hatte man Kati gesagt. Doch sie und Toni waren allein.

»Was ist los? Fühlst du dich nicht gut?« fragte Kati.

»Nicht gut? Beschissen geht's mir.«

»Mach doch bitte endlich das Licht aus.«

Kati schlüpfte wieder unter die Bettdecke. »Komm, setz dich zu mir.«

»Kann ich nicht ...«

»Was?«

»Kann ich nicht zu dir ins Bett, Kati?«

»Natürlich. Aber warum?«

Toni schwieg. Sie trug einen dünnen, zerrissenen Trainingsanzug. Sie legte sich neben Kati und drehte den Kopf zur Wand. Ihre Schultern bebten – nicht nur die Schultern, der ganze Körper.

Kati legte die Hand auf Tonis Oberarm, um sie zu beruhigen. Es half nichts.

»Was ist denn?«

»Weiß nicht. Wirklich nicht. Mir ist so komisch ... so übel. Mein Hals ... Die Bilder, und dann dieser Stuhl ... Und dieser Typ, dieser Reto ...«

»Was ist mit Reto?«

»Die haben uns irgendwas gegeben, Kati ... Ich merk' das, glaub mir.«

»Gegeben? Was haben sie uns gegeben?«

»Weiß ich nicht. Irgendwas, Speed oder so ... Ich kenn' das doch. Ich meine, ich hab' so Schmetterlinge im Magen und mein Puls ... Da, fühl mal.«

Tonis Puls raste.

»Das ist wie Speed. Oder wie ... wie ein Trip ...«

»Was heißt ›die‹? Was hat denn das mit Reto zu tun? Und dem Stuhl?«

»Alles«, sagte Toni. Und dann richtete sie sich plötzlich auf, drehte sich Kati zu, und Kati spürte ihren Atem, sah das graue Gesicht und die dunklen Augen darin, spürte wie sich Tonis Zittern verstärkte. »Kati, ich hab' Angst.«

»Hier? Ist doch verrückt, hier Angst zu haben. Hier am wenigsten. Warum bist du dann hergekommen?«

Darauf bekam sie keine Antwort. »Verrückt«, flüsterte Toni. »Glaub mir, die sind verrückt! Jawohl, verrückt sind sie ...«

Es war das letzte, was sie von Toni hörte. Danach herrschte Totenstille, eine Stille, die lastender, ja, furchterregender war als alles andere.

Kati öffnete den Schrank und suchte nach einer zweiten Decke.

Nichts ... Nur Leintücher. Und Toni fror doch so. Sie hatte Hände wie Eis, auch die Stirn war naß von kaltem Schweiß ... Kati lauschte ihrem Atem, und ihre Angst wuchs. Schließlich drückte sie sich einfach an Toni, um ihr Wärme zu geben, dann stand sie wieder auf, zündete das Licht an und verließ das Zimmer. Toni konnte schwer krank sein. Sie mußte Reto holen, Toni brauchte Hilfe.

Am Ende des Flures, von zwei kleinen Tiefstrahlern beleuchtet, blickte ihr der »große Vater« entgegen. Er lächelte. An den Wänden hingen seine Worte, alle in den gleichen grauen Metallrahmen. Schöne Worte. Nur halfen sie nicht ... Auch Reto half nicht. Als Kati im Erdgeschoß zögernd den Finger auf die Wohnungsklingel drückte, blieb alles still. Sie läutete nochmals. Nichts ... Vielleicht schlief er? Sie klopfte. Niemand kam.

Es war keiner im Haus, und die Vorstellung, allein mit Toni in dem langen, kahlen Betonblock zu sein, hatte mit einem Mal etwas Unheimliches ...

»In uns wohnt eine Stärke, die uns unbesiegbar macht und allen Gefahren trotzt. Wir brauchen sie nur zu rufen.«

Der Satz hing genau der Tür gegenüber an der Wand. Aber in Kati war keine Stärke. Ihre Beine und Knie waren schwach, als sie ins Zimmer zurückkam und ins Bett kroch.

»Toni ... Geht es besser?«

Hätte Martin wenigstens sein Versprechen eingehalten! Die ersten Tage des Kurses hatte er doch auf Schönberg bleiben wollen. Martin war so ruhig, man konnte ihm vertrauen, er hatte auf jede Frage eine Antwort. Aber wahrscheinlich war vorgezeichnet, daß Kati auch dies durchstehen mußte. Es war auch wahr, was Martin in seinem Brief schrieb: *»Es gibt keinen Zufall. Es ist auch kein Zufall, daß wir uns trafen und uns in Bayreuth wiedersahen. Alles ist miteinander verbunden und folgt bestimmten festgelegten Leitlinien ...«*

Alles?

Daß sie Timo begegnet war, daß er sie ins »Bali« brachte und daß sie dann an diesen Horror-Grufti-Partys teilgenommen hatte, an diesem ganzen Satansdreck, aus dem Martin sie herausgefischt hatte. Martin, der ihr die Augen öffnete – über sie selbst, über Mama, die doch immer tiefer in ihrem blinden Egoismus versackte.

Martin ... Und jetzt?

Kati hielt Toni im Arm. Vielleicht war auch dies nichts anderes als ein Teil des Weges ...

Noch einen Kaffee? Es wäre der dritte an diesem Morgen, und soviel Koffein wollte Robert Tennhaff weder seinen Nerven noch seinem Magen zumuten. Aber als sein Blick auf das Pflaster an seinem schmerzenden Daumen fiel, sagte er sich, daß er den Kaffee nicht nur verdient habe, sondern ihn auch brauchte, um den ganzen Vormittagsärger durchzustehen.

Er verließ die Kontrollzentrale und betrat den Korridor. Die Büros lagen verwaist. Vom anderen Ende hörte man das leise Summen der Faxgeräte, die ihre Endlosschlangen ausspuckten.

Die Schulung begann um halb acht und war um acht Uhr dreißig zu Ende: eine Stunde »Spiritual powering« am frühen Morgen. Die hatten ja für alles so sonderbare Ausdrücke.

Tennhaff nahm den Plastikbecher aus dem Automaten, schob ihn unter die Einlaufdüse und drückte auf den Knopf.

Und wie immer, wenn er hier wartete, fiel dabei sein Blick auf die große Aufnahme von Schönberg. Es war eine Luftaufnahme, aus zirka fünfhundert Metern Höhe geschossen. Bis zu dem weichgeschwungenen Hügelkamm des Rotkopfs zeigte sie das ganze Schönberg-Areal. Von den sechsundzwanzig Hektar Forst, die zu Schloß Schönberg gehörten, interessierte Tennhaff allerdings nur ein kleiner Teil: die zehntausend Quadratmeter, die er zu bewachen hatte, damit kein Unbefugter das Gelände betreten konnte.

Von oben gesehen, wirkte die Sache einfach. Im Westen, auf freier Wiese und am Ende einer Allee, lag das Schloß. In U-Form angelegt, mit Nord- und Südflügel und Auffahrt, wirkte es selbst aus der Vogelperspektive nobel und imponierend. Zweihundert Meter westlich befand sich das alte gräfliche Rentamt. Hier stand er, hier war auch die Überwachungszentrale untergebracht. Die Organisation hatte das Gebäude für Verwaltungszwecke umgebaut. Auf der gegenüberliegenden Seite gab es die alte Remise, in der der Chef der »Schönberg-Familie« und damit der Chef der Deutschland-Niederlassung wohnte. Zur Zeit war das Marc Berg. Unweit davon zwischen schönen alten Bäumen standen die drei Wohnblöcke der »Familienmitglieder« und schließlich noch, oberhalb des sanften Halbbogens des kleinen Baches mit seiner Brücke, das Aufnahme-Center. Dort befand sich auch der Pavillon, in dem die Neuen des »Alpha-Kurses« ihren ersten Schliff erhielten.

Das war es. Und das Wichtigste blieben die Zufahrten. Der Haupteingang mit dem gewaltigen schmiedeeisernen Tor war fast immer geschlossen. Daneben gab es eine Pforte, die sich per Fernsteuerung öffnen ließ. Das Kameraauge, das das Vorgelände und jeden Besucher filmte, war unsichtbar in einem Baum untergebracht. Am Haupteingang begannen Mauern und Zaun, alles grundsolide gebaut und zusätzlich noch mit einem Sensor-Draht und Infrarot-Meldern gesichert. Der Zaun umschloß den Kernbereich, führte also auch zum Westtor, das von den Mitgliedern der Organisation und den Lieferanten benutzt wurde.

Und genau dort, an diesem Westtor, begann Tennhaffs Problem. Es trug einen Namen TCC-41, und bestand aus einem mechanischen Schwenkarm, einer elektronischen Kamera mit Weitwinkeloptik und dem Sender, der die Bilder an die Überwachungszentrale lieferte. Es gab sechs solcher Geräte, und sie hatten bisher auch ganz brav gearbeitet. Selbst bei Nacht, wenn die Spots eingeschaltet wurden, lieferten sie ziemlich gute Bilder der kritischen Geländeabschnitte.

Nur die Nummer fünf wollte nicht.

Der Schwenkarm blockierte.

Und so war Tennhaff gleich nach Dienstantritt um sieben Uhr dreißig, als ihm die Nachtschicht den Schaden gemeldet hatte, zu der kleinen Brücke am Bach gelaufen, wo die Kamera montiert war. Nichts zu machen. Er hatte Werkzeug geholt, hastig ein Brötchen gegessen und es dann noch einmal versucht. Die ganze Mühe brachte nichts. Tennhaff hatte sich lediglich den Daumen aufgerissen, und der schmerzte ihn nun so sehr, daß er den heißen Kaffeebecher in die andere Hand nahm.

Er betrat die Zentrale und stellte den Becher auf den Monitor der beschädigten Kamera Nummer fünf.

Das Bild von zuvor war zu sehen: der Weg zu den Unterkünften der Neuaufnahmen, drei kleine Tannen, dahinter die Straße zum Westtor.

Nein, nichts hatte sich geändert. Oder doch?

Tennhaff schob den Kopf näher an den Schirm.

Die Tannen bildeten ein exaktes Dreieck. Und dort, wo sich ihre Zweige berührten, bewegte sich etwas. Jetzt wieder ... Er sah es ganz deutlich: ein Arm, eine Schulter, nun die Kapuze eines Anoraks. Dort draußen herrschten mindestens zehn Grad minus. Wer drückte sich zwischen den Tannen herum? Die Gärtner konnten es nicht sein, bei diesem Wetter hatten die sich abgemeldet. Wer, verdammt?

Tennhaff sah auf die Uhr: acht Uhr vierzig. Topitz' Schicht hatte eigentlich schon begonnen. Und er selbst hatte genügend Papierkram am Hals. Wo blieb Topitz?

Tennhaff nahm die blaue gefütterte Jacke vom Haken und stapfte hinaus in die Kälte.

Im Schloß waren die Fenster erleuchtet. Wer nicht bei der Schulung war, arbeitete.

Der Betrieb begann um acht Uhr morgens, und nur der Teufel mochte wissen, was sie eigentlich produzierten: Glaube am Laufmeter natürlich. Denn ohne »Gottes Welt« wären weder die Natur noch die Menschheit oder gar die Welt selbst zu retten ...

Und dazu brauchte man Papier. Papier als Bücher, Broschüren, Prospekte, Zeitungen, Briefe an die Mitglieder, Briefe in alle Welt, Papier ohne Ende und bedruckt in allen Sprachen. Schließlich hatte GW ihre Niederlassungen in vier Kontinenten und sechsunddreißig Ländern, war eine wegen ihres sozialen Engagements und ihres Eintretens für die Umwelterhaltung meist wohlgelittene Glaubensgemeinschaft mit unzähligen Stützpunkten. Selbst Videos, Tonbandkassetten und Filme versandte die Organisation, die sich »Gottes Welt«, abgekürzt »GW«, nannte. Und dies alles war nur ein Teil. Zur Kirche kam der Konzern, kamen Geschäfte, Finanzinteressen. Was wußte Tennhaff davon? Was interessierte es ihn? Seine Aufgabe war die Sicherheit. Für die würde er garantieren, zumindest hier in Schönberg. Und auch nur, versteht sich, solange sie ihn ließen ...

Er nahm das Fahrrad. Und da ihm die Sache nun wirklich merkwürdig vorkam, stieg er in die Pedale. Er wählte den kleinen asphaltierten Weg, der über einen flachen Hang zum Bach hinunter führte.

Da waren die Tannen, dunkle Schatten im transparenten, milchfarbenen Dunst.

Vielleicht war die Person schon weg?

Nein.

Tennhaff bockte das Fahrrad auf und ging näher, sehr langsam – und dann blieb er stehen.

Es waren zwei Mädchen. Das Mädchen, das er schon auf dem Schirm ausgemacht hatte, das im Anorak, sah ihm entgegen. Es war mittelgroß, schmal, sehr zart und sehr hübsch. Die Kapuze hatte sie zurückgestreift, und der eisige Wind blies ihr das Haar über das Gesicht, so daß es wie eine feine dunkle Äderung wirkte, aus der ihm zwei dunkle Augen entgegenstarrten.

»He?« sagte Robert Tennhaff. »Was ist denn mit euch?«

Er hatte das Mädchen sofort erkannt. Und nun erinnerte er sich auch an ihren Namen: Kati Folkert. Tennhaff erinnerte sich deshalb, weil sie die Tochter einer bekannten Journalistin sein sollte. Das jedenfalls hatte man ihm gesagt. Kati Folkert war eine der beiden Neuaufnahmen, die seit vier Tagen im »Nest« wohnten. Ein junger Mann, einer der frei arbeitenden Organisationsmitglieder, hatte sie abgeliefert. Die andere wiederum, die Kleine, die, den Kopf zwischen die Schultern gezogen, zusammengekauert zwischen den Tannen hockte, war allein nach Schönberg gekommen. Ihren Namen hatte Tennhaff vergessen. Was sollte das alles? Vor allem: Wo steckte Reto? Schließlich fiel das »Nest« in seine Zuständigkeit.

»Was ist passiert?« fragte Robert Tennhaff.

»Wenn ich das wüßte«, sagte Kati Folkert. »Toni ist krank.«

»Krank? Was tut sie dann hier?«

»Sie kam in der Nacht zu mir ... Sie wollte bei mir bleiben. Ihr war schlecht, hat sie gesagt ... Sie fror auch so schrecklich. Und dann wurde ihr Arm ganz starr und der Nacken auch. Am Morgen hat sich das gebessert ... Aber als ich ihr das Frühstück holen wollte, ist sie weggerannt. Einfach raus ...«

»Raus? Hierher?«

»Nun helfen Sie doch! Sie sehen doch selbst, wie es ihr geht. Außerdem hat sie doch nur dieses dünne Zeug an.«

Tennhaff bückte sich. Toni? – Toni Becker? Stimmt. Er hatte die beiden Dossiers auf seinem Schreibtisch liegen, aber er war noch nicht dazugekommen, sie durchzusehen.

Das Mädchen hatte sich seitlich auf dem eiskalten Boden ausgestreckt. Es lag da, die Knie angezogen, das Kinn gegen die Brust gedrückt. Tennhaff faßte nach Tonis Hand. Sie war kalt. Die Stirn brannte.

»Komm!« sagte er, »das wird schon wieder. Aber jetzt stehen wir erst mal auf, ja?«

Sie rührte sich nicht. Er zog seine Jacke aus und hob die Kleine hoch. Als er sie an der rechten Schulter hielt, stellte er die seltsame Muskelspannung ihres Körpers fest. Der Oberarm war hart wie Stein ...

Tennhaff stellte sie auf die Beine und legte ihr die Jacke um. Sie starrte ihn an. Ein mageres Gesicht mit grauen, verschwollenen Augen, Sommersprossen rechts und links der Nase und bläulich verfärbten, zitternden Lippen. Und dieser Blick! Robert hatte das Gefühl, als sähe sie ihn überhaupt nicht.

Er nahm das Handy vom Gürtel und rief Topitz an. »Hannes, wir haben ein Problem. Eines der Alpha-Mädchen ist krank. Ich bin hier unten am Bach, bei den drei

Tannen gegenüber vom Pavillon. Schick mir sofort einen Wagen.«

»Aber das ist doch Retos ...«

»Schick mir einen Wagen, Herrgott noch mal! – Ende.« Tennhaff hielt Toni an den Schultern fest und versuchte, mit den Fingerspitzen der rechten Hand den Puls an ihrem Hals zu ertasten. Ihr Herz jagte. Und dann dachte Tennhaff plötzlich: So was hast du schon mal erlebt! Und das war dann ernst geworden, sehr ernst sogar ...

Im Schloß gab es eine Krankenstation, aber bei ernsten Fällen half sie nicht viel. Trotzdem war der Chef strikt dagegen, Besuchern, deren Verhalten nicht genau kontrolliert werden konnte, den Zugang zum Gelände zu gestatten. Ärzte gehörten für ihn auch dazu ... In seinem Verfolgungswahn war Marc Berg sogar so weit gegangen, daß er ein Mitglied, das sich bei einem Bauunglück einen offenen Beinbruch holte, im Lieferwagen abtransportieren ließ. Das nächste Krankenhaus lag 32 Kilometer entfernt. Der Mann konnte seine Knochensplitter betrachten, die aus dem Bein ragten, und den ganzen Weg über schreien, bis er schließlich ohnmächtig wurde. Marc Berg hatte nun mal den Sicherheitstick.

Da kam der Wagen. Es war einer der Passats der Fahrbereitschaft. Tennhaff spürte, wie das Mädchen schwer in seinen Armen wurde. Sie murmelte etwas. Dann sackte ihr Kopf zur Seite. Er hob sie hoch und trug sie dem Wagen entgegen ...

Die Kältewelle, die in dieser Nacht die Temperaturen wieder weit unter den Gefrierpunkt drückte, hatte am Morgen das Voralpenland erreicht. An Do Folkert's Haus fror das Tropfwasser zu Eiszapfen. Hanne, die Haushälterin, holte Streumaterial, um die Treppe rutschsicher zu machen, damit sich ein Unfall wie gestern nicht wiederholen konnte.

Do aber schlief. Und der Schlaf trieb sie in einen Alptraum: Wieder war sie auf dem Golan. Wieder diese weichen, schwarzen Höhenkämme, das Dorf dort unten nichts als eine Ansammlung heller Hauswürfel ... Und dann zerriß die Explosion die Stille dieser biblischen Landschaft, und die hochfliegenden Trümmer verwandelten eines der Häuser in eine Art schreckliche Blume ...

Darauf hatten sie gewartet; mit der Frau hatte niemand gerechnet. Schräg kam sie über den von Geröll übersäten Hang herauf, eine alte Frau in einem schweren violetten Kleid, dessen Saum über die Steine streifte. Die Fäuste hatte sie erhoben, den Mund offen, und da waren die Augen nun ganz deutlich vor Do, Augen von einem so unergründlichen und unbändigen Zorn, Augen wie schwarzes, loderndes Feuer.

Und ein Mund, der schrie.

»Was will sie?« stammelte Do und wich zurück.

»Na, was schon?« Der israelische Hauptmann, der die Journalisten-Gruppe in das Tal hinauf gebracht hatte, schüttelte nur den Kopf. »Uns verfluchen. Was denn sonst? Uns und unsere Kinder und Kindeskinder ...«

Der Mund. Diese Augen. Und ein Steingesicht, aus dem der Haß sprach.

Do schlug mit den Armen um sich, sie fuhr hoch.

»Frau Folkert? – Um Gottes willen, was haben Sie denn?«

Sie lag in ihrem Bett in Starnberg. Sie sah die vertraute Goldfarbe der Vorhänge, den kleinen, mit Papieren übersäten Schreibtisch, den Kleiderschrank – und Hanne, die den Teewagen ans Bett gerollt hatte, auf dem das Frühstück wartete.

»O Gott, Frau Folkert ... Sie haben geträumt, nicht wahr? Ich auch. Ich konnte die halbe Nacht nicht schlafen. Es ist alles so schrecklich ...«

Alles so schrecklich? – Die Wirklichkeit brach über Do

herein, und sie war schlimmer als der Alptraum, den sie gerade erlebt hatte. Sie kniff die Augen zusammen und massierte die Schläfen. Sie sagte sich: Du stehst das durch. Und dann befahl sie sich: Ganz ruhig jetzt, nur ruhig ... Gedanken ordnen. Nachdenken.

»Der Herr Professor hat heute hier übernachtet«, hörte sie Hanne sagen. »Im Gästezimmer. Er hat gesagt, sobald sich Kati meldet oder Sie irgend etwas Neues erfahren, dann sollen Sie ihn doch bitte anrufen.«

Do nickte. Ruhig sein ... Nachdenken ...

»Wollen Sie Kaffee oder Tee?«

»Kaffee ...«

Sie schob sich aus dem Bett. Ihr Körper fühlte sich wie gerädert und zerschlagen an. Noch immer. Aber das würde sich geben. Sie würde ihn, sie würde sich in Schwung bringen.

Also, was zuerst? Der Verlag natürlich ... Den Verleger anzurufen, dazu hatte Do keine Lust, sie kannte den Alten. Schmidt-Weimar würde sie in eine seiner Endlosdebatten verwickeln, aber bei Engelmann, dem Chefredakteur, mußte sie sich melden. Do tippte seine Durchwahl ein.

»Ah, Frau Folkert!« Helen Weiss, Engelmanns Sekretärin, stieß einen Überraschungsschrei aus. »Herr Engelmann hat schon angerufen und nach Ihnen gefragt.«

»Ist er nicht im Verlag?«

»Nein. Herr Engelmann kommt erst am Nachmittag zurück. Er mußte zu irgend so einer Fernsehgeschichte. Er hatte es furchtbar eilig.«

Das hatte es Engelmann meist.

»Und Schmidt-Weimar?«

»Der ist heute morgen beim Arzt.«

Dies bedeutete eine Galgenfrist. Sie würde am Nachmittag im Verlag auftauchen, beschloß Do, oder besser, erst mal mit Engelmann am Telefon sprechen. Sie wunderte sich, wie fern ihr dies alles geworden war: der Verlag, die Arbeit. Natürlich konnte sie Ärger bekommen, das Israel-Thema war Schmidt-Weimars ureigenes Baby. Sollte er sich doch zum Teufel scheren! Wen sie jetzt brauchte, das war Tommi Reinecke …

Es war zehn Uhr dreißig, als Do den Wagen auf den Parkplatz vor dem Verlagsgebäude steuerte.

Sie stieg aus und ging auf die drei Marmorstufen zu, die zu der großen gläsernen Eingangstür führten, und blieb erst einmal stehen. Sie erkannte Seifert, den Chefportier, hinter seinem Schreibtisch, sie sah das Licht, das auf den hohen Messingkandelabern glänzte.

Vor sechs Jahren, als das »Heute« den Auflagensprung von sechs- auf achthunderttausend geschafft hatte und damit auch von den beiden anderen Nachrichtenmagazinen ernst genommen wurde, hatte Schmidt-Weimar beschlossen, die Redaktion aus dem unansehnlichen Zementblock in der Ainmillerstraße hierher in das neue supermoderne und superteure Verlagsgebäude am Arabella-Park zu verlegen. Und wer seither durch diese Türen ging, war beeindruckt von den grauweißen Marmorfliesen, von der Eleganz und der Höhe des Raumes.

Neben dem Lift hingen zwei überlebensgroße Fotografien. Die eine zeigte Do Folkert in einer schußsicheren Weste, eine verrutschte Sonnenbrille auf dem verschwitzten Gesicht, die Ärmel des Khakihemds hochgekrempelt, Falten auf der Stirn: 1994. Der Sommer in Sarajewo. Auf der anderen Seite der Fahrstuhltüren hing ein zweites Foto: Dieter Engelmann, der Redaktionschef.

Beide Fotos steckten in teuren Wechselrahmen. Sie galten im Verlag als exaktes Barometer für die augenblickliche Verleger-Gunst: Wer im Rahmen war, stand ganz oben. Die Frage blieb nur: Für wie lange?

Do hatte weder Lust, an dem Erfolgspaar Folkert-Engelmann vorüberzugehen, noch irgend jemand anderem zu begegnen.

Sie stieg wieder in ihren Wagen und steuerte ihn durch die Durchfahrt in den Hof der Druckerei. Hier gab es einen anderen Eingang, durch den man gleichfalls ins Reporterzimmer gelangen konnte.

Sie mußte Tommi finden.

Nur Tommi konnte ihr jetzt weiterhelfen. Im ganzen Laden verfügte keiner über so gute Beziehungen wie er. Von der Polizei bis zu den Pennerheimen – Tommi kannte die Stadt wie keiner, kannte jede Szene, jeden Winkel, jede Möglichkeit. Und was noch wichtiger war: In Situationen wie dieser gab es keinen besseren Freund als ihn!

»Wo ist Tommi?« Do hatte die Tür zum Reportersekretariat im vierten Stock geöffnet.

Die Sekretärin wirbelte auf ihrem Drehstuhl herum: »Sie, Frau Folkert? – Zurück?«

»Zurück, ja, aber nicht im Hause, Doris. Wo ist Tommi?«

»Keine Ahnung. Hier nicht. Sie wissen doch, der sagt nie was.«

Ja, sie wußte ... Tommi hatte dreißig Jahre lang den Reporter gespielt, meist mit der Kamera, oft genug mit Taschenrecorder und Bleistift, und seine Texte waren fast so gut wie die Fotos gewesen, die er schoß, ein hundertprozentiger Profi halt. Vielleicht, daß er manchmal einen über den Durst trank, aber allein schon wegen seiner Erfahrung und seiner Beziehungen war er nicht mit Gold aufzuwiegen.

Und dann hatte Engelmann die Chefredaktion übernommen. Seine Ära mußte für Tommi Reinecke das Aus bedeuten. Als es geschah, damals vor drei Jahren, hatte Do bei Schmidt-Weimar erreicht, daß Tommi ein Freier-Mitarbeiter-Vertrag und eine Schreibtischecke bei den Reportern erhalten blieb. Den Begriff »freier Mitarbeiter« nahm Tommi Reinecke sehr ernst. Er ließ sich seine Themen nicht vorschreiben. Er holte sie sich selbst. Und wenn die Heute-Redaktion keinen Gefallen daran fand, bot er sie sofort und prompt der Konkurrenz an.

Do nahm wieder den Lift, fuhr in den dritten Stock hinab und ging den langen, von Zeitschriftenstapeln, Akten, Kästen, Scannern und Kopiergeräten gesäumten Korridor zum Archiv entlang, wo Otto Lobkowitz saß, Ex-Sport-Chef – noch eine Größe von einst ...

»Das gibt's doch nicht!« Lobko nahm die rechte Hand von der Bierflasche und versuchte, seinen Bauch an der Schreibtischkante vorbei hochzuquetschen. »Was sucht jemand wie du bei den grauen Mäusen?«

Mit den dicken Brillengläsern und seinem aufgeschwemmten Gesicht war Lobkowitz seit seinem Einzug ins Archiv wirklich zur grauen Maus geworden – zur dicken grauen Maus.

»Ich suche Tommi.«

»Wenn ich den nicht hätte, würdet ihr da oben mich wohl alle vergessen.«

»Aber du hast ihn nun mal, Otto.« Do lächelte. Lobkowitz rollte den Stuhl an die Wand zurück. Er betrachtete Do aus seinen Eulenaugen. Die Abwechslung, die ihm ihr Erscheinen bot, wollte er auskosten.

»Und oben kann's dir keiner sagen?«

»Natürlich nicht. Mit denen redet er doch nicht. Aber mit dir.«

Er nickte und wechselte das Thema. »Wie war's in Israel? Der Alte hat dich doch da nur runtergeschickt, weil er sich eine Einladung vom Weizmann-Institut verspricht, oder?«

Das stimmte zwar, doch Do verspürte keine Lust, sich darüber zu unterhalten.

»Lassen wir das, Lobko. Ich habe andere Probleme.«

»Ärger?«

Sie schwieg, doch als sie das rotglänzende, aufgeschwemmte, melancholische Gesicht betrachtete, sah sie den Lobko von einst vor sich: witzig, aktiv, erfolgsgewohnt, selbstsicher, und sie fühlte sich hilflos einer Welle von Mitgefühl und Zorn ausgeliefert: Was hatten sie aus ihm gemacht? Was machen sie, verdammt noch mal, aus uns allen?

Sie begann zögernd, aber dann sprach sie doch von Kati. Lobko schwieg. Do war ihm dankbar dafür, daß er sie nicht mit irgendwelchen weisen Sätzen eindeckte.

Schließlich sagte er: »Ich glaube, du solltest dir keine Vorwürfe machen ...«

»Und wie nicht?«

»Vielleicht hat das Verhalten deiner Tochter gar nicht so viel mit dir zu tun, wie du annimmst.«

Sie zog fragend die Schultern hoch, und er setzte hinzu: »Dieser Abschiedsbrief ...«

»Komisch, nicht?«

»Nicht nur komisch. Die Wendung: ›Nicht von meinem Fleisch‹ ... Das ist doch nicht Katis Vokabular. So spricht doch keine Zwanzigjährige. Es klingt irgendwie ... klingt nach Kirchensprache, biblisch. Nein, es klingt nach Sekte ... Hast du unter ihren Sachen zu Hause irgendwelches Material gefunden?«

»Sektenmaterial?«

»Ja. Werbeschriften. Bücher. Bilder.«

Sie schüttelte den Kopf.

»Red' mit Tommi darüber, Do. Der kennt sich ziemlich aus. Er hat sich mit dem Sektenthema beschäftigt, hat Material gesammelt, Kontakte aufgenommen. Das Thema ist ziemlich aktuell.«

»Deshalb bin ich ja hier. Ich brauche einen Anhaltspunkt,

Lobko. Irgendeinen … Vielleicht hat Tommi eine Idee. Aber wo ist er?«

Lobkowitz schob einen Finger unter die Brille und drückte ihn auf sein rechtes Auge. »Im Augenblick weiß ich's nicht genau. Er ruft immer gegen sechzehn Uhr an. Da haben wir eine feste Abmachung. Wahrscheinlich steckt er irgendwo in Neutrudering. Hat er wenigstens heute morgen gesagt. Da läuft ein Polizeieinsatz. Rumänen. Scheint 'ne ziemlich heiße Sache. Ich kann dir seine Mobil-Nummer geben.«

Er griff nach dem Kugelschreiber, schrieb ihr die Nummer auf ein Memoblatt und schob es ihr zu.

Sie erhob sich. »Du behältst das alles für dich, nicht wahr?«

»Was für eine Frage«, sagte Otto Lobkowitz.

»Jetzt regen Sie sich doch ab«, hatte die knochige Blonde in der Krankenstation zu Tennhaff gesagt. »Ich habe ihr eine Spritze gegeben. Warten Sie doch erst mal ab, bis die wirkt.«

»Sehen Sie sich ihre Hand an. Und die Lippenfärbung. Sehen Sie nicht, daß das eine richtige Lähmungserscheinung ist? Hören Sie, ich hab' solche Zustände schon bei anderen gesehen.«

»Warten Sie doch ab.«

»Und wenn das Ihre Tochter wäre …«

»Ich hab' keine … Außerdem, Sie wissen, Herr Tennhaff, daß das nur der Chef entscheiden kann.«

Das wußte Robert. Aber er wußte auch: Du mußt etwas unternehmen. Sofort. Das war das eine. Und das zweite: Wie wirst du mit deiner Wut fertig? Tennhaff war auf hundertachtzig. Daß Reto in dieser verdammten Nacht wegen irgendeines GW-Auftrags nach Stuttgart mußte und daher die beiden Neuen allein gelassen hatte, konnte man noch durchgehen lassen. Aber daß die Kleine hier bei diesen sonderbaren spastischen Zuständen ohne jede vernünftige medizinische Versorgung in der Krankenstation lag, das war einfach zuviel.

Im Vorraum saß die kleine Folkert. Sie hockte da, vornübergekrümmt, die Schläfen zwischen den Fäusten, und blickte Tennhaff angstvoll an: »Geht es ihr besser?«

»Aber klar, Kati.« Er lächelte und berührte flüchtig ihr Haar.

Nichts war klar. Doch er würde dafür sorgen, daß sich das änderte.

Er verließ den Anbau des Verwaltungsgebäudes, in dem sich die Station befand, und ging hinüber zum Schloß. In der Auffahrt standen etwa zwei Dutzend Autos, und das waren nicht die üblichen Golfs und Fiestas der GW-Angehörigen, das waren dicke, teure Schlitten, bei deren Anblick Tennhaff einfiel, daß heute ein FGW-Tag stattfand, die Gelegenheit für die »Freunde und Förderer«, dem großen Vater zu lauschen, dessen Bild und Stimme via Satellit aus Cedar-City, Texas, auf die große Leinwand im Konferenzraum übertragen wurde. Damit hatte Tennhaff nicht gerechnet. Der verdammte FGW-Zirkus machte ihm einen Strich durch die Rechnung. Vermutlich würde auch Marc Berg beschäftigt sein. Schließlich handelte es sich bei den Freunden und Förderern nicht um irgendwelche jungen Leute, Studenten oder harmlose idealistische Mitläufer. Das waren Bonzen aus Politik und Wirtschaft und von der Sorte, die nicht nur den Fluß der Spendengelder garantierte, die standen auch mit ihrem Einfluß hinter der Organisation.

Tennhaff ging durch das Portal.

In der Halle waren die bei solchen Gelegenheiten üblichen Hinweisschilder zwischen Lorbeerbäumchen aufgebaut. Er wandte sich nach links zum Südflügel, wo sich der Konferenzraum befand, und vernahm sofort den eindringlichen, weich schwingenden Bariton von Arjun Williams, durch die Türen zwar gedämpft, aber laut genug, daß man ihn verstehen konnte. Die Sätze kamen klar und wie gestanzt, waren einfach und überzeugend, ohne den üblichen überzogenen Schmus, der Tennhaff auf Schönberg auf die Nerven ging.

Wie immer sprach Arjun Williams englisch, und Tennhaff stellte sich vor, wie sie dort drinnen, umhuscht von den »Schwestern« des Services in ihren bodenlangen weißen Jungfrauengewändern, voller Bewunderung auf die Leinwand starrten.

»Ändern? Was wollen wir ändern? Nichts ... Wir erfüllen ein Gesetz. Wir schwimmen im Gnadenstrom Gottes. Das Leben, das uns übergeben wurde, in all seinen Strukturen zu erhalten, aber es auch zu neuen Höhen zu führen, das ist das Ziel aller großen Religionen dieser Welt. Und mit ihnen befinden wir uns in einer Gemeinschaft, die keine Grenzen kennt. Leben ist Liebe, dies, meine Schwestern und Brüder, ist das Schlüsselgeheimnis der Evolution ...«

Leben ist Liebe? Na prima! Tennhaff rannte weiter. Warum, verdammt noch mal, laßt ihr dann ein zwanzigjähriges Mädchen in seinem Elend allein und riskiert auch noch, daß es krepiert? ...

Er öffnete die Tür des Sekretariats. Hilde Grammhuber, die Tagungssekretärin, saß am Computer.

»Sagen Sie, Hilde, ist der Chef drinnen? Kann man ihn irgendwie erreichen? Ich habe eine dringende Frage an ihn.« Sie schüttelte den Kopf. »Marc ist nicht im Haus.«

»Wo dann?«

»Drüben. Bei sich. Der Vater schreibt.«

Es klang, als hätte sie eine Verbotstafel aus Erz aufgestellt. Und der »Vater«? Daß Arjun Williams sich »großer Vater« nennen ließ und die Mitglieder sich mit »Bruder« und »Schwester« anredeten, das mochte ja noch hingehen. Schließlich war Arjun der Gründer und Führer der GW, aber daß es dazu noch kleinere »Väter« geben sollte, ging Tennhaff auf den Geist. »Vater Marc« würde gleich Ärger bekommen ...

Tennhaff hatte das Schloß durch einen der beiden Hinterausgänge verlassen und näherte sich über das Kopfsteinpflaster des Hofes einem flachen ockerfarbenen Walmdachbau. Früher beherbergte er die Remisen, doch dann, als Schönberg von der »Kultur-Förderung«, einem im Schweizer Thurgau ansässigen Tarnverein der GW, erworben worden war, hatte man die Remise zur Wohnung des Leiters der Deutschland-Niederlassung umgebaut.

Tennhaff ließ den bronzenen Türklopfer fallen. Nichts. Er versuchte es wieder.

Die Tür öffnete sich.

Er hatte Wieland, Bergs Sekretär, erwartet, doch nun stand der Chef selbst vor ihm und starrte ihn aus seinen großen blauen durchdringenden Augen an. »Tennhaff? Was ist?«

»Ich muß leider stören.«

»Ist es dringend?«

»Sonst wäre ich nicht hier ...«

»Na, dann kommen Sie herein, Robert.«

Den großen Raum, in den Berg ihn führte, hatte Tennhaff erst ein einziges Mal betreten, damals, als Marc Berg kurz nach seinem Amtsantritt von ihm einen privaten Vortrag über Verbesserungsmöglichkeiten im Sicherheitssystem verlangte. Das war vor zwei Jahren gewesen. Tennhaff selbst hatte erst vier Monate zuvor bei der GW angefangen.

Der Raum war äußerst spärlich eingerichtet. Nichts befand sich darin als das übliche Arjun-Porträt, ein Schreibtisch, ein Aktenständer, eine Couch und zwei kleine Sessel, die um einen runden Schachtisch standen.

Berg machte eine einladende Handbewegung zur Couch. Tennhaff schüttelte abwehrend den Kopf. »Es geht um eines der beiden Mädchen vom Alpha-Kurs, die sich im ›Nest‹ befinden.«

»Ach ja? Und um welche?«

»Toni Becker.«

»Und was ist mit ihr?«

»Sie ist krank. Ich halte sie sogar für schwerkrank.«

»Was hat sie?«

Tennhaff berichtete, Berg hörte schweigend zu und schwieg weiter. Marc Berg, der Meister der vielsagenden Pausen …

»Marc, sie braucht sofort einen Arzt.« Die Ungeduld würgte Tennhaff im Hals.

Berg war ziemlich hochgewachsen. Alles an ihm schien ein wenig übertrieben: die Augen, die meist weit geöffnet und starr die Welt wahrnahmen, der lange Hals, die langen Hände, selbst sein Aufzug, Kordhosen und Sandalen, zu denen er meist einen priesterähnlichen Kaftan trug. Dazu kam seine Jugend. Wie viele der »Roshis« in der GW war er von Arjun Williams in einer seiner »Eingebungen« auserwählt worden. Den Gerüchten nach, es gab ja keine offiziellen Biographien der »Leitenden«, hatte Berg seine Jugend in Argentinien verbracht, später dann in Hamburg ein Psychologiestudium begonnen und sich als Sozialarbeiter durchgeschlagen. Was einen Arjun Williams dazu brachte, Marc für diesen Posten in der »Gottes Welt« zu wählen, blieb sein Geheimnis.

»Ah, sie braucht einen Arzt …« sagte Berg schließlich.

»Richtig. Und sie braucht ihn hier. Sie ist nicht transportfähig.«

»Ach ja? Haben Sie auch Medizin studiert, Robert? Ich dachte, Sie waren bei der Nationalen Volksarmee ...«

»Was hat das damit zu tun? Aber gut ... Ich habe bei der NVA einen ähnlichen Fall erlebt, Marc. Einen Fall von einem durch Medikamente ausgelösten Starrkrampf, eine verdammt gefährliche Geschichte, weil so etwas zu einer Lähmung des Atemzentrums führen kann. Wenn Sie so was mal mitgemacht haben, vergessen Sie das nicht so leicht ...«

»Durch Medikamente – so?« Berg zog die rechte Braue hoch. »Aber lassen wir das Problem für einen Moment. Ich hab' nämlich auch eines: Wer hat Sie eigentlich auf die Idee gebracht, Sie könnten hier einfach reinstürmen und mich aus der Arbeit reißen?«

Zunächst glaubte Tennhaff, sich verhört zu haben. Was gab es auf eine so bescheuerte Frage zu antworten? Und dann hörte er sich auch noch zu seinem eigenen Ärger irgend etwas vom Tagungsbüro erklären und daß die Sekretärin ... Er unterbrach sich. »Was, zum Teufel, ist das eigentlich für eine Diskussion?«

»Richtig!« Bergs weit geöffnete Augen wirkten wie blaue harte Scheiben. »Was, zum Teufel, ist das für eine Diskussion?«

Er leistete sich eine seiner Pausen und sah dabei Tennhaff weiter unverwandt an. Dann ging er in aller Ruhe zu der gegenüberliegenden Wand, wo ein Golfschläger lehnte, nahm ihn in die Hand, machte einen kleinen spielerischen Schwung und pflückte mit spitzen Fingern einen Golfball von dem Papierstapel auf seinem Schreibtisch. Berg legte den Ball auf den großen weißen Teppich, der drei Viertel des Raumes bedeckte, und trieb ihn mit einem leichten eleganten Schlag der Teppichmitte zu, wo sich eine einzige rote Blume befand. Der Ball kam genau in der Mitte der Blume zum Stillstand.

»Sie waren Offizier, Robert. Sogar Offizier in einer Elite-Einheit, sonst hätte man Sie kaum in Moskau an der Frunse-Akademie ausgebildet.«

»Na und? Was hat das mit dieser Geschichte zu tun? Und außerdem, die ›Frunse‹ war nichts als eine Art Begabtenkurs. Bei meiner Einheit handelte es sich um eine ganz normale Kommandotruppe, wie sie auch bei der Bundeswehr üblich ist. Aber was reden wir herum? Hier geht es doch um etwas ganz anderes. Sie wollen doch nicht im Ernst verbieten, daß ein Mädchen in Gefahr ...«

»Sie sprachen gerade von einem ›Begabtenkurs‹ ... Vielleicht ist Ihnen inzwischen aufgegangen: Auch hier auf Schloß Schönberg haben Sie es mit einem Begabtenkurs zu tun, wie Sie ihn vermutlich nirgendwo sonst auf der Welt antreffen ...«

»Herrgott, ich bin hier, um von Ihnen eine Entscheidung zu verlangen, und nicht, um über Begabtenkurse zu reden.«

Der Golfschläger zuckte hoch. Das Metallstück daran bohrte sich in Tennhaffs Magen. Tennhaff hatte endgültig genug. Er griff sich das verfluchte Ding, schleuderte es in den Raum, so daß es über den Teppich kreiselte und dann an die Wand knallte. Berg sah seinem Schläger nach, schüttelte den Kopf, drehte sich wieder um – und lächelte.

»Nun, Robert, ist Ihnen jetzt wohler?«

»Im Gegenteil.«

»Ich war nie beim Militär, Robert. Und schon gar nicht bei einer Kommandoeinheit. Aber eines weiß ich doch: Kommando kommt von kommandieren. Und dies bedeutet, daß einer befiehlt und die anderen gehorchen. Was Sie hier abziehen, um es mal in Ihrer Sprache auszudrücken, ist doch eine Art Meuterei? Meinen Sie nicht?«

Tennhaff sah ihn nur an. Er holte tief Luft, schüttelte den Kopf und ging zur Tür. Die Dinge kamen, wie sie kommen mußten. Und das hier gehörte wohl auch dazu.

Robert warf die Tür nicht ins Schloß. Er bemühte sich, sie ganz leise und diskret hinter sich zuzuziehen.

Da stand sein Fahrrad. Als er sich darauf schwang, fiel sein Blick noch einmal auf den aufwendigen Türklopfer an Bergs Haustür, und er sah, daß oberhalb des Scharniers, ganz klein und unauffällig, ein Zeichen angebracht war. Er erinnerte sich, daß er es auch im Haus gesehen hatte: Am Knauf des Golfschlägers, in die winzige Metallplatte eingraviert, die in das Holz eingelassen war.

Vielleicht war der Schläger ein Geschenk der Zentrale? Das Zeichen jedenfalls ähnelte einem Hufeisen. Es stellte den griechischen Buchstaben Omega dar. Und Omega war in der Organisation der Code für den inneren Roshi-Kreis. Zu Omega gehörte man erst, wenn man mindestens den fünfzehnten Grad erreicht hatte. Auch die Leitung der Sicherheitsabteilung in Cannero waren Omega-Leute. Typisch war auch, daß sie sich »Abteilung 5« nannten.

Was für ein Zirkus! dachte Tennhaff und fuhr los. Als er um die Ecke des Verwaltungsbaus bog und die Krankenstation sah, stoppte er und stieg ab.

Ein Passat parkte vor der Einfahrt.

Die Heckklappe stand offen. Der Fahrer und sein Begleiter waren gerade dabei, eine Krankentrage zu verstauen. Darauf aber, angeschnallt und in Decken gehüllt, lag Toni Becker.

Das gab's doch nicht! Robert sah die kleine Folkert neben der Tür stehen, die Hände in den Anoraktaschen, die Kapuze über dem Kopf, starr wie ein Stein.

Der Wagen fuhr an. Auch die Krankenschwester, die spitze Nase rot vor Kälte oder Aufregung, stand an der Auffahrt. Linda heißt sie, erinnerte Tennhaff sich.

»Was soll das? Wo bringen sie sie hin?« fragte er.

Linda zuckte mit den Schultern. »Zu einem Arzt, wohin sonst?«

»Warum?«

»Keine Ahnung. Er wisse bereits Bescheid, hat der Fahrer gesagt. Marc Berg selbst habe ihn beauftragt.«

»Jetzt Moment mal, Linda ... Ich war doch gerade bei ihm. Wieso also ...«

»Wieso? Sie wollten das doch so. Nachdem Sie so ein Theater gemacht haben, habe ich ihn angerufen. Und da muß er wohl die Anweisung gegeben haben, nicht wahr?«

Nicht wahr? Es schien logisch. Berg mußte gehandelt haben, während Robert sich noch auf dem Weg zu ihm befand. Er hat dich verarscht, dachte Tennhaff, er hat mit seinem dämlichen Golfschläger herumgespielt, seine dämlichen Kommentare auf dich abgeschossen, dich als Idioten vorgeführt, nicht mehr als den nützlichen Idioten von einst, nein, als den Idioten, den man auf die Abschußliste setzt.

Er sah zu dem Wagen, der gerade vor dem Westtor stoppte. Kollmer, einer der Wachleute, streckte den Kopf rein und ließ das Fahrzeug dann passieren.

Tennhaff drehte sich dem Mädchen zu. Kati Folkert stand am selben Fleck wie zuvor. Die Sonne zeichnete einen feinen goldenen Schein, fast einen Lichtkranz um ihre Konturen; sie wirkte gleichzeitig anziehend und unglaublich verloren und einsam ...

Robert ging zu ihr. »Kommen Sie. Trinken wir doch eine Tasse Kaffee zusammen.«

Sie zuckte zusammen und sah ihn an. Ihre Augen waren von einem fast exotischen mandelförmigen Schnitt, dunkle Augen in einem ovalen, hellen, sehr fein geschnittenen Gesicht. Ihre Mutter muß eine verdammt hübsche Frau sein, durchfuhr es Tennhaff. Und wie es aussieht, könnte sie ihre Mutter gerade jetzt sehr gut gebrauchen.

»Gehen wir einen Kaffee trinken, Kati? Ich bin Robert Tennhaff und eigentlich dafür zuständig, daß kleinere oder größere Katastrophen vermieden werden. Aber der liebe Gott bin ich auch nicht. Leider ...«

Sie lächelte schwach, verzog unschlüssig das Gesicht, aber sie ging mit ihm.

4

Tommi würde sich bei Otto Lobkowitz melden, soviel war Do klar. Man konnte sich auf Tommi verlassen, und die Beziehung zwischen ihm und Lobko hatte dazu noch beinahe die Präzision eines Rituals. Die Frage blieb: Wann ruft er Lobko an? Und sie hatte mit der zweiten Frage zu tun: Blieb ihr, Do, noch Zeit genug für das, was sie vorhatte?

Sie stieg in ihren Wagen, fuhr über die Kennedybrücke nach Schwabing und fand, was an ein Wunder grenzte, in der Nähe der Münchner Freiheit einen Parkplatz. Er lag nicht weit zur Herzogstraße. »Da ist so ein kleines Café am Ende der Herzogstraße«, hatte Timo, der Diskjockey des »Bali« gesagt, »keine zweihundert Meter von der Leopoldstraße entfernt. Dort bin ich jeden Tag, also auch morgen ... Zwischen zwei und drei trinke ich da immer meinen Kaffee.«

Es war jetzt zwei Uhr fünfundzwanzig.

Do steckte das Handy in ihre Umhängetasche, um mit Lobko in Kontakt zu bleiben, und machte sich auf den Weg. Autoreifen spritzten Fontänen von Regentropfen vom Asphalt und übersprühten die Passanten. Die Köpfe eingezogen, die Hände in den Taschen, strebten die Menschen den wärmenden U-Bahn-Schächten entgegen.

Immer hatte Do geglaubt, gerade diese Gegend Schwabings zu kennen. Ein »Café Florian« war ihr nie aufgefallen. Als sie davorstand, wußte sie warum: Die Tür war so schmal und unauffällig, das einzige Schaufenster verstaubt, und dahinter türmten sich Flaschen. Als Do hineinging, fand sie sich in einem langen, dunklen Schlauch wieder. An der Theke drängten sich junge Männer. Rechts zog sich eine Reihe kleiner Kojen an der Wand entlang, auch sie bis auf den letzten Platz besetzt. Über den Köpfen waberten Tabakschwaden; Stimmengewirr und das dumpfe Wummern einer Steel-Drum, die gerade irgendeine afrikanische oder brasilianische Lärmhölle losließ, erfüllte den Raum.

Do drehte suchend den Kopf und entdeckte Timo: Im Hintergrund gab es eine Empore, zu der zwei Stufen führten. Sie war gerade groß genug für vier kleine Tische. Timo hatte an dem Tisch rechts außen Platz genommen. Er saß, die Schläfen zwischen die Fäuste gestemmt, und las in einem Buch.

Sie trat an den Tisch, und er hob den Kopf. »Oh!« Immerhin stand er auf und gab ihr die Hand. »Auch einen Kaffee?«

»Ich weiß nicht. Vielleicht ... Und Mineralwasser.« Nach allem, was sie im Verlag erlebt hatte, war Do nach einem Cognac zumute. Aber sie unterdrückte diesen Wunsch, ließ sich von Timo aus der Jacke helfen und setzte sich.

»Haben Sie Kati gefunden?«

Sie schüttelte den Kopf.

»Hat sie sich gemeldet?«

»Nein.«

Er nickte nur, als hätte er etwas bestätigt bekommen, was er sowieso erwartete. Er winkte der Kellnerin, bestellte, bot Do eine Zigarette an, nahm selbst eine, zündete beide an und sah sie dann durch den Rauch lange und nachdenklich aus seinen violetten Augen an.

»Haben Sie das Material dabei?« fragte Do.

»Material ist gut.« Er lächelte. »Aber es hilft vielleicht bei der Motivforschung ...«

»Wieso Motivforschung?«

»Frau Folkert, Sie wollten Ihre Tochter wiedersehen. Also wollen Sie wissen, warum sie abgehauen ist. Finden Sie's nämlich nicht heraus, wird es sich wiederholen. Stimmt's? Außerdem ...« Die nächsten Worte konnte sie nicht verstehen, der Krach war zu laut. Timo hob die Hand. Ein blasser Kahlkopf hinter der Theke nickte und drehte die Lautsprecher leiser. Timo schien hier Stammgast zu sein.

»Sehen Sie sich diesen Laden an. Früher waren hier meist Rentner, man traf auch ein paar Vertreter. Und die üblichen Hausfrauen natürlich. Denn die Torten waren prima ... Und jetzt? Die Mädchen dort unten in den Kojen sind fast alle Schulmädchen, die meisten fünfzehn oder sechzehn. Hokken den ganzen Nachmittag im ›Flori‹, machen ihre Schularbeiten, das auch, aber meistens geht's um das, was heute abend so in München abfährt oder was gestern wohl gelaufen ist. Manche lassen sich aufreißen, manche diskutieren nur so rum. Was ich damit sagen will: Diese Mädchen haben ein zentrales Problem – Langeweile. Und es ist nicht ihre Langeweile, es ist die Langeweile, die sie geboten bekommen. Überall, vor allem aber zu Hause. Sie bekämpfen sie. Im Grunde haben sie nichts anderes im Kopf, als gegen diese Langeweile anzugehen. Sie können es natürlich auch ›innere Leere‹ nennen, wenn Sie's pathetisch haben wollen.«

»Und Sie meinen damit, daß Kati ...«

Er ging auf die Frage nicht ein. »Sie bekämpfen diese Langeweile nicht, sie erleiden sie. Das ist das Problem. Wir haben ihnen ein Leben serviert, das sie sich zu Tode gähnen läßt. Karriere, Kohle, Aufstieg, Neckermann-Ferien, Reihenhäuschen ... Ja, toll! Und dann? fragen sie und gucken sich ihre Eltern an. Das soll's dann gewesen sein?«

»Ich glaube kaum, daß das für mich gilt. Oder für das Verhältnis zu meiner Tochter.«

»Nein?« Er drückte seine Zigarette aus. »Wirklich nicht? Sehen Sie: Die hier haben wenigstens das ›Flori‹. Hier können sie sich erzählen, wie beschissen sie die Welt finden und wie cool sie sind. Aber Kati? Wie war das bei ihr? Die hockte in Ihrer Villa in Starnberg. Allein. Klar, sie hatte eine Mutter, die sie ja so gut verstand – nur, daß die ziemlich selten zu Hause war.«

»Haben Sie mich hierher bestellt, um mir das zu sagen?«

»Nein. Habe ich nicht.« Er griff zum Nebenstuhl. Darauf lag eine aus dünner Schnur gehäkelte Tasche. Sie hatte hübsche braune Ornamente. Es war einer dieser Dritte-Welt-Beutel, die man bei jemandem wie Timo erwarten konnte. Er faßte hinein und zog eine Art Broschüre heraus. Der Umschlag bestand aus dünnem grünen Karton in Din-A5-Format. Timo öffnete ihn, und Do sah, daß er nur zwei Seiten enthielt.

»Ich wollte Ihnen nur sagen ...« Er sprach jetzt ganz langsam, als lege er Wert darauf, daß sich ihr jedes Wort einprägte. »Mädchen wie Kati haben es noch schwerer. Was sie fühlen, fühlen sie zehnmal intensiver als wir, die wir schon darin Routine haben, wie man Gefühle niederknüppelt. Entsprechend heftiger sind auch die Reaktionen.«

Do nickte zerstreut, öffnete den gefalteten Karton und las, was auf der ersten Seite stand. Ein sparsamer Text, sehr sparsam ... Und was sie las, überforderte ihr Kombinationsvermögen. War das Philosophie, war es östliche Weisheitsspinnerei? Was immer es sein mochte, es steigerte Dos Ungeduld. Und in dieser Atmosphäre und unter diesen Umständen erschien es geradezu grotesk unpassend.

Alles in einem
Das eine in dir
Und du in allem.

Na ja, dachte Do ...

Sie wandte den Blick zur anderen Seite. Hier waren sechs Zeilen graphisch säuberlich aufgereiht:

Er umgibt Dich mit Seiner Liebe.
Um Dich in Seinem Feuer umzuschmelzen
Und Dich zu heilen,
Bis Du Er selbst wirst ...
Ergib Dich ...
Wir, die Gemeinschaft, sind Gott.

Darüber war, offenbar mit einem Computer-Printer gedruckt, dasselbe Symbol angebracht wie auf der Rückseite des Fotos aus dem »Bali«, das Tommi besaß. Das Omega-Zeichen.

Unter dem gedruckten Text waren noch die folgenden handschriftlichen zwei Zeilen zu lesen: *»Diese Worte sollen Dich begleiten. Vergiß sie nie. Denke sie so selbstverständlich, wie Du atmest. Denke sie immer. Dann findest Du das Ziel.*

In Liebe
Martin.«

Und darunter noch: *»Du weißt, ich bin für Dich da. Ruf mich, wenn immer Du mich brauchst.«* Es folgte die Nummer eines Mobil-Telefons.

»Ich hab' das nachgesehen«, sagte Konietzka. »Der Anschluß ist in Bayreuth registriert. Und der Name ist Martin Hilper.«

Do nickte. Bayreuth? dachte sie. War da nicht irgend etwas mit Bayreuth? Ja, der halbverbrannte Brief, den Jan gestern nacht gefunden hatte: *»Nichts ist Zufall, auch nicht, daß wir uns in Bayreuth wiedersehen ...«*

So ähnlich stand das doch auf dem angekokelten Papier? Und dazu noch der gleiche esoterisch-mystische Spinnerstil, der irgendwie an östliche Weisheitslehren erinnerte.

»Was da steht, was ist das?« fragte Do. »Ist das so eine Art Mantra?«

»Richtig«, nickte Timo. »Wissen Sie denn, was ein Mantra ist?«

»Na, ein religiöser Vers wohl ...«

»Es ist die Richtung eines geistigen Weges.« Er lächelte, und es war ihm nicht anzusehen, ob er es ernst meinte, was er sagte. »Und auch die Verbindung zu einem Lehrer und seiner Lehre. Also, wenn Sie wollen, ein Schlüssel zur Erleuchtung. Oder ein Schlüsselchen. Manchmal sind das allerdings ziemlich verbogene und verrostete Schlüssel.«

Ein Schlüssel ... Damit beschäftigte sich ihre Tochter? Do versuchte es sich vorzustellen: Eine von Weihrauch benebelte Kati im Lotossitz vor irgendeinem safrangelben Verrückten, der ihr gerade die Ohren vollblies.

Aber dieser Name? Martin Hilper?

Sie starrte die Telefonnummer an.

Bayreuth, dachte sie ...

In die Schloßkantine wollte er sie nicht bringen, dort hatten sie den ganzen Bonzenrummel am Hals. Auch die Sicherheitszentrale war nicht der richtige Ort. So führte Tennhaff Kati in seine Wohnung. Sie sah sich nicht einmal um. Sie setzte sich in einen der beiden blauen schäbigen Segeltuchstühle, hatte die Hände auf den Knien und blickte durch das Fenster in den Schloßpark hinaus.

Als Tennhaff mit dem Kaffee zurückkam, saß sie noch da wie zuvor. Er stellte die Kaffeetasse vor sie hin. »Was zu essen?«

Sie schüttelte nur den Kopf.

Er zog sich den zweiten Sessel heran und setzte sich ihr gegenüber. Es war ziemlich warm im Raum. »Wollen Sie Ihren Anorak nicht ausziehen?«

Sie schüttelte wieder den Kopf.

»Kati, ich seh' ja ein, daß Ihnen das alles nahegeht. Aber ich hätte Sie jetzt gerne doch einiges gefragt.«

»Ja.«

»Sie kannten Toni gut?«

»Nein. Überhaupt nicht ... Mich hat Martin Hilper hierher gebracht. Wie Toni nach Schönberg kam, weiß ich noch nicht mal. Reto hat gesagt, sie gehöre zum Kurs, und es kämen noch mehr ... Aber wir waren die beiden einzigen ...«

»Es werden bald mehr sein. Also, Toni kam in Ihr Zimmer – und?«

»Sie wollte zu mir ins Bett. Sie fror so schrecklich. Ihr war so elend ...«

Er versuchte sich vorzustellen, was Kati nun beschrieb: Tonis hechelnder Atem, das Zähneknirschen, leise Schreie und diese seltsame Starre an Nacken, Rücken und Hals ...

»Das kam, und das ging. Und sie schrie immer wieder. Ich hab' gar nicht verstanden, was es war. Nur am Anfang sprach sie klar ...«

»Ja?«

»Am Anfang hat sie gesagt ...«

»Was, Kati? Warum reden Sie nicht weiter?«

»Sie sagte, man hätte ihr etwas gegeben. Oder man hätte uns was gegeben ...«

»Wer?«

»Ich war mir darüber auch nicht klar. Aber ich glaube, sie meinte wohl Reto. Und diese Sitzungen, die er im Pavillon mit uns hielt. Sie sprach von einem ›Stuhl‹ und meinte wohl den großen Sessel mit der Armlehne, in den man sich setzt, wenn Reto den Reinigungskurs durchführt.«

»Und was soll dabei gegeben worden sein?«

»Sie sprach von dem Tee, den wir bei der Sitzung immer trinken. Und von Speed ...«

»Sie meinen, Amphetamin-Tabletten?«

»Irgend so etwas wohl. Sie sagte, sie kenne das. Sie hätte es schon probiert. Und dann redete sie von Schmetterlingen im Bauch und sagte, daß hier alle verrückt seien ...«

Er nickte, nickte ganz ernsthaft und gab sich Mühe, sich nicht anmerken zu lassen, wie oft er das gleiche dachte.

Aber Kati war anderer Ansicht.

»Ich habe mich doch bei Reto so wohl gefühlt, auch im Pavillon. Ich kann Toni einfach nicht begreifen. Und Reto ist doch ... ich meine, da ist nichts passiert. Toni irrt sich bestimmt. Reto meint es so gut ...«

Es war, als habe sie ein Stichwort gegeben.

Die Tür ging auf, und da stand er: Reto Kolb, schwer und rund, im weiten Pullover und mit dem ewigen Buddha-Lächeln im Gesicht. Nur die Augen waren hart. Sehr hart sogar.

»Hier bist du? Aber was soll denn das? Was tust du denn hier, Kati?«

»Kaffee trinken«, sagte Tennhaff, »Kaffee – nicht Tee.«

Tommi Reinecke hockte auf einem Stuhl, die Knie hochgezogen, und starrte hinüber zu dem blaßblauen Haus auf der anderen Straßenseite. In dem Zimmer standen ein Klavier und ein paar ärmliche Möbel. Zudem war es kalt, so saukalt, daß die Fensterscheibe immer wieder beschlug und Tommi sie mit dem Ärmel seiner Skijacke blank reiben mußte. Die Polizei hatte die Bewohner der beiden Reihenhäuser evakuiert, vorsichtig, versteht sich, über die Hinterausgänge, damit die Aktion von dem blauen Haus aus nicht beobachtet werden konnte. »Das muß sein, Herrschaften. Wenn's zu 'nem Schußwechsel kommt, kann's auch hier ungemütlich werden. Die da drüben sind ziemlich gefährlich. Rumänen ...«

Und das stimmte. Gefährlich waren sie ...

Reinecke wühlte in der rechten Tasche seiner Jacke und fand drei Eukalyptus-Bonbons. Eines steckte er sich in den Mund. Kohldampf hatte er auch. Und mit Olli Bachmann würde er reden müssen. Olli war sein Topverbindungsmann in der Einsatzzentrale.

Tommi nahm die Kamera mit dem Zoom und drückte sie ans Auge. Links hinter dem Kistenlager standen drei Streifenwagen. Die Besatzungen hatten sich irgendwo im Gelände verteilt. Einer im Lodenmantel sprach in sein Funktelefon. Pfingstmeyer, der Chef des Einsatzes, konnte es nicht sein. Der trug Lederjacken.

Vorhin, als sie in das blaue Haus reinwollten, waren drei Schüsse gefallen. Seitdem war Pause.

»He!« sagte jemand hinter ihm. »Siehst du was, Tommi?«

»Was schon? Langeweiler mit Panzerwesten, Bullen. Kollegen von dir.«

Sepp Pichler war in Ordnung. Er grinste nur, öffnete seine schußsichere Weste und holte zwei Bierflaschen raus. »Du schuldest mir zwei Mark. Ich hab' vier in den Eisschrank in der Küche gelegt. Hörst du?«

Aber Reinecke hörte nicht. Er blickte wieder durch das Vergrößerungsobjektiv zur Straße hinüber: Himmel, Arsch, was kam denn da für eine Karre? Allrad, geländegängig, ultramarin-metallic. So metallic, daß sie in dem bißchen Licht, das von dem tiefhängenden Schneehimmel fiel, wie das Mittelmeer glänzte. So ein allradgetriebenes Luxusspielzeug von Frontera. Krähen flogen von dem Feld auf, das der Wagen gerade passierte.

Und was wollte er? Was wollte er vor allem auf der Straße dort? – Mein Gott, es könnte Do sein, durchfuhr es Tommi. Die hat dich über Lobko hier ausgemacht, die hat doch so einen Wagen ...

»Du kennst doch die Rumänen hier?« sagte Pichler in Tommis Rücken. »Du bist doch der ganz dicke Rumänen-Kumpel. Sogar den Andrescu kennst du, und der ist ja wirklich der Chef ...«

»Klappe!«

»Was?«

»Na, guck doch!«

Der Wagen hatte jetzt die leichte Linkskurve erreicht, die die Straße näher ans Haus führte, und befand sich in Höhe der Mauer, auf der ein Maschenzaun das Grundstück eingrenzte.

»Scheiß«, flüsterte Pichler. »Ja warum stoppt den denn keiner? Verdammter Scheiß! Und die Kollegen ...«

Der Wagen fuhr langsamer. Tommi Reinecke konnte den Fahrer nicht erkennen, aber er sah, wie er sich dem Seitenfenster zubeugte.

Genau in diesem Augenblick fiel der erste Schuß. Pichler fluchte wieder. Er hatte seine Waffe aus dem Halfter gerissen. »Hast g'seh'n, von wo die schießen? War die linke Ecke, oder? Entweder das Fenster im Erdgeschoß oder das Souterrainfenster. Komm, mach Platz.«

Den Teufel würde er tun. Wieder nahm Reinecke die Kamera hoch.

Und erneut knallte es. Dieses Mal zweimal. Und noch mal ...

Doch der Fahrer dort drüben war clever, und vor allem hatte er Nerven. Statt weiterzufahren und damit ein breites Schußziel zu bieten, hatte er bereits den Rückwärtsgang eingelegt, brachte den Motor auf Höchsttouren, raste zur Kurve zurück, schaltete wieder, lenkte den Wagen nach rechts, gab Gas, riß einen Lattenzaun nieder, rollte an dem Beamten im Lodenmantel vorbei, der wild mit den Armen fuchtelte, holperte über den verschneiten Rasen und kam endlich an der rückwärtigen Hauswand zum Stehen.

Tommi und Pichler sahen sich an.

»Mein lieber Herr Gesangsverein!« sagte Pichler anerkennend.

Auch das hatte sie schon erlebt …

Und auch damals hatte sie die Schüsse nicht ernst genommen, weil sie so leicht und harmlos klangen, als würden sie aus einer Kinderpistole abgefeuert. Doch es war keine Kinderpistole gewesen, sondern eine AK-47. Zwei Kugeln verwandelten die Frontscheibe in milchiges Craquelé, der Fahrer, ein Belgier, schrie *»Merde«*, verlor die Kontrolle über den Wagen, weil er ja nichts mehr sehen konnte, und sie landeten im Straßengraben, noch keine dreißig Meter von dem amerikanischen Hilfsgüterlager in Mogadischu entfernt, das man Do zeigen wollte.

Sie robbten raus. Der Belgier hatte sich die Schulter ausgerenkt, ihr aber, von den tausend in der Sonne glitzernden Glassplittern in den Kleidern mal abgesehen, war nichts passiert. Auch die Schüsse waren nicht so ganz ernst gemeint gewesen, wie es sich nachher bei der Vernehmung der beiden Milizionäre ergab, die geschossen hatten. Es stellte sich heraus, daß der erste nur seine Waffe hochgenommen hatte, was der andere wiederum falsch verstand, worauf er ihm die Kalaschnikow wegzuschlagen versuchte und das blöde Ding von selbst losratterte.

Dies hier allerdings war nicht Mogadischu.

Dies war die Heldtstraße in Neutrudering, München. Und es schien ernst.

Do stieg aus.

Sie wunderte sich, daß ihre Beine funktionierten. Aber als sie dann auf das kleine braune holzbeplankte Haus zuging, hatte sie auf dem Plattenweg doch Mühe, die Richtung zu halten.

Die Tür flog auf. Ein Mann in Jeans und Lederjacke stürzte heraus: Reinecke.

»Du?« schrie er schon von weitem. »Ja, Herrgott! Hast du nicht mehr alle Tassen im Schrank?« Er griff nach Dos Arm, um sie zu stützen.

»Laß nur. Es geht schon.«

Wie immer kam die Reaktion mit Verzögerung. Do spürte, wie der Adrenalinausstoß die Kiefer zittern ließ.

»Mensch, Do, was soll das bloß? Wie kamst du auf diese Schnapsidee? Na, komm rein.«

»Ich wollte dich suchen, Tommi. Lobko hat mir am Telefon gesagt, daß hier was läuft.«

»Lobko, wer sonst ... Und da fährst du durch 'ne Polizeisperre.«

»Da war ja keiner ...«

Tommi starrte sie an, die Wangen wie immer von grauen Stoppeln übersät, am Kinn diesen komischen Ziegenbart, Augen von leuchtend intensivem Blau, Redford-Augen ... Unsinn. Jäger-, nein, Fotografenaugen. Er schüttelte erneut den Kopf.

»Na komm. Bier hab' ich. Vielleicht läßt sich auch ein Schnaps auftreiben.«

Sie kamen in einen engen Korridor, der mit drei kläglichen Gemsengeweihen dekoriert war, dann zu einer schmalen, steilen Treppe, und stiegen hinauf.

Reinecke stieß eine Tür auf.

Am Fenster stand ein untersetzter, bulliger Mann in einer kugelsicheren Weste. Er drehte sich um. »Herr Pichler von der Kripo«, stellte Reinecke vor. »Und falls du wissen willst, Sepp, wer diesen Blockadebrecher von Frontera gerade gefahren hat – es war die Dame.«

»So? Sie sind doch Frau Folkert, nicht wahr?«

»Richtig.« Tommi legte ihr die Hand auf die Schulter. »Do Folkert. Ein bißchen Glanz kann dieser Hütte auch nicht schaden.«

»Und wieso ...« Pichler unterbrach sich, wirbelte herum, stürzte zum Fenster, schrie: »Ich glaube, es geht los!« und rannte aus dem Zimmer.

Reinecke nahm die Kamera mit dem aufgesetzten Teleobjektiv von dem abgewetzten Sessel neben dem Fenster. Draußen hörte man Motorengeräusche, dann Kommandos, schließlich eine blecherne Megaphonstimme, die irgend etwas in einer fremden Sprache brüllte.

»Was soll das, Tommi?« fragte Do.

»Keine Ahnung. Das ist Rumänisch … Kannst du Rumänisch?«

Sie schüttelte den Kopf.

Er sah sie an. »Was ist bloß los mit dir? Ich kann's noch immer nicht fassen. Na, reden wir nachher darüber … Jetzt bleibst du hier und rührst dich nicht von der Stelle. Sonst gibt's Ärger mit mir. Ist das klar?«

Sie nickte.

Als er verschwunden war, ging Do zum Fenster.

Zwei Polizeitransporter und ein Dutzend uniformierter Beamter bildeten vor dem blauen Haus dort drüben eine Art Spalier. Die Tür flog auf. Vier Männer kamen heraus – dann noch zwei, von denen der eine anscheinend verletzt war, denn zwei der Gangster hatten ihn in der Mitte und schleiften ihn mit.

Die Männer trugen Wollmützen, Turnschuhe und schäbige, abgetragene Trainingsanzüge in düsteren Erdfarben. Von dem Stoppelfeld, das hinter dem blauen Haus begann, hob ein Schwarm schwarzer Krähen ab und schwang sich in den grauen Himmel.

Das ganze Bild war irgendwie unwirklich und traurig – und es ließ Do gleichgültig. Sie sank auf den kleinen Sessel, auf dem zuvor Tommis Kamera gelegen hatte, und schloß die Augen. Einen Cognac, bei Gott, den könntest du brauchen. Aber soviel Cognac, wie du nötig hast, gibt's nicht. Wenn das so weitergeht, endest du noch in der Klapsmühle mit Depressionen und einer Entziehungskur am Hals.

Draußen waren noch immer Männerstimmen und Polizeigebrüll zu hören.

Do hob zwar den Kopf, aber sie versuchte noch nicht einmal, die Worte zu verstehen. Sie fühlte, wie die Kraft erlosch, die sie bis hierher getragen hatte. Bilder huschten durch ihren Kopf: Timo, der sie so gnadenlos musterte, als habe er irgendein Wesen von einem anderen Stern vor sich ... Das Wort *Omega* und das esoterische Gesäusel, das da auf diesem sonderbaren Karton stand. »Die Vorwahl ist Bayreuth«, hatte Timo gesagt.

Bayreuth? dachte Do. Auch das noch ...

Wie lange sie so saß – sie wußte es nicht. Sie hatte ziemliche Mühe mit ihrem Lächeln, als sich Tommi Reineckes bekümmertes Knautschgesicht in ihr Blickfeld schob. Er beobachtete sie mit diesem ewig hellwachen blauen Reporterblick, und nun wußte sie, was sie brauchte: Jemanden, bei dem sie sich ausweinen konnte. Tommi taugte genauso wenig dazu wie Jan. Eine Negermami, dachte Do verzweifelt, irgendeinen weichen, warmen, breiten Mutterbusen ... Nur – woher nehmen?

»Ist schon alles gelaufen. Die ließen sich abführen wie die Kälber vom Metzger. Und gestern noch zogen sie irgendwo bei Rosenheim die große Schau ab. Haben einen ganzen Elektrogroßhandel hochgenommen. Das sind die Typen, die mit dem Lieferwagen direkt durch die Schaufensterscheibe ins Geschäft fahren, weil es sich so schneller einräumen läßt.«

Tommi sagte noch mehr. Do verstand kaum etwas.

»Eine ›Heute-Story‹ jedenfalls wird das nicht. Diese Ostganoven sind Peanuts. Vielleicht krieg ich sie woanders los. He, Do? Was ist denn? Hörst du überhaupt zu?«

Sie hob den Kopf und lächelte. Ruhig, dachte sie, cool bleiben, wie immer ... Sie dachte es, als sie die Tränen in den Augen fühlte. Sie machte sich nicht die Mühe, sie abzuwischen.

»Was ist passiert, Do?«

»Nichts ... Das heißt – vielleicht bin ich bald den Job bei

›Heute‹ los. Oder steige selber aus. Aber das ist noch das wenigste.«

»Red doch mal einen vernünftigen Satz. Versuch's wenigstens ...«

»Meine Tochter ist abgehauen. Ich muß sie finden. Und du, Tommi, du mußt mir dabei helfen ...«

Die Elisabethstraße war eine jener Schwabinger Straßen, die der Krieg besonders hart getroffen hatte. Auch die Nummer 106 hatte während der amerikanischen Bombenangriffe 1944 einen Treffer abbekommen. Der Dachstuhl war ausgebrannt. Tommi schaffte es, ihn auf seine Kosten herrichten und diesen Eigenaufwand sogar im Katasteramt eintragen zu lassen. So blieb er unkündbar. »Meine einzige wirkliche Lebensleistung«, wie er zu sagen pflegte, was natürlich nicht stimmte, und der Besucher, der kurzatmig vor der roten Tür ankam, auf die ein schräges weißes *»Tommi«* geschmiert war, kapierte es auch sofort.

Man betrat die loftartige riesige Wohnung durch eine Art Bilder-Galerie. Da hing nun – von Burundi bis Vietnam, von kolumbianischen Kinderkillern bis zu den minderjährigen Helden der chinesischen Kulturrevolution in Schwarzweiß vergrößert – was Tommi Reinecke in seinen großen Tagen als Krisenfotograf berühmt gemacht hatte: Fotogramme von Jahrzehnten Krieg, Verwüstung, menschlicher Dummheit und unmenschlichem Elend, von Keystone und anderen Spitzenagenturen in Auftrag gegeben und damals in den großen internationalen Magazinen veröffentlicht. Mochte Tommi Reinecke in dieser ignoranten Stadt schon halb vergessen sein – wer die Tür zu seinem Studio öffnete, wußte, mit wem er es zu tun hatte.

»Gib endlich Ruhe!« Er scheuchte Schopi, seinen schwarzen Kater, von den Jeans, die auf einem Sessel lagen. »Wirst schon nicht verhungern, Alter, verdammt noch mal. Kriegst ja was.«

Eigentlich hieß Schopi Schopenhauer. Aber der Name hatte sich im täglichen Gebrauch nun doch als unpraktisch erwiesen. »Ich habe eine Top-Tomatensuppe«, verkündete Tommi. »Außerdem hätte ich Bohnen.«

Do wehrte ab. »Mein Gott, Tommi. Mach dir bloß keine Mühe.«

»Bin gleich wieder da. Die Freßmaschine hier muß bedient werden.«

»Was macht er, wenn du nicht zu Hause bist?«

»Der Schopi? Mensch, der lebt im Paradies. Hat da unten 'nen Hof voller Weiber und keine Konkurrenz. Allerdings, ob das das Paradies ist ...«

Do ließ sich in den Sessel vor dem Fernsehgerät fallen. Er war wie alles in diesem Raum überdimensioniert. Sie schloß die Augen, und der alte Zustand wollte sich wieder einstellen: der Rücken schwer wie Blei, die Glieder gleichfalls. Doch der Kopf ließ sich nicht anhalten, machte weiter und weiter, drehte sein eigenes Rad, als triebe ihn eine fremde, feindliche, heftige Energie.

Es war, als habe Do sich aus ihrem Körper gelöst und betrachte diesen Haufen Elend in Tommis Sessel. Alles, was sie seit gestern erlebt hatte, bis hin zu Tommi Reineckes Tomatensuppe, war zu abwegig, zu irrsinnig, um es einordnen zu können.

»Wie war das vorhin?« vernahm sie Tommis Stimme durch die geöffnete Küchentür »Du meinst, dieser Arsch von Schmidt-Weimar wird dich rausschmeißen? Hast du denn Krach mit dem alten Affen?«

»Nein. Aber den werde ich kriegen.« Sie suchte nach Worten, um zu erklären, brachte aber nur zusammenhanglose Sätze zustande. Außerdem erschien Tommi mit einem gewaltigen Tablett. Mit dem Fuß angelte er seinen hübschen indonesischen Spieltisch heran und stellte alles darauf ab: Suppe, weiße Bohnen, Toast, Bier, Gläser.

»Tommi, wirklich, ich hab' überhaupt keinen Hunger. Ich kann jetzt nicht.«

»O doch, du kannst! Und du mußt. Und noch was: Du wirst doch nicht vor einem Idioten wie Schmidt-Weimar Schiß haben. Er, sein ganzer Laden, einschließlich dieses unsäglichen Wichsers von Engelmann hängen doch von dir ab. Das weiß er auch ganz genau ... Und du weißt es auch, müßtest es wenigstens wissen, wenn du nur endlich wieder zu dir kommen würdest. Nicht Schmidt-Weimar, schon gar nicht Engelmann – du bist ›Heute‹, bist die Anchor-Frau! So ist das. Also zeig ihnen die Krallen.«

»Tommi, wenn du wüßtest, wie wenig mich das alles interessiert.«

»Mag ja sein. Aber trotzdem ...«

Er war mit der Suppe fertig und attackierte seine Bohnen, die er gleichfalls mit Tomatensoße, Speck, einer Menge scharfem Tabasco und einem Toast veredelt hatte.

»Nun iß doch endlich ...«

»Ich kann nicht, Tommi. Das hab' ich dir doch schon mal gesagt.«

»Versuch's.« Er blickte auf seine Armbanduhr. »Jetzt ist es siebzehn Uhr dreißig. Bis nach Bayreuth sind das mit dem Auto mehr als zwei Stunden.«

»Bayreuth?«

»Hast du nicht gesagt, die Vorwahl von diesem komischen Vogel mit den heiligen Sprüchen sei Bayreuth?«

»Ich weiß nicht einmal, ob das ein komischer Vogel ist.«

»Die Vorwahl ist das einzige Konkrete, was wir haben.«

»Wir?«

»Glaubst du, ich lass' dich in dieser miesen Lage allein?«

»Und deine Arbeit?« Do ließ ihren Löffel sinken. »Was wird aus dieser Rumänen-Geschichte?«

»Was schon? Außer Spesen ist da wahrscheinlich nichts gewesen. Rumänen-Mafia ... Das ist doch längst abgenudelt. Falls einer ein Bild haben will, kann er mich ja anrufen.«

Do sah ihn an. Am liebsten wäre sie aufgesprungen, zu ihm gegangen, um ihn in den Arm zu nehmen. Aber sie fühlte sich zu schwach. »Ach, Tommi, du bist schon ein Kumpel.«

»So? Meinst du? Ein Glück, daß du's wenigstens erkannt hast. Nur eines, für Bayreuth ist es heute zu spät.«

Sie nickte.

»Also bleibst du heute nacht hier. Du kennst noch nicht einmal mein Gästezimmer. Und das ist nun wirklich eine klare Bildungslücke ...«

Es war siebzehn Uhr zwanzig, als Do Folkert die Treppen zu Tommi Reineckes Schwabinger Wohnung hochstieg. Fast genau zur selben Zeit war Robert Tennhaff mit dem Brief fertig, der ihn in der letzten Dreiviertelstunde beschäftigt hatte: seiner Beschwerde an die Telecontrol-KG in Reutlingen.

Er hatte die Betriebs-Manuals herausgeholt, Lexika gewälzt, um fachlich so überzeugend zu argumentieren, daß die Leute dort prompt reagierten. Bei Marc Bergs Sicherheitswahn würde Tennhaff eine Genehmigung beantragen müssen, um den Monteur aufs Gelände zu lassen, aber vielleicht konnte er auch den Mann in der Dorfkneipe von Walldorf, dem nächsten Ort, treffen, sich informieren lassen und die Sache selbst in die Hand nehmen.

Gerade als Tennhaff darüber nachdachte, hörte er im Korridor Bergs Stimme.

Die Tür ging auf, und da stand er: ein Marc Berg in gefütterter Lederjacke und Stiefeln. Sogar ein lächelnder Marc Berg.

Tennhaff erhob sich.

»Na, Robert? Viel Dringendes?«

»Meist.«

»Trotzdem, lassen Sie den Kram mal liegen, ziehen Sie ihre schöne blaue Jacke an, und wir machen einen Spaziergang. Okay?«

Tennhaff griff sich die Jacke. Die Abschiedsvorstellung also ... Immerhin bist du ihm noch einen Spaziergang wert. Vor dem Eingang parkte Bergs schwarzer Suzuki-Jeep. Tennhaff kletterte auf den Sitz, Berg gab Gas, sie verließen das Gelände durch das Westtor. Bergs Lächeln war verschwunden. Er sprach keinen Ton. Er fuhr etwa fünf Minuten und steuerte dann den Wagen in ein von Kiefern bestandenes kleines Tal und stieg aus. Hier lag noch Schnee. Tennhaff blickte einer feinen dunklen Spur nach, die den Weg überquerte und im Unterholz verschwand.

Er hob den Arm. »Ein Fuchs.«

»So? Ein Fuchs? Na toll ...« Bergs Augen wirkten nicht mehr groß, sie waren schmal geworden. »Robert, Sie sind ein intelligenter Mann. Sie wissen, warum wir hier herausgefahren sind?«

»Ich vermute es und frage mich, warum wir das Entlassungsgespräch nicht gleich bei mir im Büro erledigten?«

»Entlassungsgespräch? Mit ›Entlassungen‹ tut sich die GW ein wenig schwer, das wissen Sie. Und daß das, was heute morgen passierte, nicht einfach im Raum stehenbleiben kann, wissen Sie auch. Im Moment geht es um etwas anderes ... Es geht darum, ein für allemal Ihre Einstellung zur GW zu klären.«

Grimmig schob Berg beide Hände in die Taschen seiner langen Jacke und marschierte los. Tennhaff stapfte neben ihm her. Ein Kieferntal als Besprechungsort, nur weil Marc Berg Angst hat, sein Büro sei verwanzt. Sein eigenes natürlich auch, das ganze Gelände. Sein Gehirn ist verwanzt, dachte Tennhaff. Er hat nicht mehr alle Tassen im Schrank.

»Und nicht nur um Ihre Einstellung geht es, Robert. Vor allem um Ihre Loyalität.«

Tennhaff schwieg weiter.

»Sehen Sie, mein Vorläufer, der gute Paul Kramer, hat Sie angeheuert und aufgebaut, weil er Sie als Top-Profi einschätzte. Sie haben eine Art Sonderstatus erhalten, der selbst von der Zentrale in Cannero akzeptiert wird. Aber das gilt auf Zeit, Robert. Nicht für ewig ...«

»Ich habe ...«

»Nichts haben Sie. Ihre ganze Tüchtigkeit, Robert, taugt einen Dreck, wenn Sie nicht von den Zielen überzeugt sind, für die wir kämpfen. Zutiefst überzeugt, Robert ... Und was haben Sie getan? Haben Sie es jemals bewiesen? Haben Sie auch nur so etwas ähnliches gemacht wie einen Versuch?«

»Das war weitgehend eine Zeitfrage, Marc. Sie haben mich dauernd mit Aufgaben eingedeckt.«

»Das ändert nichts, überhaupt nichts!« Bergs Stimme klang schrill. Nie hatte Robert ihn so gehört. »Wir haben Ihnen Kurse angeboten – haben Sie sie mitgemacht? Sie sollten in die USA. Waren Sie dort? Cannero hat Sie schon dreimal zur Schulung angefordert. Dort sitzt die 5. Abteilung. Und Sie wissen genau, daß Sie sich mit ihr abstimmen müssen. Aber nein. Fehlanzeige! Herr Tennhaff hatte keine Zeit ... Aber in meinem Haus eine Art Meuterei anzuzetteln, so etwas liegt Ihnen.«

Tennhaff sah einem Vogel nach, der dicht über die Kiefernkronen strich. »Ich will mich nicht verteidigen, Marc. Entscheiden Sie, wie Sie wollen ... Aber heute morgen, die Sache mit Toni, das war für mich auch eine Loyalitätsfrage.«

»Irrtum. Es gibt nur eine Loyalität.« Sie sahen sich an. »Ich kann mir keinen Fehlgriff leisten, Robert. Keinen weiteren ... In solchen Fragen schon gar nicht. Daher will ich

Klarheit. Auch Sie sollten sich darüber klar sein, daß Sie sich keinen Fehler mehr leisten können. Nicht einen einzigen. Um diese Klärung geht es. Darum allein.«

Berg griff in die Innentasche seiner mächtigen Jacke und zerrte einen Umschlag heraus. Es war ein Umschlag der GW-Administration. »Das habe ich heute morgen Ihrer Personalakte entnommen. Ich fand auch sonst allerhand Interessantes ...«

Er zog mit spitzen Fingern ein Papier aus dem Kuvert und entfaltete es. Tennhaff erkannte das Hammer-und-Sichel-Emblem der entschwundenen DDR und wußte sofort, was Berg da in der Hand hielt. Selbst das ungefähre Datum des Schreibens kannte er: April 1986. Es war der Rapport der für den Grenzabschnitt Philippsthal zuständigen Militärpolizei an den Kommandeur des 3. Korps. Es war eine Fotokopie. Tennhaff spürte, wie sich sein Rücken versteifte.

»Woher haben Sie das?«

»Nun, Robert, woher wohl? – Gehen wir davon aus, daß wir an vielen Orten unsere Beziehungen haben. Und daß es immer noch Dokumenten-Depots gibt, die zwar noch nicht bei der Gauck-Behörde gelandet sind, zu denen wir aber Zugang besitzen. Wäre doch eine Möglichkeit, finden Sie nicht?«

Tennhaff spürte seine Kiefer, so stark hatte er die Zähne zusammengebissen. Das war doch nicht zu glauben! Diese verdammten Dreckschweine ...

»Und es ist ja nun aufschlußreich«, hörte er Berg sagen, »was da steht. Daß zum Beispiel am 13. April 1986 die DDR-Bürgerin Kyra Stamm zusammen mit ihrem Sohn Manuel bei dem Versuch ... Moment ... ja, hier, bei dem Versuch, die Staatsgrenze bei Buttlar zu durchbrechen, von einer Streife der 3. Kompanie der Sonderkommando-Einheit 101 gestellt und, da die vorgeschriebenen Warnrufe nicht beachtet wurden, erschossen worden sind. Einer Streife der unter dem Kommando des Hauptmanns Robert Tennhaff stehenden 3. Kompanie. Wörtlich ...«

Tennhaff schwieg.

Es gab nichts zu sagen.

Oder doch? Daß er in dieser Nacht überhaupt nicht an der Grenze gewesen war. Daß sie ohnehin nur für vierzehn Tage nach Philippsthal geschickt worden waren, um Erfahrungen zu sammeln. Grenzbewachung war schließlich nicht ihr Job. Er hätte auch sagen können, daß er den Streifenführer drei Stunden zusammengebrüllt und dann dafür gesorgt hatte, daß er ein Disziplinarverfahren an den Hals bekam. Diese Tatsachen hatte sich die berühmte Abteilung 5, auf die sie in der GW so stolz waren, wie sie sie fürchteten, wohl nicht besorgen können. 1986? Fast vier Jahre vor der Wende ... Schnee von gestern? Nein, die Gespenster der Vergangenheit!

»Nun, Robert?«

»Kein Kommentar. Es dauert zu lange, das zu erklären. Hier ist es zu kalt. Wie ist das, fahren wir zurück?«

Diese Augen! Bergs aufgerissene gläsern-blaue Augen!

»Wir wollten doch Klarheit, Robert, nicht? Also lassen Sie uns die Dinge mal zusammenfassen: Einmal hätten wir hier den Ex-Major Robert Tennhaff, den unentdeckten Mauerschützen ...«

»Ich war das nicht. Ich bin kein unentdeckter Mauerschütze, Herrgott noch mal!«

»Na gut. Aber beweisen Sie das erst mal, wenn's zum Prozeß kommt. Zum zweiten«, fuhr Berg unbeirrt fort, »wen haben wir noch? Tennhaff, das Opfer von ›Einig Vaterland‹.«

Die übliche Marc-Berg-Pause. Sie ging Tennhaff mehr an die Nerven denn je. Sich in Krisensituationen zu entspannen, das hatte er gelernt, aber diesmal wollte es nicht klappen. Dieses Mal mußte er sich weiter anhören, was dieser überhebliche Lackaffe von Sekten-Chef noch für ihn bereithielt.

»›Einig Vaterland‹, das ist vorüber ... Aber auf der Strekke blieb Robert Tennhaff. Und das gleich mit zwei Pleiten: einer Ehepleite und seiner Geschäftspleite.«

Robert konnte ihm keinen Golfschläger um die Ohren hauen, aber er hatte jetzt beide Hände zu Fäusten geballt. Ein einziger Schlag würde genügen, Berg seine gemeine, hinterfotzige Arroganz aus dem Gesicht zu wischen. Doch dann? In einem hatte Berg recht: Die GW hatte überall ihre Finger drin. Und das bedeutete Dutzende, Hunderte von Anwälten. Sie konnten ihn fertigmachen ...

»Außerdem, Robert, gab es in dieser Geschichte ja noch eine andere Figur: Paul Kramer. Paul mochte Sie. Und half. Und mit ihm half die ganze GW ... Ihre Pleiteschulden wurden bezahlt, 74800 DM. Sehen Sie, ich habe die Zahl genau im Kopf. Man hat Sie also wieder aufgebaut. Sie wurden ein freier Mensch, wurden einer unserer tüchtigsten Mitarbeiter, zugegeben. Und genau das ist der Zustand, den ich wiederherstellen und vor allem erhalten möchte ...«

Tennhaff hörte den Ruf des Habichts am Himmel. Der Kerl erpreßt dich und spricht von »Freiheit«, dachte er. Und was will er jetzt? Jetzt legt er dir auch noch die Hand auf die Schulter.

»Robert, ich weiß, daß ich Sie getroffen habe. Ich mußte ... Sehen Sie, es gibt nur eines im Leben: die Wahrheit. Sie ist das universelle Ziel der GW. Aber wer sie erkennen will, muß zunächst die eigene, die persönliche Wahrheit suchen. Das geschieht bei uns bereits im Alpha-Kurs. Wir nennen ihn ja nicht umsonst ›Reinigung‹.«

Robert konnte Bergs Augen nicht länger ertragen. Er senkte die Lider. Natürlich mußte Berg das mißverstehen. Sollte er!

»Ich weiß auch aus meinem eigenen Leben, daß es, um diese persönliche Wahrheit zu erkennen, gelegentlich Druck braucht, Druck von außen, heilenden Druck ... Man sollte solche Augenblicke, in denen man diesen heilenden Druck erfährt, nicht als Strafe, sondern als Geschenk, ja als Gnade empfinden. Verstehen Sie mich?«

Tennhaff schwieg.

Anscheinend reichte das Marc Berg. Vielleicht nahm er es als Zustimmung. »Robert, so ist es nun mal: Nur die Erreichung der persönlichen Wahrheit läßt uns die universelle Wahrheit erkennen. Und sie ist es, der wir folgen wollen, nicht wahr?«

Er ging zum Jeep. »Kommen Sie, Robert. Es war ein sehr wichtiges Gespräch, finden Sie nicht? – Aber jetzt wird's hier langsam zu kalt ...«

Wieder waren sie im Schönberg-Gelände, überquerten gerade den Bach und fuhren dem Schloß entgegen, als Marc Berg den Suzuki plötzlich stoppte.

Vor sich sah Tennhaff die drei Tannen, unter denen er die Mädchen gefunden hatte, dort drüben die Überwachungskamera. Vielleicht hat die dich jetzt im Bild? Und Topitz kann dich in der Zentrale neben dem großen König von Schönberg, neben »Vater Marc« bewundern ...

»Robert?«

»Ja?«

»Ich bin froh, daß wir uns einig sind. Aber da wäre noch etwas. Und ich hoffe, nein, ich weiß, daß Sie Ihre Lage begreifen. Deshalb rede ich mit Ihnen darüber. Ich bitte Sie, zu niemandem, aber wirklich zu gar niemandem ein Wort verlauten zu lassen.«

»Das gehört wohl zu meinem Job, nicht wahr?«

»Und ob!«

Berg lehnte den Kopf gegen die Genickstütze und schloß die Augen. »Wir haben ein Problem. Ein ziemlich dickes sogar ... Ich möchte, daß Sie darüber informiert sind, nicht zuletzt, um Ihnen mein Vertrauen zu beweisen, und zum zweiten, weil ich Sie wahrscheinlich brauchen werde, obwohl mir noch nicht ganz klar ist, wie ich Sie in dieser Geschichte einsetzen kann. Aber vielleicht haben Sie selbst ein paar Ideen dazu ...«

Es gab nichts zu antworten.

»Es geht um dieses Mädchen ... Und um eines unserer Mitglieder.«

»Welches Mädchen? Toni Becker?«

»Die andere. Kati, die Tochter von Dorothea Folkert.«

»Und was ist mit ihr?«

»Sie wurde von einem unserer besten Leute missioniert, einem jungen Mann aus Bayreuth. Sein Name ist Martin Hilper. Er hat, was Anwerbungen angeht, wirklich Hervorragendes geleistet. Außerdem besitzt er den fünften Grad.«

Na und? dachte Tennhaff. Bei vierundzwanzig Graden ...

»Der Mann bekam den Auftrag, sich um die kleine Folkert zu kümmern.«

»Weil die Mutter so eine große Nummer ist?«

»So könnte man es nennen. Die Medien sind für uns besonders wichtig, und ein gewisser Einfluß kann nicht schaden. Sie kennen ja unsere Strategie: Möglichst keine Veröffentlichungen, doch wenn, dann positiv. Was für uns wichtig ist, könnte man eine gewisse ›Hintergrundstimmung von Sympathie‹ nennen ... Die Scientologen, diese Idioten, haben ja vorgeführt, wohin es läuft, wenn man den umgekehrten Weg geht und überall auf die Pauke haut. Sie haben sich nicht nur ins Knie, in Deutschland haben sie sich buchstäblich selbst abgeschossen.«

Tennhaff nickte. Der Parkplatz am Schloß war leer. Die »Freunde und Förderer« waren abgefahren.

»Martin Hilper hatte also Erfolg, was wohl nicht allzu schwer war, denn nach seinen Berichten fühlte sich die kleine Folkert alleingelassen, unverstanden, war weder mit der Gesellschaft noch mit sich selbst einig, was man als Folge eines gewissen Eltern-Traumas sehen könnte – also eines rein personalisierten Unbehagens, das Kati Folkert dann damit kompensierte, daß sie manchmal auf den Putz haute, wohl auch ein paar Pillen und Drogen nahm und gelegentlich an irgendwelchen Satansfesten teilnahm.«

»Satansfesten?«

»Na ja, das ist zur Zeit so eine Jugendmode. Nichts kann verrückt genug sein, um bei den Jugendlichen nicht zur Mode zu werden. In München gibt es ganze Jugend-Satans-Logen, in den Diskotheken finden Grufti-Partys statt. Kati Folkert machte mit, nahm das wohl nicht so ernst, denn sie interessierte sich für Grundfragen: Umwelt, Philosophie, Religion und so weiter ...«

»Ja?« sagte Tennhaff.

»Martin hatte es mit ihr also relativ einfach. Er knöpfte sie sich nach einer solchen Party vor, sprach mit ihr, traf sie verschiedentlich und zog sie auch bald auf unsere Seite, so sehr sogar, daß sie sich bereit erklärte, nach Schönberg zu kommen.«

Warum mußt du dir dies alles anhören, fragte sich Tennhaff.

Und da kam es ...

»Es ist unglaublich«, sagte Berg. »Es ist ein Hammer. Martin brachte sie hierher und fuhr nach Lausanne zur Schweizer GW-Niederlassung, wo er einen Auftrag von uns hatte. Er besuchte die Rue Montreux, erledigte diese Sache und fuhr nach Hause, nach Bayreuth. Gestern nun bekomme ich einen Anruf von der 5. Abteilung ...«

Er machte eine seiner Pausen. Tennhaff ließ ihn schweigen. Den Teufel würde er tun und ihn drängen. Aber es schien wirklich ein dicker Hund zu sein, bei dem tragischen Gesicht, das Berg zog.

»Ausgerechnet er ... Ausgerechnet Martin! Ein Junge, den ich gefördert habe, wo ich konnte. Für den ich meine Hand ins Feuer gelegt hätte. Ich halte mich für einen verdammt guten Menschenkenner. Vielleicht sitzen wir auch deshalb noch immer nebeneinander. Jedenfalls habe ich mich fast nie getäuscht. Aber in diesem Fall ...«

Tennhaff stellte die erste Frage: »Was war?«

»Was? Er ist ein Schwein. Ein Stück Dreck. Ein hundsgemeiner, schmutziger Verräter ...«

Ein Marc Berg, der Schimpfworte ausstieß und vor Zorn keuchte, war ein Erlebnis.

»In Lausanne gibt es doch unsere Informationszentrale«, fuhr er dann, ruhiger geworden, fort. »Sie enthält die Namen und Daten der wichtigsten Freunde und Förderer der GW: Leute, die in den Schaltstellen sitzen. Und deshalb schon nicht wünschen und es sich auch nicht leisten können, daß ihr Name mit uns in Verbindung gebracht wird. Es sind die Leute, die unser wichtigstes Kapital darstellen.«

Nun war Tennhaff doch gespannt.

»An dem ganzen Scheißfall sehen Sie, wieso ich immer so darauf dränge, daß unsere Sicherheitsvorkehrungen perfekt funktionieren. In Lausanne wurde geschlampt, wirklich geschlampt ... Sonst wäre es nicht möglich gewesen, daß Hilper sich einen Schlüssel für das Info-Archiv besorgen konnte. Es ist unglaublich! Alles, was da an Material lag, schön auf Disketten gespeichert, hat er mitgenommen. Und nicht einmal das hat ihm gereicht. Er hat sogar noch versucht, den Code zu knacken und an die Festplatte heranzukommen.«

»Und das ist bewiesen?«

»Und ob es bewiesen ist! Seine Fingerabdrücke waren auf dem Computer, dem Modem-Gehäuse und dem Schreibtisch, überall haben sie sie gefunden. Die Abteilung 5 hat verifiziert, daß es Hilpers Abdrücke waren.«

Sieh mal an, dachte Tennhaff, sie sammeln Fingerabdrücke ... Auch das ist neu.

»Und was wird jetzt?«

»Wenn ich das wüßte! Hilper ist in Bayreuth. In seiner Wohnung. Es geht ja nicht allein um das Material, es geht auch um ihn. Cannero sagt, die Abteilung 5 würde uns noch wissen lassen, was geschehen soll. Vielleicht benötigen sie unsere Unterstützung, vielleicht erledigen sie das Problem auch allein ...«

Das Problem? Tennhaff kannte den Laden und die Abteilung 5 inzwischen gut genug, um zu wissen, daß eine Frage, auf welche Weise »das Problem erledigt« werden sollte, zwecklos war.

Berg drehte ruckartig den Kopf. »Diese Kati Folkert, Sie haben sie doch heute morgen in Ihre Wohnung mitgenommen?«

»Ja, um ihr einen Kaffee zu geben. Den hatte sie nötig.«

»Hat sie irgendwas gesagt? Hat sie irgend etwas über Martin verlauten lassen?«

»Nein. Sie hatte nur diese Toni im Kopf. Sie war ziemlich fertig ...«

Berg starrte wieder geradeaus. Tennhaff betrachtete sein Profil. Da wäre noch so eine Frage ... Wie ist das mit Drogen und Speed im Alpha-Kurs? Was für einen Cocktail verabreicht ihr da eigentlich?

Aber jetzt war wohl nicht der Zeitpunkt, sie zu stellen ...

Do sah stur geradeaus auf die naßglänzende Autobahn. Tommi Reinecke hing neben ihr im Beifahrersitz und ließ den kalten Zigarillo von einem Mundwinkel zum anderen wandern. Wenn das Stinkding nur endlich auseinanderfallen würde!

»He? Wie wär's denn mit einer Antwort?« sagte Reinecke.

»Auf was?«

»Darauf, daß Kati wahrscheinlich in irgendeinem Zug nach Süden sitzt, weil ihr das Wetter auf den Geist ging. Oder sie hat sich ein Flugticket gekauft ... Übrigens: Hätte sie das Geld dazu?«

»Vielleicht.«

»Sehr aufschlußreich. Was soll das nun wieder heißen?«

»Ihr Großvater hat ihr ein Konto vermacht. Seit ihrem einundzwanzigsten Geburtstag kann sie sich davon bedienen.«

»Ach ja? – Und wann war der einundzwanzigste Geburtstag?«

»Vor drei Wochen ...«

Tommi schwieg.

Das Konto. Eine Reise? Nein, das war es nicht. Do ahnte, fühlte, wußte es.

»Tommi, es hat mit diesem Omega-Typen zu tun. Oder mit der Fotografie.«

»Das hat Otto dir in den Kopf gesetzt, wie?«

»Wieso? Ihm habe ich ja nur Katis Brief gezeigt. Den allerdings fand er ziemlich merkwürdig.«

»Und dann kam dieser Diskjockey und erklärte dir, warum er merkwürdig ist. Lauter Genies!«

Ihr Fuß drückte den Gashebel durch. Der Frontera machte einen Sprung nach vorn. Do steigerte das Tempo weiter. Das Röhren des Motors verschaffte ihr eine unbestimmte Genugtuung. Gerade noch, vor einem grell hupenden Mercedes und quietschenden Reifen, schaffte sie die Lücke hinter dem dicken Zementmischer, der den Stau verursacht hatte.

Tommi nahm den Zigarillo nun doch aus dem Mund. »Sag mal, was ist eigentlich mit dir los?«

»Und mit dir, zum Teufel!«

»Vielleicht habe ich kein Kind«, sagte Tommi, »aber immerhin muß ich einen Kater versorgen.«

Er stopfte den Zigarillo empört in den Aschenbecher. Do nahm das Gas zurück. Rechts und links der Autobahn glitt in sanften Wellen die Landschaft vorbei. Krähenschwärme strichen über aufgebrochene dunkle Erdschollen. Große behäbige Höfe tauchten auf, ab und zu ein Dorf ... Alles lag, wie mit einem Weichfilter gezeichnet, in silberwäßrigem Dunst: Franken ...

»Ehrlich, Tommi«, sagte Do erbittert, »ich kapiere überhaupt nicht, wieso du eigentlich hier neben mir sitzt.«

»Weil es in Bayreuth eine Telefonnummer gibt. Und einen Herrn Hilper, dem sie gehört. Hast du das vergessen?«

»Nein. Aber du kommst mir mit blöden Kombinationen und nervst mich mit Ironie.«

Mit einem Ruck drehte er sich ihr zu. »Blöde Kombinationen? Ach nein!«

»Ja ...«

»Und ich weiß nicht mehr, was ich von dir halten soll. Als wir noch gemeinsam unsere Reportagen zusammenbauten, da waren zwei und zwei noch vier für dich. Aber jetzt? Jetzt hast du dich derart auf dieses Omega-Ding und diesen Hilper versteift, als wolltest du einen Roman auskochen.«

»Hast du einen besseren Vorschlag?«

Er zupfte an seinem Kinnbart herum. »Ich habe nun mal Sorgen, daß du dir zu große Hoffnungen machst. Und noch eine Sorge habe ich ...«

»Ja?«

»Sekten. Satanslogen. Omega, Sechs-sechs-sechs ... Verzweifelt suchst du irgendwelche Schuldige. Wieso zerbrichst du dir nicht mal ein bißchen deinen gescheiten Kopf darüber, was du mit allem zu tun haben könntest?«

»Hör auf!«

»Genau die Antwort habe ich erwartet.«

»Und du meinst ...« Ihre Stimme wurde leise und kläglich. »Du meinst, ich beschäftige mich mit etwas anderem als mit genau dieser Frage?«

Er hatte beschlossen, keine Gnade walten zu lassen. »Sekten«, wiederholte er. »Eine Sekte muß her. Ich bin auf dem Land groß geworden, während der Nazizeit. Hab' ich dir das schon erzählt? Alles war schwarz, schwärzer ging's nicht ... In unserem Dorf nannten die sich ›Zeugen des Wortes‹. Es waren nicht mehr als ein Dutzend ... Ihr Chef war auch der Chef der Molkerei, Hannes hieß der. Später nannte er sich Johannes ... Und seine Frau hieß auch noch Maria ... Man konnte über sie grinsen oder sie rausschmeißen, aber die standen jeden Sonntag in der Stube oder im Stall, um das Wort zu predigen ... Was die riskierten, als die Nazis richtig loslegten und ganz in der Nähe bei uns, in der Heilanstalt Weissenau, die Vergasungsbusse abrollten, das läßt sich gar nicht beschreiben ...«

Er hatte sich einen neuen Zigarillo angezündet, nahm einen mächtigen Zug und hustete. »Lebensunwertes Leben mußte vernichtet werden! Selbst die Ärzte machten mit. Nur die ›Zeugen‹ legten sich quer. Die gingen aufs Ganze, druckten Flugblätter, nannten die Nazis Mörder, predigten gegen die Herrschaft Satans ... Und als ob das nicht reichte, halfen sie, wo sie konnten, den Kriegsgefangenen, steckten den Franzosen, später sogar den Russen Brot, Speck und Eier zu. Bis die Gestapo dann aufräumte.«

»Und was wurde aus ihnen?«

»Was schon? KZ. Und keiner kam zurück. Nein, der alte Stocker, den ließen sie laufen. Der redete nur noch wirres Zeug ... Ein Jahr später kam er selbst in die Klapsmühle nach Weissenau.«

Do schwieg und sah geradeaus. Was hatten diese alten Geschichten mit ihr zu tun?

Sie erreichten Bayreuth, ehe es dunkel wurde.

Es ging noch einfacher, als Do es sich vorgestellt hatte: Sie hatte sich in ein Café gesetzt, ein hübsches Eck-Café unweit des Hofgartens. Es war fünf Minuten nach vier, als sie sich von Tommi trennte, und kurz nach halb fünf, als er wieder zur Tür hereinkam.

»Was schiefgegangen?« fragte Do.

»Nein.«

»Und?«

»Na ja ...«

Das »Na ja« war vielsagend, enthielt aber ein verstecktes Zugeständnis. Umständlich zündete Tommi einen seiner elenden Zigarillos an, blickte über den Raum mit seinen runden Tischen und den frisch ondulierten älteren Damen mit ihren Käsesahne-, Schwarzwälder Kirsch- und Sacher-Torten, und schließlich sah er auf das große Wagner-Porträt an der Wand und die Tristan-und-Isolde-Bühnenfotos vom Hügel.

»Die alte Folkert-Nase«, sagte Tommi Reinecke widerwillig.

»Red schon.«

Zuerst war er beim Einwohnermeldeamt gewesen, dann in der Lokalredaktion des »Bayreuther Anzeiger«. Er hatte einen Blitzkrieg geführt: Die Familie Hilper – alteingesessene Kaufleute, die Firma *Hilper – Haus und Garten* – seit vier Generationen in ihrem Besitz und das größte Haushaltsgeschäft Bayreuths. Der derzeitige Geschäftsführer war ein gewisser Franz Perauer, zweiter Mann der Besitzerin Annemarie Hilper.

»Martin ist ihr Sohn. Der leibliche Vater ist vor acht Jahren gestorben. An Krebs.«

Do rührte in ihrer Kaffeetasse, blickte durch die Fenster auf das Steinpflaster und dann auf die verschnörkelten Barock-Steineinfassungen an der gegenüberliegenden Hausfassade.

»Tommi, was ist mit Martin Hilper?«

»Der studierte in München Volkswirtschaft.«

»Dann hat er Kati an der Uni kennengelernt?«

Tommi schüttelte den Kopf. »Kaum ... Das Studium hat er schon vor vier Jahren geschmissen. Vielleicht sind sie sich in München mal über den Weg gelaufen, irgendwo in Schwabing ... Aber da ging er schon nicht mehr in die Uni. Dieser Völk sagt ...«

»Völk? Wer ist denn das?«

»Der Mann aus der Lokalredaktion. Er kennt die Familie.« Tommi sah sich im Lokal um. »Du weißt doch, wie das in solchen Orten ist. Da kennt jeder jeden. Und was du noch nicht weißt, erfährst du doch ... Der Völk hatte es noch einfacher: Er war mit der Schwester von Martin Hilper befreundet. Martin hing sehr an seiner Schwester; mit der Mutter und dem Stiefvater klappte das nicht so richtig. Und als die dann verunglückte ...«

»Wer? Die Schwester?«

»Ja. Die Schwester. Vor vier Jahren. Ein Motorradunfall nach einem Disco-Besuch. Da drehte er völlig durch. Das Ergebnis muß so eine Art religiöser oder okkulter Tick gewesen sein. Jedenfalls besuchte er spiritistische Zirkel. Du kennst das doch: Tischerücken, Geisterbeschwörungen und so weiter ... Das war dann wohl auch nicht das Richtige für ihn, und so ging er zu einer Sekte.«

»Omega?«

Tommi schüttelte den Kopf. »Nein, ›Christus-Jünger‹.«

»Und was ist das?«

»Eine US-Sekte. Die haben bei uns schon in den siebziger Jahren Fuß gefaßt. Ihr Prophet heißt Master, David Master. Der bekam seine göttlichen Offenbarungen über seine Mutter, später kam auch noch Moses dazu. Du verstehst schon: So wie Moses das Volk Israel durchs Rote Meer ins Gelobte Land geführt hat, würde er, der David, seine Christus-Jünger durch die Katastrophen der Endzeit im Jahr zweitausend ins Reich des Heils führen.«

»Aha?«

»Ja, aha! Und in der Endzeit sind wir mitten drin! Aber Moses weiß, wo es langgeht. Und Wunder vollbringt er natürlich auch.«

»Aber Hilper hat doch immerhin Volkswirtschaft studiert? Du meinst, er nahm diesen Unsinn ab?«

»Do, hier geht es nicht ums ›Abnehmen‹, es geht um den Glauben. Das sind völlig verschiedene Stiefel... Die Liebe Gottes, Erlösung, die Errettung der wahrhaft Frommen, ob nun durch Jesus, Mohammed oder Buddha – wie willst du so etwas ›abnehmen‹? – Bei der ›Liebe Gottes‹ hat Master übrigens eine ganz witzige Variante gefunden: Die körperliche Liebe ist nichts anderes als die Vorstufe zur göttlichen Liebe. Er schaffte darum beim Bumsen die Sünde ab. Wer also heftig die sexuelle Liebe praktiziert, ist ein besonders guter Gläubiger. Genial...«

Sie sah ihn nur an.

Tommi zeigte das übliche Pokergesicht. Keine Ironie, kein Zynismus. Er hatte gesagt, was Sache war.

Do dachte an Kati. »Woher hast du das alles?«

»Woher? – Wieso sitze ich hier? Doch deshalb, weil du mich für den großen Sekten-Kenner hältst ... Bin ich zwar nicht, aber ein bißchen habe ich mich mit dem Thema schon beschäftigt, und einen Typ wie diesen amerikanischen Moses mit seinem Gottes-Sex merkst du dir besonders leicht ... Der hat sich noch einen Gag ausgedacht: *Flirty fishing.* Seine ›Christus-Jünger‹ mußte er ja erst mal einsammeln. Und das klappte ganz besonders leicht, indem er die hübschesten Mädchen der Gemeinde auf die Straße schickte, damit sie nette Männer für die Bewegung einfangen. ›Liebes-Einsatz‹ nannte er das, und daß so etwas heilig sei. Und wenn dann ein Kind kommt, ist das auch in Ordnung ... Schließlich, wer Jesus ein Kind schenkt, vollbringt eine gute Tat ...«

»Und du meinst, auf diese Tour hat Hilper auch Kati ...« Do brachte die Frage nicht zu Ende.

Tommi schütteltete den Kopf. »Ich kann dich beruhigen: In Hilpers Christus-Jünger-Zeit war Kati noch auf der Schule in Starnberg. Und nach einem Jahr Praxis meldete er sich bei den ›Jüngern‹ wieder ab.«

»Wieso erzählst du mir dann das alles?«

»Gute Frage. Wahrscheinlich, weil ich es selbst noch nicht geschafft habe, mir ein Bild von ihm zu machen.«

»Und was ist mit Omega?«

»Das ist es ja. Völk hat keine Ahnung. Er kennt all die Sekten, denn gerade Franken hat das komplette Angebot: Scientologen, Moon-Familie, Hare Krishna, dann natürlich die Wittek drüben in Würzburg mit ihrem ›universellen Leben‹, die haben ganze Siedlungen und Betriebe hochgezogen. Aber Omega – Fehlanzeige!«

Sie betrachtete ihre Hände. Der rote Nagellack war am rechten Zeigefinger gesplittert, und am linken kleinen Finger war es nicht nur der Lack, sondern auch der Nagel. Die Haut war trocken und wirkte verbraucht. Do selbst fühlte sich verbraucht. Ihr ganzes Leben war es.

»Ich habe Hilpers Nummer schon dreimal angerufen. Da meldet sich niemand.«

»Und jetzt?« fragte sie.

»Jetzt gehen wir zu den Alten. Zu *Hilper – Haus und Garten.* – Was sonst?«

5

Nochmals verglich Perauer die Bestellung mit der Schadensliste: Schlimm! Was heißt schlimm? Eine Katastrophe! Und wie die Tschechen-Krone zur Mark stand, war auch nicht mehr wichtig. Diese Prager Versicherungs-Heinis würden sowieso nicht zahlen ...

Er stand auf.

Die üblichen schwarzen Siebzehn-Uhr-Punkte begannen vor seinen Augen zu tanzen. So legte Perauer erst mal die Hände auf die Schreibtischplatte, atmete tief durch und sah zu Fritz Hilper hoch, der ihn wie stets unbeweglich aus seinem Fotorahmen anglotzte: Wie bist bloß du damit fertiggeworden? Na, du hast gekniffen, hast dich einfach verabschiedet ...

Den Kragenknopf hatte Perauer offen. Er schob den Krawattenknoten tiefer. Als ob das helfen würde! Die verdammte Hitze im Büro. Aber eine neue Heizsteuerung? »Ja, von wegen«, sagte Annemarie.

Er ging zum Bücherschrank, schob zwei Bände von Churchills *Der Zweite Weltkrieg* zur Seite und griff sich die Flasche Johnny Walker. Dann nahm er den Plastikbecher, der neben der Flasche stand, und goß ihn halb voll. Wenn einer nicht genau hinroch, sah das Zeug nach der Coca Cola aus, die höchst offiziell neben dem Wein im Gästeeisschrank in der Besucherecke wartete. Die beiden ersten Schlucke halfen nicht, aber dann fühlte Perauer, wie ihm besser wurde. Das Telefon auf dem Schreibtisch summte.

»Perauer.«

Es war Hochstett, der Hausmeister.

»Herr Perauer, da ist Besuch.«

»Besuch? – Ich hab' keine Zeit.«

»Herr Perauer, es ist jemand vom Fernsehen.«

»Wieso denn vom Fernsehen?«

»Weiß ich doch nicht, Herr Perauer. Aber ich hab' die Frau sofort erkannt. Ich hab' ihre Karte vor mir. Sie heißt ... Moment mal. Sie heißt Folkert.«

Folkert? dachte Perauer. Die ist nicht vom Fernsehen. Tritt zwar in Talk-Shows auf, aber ist irgendeine Journalistin. Was wollte die hier?

»Was will sie?«

»Mit Ihnen sprechen.«

Hochstett blieb der unheilbare Trottel, der er immer gewesen war. Aber Perauer war neugierig geworden. »Na gut, schicken Sie sie hoch.«

Er ging zum Fenster und riß es auf. Kalte, frische Luft strömte ins Büro. Er schob den Vorhang etwas zur Seite.

Das Lager, in dem sich auch die Büroräume des »Hilper-Versands« befanden, war im rechten Winkel zum Geschäftsgebäude *Hilper – Haus und Garten* gebaut. Von dort kamen sie. Sie kamen durch die Hintertür. Der kleine Hochstett ging voraus, die Frau in der Lederjacke überragte ihn um einen halben Kopf. Sie sah gut aus, verdammt gut. Neben ihr ging ein Mann, gleichfalls in Lederjacke.

Ja, das ist die Folkert. Aber was will sie?

Hastig trank Perauer seinen Becher aus und schob ihn zusammen mit der Flasche ins Versteck zurück. Mit der Wärme des Whiskys überflutete ihn eine Reihe ebenso verschwommener wie bombastischer Vorstellungen. »Wissen Sie«, würde die Folkert sagen, »wir sind zu Ihnen ja nur deshalb gekommen, weil die Firma Hilper als größtes Haushaltsgeschäft Bayreuths schon seit über einem Jahrhundert besteht … Hatte Traditionspflege eigentlich in der Wirtschaft heute noch einen Wert? Was ist Ihre Ansicht zur Mittelstandspolitik in Bayern, Herr Perauer?«

Hastig schob er den Krawattenknoten wieder nach oben. Den verdammten Knopf bekam er nicht mehr zu. Es klopfte. Da waren sie …

Sie versuchte den Mann vor ihr einzuschätzen: Tränensäcke, Glitzeraugen, das leichte Zittern der Hände – ein Alkoholiker … Hatte vielleicht mal einen ganz guten Kopf gehabt, aber jetzt war das Gesicht wie von einem rosaroten Fettpanzer verdeckt. Und was steckte darunter? Unsicherheit, dachte Do. Eine Einheirat in Bayreuth wird auch kein Zuckerschlecken sein. Sieh dir das Büro an: Möbel aus den sechziger Jahren. Wahrscheinlich hat sich hier nie etwas geändert. Und der Herr dort an der Wand ist vermutlich der Vorgänger …

»Martin ist nicht mein Sohn«, sagte Perauer gerade.

»Das habe ich erfahren. Sehen Sie, Herr Perauer: Daß meine Tochter das Haus verläßt, ist es nicht, was mich bedrückt … Schließlich ist sie alt genug, um eine solche Entscheidung zu treffen. Es sind diese religiösen Dinge und die Übersteigerung darin. Nie hat sie sich für so etwas interessiert. Und ich kenne sie gut genug, das können Sie mir glauben. Aber bei Kati war nie von Gott die Rede, nie vom ›richtigen Weg‹ und all diesem Sektenzeug, das in den Briefen steht. Ihr Sohn ist doch in einer Sekte?«

»Er ist nicht mein Sohn.«

Perauer wiederholte es mechanisch, mit einer Art sanfter Beharrlichkeit, die bewies, daß der Satz bei ihm durch viele Wiederholungen eingeprägt war wie auf einem Chip. Dann stand Perauer ganz unvermittelt auf, lächelte und sagte: »Sie haben ja eine ziemliche Reise hinter sich. Und ich einen langen Tag. Ich hab' da ein paar gute Fläschchen. Vielleicht sollten wir etwas trinken?«

Es war eine flache, rundgeschwungene Flasche. Perauer goß sorgsam drei Gläser voll und verteilte sie. »Sie mögen doch Frankenwein?«

»O ja.« Tommi dachte an die Whisky-Fahne, die ihm entgegenschlug, als er Perauer vorhin die Hand geschüttelt hatte. »Nicht nur«, sagte er, »nicht nur ...«

Der Mann stieg aus einem grauen Volvo-Kombi, wie er vorzugsweise von Handwerkern benutzt wird. Er hatte ein freundlich-rundes, unauffälliges Gesicht und eine Stirnglatze. Er war groß, einen Meter fünfundachtzig, und mit seinem Bierbauch brachte er gute neunzig Kilo auf die Waage. Über dem mächtigen Körper, der sich mit überraschend geschmeidiger Eleganz bewegte, trug er einen frischgebügelten Handwerker-Overall. In der Hand hielt er einen jener Werkzeug-Sets, die mit ihrer Kunstlederbeschichtung und den Chrombeschlägen kaum von den Diplomatenköfferchen der Anwälte und Geschäftsleute zu unterscheiden sind.

Was nicht so ganz zum Bild passen wollte, das waren die leichten Mokassins mit flachen, glatten Gummisohlen, dunkelgraue Zwirnhandschuhe und die Tatsache, daß der Mann sich dem Haus von der Rückseite durch den Garten näherte.

Er hatte die Küchentür erreicht.

Er sah sich um und schien zufrieden. Ein Taxus-Bäumchen gab ihm Sichtschutz.

Er öffnete den Koffer und zog die zwölf Zentimeter lange an den Kanten abgeschrägte Plastikleiste heraus, die er zwischen Tür und Rahmen einfügen konnte. Wenn Walterscheid etwas liebte, dann war das saubere und schnelle Arbeit, vor allem aber Arbeit, die möglichst keine Spuren hinterließ. Ein Auto zu knacken – bis zu dem Zeitpunkt, an dem der Motor lief – für ihn eine Aufgabe, die in dreißig Sekunden erledigt sein mußte. Sicherheitsschlösser – kein Problem. Und Alarmanlagen gab's in dieser alten Bude sowieso nicht, wie er bereits beim ersten Blick feststellte.

Walterscheid warf einen zweiten Blick über die drei Stufen hinauf zur Küchentür. Das Steinzeitding dort oben kriegst du mit dem Daumennagel auf. Er schob die Leiste in den Koffer zurück und nahm einen kleinen abgeflachten Schraubenzieher, beugte sich über das Schloß – stand gleich darauf im Haus und sah sich um.

Die Küche! Hier stank's nach vergammelten Lebensmitteln. Ein großer Freund von Sauberkeit schien dieser Hilper nicht zu sein.

Walterscheid betrat den nächsten Raum. Von der Wand blickte ihm Arjun entgegen. Darunter der übliche kleine Altar mit den Kerzen.

Walterscheid lächelte und legte salutierend die Hand an die Schläfe. Schließlich: Dies war ein Arjun-Einsatz, wenn er das recht verstanden hatte.

Der Raum war fast leer. In einer Ecke gab es noch eine Couch. Das war alles. Aber rechts war noch eine Tür, und dahinter wurde Walterscheid fündig: Hier herrschte zwar ein noch schlimmeres Durcheinander als in der Küche, aber die Schreibecke wenigstens war aufgeräumt. Auf dem Tisch stand ein Computer.

Walterscheid beugte sich darüber: Ein »Pentium 200«, ein ziemlich leistungsfähiges Gerät. Er klappte den Diskettenbehälter auf – und fluchte. Die Plastikrillen, die die Disketten zu halten hatten, waren leer. Scheiße! Das fing ja gut an …

Auf dem Bord vor einer Bücherreihe stand ein Reisewecker. Es war jetzt sechzehn Uhr fünfundzwanzig. Hilper, so hatte ihm der Verbindungsmann, der ihn beschattete, durchgegeben, habe Erlangen bereits verlassen. Das bedeutete, daß er etwa um siebzehn Uhr hier aufkreuzen mußte. Walterscheid hatte nicht viel Zeit. Er holte das Funktelefon aus seinem Anzug.

»Hörst du mich?«

»Si.«

»Paß auf, er muß die Scheißdisketten irgendwo versteckt haben. Ich bleibe hier und suche sie. Du rührst dich nicht.«

»Si.«

Ja, verdammt, nicht si! dachte Walterscheid und warf einen Blick durch das Fenster auf die stille kleine Seitenstraße, in der das Haus stand. Er zog die Vorhänge zu. Verschossener roter Samt und voller Staub. Was für eine Drecksbude!

Der Wein war tatsächlich gut. Perauer trank das halbe Glas leer und lehnte sich entspannt in seinen Sessel zurück. »Ob Martin in einer Sekte ist? Wieso? Haben Sie was gegen Sekten?«

»Aber das ist doch nicht das Thema, Herr Perauer. Mir geht es allein um den Grund, warum meine Tochter sich so sonderbar verhalten hat.«

»Sonderbar«, sagte Perauer und trank noch einen Schluck.

»Wenn Sie von Sekten anfangen, dann ist ›sonderbar‹ genau das richtige Wort. Und wenn Sie etwa gegen Sekten sind, dann werden Sie noch ganz andere ›sonderbare Dinge‹ erleben, das kann ich Ihnen garantieren.«

»Martin ist also …«

»Ja, er ist. Und jetzt ist er bereits im zweiten Verein. Immerhin ist ihm aufgegangen, daß die, bei denen er früher war, nicht richtig tickten. Aber was uns das gekostet hat …«

Perauer schüttelte den Kopf, schloß die Augen und redete mit geschlossenen Lidern weiter: »Die Liebe Gottes, mit der er es immer hatte, kam uns verdammt teuer. Das können Sie mir glauben. Daß er während des Studiums jede Seminararbeit sausen ließ und in der Uni überhaupt nicht mehr zu finden war, das hätte sich vermutlich wieder hinbiegen lassen. Aber dieser ganze Rest – der pure Wahnsinn! Wir hatten Martin in München eine Wohnung eingerichtet, ganz in der Nähe der Universität, dort kostet ja jeder Quadratmeter ein Vermögen, 'ne richtig nette Eigentumswohnung: zwei Zimmer, Küche, Bad. Fragen Sie nicht, was wir bezahlen mußten. Dort ging dann die Post erst richtig ab. Was brauchte Martin schon zu studieren? Er hatte ja die Bibel ...«

Er griff wieder nach seinem Glas. Es war leer. Tommi goß sofort nach.

»Und?«

»Hatte die Bibel und seine David-Briefe! Die sagten ihm, was richtig war. Uns, uns sagte keiner was. Als ich dann mal hinfuhr, um frische Wäsche zu bringen, weil ich sowieso in München zu tun hatte, also, als ich da in seine Wohnung kam, traf mich beinahe der Schlag. Das sah aus dort, das können Sie sich überhaupt nicht vorstellen. Zigeunerlager wäre noch milde ausgedrückt. Überall lagen Matratzen rum. Im Spannteppich, beste Auslegeware, Brandlöcher von den Kerzen, die die da aufstellen. Dutzende von Brandlöchern. Dann die Küche ... In der Wohnung hingen nicht nur Typen rum, sondern vor allem Mädchen ... Martin hatte seinen persönlichen Harem. Und ob Sie's glauben oder nicht, das waren wirklich hübsche Frauen. Und alle mit demselben Tick wie Martin. Denen kannst du gar nichts sagen, die kannst du anbrüllen, du kannst sie fragen, wieso das alles? Die gucken dich nur an, lächeln und wissen's besser. Die haben so ein mildes Lächeln, da bleibt dir jedes weitere Wort im Hals stecken. So war's auch bei Martin. Dieses Heiligenlächeln, der Blick ...«

Perauer unterbrach sich und schob die Daumen unter den

Kragenrand. »Eines können Sie mir glauben: Wenn Sie so was erleben, bleibt Ihnen die Luft weg. Hoffentlich passiert es Ihnen nicht ...«

Do sprach kein Wort. Sie saß ganz ruhig. Ihr Mund war trocken. Sie trank einen Schluck Wein. Reinecke hatte seinen Kugelschreiber in der Hand, aber er schrieb nicht.

»Und dann?«

»Und dann? Dann ging alles drunter und drüber. Wenn es die Wohnung allein gewesen wäre ... Es waren auch nicht die ganzen Anschaffungen, die sie gemacht hatten ...«

»Welche Anschaffungen?«

»Na ja, Martins Wohnung war so eine Art Sektenzentrum geworden. Anlauf- und Werbebüro und so weiter. Die rissen ständig irgendwelche neuen Leute auf und schleppten sie dorthin, um sie zu bearbeiten. Das klappte auch. Sie hatten so 'ne Methode ...«

»Flirty fishing.«

Perauer sah zu Tommi hinüber. »Ja. Woher wissen Sie das?«

»Ich hab' mich auch ein bißchen damit beschäftigt.«

»Was immer sie machten und wie immer sie es nannten – wir hatten übrigens deshalb dann auch Ärger hier in Bayreuth ... Ich will mich besser nicht daran erinnern, es bekommt mir nicht – gesundheitlich. Ich mußte damals – wann war das nur? So vor vier Jahren etwa. Ich mußte damals schon zum Arzt wegen Kreislauf- und Gallenbeschwerden ... Aber nur um das noch zu beenden: Ich hab' dann eine Rechnung aufgestellt. Die Reparaturarbeiten in der Wohnung allein kosteten 36 000 Mark. Die hatten praktisch alles bis zum Eisschrank in Schrott verwandelt. Dann die Geräteanschaffungen. Es mußten ja die modernsten Sony-Fotokopierer sein, das teuerste Fax, der beste PC, alles vom Feinsten, denn modern wollten sie schon sein mit ihrem Moses; das alles belief sich zusätzlich noch auf dreißigtausend. Die Rechnungen gingen an Hilper, Bayreuth. Außerdem gehörte die Wohnung zu einem Gemeinschaftsbesitz. Also hatten wir mit den Miteigentümern noch Prozesse. Ich versuchte, einen Teil des Geldes bei der Sekten-Zentrale einzutreiben. Die sitzt in den USA ... Die haben mir noch nicht mal geantwortet.«

Er schluckte, schüttelte den Kopf, schluckte erneut und lächelte wieder. Es war ein sehr trauriges Lächeln. »Der Prozeß läuft heute noch.«

»Und Martin?«

»Martin? Mit ihm ist es immer dasselbe: Er weiß es besser, alles! Seine Mutter hat sich ziemlich rasch von ihrem Schock erholt. Für Annemarie ist er das einzige Kind, das ihr geblieben ist. Also schiebt sie's ihm vorne und hinten rein. Aber ich, ich hab' versucht, mich mit ihm auseinanderzusetzen. Junge, sagte ich, du studierst hier Volkswirtschaft, lebst von deiner Mutter, kannst das Geschäft übernehmen – du hast doch eine große Chance. ›Wieso Volkswirtschaft?‹ sagte er. ›Weißt du, was Wirtschaft ist? Das Krebsgeschwür auf dieser Erde.‹ Und dann versuchte er doch tatsächlich, mich umzudrehen. Ich sollte doch endlich ›vernünftig‹ werden. Vernünftig, so nannte er das. Es sei doch jedem klar, daß die Welt zum Teufel gehe. Ozonloch, Klimawechsel, Aids ... Ob ich keine Augen im Kopf hätte und die Katastrophe nicht sehen könne? Wir seien doch schon mittendrin. Und ob ich nicht eintreten wolle in die Sekte, zumindest als Förderer. Und wenn nicht, wieso ich ihn um Himmels willen nicht endlich in Ruhe ließe! – So war das.«

Er schwieg einen Moment, als erwarte er eine Antwort. Seine Schultern sackten noch weiter nach vorne.

»Keiner soll mir sagen, ich hätte nicht alles versucht. Aber was hat es gebracht? Die riefen mich dann auch noch nachts an. Die drohten mir sogar. Ich solle die Finger davon lassen, sie zu verfolgen. Die nächste Abfuhr kam von meiner Frau.

Ich hätte ja nichts anderes im Kopf, als ihren Herzensbubi in Schwierigkeiten zu bringen. Seither hängt bei uns der Haussegen schief. Und als ob das nicht reichte, kam dann auch noch der Anwalt: Ob ich noch nie etwas von freier Glaubensausübung und dem Artikel vier des Grundgesetzes gehört hätte. Da ließe sich nichts machen. Jeder könne von Gott halten, was er wollte, und jeder könne deshalb auch seine eigene Religion ausüben, wie es ihm Spaß mache. Das hörte einfach nicht auf ...«

Er sah Do und Tommi an.

»Und dann kam die andere Sekte?« fragte Tommi.

Perauer schwieg, stand wieder auf und hatte diesmal sichtlich Mühe damit. Auf der rosig glänzenden Haut bildeten sich dunkle Flecken. Er hielt sich an der Lehne des Sessels fest, schwankte ein wenig, sagte »Entschuldigung«, ging zum Fenster und riß es auf.

»Da braucht man einfach Luft.«

»In welcher Sekte ist er jetzt?«

»Schloß Schönberg.«

»Ist der Name der Sekte Omega?«

»Omega? Kenn' ich nicht. Schloß Schönberg ist nur die hiesige Zentrale. Ein Riesenladen. Der Name ist diesmal nicht ›Christus-Jünger‹, sondern ›Gottes Welt‹. Na, ist ja auch etwas.«

»Und wieso ...«

»Wieso er zu denen gegangen ist? Weiß der Teufel. Einmal hat er versucht, es mir zu erklären. Er sei dahintergekommen, daß man erst an sich selbst arbeiten müsse, ehe man etwas bewirken könne. Das sei der Irrtum der ›Christus-Jünger‹; ein schlampiger, geistig verwilderter Haufen sei das gewesen. Aber die in Schloß Schönberg sind natürlich etwas ganz anderes. Moment mal ... Ich glaube, ich hab' hier sogar noch irgendwas über die herumliegen. So eine Propagandabroschüre, die Martin mir mal gegeben hat.«

Perauer ging zu seinem Bücherschrank und kam mit einem dünnen, in Hochglanz gedruckten Buch zurück. Der Einband war grün. Das Omega-Zeichen konnte Do nicht darauf entdecken …

Die nächsten zwanzig Minuten waren für Walterscheid die Hölle. Seine Handschuhe wurden staubgrau und schmutzig. Er wühlte sich durch Bücher, Körbe von schmutziger Wäsche, kletterte bis hoch ins Dachgeschoß, inspizierte Schränke und Truhen mit Frauenkleidern, aus denen ein unerträglicher Gestank nach Mottenpulver und Vergangenheit quoll, und stand schließlich schwitzend wieder unten. Was jetzt? Sollte er vielleicht noch den Garten durchbuddeln?

Siebzehn Uhr … Bald wird er kommen. Dann kannst du mit ihm reden. Falls er nicht spurt, prügelst du ihm das Kassettenversteck aus den Knochen!

Im Vorraum gab es einen großen Schrank. Walterscheid öffnete ihn. Drei, vier Kleider, sonst nichts … Walterscheids Laune besserte sich ein wenig: Unten lag zwar ein Haufen Schuhe, doch als Versteck war das Ding ideal. Es stand gegenüber der Eingangstür.

Er zog die Schranktür hinter sich zu und kauerte sich nieder. In solchen Situationen hatte er alle Geduld der Welt. Er konnte zwei Stunden in einem dunklen Schrank hocken, ohne nervös zu werden. In Sydney hatte es einmal einen Schrank gegeben, ein modernes Ding von Einbauschrank neben dem Badezimmer. Damals hatte die Frau, um die es ging, Walterscheid entdeckt. Sie hatte die Tür aufgerissen, sie war sehr hübsch und so rührend nackt gewesen, aber es war ihm nichts anderes übriggeblieben, als ihr sofort mit beiden Daumen den Kehlkopfknorpel zu zerquetschen …

Nun, Hilper würde er mitnehmen. Und seinen verdammten Computer nebst Festplatte auch.

Wann aber? Walterscheid hatte es gerade gedacht, als er das Knirschen des Schlosses vernahm. Walterscheid griff in den Latz seines »Blaumanns« und zog die Magnum hervor.

Er hörte Schritte. Sie gingen an ihm vorüber. Wieder eine Tür. Die Küche? Nein, das Bad. Er wartete weiter. Jetzt war es die Küche ... Auch nicht übel. Die Fensterläden in der Küche waren geschlossen.

Komm, Alter, sagte sich Walterscheid, laß es uns hinter uns bringen. Er schob die Schranktür auf, setzte die Gummisohlen auf den schmutzigen Bodenbelag, ging zur Küchentür und handelte. Er handelte immer schnell. Diesmal vielleicht ein wenig zu schnell ...

Martin hatte Walterscheids Eintreten nicht bemerkt. Er stand mit dem Rücken zu ihm am Küchentisch, hatte gerade Kaffee aus einer Thermoskanne in seine Tasse gegossen. Daneben lagen zwei Croissants, eines war angebissen.

Walterscheid hielt die Magnum am Lauf. Er schlug sofort zu. Er hatte gegen die rechte Halsschlagader gezielt, ein Schlag, den man einigermaßen dosieren mußte, der aber, richtig geführt, ein geräuschloses Zusammenklappen garantierte, doch der Typ mußte irgendwas bemerkt haben, ein Rascheln, einen Atemhauch, eine Ahnung. Jedenfalls tauchte er ab. Der Magnumkolben traf statt des Halses die Schläfe.

Walterscheid hatte die linke Hand unter die linke Achsel seines Opfers geschoben. Nun spürte er, wie der Körper schwer wurde, beobachtete, wie die Knie einknickten, ließ sanft los, so daß der Körper geräuschlos auf dem Fliesenboden zum Liegen kam.

Der Bewußtlose zog die Knie an. Aus seinen Nasenlöchern rann ein feiner Faden Blut.

Walterscheid hatte ein ungutes, ein sehr ungutes Gefühl.

Er kniete sich nieder. An der rechten Schläfe hatte sich ein Hämatom gebildet, aus dem eine Beule wuchs. In der

Mitte der Beule war die Haut geplatzt. Vorsichtig drückte Walterscheid die Spitzen von Zeige- und Ringfinger darauf. Er glaubte etwas zu hören ... Er drückte fester. Nun war es deutlich: ein feines, knirschendes, schabendes Geräusch. Oh, verdammter Bockmist! Trotz der Saukälte in der Küche spürte Walterscheid seine Stirn feucht werden. Was nun?

Zuerst das Blut ...

Er riß ein Stück Papier von der Küchenrolle, wischte sorgsam den Boden auf, riß ein neues Stück ab, machte es naß, betropfte es mit Spülmittel, wischte nochmals und steckte das blutige Knäuel in den leichten blauen Plastiksack, der für den Abtransport des Computers gedacht war.

Dann blickte er wieder auf die unbewegliche Gestalt am Boden. Er holte das Handy aus der Tasche. »Hörst du mich?«

»Si?«

Dieser Italiener mit seinem idiotischen Si! Walterscheid zog die Unterlippe zwischen die Zähne. Plötzlich fiel ihm sein Vater ein. Der war während der Nazizeit aus Franken, also derselben Gegend, in der er jetzt hier Ärger hatte, nach Detroit, Michigan, emigriert. Und hatte doch für derartig beschissene Situationen immer ein deutsches Wort draufgehabt? Wie war das noch? – Heiliger Strohsack ...

»Heiliger Strohsack«, knurrte Walterscheid, »wir sitzen in der Scheiße. Den Typ hat's ziemlich erwischt.«

»Si.«

»Wie ist das bei dir? Siehst du jemand?«

»No.«

»Hier ist es auch ruhig. Na, dann komm rein ins Haus. Wir packen ihn in einen Teppich oder so was und bringen ihn zum Volvo. Und den blöden Computer auch.«

»Si«, sagte der Italiener ...

Ein blau-silberner Erdball leuchtete auf sanftem Resedagrün.

Do betrachtete die Aufmacherzeilen und dann ganze Bilderreihen von Kleinbilddrucken, die in der Mehrzahl Schulen, Pflege-Einrichtungen oder Büros voll geschäftiger Mitarbeiter zeigten. Sie blätterte weiter: Die gleichen jungen Mitglieder im Außen-Einsatz. Hier trugen sie khakifarbene Tropenklamotten, schwitzten bei irgendwelchen Arbeiten unter heißer Sonne. Ganze Fuhrparks waren zu erkennen, Lagerhallen voll mit Lebensmittellieferungen, Frachtflugzeuge, deren Laderampen herabgeklappt waren. Laster, vollgeknallt mit Containern und Kisten.

Wir sind überall, las sie.

Wir sind im Einsatz auf vier Kontinenten.

Wir arbeiten und leisten Hilfe in 36 Ländern.

Wir haben bewiesen, was tätiger Dienst am Nächsten bedeutet.

Das sollte von einer Sekte stammen? Es las sich eher wie der Promotion-Prospekt eines Service-Multis ...

Wieder eine Weltkarte.

Schwarze Linien überzogen sie, als gehe es darum, internationale Präsenz zu demonstrieren. In Europa schienen sie sich zu bündeln.

Do konzentrierte sich wieder auf den Text.

> *Ob Jugendhilfe, Ausbildung, Altersversorgung, ob Krankenpflege, Aids-Bekämpfung, Aufbau unterentwickelter Regionen der Dritten Welt oder und vor allem der Schutz der geschundenen Natur – alles, was dazu beiträgt, das Leben in Harmonie und Eintracht zu gestalten, ist unser Anliegen. Wir reden nicht darüber – wir handeln.*

Tommi hatte sich erhoben. Er stand hinter ihr und las über Dos Schulter mit.

Sie warf einen flüchtigen Blick zu ihm hoch. Sein Ausdruck war halb erstaunt, halb verblüfft, es war das gleiche Gesicht, das sie machte.

Das Leben auf dieser Erde neu und fruchtbar zu gestalten, ehe Verblendung es zerstört, ist die entscheidende Aufgabe unserer Tage. Vom Wissenschaftler über den Politiker bis zum Arbeiter und Landwirt, alle denkenden Menschen sind sich darin einig. Deshalb empfinden auch alle das gleiche, wenn sie sich vorstellen, was auf uns zukommt: Unbehagen, Furcht, Angst.

Auf dem großen Foto dieser Seite waren zwei »denkende Menschen« dargestellt: Ein junges Paar, das traurig und ratlos über die Wüste verbrannter Baumstümpfe blickte, die eine gewaltige Brandrodung hinterlassen hatte.

Denn was ist unsere Erde? – Nichts als ein Staubkorn in den unendlichen Dimensionen der von Gott erschaffenen Wirklichkeit, ein kleiner Planet in einer von Milliarden von Sternen besiedelten Galaxie, die wiederum nichts anderes darstellt als ein Teilchen von Milliarden weiterer Galaxien. Dies alles ist Gottes Werk, in dessen Namen wir handeln und handeln müssen …
Denn eines ergibt sich aus allen Daten, über die wir verfügen, und aus allen Naturgesetzen, denen wir unterworfen sind: Die Ressourcen, um die zehn Milliarden Erdbewohner zu ernähren, die in Kürze diesen Planeten besiedeln werden, besitzen wir längst nicht mehr. Zu lange schon zerstören wir die Lebensgrundlagen unserer Kinder und Enkel.
Gewaltige, vernichtende Verteilungskämpfe werden die Folge sein.
Ehe sie, wie Arjun Williams uns voraussagt, im Jahre 2005 zur atomaren Vernichtungsschlächterei entarten, wird be-

reits der unablässig kreisende Kapitalstrom sich nach Asien ergießen und somit die westliche Führungsrolle durch eine chinesisch-asiatische Allianz ablösen. Hinzu kommt, daß eine entfesselte Technologie den arbeitenden Menschen durch seelenlose Automaten in rasendem Ausmaß verdrängt. Nach allen neuen Untersuchungen werden schon in kürzester Zeit zwanzig Prozent an Produktionskräften achtzig Prozent Arbeitslose gegenüberstehen. Eine Situation, die in unvorstellbare soziale Explosionen münden wird, die alles in Frage stellen, was der Westen an kulturellen und zivilisatorischen Errungenschaften hervorgebracht hat.

»Zwanzig zu achtzig«, hörte sie Tommi murmeln. »Na, die hauen ganz schön auf die Pauke, was?« Do schwieg. Sie las weiter.

Was ist zu tun?

Und gleich darunter: *Die GW hält die Antwort bereit. Es ist Arjuns Antwort. Seine Visionen haben sich stets bestätigt.*

Sie hatte genug.

Halt – das Kleingedruckte …

Es bestand aus einer zwei Seiten umfassenden Aneinanderreihung von Namen und Adressen. Sie bezeichneten Stiftungen, Vereine, Firmen, soziale Einrichtungen, und die Liste schien nicht nur endlos, sondern tatsächlich international: Service- und Seminar-Betriebe, eine »Aids-Solidaritäts-Bewegung« in San Francisco, die »Drogenfront Amsterdam«, aber auch ein »gemeinnütziger Baumarkt« in Sydney und eine »Immobiliaria SA« in Rom waren aufgelistet. Es gab die »Arjun-Kinder-Arche« in Brüssel, die »Union Ziegelwerke« in Santiago und eine »Bau- und Bodenbank, Zürich«. Namen über Namen, manchmal unauffällig, dann wieder bombastisch oder ziemlich exotisch.

Aber hier hatte sie es gefunden: *Kulturstiftung Schönberg, e. V.*

International waren sie. Clever auch. Was wurde da am Schluß kommentiert: Die GW habe alle diese Einrichtungen ins Leben gerufen und zum Erfolg geführt, sie beabsichtige, sie offenzuhalten jedem geschäftlichen Interessenten gegenüber, in erster Linie aber denjenigen, die das Interesse verbinde, aktiv der Zerstörung der Welt entgegenzutreten.

»Bitte helfen Sie uns, dieses Netz, das uns retten kann, weiterzuknüpfen.«

Kulturstiftung Schönberg, Walldorf.

»Hm«, machte Tommi.

Do gab Perauer die Broschüre zurück.

»Na, was sagen Sie jetzt? Ganz schön komischer Laden, was?«

Sie nickte. »Und wer ist Arjun?«

»Hab ich Martin auch gefragt. Ganz kapiert hab' ich's nicht. So was wie der große Priester, der Prophet, der Oberboß. Der wird sich das Ding wohl ausgedacht haben. Jedenfalls gilt er als Gründer. Aber das ist noch das Wenigste.«

»Was denn noch?«

»Ich sagte doch schon ›Prophet‹. Er produziert Voraussagen. Und Martin schwört Stein und Bein, daß sie meistens stimmen. Vom Fall der Mauer bis zur Golfkrise, Arjun hätte alles gewußt. Er könne es mir sogar beweisen.«

Martin? dachte Do. Wieso kommt er hier nicht einfach zur Tür rein und sagt: »Hallo!«

Ich muß den Kerl erwischen. Und bald!

»Dieses Schönberg ist doch ganz in der Nähe?«

»So sechzig Kilometer ...«

»Aber Martin wohnt doch hier in Bayreuth, nicht wahr?«

»Ja. Wenn er hier ist.«

»Bei Ihnen?«

Er schüttelte den Kopf. »Nein. Im Haus einer verstorbenen Tante. Sie hat es ihm vermacht.« Tommi nickte. »Ich habe ihn schon anzurufen versucht. Aber es meldete sich niemand.«

»Er schaltet das Telefon ziemlich oft ab.«

»Könnten wir nicht einmal hinfahren?«

Perauer zögerte und blickte auf die Armbanduhr. »Na gut ...« Er schob ein paar Briefe in eine Ablegemappe. »Warum nicht? Den Ärger hier kann ich auch auf morgen verschieben. Ein bißchen Luft tut mir vielleicht ganz gut.«

Er erhob sich. »Kommen Sie.«

Das große silberne Mercedes E-Coupé stoppte mit einem weichen, fast höflichen Nicken des Kühlers. Es war bereits ziemlich dunkel.

»Das dort ist das Haus«, sagte Perauer.

Sie saßen eine Weile stumm und blickten hinaus.

Was zu sehen war, wirkte düster und verloren. Das Grundstück schien ziemlich groß zu sein und befand sich noch immer in Zentrum-Nähe, doch es standen nur eine Reihe von Eiben darin und drei oder vier Obstbäume.

Die Gartentür stand halb offen.

Ein feuchter, mit Backsteinen gepflasterter Weg führte zum Haus, einem kleineren Bau mit tief heruntergezogenem Dach. Er wirkte, als sei er seit Jahren nicht bewohnt.

Tommi Reinecke zählte vier Fenster im oberen, zwei, jeweils neben der Tür, im unteren Stock. Die Fensterläden waren alle geschlossen.

Do und Perauer waren ausgestiegen. Er sah, wie Perauer den Briefkasten an dem Pfeiler der Gartentür musterte, den Kopf schüttelte, sich über das gefönte, schwarz-graue Haar strich und weiterging.

Auch Tommi stieg aus.

Als er die beiden Stufen zur Haustür erreicht hatte, holte Perauer gerade den Schlüssel aus der Manteltasche. Tommi beobachtete Dos gespanntes, bleiches Gesicht und fragte sich, was sie wohl von diesem Gespensterhaus erwartete.

»Wohnt er da allein?« fragte er.

»Ja. Und seiner Mutter hat das gar nicht gefallen. Die wollte, daß er bei ihr in der Villa bleibt. Aber wenn Sie mich fragen, ich war ganz froh darum. Es ist das Haus von Tante Luise, einer Schwester seines Vaters. Die hat mitgeholfen, den Martin großzuziehen.«

Er öffnete die Tür.

Die Luft war stickig, verbraucht und kalt.

Tommi sah sich um. Im Vorraum mit seinen altmodischen schweren, dunklen Möbeln gab es drei Türen. Eine stand offen und führte in eine Küche. Perauer öffnete die zweite Tür. Der Raum, den sie betraten, war etwa vier mal sechs Meter groß, weiß gestrichen und ziemlich leer. Hier waren die Fensterläden geöffnet, und Tommi erkannte, daß die Scheiben, durch die das Licht fiel, reichlich verstaubt waren. Auch auf dem Parkettboden lag Staub.

An der rechten Wand hing ein großes Foto. Es zeigte das Porträt eines etwa fünfzigjährigen Mannes, der mit einem gütigen Lächeln um die vollen Lippen aus tiefliegenden, dunklen Augen in irgendeine Ferne starrte. Er hatte volles, gelocktes, doch korrekt geschnittenes Haar. Das Gesicht war ziemlich mager. Zwei tiefe Falten zeichneten sich unter den breiten Wangenknochen ab. Auch die Augen hatten einen exotischen Schnitt.

»Der Guru? – Arjun?« Dos Stimme war nur ein Flüstern.

»Keine Ahnung«, sagte Perauer. »Wahrscheinlich. Ich hab' das Martin auch gefragt. Aber darauf hatte er noch nicht mal 'ne Antwort. Wie auf so vieles ...«

Auf dem Boden unter der Fotografie lag ein breites, sauber glattgehobeltes und eingewachstes Holzbrett auf vier Backsteinen. Auf dem Brett wiederum standen vier Kerzen in hübschen Biedermeier-Leuchtern, daneben eine Art

Schale, in der sich ein Häufchen grauer Asche befand. Neben diesem Häufchen lag ein halb verbrannter Weihrauchkegel. Daher also rührte der sonderbar dumpfe Geruch ...

Tommi blickte zu der Matratze in der gegenüberliegenden Ecke und versuchte, sich Martin Hilper darauf vorzustellen, der seinen weihrauchumschwebten geistigen Führer auf sich wirken ließ. Vielleicht lag er manchmal gar nicht allein auf der Matratze. Vielleicht war sogar Kati ...

»Tommi!«

Es gab noch einen Rahmen an der Wand. Do stand davor. Dieser Rahmen enthielt keine Fotografie und kein Bild, sondern fünf Zeilen Text. Und die kannte sie schon.

»Das Mantra?« fragte Tommi.

Sie nickte.

Perauer war wieder dabei, ein Fenster aufzustoßen. Im Haus war es jetzt kalt wie in einem Eiskeller. Die Luft tat dennoch gut, sie verscheuchte den beklemmenden Geruch, der in jeder Ecke, jedem Winkel zu nisten schien. »Das macht alles den Eindruck, als sei er schon lange nicht mehr hier gewesen«, sagte Do.

»Weiß ich nicht. Ich weiß nur, daß er an Weihnachten kurz bei uns vorbeikam. Seiner Mutter brachte er sogar irgendwas selbstgebackenes Süßes mit. Von Schloß Schönberg natürlich. Aber er kommt immer wieder hierher, manchmal nur für ein paar Stunden.«

Perauer ging in den nächsten Raum und zündete das Licht an. Das Zimmer war vollgestopft mit den gleichen altmodischen schwarzen, schweren Möbeln. Ein Mausoleum, von den marmorierten Lampenschalen bis hin zu den abgetretenen Perserteppichen. Alles schien Vergänglichkeit zu beweisen, mit der Ausnahme der rechten Ecke neben der Tür. Hier gab es eine Art Insel der Moderne. Ein grauer, funktioneller Computer-Tisch stand da, davor ein bequemer, verstellbarer Schreibstuhl. An der Wand waren Bücherregale und eine Halogen-Schreibtischlampe angebracht.

Tommis Blick verfolgte die elektrische Leitung bis zu der Dreifachsteckdose. Auch sie war neu ...

»Na, hier scheint er zu arbeiten.«

»Was weiß ich?« brummte Perauer.

Tommi schaltete die Lampe an und fuhr mit dem Zeigefinger über das Bücherregal: Kein Staub. Zwei der Bücher beschäftigten sich mit *Verfassungsrecht der Bundesrepublik Deutschland,* die anderen waren ein Sammelsurium philosophischer und esoterischer Titel. *Heilung durch die Kraft des Geistes* stand da neben Nietzsche ...

»Aber wo ist der PC? Hat er den wieder mitgenommen?«

»Vielleicht hat er gar keinen Computer. Vielleicht benutzt er einen Laptop«, sagte Do.

Auch sie machte sich an dem Regal zu schaffen, rückte Bücher hin und her, nahm eines heraus, öffnete es, blätterte es durch, als suche sie eine Fotografie, einen Brief, einen Zettel, eine Botschaft – irgendeinen Hinweis ...

»Und oben im ersten Stock?« fragte Tommi Reinecke.

»Die Zimmer hat er nie benutzt. Da ist der ganze Krempel von der Luise drin. Der Nachlaßverwalter hat mal angefragt, ob wir das Zeug nicht abholen und verkaufen lassen wollen. Aber es kümmert sich ja niemand darum.«

»Dann hat er in dem großen Raum geschlafen?«

»Fragen Sie mich was Leichteres.«

»Er braucht doch Bettzeug und so ...«

»Da ist noch ein Schrank im Flur draußen, im Vorraum.«

»Kann ich mal nachsehen?« erkundigte Tommi sich.

Perauer nickte. »Wenn Ihnen das Spaß macht. Und was glauben Sie, was Sie da finden werden?«

Ja, was? Tommi ging in den Vorraum, und Do folgte ihm. »Was hältst du davon?« flüsterte sie.

Tommi gab keine Antwort. Was sollte er davon halten?

Was hielt er von allem? Daß irgend etwas nicht stimmte, das sagte ihm sein Instinkt. Aber was stimmte nicht, verdammt noch mal? ...

Zuvor, als sie eintraten, hatte Tommi den Schrank nicht beachtet. Nun erkannte er, daß es sich um ein schönes Stück fränkischen Barocks handelte. Die Kanten waren zwar abgeschrammt, das Furnier der rechten Tür aufgesplittert, aber die Schnitzereien der Krone, die Profilkehlen – ein edles Stück Arbeit.

Der Schlüssel steckte.

Tommi zog die Tür auf. Eine Kleiderstange, eine Reihe von Bügeln. Die meisten waren leer. Rechts hingen säuberlich aufgereiht drei Anzugjacken. Dazu, gleichfalls auf Bügeln, drei Herrenhemden und ein ziemlich abgetragener blauer Pullover.

Auf der linken Seite befand sich eine Reihe von Fächern. Mit Ausnahme des untersten, in dem ein paar Unterhosen lagen, waren sie leer.

»Tommi!« Dos Finger krampften sich in seinen Oberarm. Er trat einen halben Schritt zur Seite, weil sein Schatten den Schrankboden verdunkelte. Dort gab es Schuhe; ein paar Bergstiefel standen neben zwei Paar Herrenschuhen, auch sie ziemlich verstaubt.

Do deutete auf die Jogging-Treter, die links in einem wirren Haufen lagen. Und dann bückte sie sich. Sie hatte einen Schuh in der Hand. Sie sagte nichts. Ihr Mund zuckte. Es war ein Laufschuh. Er war aus weißem Leder gefertigt und mit zwei rosafarbenen Streifen verziert, die auf beiden Seiten schräg zu den dicken Gummisohlen liefen.

Neben den anderen Schuhen, die alle mindestens Größe 43 hatten, wirkte er klein. Es war der Schuh einer Frau, eines Mädchens ...

Do sagte noch immer nichts. Sie kauerte am Boden und preßte den Schuh an die Brust wie ein Kind seine Puppe.

»Was ist?« drängte Tommi.

Sie sah hoch. Die Augenlider zitterten. Sie suchte nach Worten – und dann endlich bekam er die Antwort: »Der gehört Kati. Ich hab' ihr diese Schuhe im letzten Herbst aus Düsseldorf mitgebracht ...«

»Und dessen bist du dir sicher?«

»Aber ja«, flüsterte sie. »Aber ja, Tommi ...«

Do hatte auf einem kleinen Hocker in dem großen weißen Zimmer Platz genommen. Sie saß unter dem Bild des Gurus, Katis weiße Laufschuhe neben ihren Füßen, und blickte vor sich hin.

Perauer war Tommi in die Küche gefolgt. Hier herrschte inzwischen ein wenig Helligkeit. Sie hatten die Läden aufgestoßen und die Fenster geöffnet. Woher der dumpfe, unangenehme Geruch kam, war inzwischen auch klar: Der Eisschrank war voll mit verdorbenen Lebensmitteln. Eine geöffnete Sardinendose, Leberwurst, ein verschimmelter Christstollen, mit grünlichem Pilz überzogener Käse ... Die Kühlung war ausgefallen. Alles zusammen ergab eine grauenhafte Mischung. In der Spüle stapelte sich Geschirr. Auf dem Küchentisch hatte Tommi, als er zum ersten Mal den Raum betrat, eine Tasse, ein Croissant und ein Glas Marmelade entdeckt. Das Croissant war frisch.

Perauer stand am Fenster. »Was ist denn mit Frau Folkert? Ich meine, sie war doch selbst der Ansicht, daß Martin etwas mit ihrer Tochter haben könnte. Da braucht sie sich doch wegen eines Paars Schuhe nicht so aufzuregen.«

»Sie hat Angst«, sagte Tommi.

»Ja? Wirklich?«

»Sie nicht?«

»Ich?«

»Ja, Sie ... Kommt Ihnen das nicht komisch vor? Diese

Schweinerei im Eisschrank ... Und dann die Tasse mit dem frischen Croissant ...«

»Na ja, Martin war immer ein bißchen schlampig.«

»Ist doch egal, was Martin immer war. Daß er alles hier rumstehen läßt, daß ihm nicht einmal auffällt, wie es hier riecht ... Sie haben gesagt, daß er jeden Monat ein- oder zweimal in Bayreuth aufgetaucht ist. Warum hat er dann den Eisschrank nicht wieder in Schwung gebracht?«

»Na schön, es kann ja sein, daß ihn die auf Schloß Schönberg festgehalten haben. Irgendeine dringende Aufgabe. Oder daß er ganz plötzlich ins Ausland geschickt wurde. Die haben ja überall ihre Niederlassungen.«

Ganz plötzlich? – Einer, der einen Eisschrank voll verdorbener Lebensmittel entdeckt, sich trotzdem seinen Kaffee macht, seine Croissants mit Marmelade beschmiert, den Kaffee trinkt, ins Croissant beißt, die Lust daran verliert, ins Bad geht, um sich die Zähne zu putzen ... Oder es lief umgekehrt. Er kam zuerst ins Bad und dann in die Küche. Und dann ...

Dann was?

Es klingelt. Martin läßt den Besucher herein. Oder der Besucher hat einen Hausschlüssel? Und wer immer dieser Besucher war, er muß eine Menge Dinge fertiggebracht haben: Daß Martin Brot und Kaffee stehen läßt und verschwindet ... Und mit ihm eine ganze Computeranlage, von der nichts zurückbleibt als das leere Plastikgehäuse, in dem die Disketten aufbewahrt worden sind ...

Wieder blickte Tommi durch das Fenster auf die Straße.

Autos fuhren vorüber. Es herrschte ziemlicher Verkehr. Gleich vorn an der Ecke gab es ein Spar-Geschäft. Die Häuser waren bewohnt. Jeder Zwischenfall wäre aufgefallen.

»Der Garten«, fragte Tommi, »wo führt der denn hin?«

»Zu einer Art Feldweg. Anschließend kommt dann ein Sportplatz.«

Perauer deutete auf die Küchentür, die nach draußen zur Rückfront führte. Wenn man einen Schritt näher zum Fenster kam, konnte man die Stufen sehen, die auf einen mit feinem Kies bestreuten Vorplatz gingen. Aus dem Kies wuchs Gras.

Perauer schien auf einmal zu frösteln. Tief hatte er die Fäuste in den Taschen seines gefütterten Gabardinemantels vergraben. Das Gesicht schimmerte leicht violett. Die Augen waren unsicher. Irgend etwas hatte sich verändert, es war, als sei die Luft noch schwerer geworden, als stünden Fragen im Raum, die niemand beantworten konnte ...

Perauer öffnete die Hintertür. Ein Gartenweg, auch er mit Backsteinen eingefaßt, knirschender Kies ... Rechts vom Weg wuchsen ein paar Rosenstöcke, die vor nicht allzu langer Zeit beschnitten worden sein mußten. Dann Brombeersträucher, ein braun verfilzter, feucht glänzender Brombeerwall.

Tommi fluchte. Dann sah er genau hin: Rechter Hand gab es eine Art Lücke. Abgebrochene Zweige – nein, nicht alle gebrochen, manche schienen zu einer Art Schneise niedergetreten zu sein. Tommi ging hin und bückte sich. Er war jetzt ganz wach. Die Lücke im Brombeerwall war vielleicht vier, fünf Meter tief und wirkte, als wäre sie vor kurzem niedergetrampelt worden.

Die cleveren Jungs der Spurensicherung würden jetzt jeden Zweig in die Hand nehmen, am Boden herumkratzen und Verdächtiges suchen, um dann mit einer weißlichen Flüssigkeit irgendwelche Abdrücke im Boden festzuhalten.

Aber hier gab es keine Abdrücke. Hier gab es nur verfaulte braune Blätter.

Der hintere Zaun hatte keine Eisenstäbe. Verrosteter Maschendraht hing an morschen Pfählen, doch auch in diesem Draht gab es eine interessante Variante: Direkt vor Tommi war der Draht niedergedrückt worden. Dahinter gab es einen Streifen nasser Erde mit braunen Grasbüscheln, dann einen Schotterweg und schließlich eine weiße Holzbarriere, die die Aschenbahn eines Sportplatzes einsäumte. Im Hintergrund sah man graue, einstöckige Gebäude und die flache Erhebung des Festspiel-Hügels.

Tommi war stehengeblieben, die Hände in den Taschen, und versuchte nachzudenken. Ziemlich merkwürdig das alles ... Geht es dir bereits wie Do, witterst du hinter allem irgendwelche geheimnisvollen dunklen Mächte?

Aber Do hat bisher recht behalten ... Und da vorne, genau an der Stelle, an der der Zaun niedergebogen wurde, erkannte Tommi Reifenspuren, ganz deutlich. Das fällt selbst dir auf, Junge. Brauchst nicht mal rüberzuklettern und dir deine Jeans zu ruinieren.

Es war nicht nur ein Fahrzeug, es mußten zwei Wagen gewesen sein, die hier gestanden hatten. Und sie hatten in Richtung Umgehungsstraße geparkt. Die Reifen auf der Fahrerseite hatten keine Spuren hinterlassen. Sie standen auf Schotter. Doch das rechte Reifenpaar! So neu war der Abdruck, daß selbst von Tommis Platz aus die Profilmarkierungen in der nassen Erde zu erkennen waren. Und die beiden Halbbögen, die entstanden, als die Fahrer die Wagen zu dem Schotterweg steuerten.

Tommi wollte sich gerade abwenden, als er noch eine Entdeckung machte.

Zuvor hatte er das Stückchen Helligkeit dort zwischen den Drahtmaschen für einen Fetzen aufgeweichten Papiers gehalten. Doch nun ging er näher und streckte die Hand aus. Stoff ... Tommi zupfte daran. Ein herausgerissenes Dreieck, Baumwollmaterial, vielleicht aus einem Hemd, vielleicht einer Jacke? Doch es war nicht der Stoffetzen allein. Weiter oben war noch etwas anders, kaum sichtbar ... Die Jungens von der Spurensicherung würden bei einer solchen Entdeckung begeisterte Pfiffe ausstoßen und nach der Kamera rufen ... Tommi hielt es nun in der Hand, dünn, fein, zusammengeklebt und nicht länger als drei Zentimeter: Haar. Menschenhaar. Selbst der Hautrest, an dem es klebte, war zu erkennen.

Tommi kämpfte sich ein zweites Mal durch die Dornen und achtete darauf, daß sie sich nicht in seiner neuen Lederjacke verfingen.

Als er die Hintertür zum Haus öffnete, stand Do im Raum. Sie blickten sich an.

»Wo warst du denn?« fragte sie.

»Hab mich ein bißchen umgesehen.«

»Und?«

Tommi zuckte mit den Schultern und richtete den Blick auf Perauer. »Wann haben Sie Martin zum letzten Mal gesehen, Herr Perauer? Weihnachten?«

»Ja. Am zweiten Weihnachtsfeiertag. Dann nicht mehr. Aber er hat angerufen. Bei meiner Frau. Gestern.«

»Von hier?«

»Von wo sonst?«

»Das wissen Sie genau?«

»Genau? Das weiß man doch nicht genau, wenn einer telefoniert. Er hat es wenigstens gesagt.«

Tommi streifte sich ein Blatt von den Sohlen. »Also ich würde jetzt auch mal telefonieren«, sagte er. »Möglichst bald.«

»Was ist denn, Tommi?« fragte Do.

»Wenn ich das wüßte! Aber irgend etwas ist sehr merkwürdig. Der hintere Zaun ist niedergebogen. Ich hab' da 'ne ganze Reihe frischer Spuren im Garten gefunden.«

»Na und?« Jetzt war es Do, die ein zweifelndes Gesicht machte. »Das Haus liegt allein. Da trampelt sicher manchmal einer durch.«

»Vermutlich.« Vielleicht verliert er auch ein paar Haare dabei. Tommi dachte es, sprach es aber nicht aus.

»An diesem Weg zum Sportplatz, da haben zwei Autos gehalten. Direkt am Zaun«, sagte er statt dessen.

Auch diese Eröffnung schien Perauer nicht zu beunruhigen. Er betrachtete Tommi mit einem ungläubig-fragenden Ausdruck. »Und?«

»Hat Martin einen Wagen?«

»Ja. Natürlich. Wie soll er denn sonst nach Schönberg kommen? Der pendelt doch ständig hin und her.«

»Und was ist das für ein Auto?«

»Ein alter roter Peugeot-204. Den fuhr mal meine Frau. Dann hat sie den Peugeot Martin überlassen.«

»Und wo parkt er den gewöhnlich?«

»Wo schon? Auf der Straße.«

»Vor dem Haus?«

»Na klar.«

Tommi nickte. Klar war nichts, überhaupt nichts. Er zupfte an seinen Barthaaren herum. »Wissen Sie, ich würde mal in diesem Schönberg anrufen.«

»Und warum?«

»Um zu fragen, ob Martin dort ist. Und um ihn an den Apparat zu bekommen. Und wenn das nicht klappt, dann ...«

»Dann was?«

»Dann«, sagte Tommi, »dann wäre meiner Meinung nach ein Telefonat mit der Polizei fällig ...«

Der Wurm war drin. Zuerst hatte er Hilper an der Schläfe erwischt, und eine Leiche brauchte er ja nicht nach Cannero zu bringen. Dann mußten auch noch gerade, als sie abfuhren, drei Leute in einem Mercedes auftauchen, zwei Männer und eine Frau, und jetzt wußte er noch nicht einmal, welchen Namen dieser verdammte See hatte.

Walterscheid hatte sich bei der Durchfahrt in Marktredwitz ein paar Wanderkarten gekauft, einen blauen Fleck in der Gegend von Selb, bereits jenseits der alten DDR-Grenze, gefunden, war hingefahren. Und siehe da, der Platz schien auf Anhieb in Ordnung. Er lag zwischen zwei Höhenzügen, auch von der tschechischen Grenze noch keine zwanzig Kilometer entfernt, hübsch versteckt. Es gab nur ein paar Wanderwege und ein Forsthaus, das noch aus DDR-Zeiten stammte und nicht mehr benutzt wurde. Und der See war auch kein See, sondern ein Staubecken, das Turbinen angetrieben hatte, die längst nicht mehr funktionierten. Was brauchte Walterscheid zu wissen, wie das Gewässer dort unten hieß. Jetzt wirkte es schwarz, schwarz wie ein finsteres Auge.

»He, komm mal her!« Walterscheid winkte dem Italiener. Mit dem hatte er ein Namensproblem. In der Abteilung 5, und zu der gehörte der Italiener ebenso wie er selbst, war es üblich, sich nur mit dem Vornamen anzureden, aber den hatte er vergessen. Und das übliche »Bruder«? Bei dieser Arbeit und in diesem Zusammenhang schien das einfach unpassend.

»Paß auf, siehst du den Weg dort unten?« sagte Walterscheid. »Piccola strada. Direkt am Damm. Dort, wo die drei Bäume stehen ...«

Der Italiener nickte.

»Da lassen wir die Karre rein.«

»Bene«, sagte der Italiener. »Si. La macchina.«

»Richtig, mein Junge ... Macchina ... Aber erst müssen wir umladen. Er muß jetzt in seinen Peugeot. Das ist schließlich sein Wagen. Warum haben wir denn die blöde Kiste bis hierher mitgenommen? Falls das Ding irgendwann mal gefunden wird, muß die Sache echt aussehen, capito?«

Der Italiener nickte wieder. Der versteht besser Deutsch, als du denkst, dachte Walterscheid. Wieso auch nicht? In der Abteilung 5 sprachen sie alle drei oder vier Sprachen, mit einer Ausnahme: ihm selbst. Nun, das war auch kein Beinbruch. Dafür konnte er andere Dinge. So was zum Beispiel ...

Walterscheid sah auf die Uhr: Fünf ... In zwei Stunden würde der Hubschrauber sie abholen. Sie hatten also noch Zeit, die Sache hinter sich zu bringen, den Volvo irgendwo hinzustellen, wo man ihn nicht so schnell finden konnte, und abzuhauen.

»Mach am Peugeot die Ladeklappe auf. Und die beiden hinteren Türen.«

Der Italiener nickte. Als er zurück war, beugte er sich weit über die geöffnete Hecktür des Volvo. Vorsichtig berührte er den Arm, der sich deutlich unter der Plane abzeichnete. Er bewegte ihn.

Er sah zu Walterscheid hoch. »Ob der noch lebt?«

Walterscheid grinste. Das hatte er bereits hinter sich. Er hatte den in die Plane eingewickelten Hilper angehoben. Glieder und Gelenke waren noch beweglich. Walterscheid hatte sogar die Plane angehoben, so unangenehm ihm das auch gewesen war, um festzustellen, ob er etwas wie ein Röcheln oder Atmen hören konnte. Nichts. Die Leichenstarre setzte außerdem bereits ein. Mußte sie ja ... Wiederauferstehungen gab es nicht.

»Los, pack an! Du unter die Knie, ich nehm' die Schulter.«

Stöhnend und fluchend schleppten sie den Toten zum Peugeot und schoben ihn durch die Heckklappe. Schon erstaunlich, wie wenig Platz der brauchte, wenn man ihn noch einknicken konnte.

Walterscheid ließ das Schloß einrasten. Er dachte nach. Er hatte es sich schon ein dutzendmal überlegt. Falls der Wagen tatsächlich gefunden wurde, und das konnte in dieser Gegend hier Jahre dauern, dann gab es eine verweste Leiche in einem Peugeot. Unangeschnallt. Mit einem Loch in der

Schläfe. Wer konnte den Vorgang schon beurteilen? Wenn nur genügend Zeit vergangen war, würden auch alle Lungengewebeproben nicht weiterhelfen, dann gab's nämlich kein verwertbares Lungengewebe mehr ...

Das war's dann gewesen.

Und Hilper war dazu noch einer vom »fünften Grad«! Das muß man sich vorstellen. Nun, vorstellen kann man sich alles ... Walterscheid setzte sich hinter das Steuer des alten Peugeot. Dann wollen wir den »Bruder« mal entsorgen ...

Er blickte wieder zum See. Von der Straße, auf der er stand, führte eine Spitzkehre zum Ufer hinab. Auch dort war ein Asphaltband, reichlich schmal zwar, aber ausreichend. Dreihundert Meter weiter rechts lief die Strecke zu einer vorspringenden Felsnase. Walterscheid studierte sie. Die Felsnase gefiel ihm.

»Komm schon«, sagte er zu dem Italiener. »Wie heißt du noch?«

»Eros«, sagte der Italiener.

Eros – wie konnte er einen solchen Namen vergessen! Walterscheid steuerte den Wagen zum See hinab und dann an einer niederen Felswand entlang, auf der Bäume wuchsen, bis zu der Felsnase, die sich ein Stück über das Wasser schob. Er hielt an, ging bis zum Rand der kleinen Plattform und starrte hinunter. Der See war hier nicht ganz so schwarz, aber auch nicht so durchsichtig, daß man sich ein Bild von seiner Tiefe machen konnte. Doch wie die ganze Geschichte aussah, konnte es hier kaum flachen Grund geben. Und die Zeit lief davon. Der Hubschrauber war für neunzehn Uhr bestellt. Sie hatten keine andere Wahl, als es zu versuchen.

»Handbremse und Kupplung raus, Eros. Komm, wir schieben.«

Eros schlug die Tür zu, sie schoben.

»Schneller jetzt, Eros ...«

Sie legten sich ins Zeug, der Peugeot neigte sich nach vorne – und klatschte aufs Wasser. Die Seitenfenster standen offen. Es dauerte nicht lange, bis auch das rote Dach verschwand. Nichts war mehr zu sehen als Wellenringe, eine große und viele kleinere Luftblasen.

Wieder legte Walterscheid die Hand salutierend an die Schläfe. Immerhin, einer mit dem fünften Grad, ein »Bruder« …

»Was ich brauche«, sagte Do, »ist eine Telefonzelle. Und was du brauchst, Tommi, ist was zu essen. Hast du Lust auf eine Pizza?«

»Ich hab' Lust auf alles, was kau- und schluckbar ist.«

»Okay. Sieh mal, dort vorne, da kannst du auch was trinken.«

»Bier?« sagte er. »Kulmbacher?«

Sie steuerten die kleine Pizzeria mit ihren grün-weiß-roten Fenstereinfassungen an. Vor der Tür blieb Do stehen. »Kulmbacher gibt's. Schau rein, wo das Telefon steht.«

»Sonst noch einen Wunsch?«

Sie sah ihn an. Versteh doch, Tommi, signalisierte der Blick. Er verstand, öffnete die Tür und kam nach zehn Sekunden wieder zurück. »Da wartet eine wunderschöne Zelle.« Das Lokal war brechend voll, aber auf wundersame Weise wurde gerade der Fenstertisch geräumt. Sie setzten sich. Ein kleiner rundlicher Kellner mit einem Neapolitaner-Strahlen im Gesicht nahm die Tischdecke ab, brachte eine neue und setzte den Brotkorb und das Würztablett auf den Tisch.

»Einmal ›Margarita‹«, verlangte Do, während Tommi sich für ›Vier Jahreszeiten‹ entschied.

»Zu trinken?«

»Kulmbacher.« Sie sagten es gleichzeitig. Der Kellner zog mißbilligend die rechte Augenbraue hoch und verschwand.

»Ein Ruffino wäre sicher eleganter ...« murmelte Tommi.

Do verzog die Mundwinkel zu einem Lächeln. Es war die erste und auch die letzte Spur von Heiterkeit, die sie sich an diesem Tage leistete. Sie zersäbelte ihre Pizza in Einzelteile und betrachtete sie, ohne sie zu berühren. Tommi kaute, und das mit großem Appetit.

»Ich hasse Kleinstädte, weißt du das? Entweder Dörfer oder 'ne richtige Stadt ... Und noch was: Ich war schon mal hier.«

Es schien ihn wenig zu interessieren. Er klappte gerade den Mund auf, um ein braunkrustiges Pizzastück darin verschwinden zu lassen.

... und eine Pizza hat auch eine Rolle dabei gespielt, erinnerte Do sich. Jan, dachte sie und spürte wieder diesen unmerklichen Druck im Hals, so, als würden sich lauter feine Seidenfäden zusammenziehen, Fäden der Erinnerung, der Melancholie, der Trauer. Nein, der Wut ...

Sie waren zusammen nach Bayreuth gefahren, und das noch in ihrer vielgeliebten grünen alten Affenschaukel von Ente. Es war Jans Assi-Zeit gewesen, und Do versuchte gerade ihre ersten Schritte als Volontärin im Süddeutschen Verlag. Aus Hamburg hörte sie nichts; mit ihrer Mutter steckte sie wieder einmal in einer Krise, und so hatten sie beide so wenig Geld, daß es kaum für Miete, Telefon und die Tankfüllungen der beiden Autos reichte. Aber eines Abends stand er da: Jan, der Wagner-Fan, der Liebhaber der großen Auftritte, der großen Augenblicke und der großartigen Musik. Er hatte sich bereits bei einem Kollegen einen grauenhaften, viel zu engen Smoking geliehen, knallte Do zwei sündteure Festspielkarten auf den Tisch, kaufte ihr am nächsten Tag ein Kleid, und so fuhren sie dann los.

Sie schafften es gerade bis zum Parkplatz des Festspielhügels. Dort parkten sie die Ente und blickten sich um. Jan wurde ganz still, als er sah, was da aus den schwarzen Prachtkarossen quoll und dem Festspielhauseingang zustrebte: grell geschminkte, betagte Damen in Pelzen, Kaskaden von Diamantklunkern an streng blickenden Blondinen, fette Männergesichter über gewölbten Frackbrüsten, Bundesverdienstkreuze ohne Zahl ...

»Da hast du es!« sagte Do.

»Nein«, sagte Jan.

»Was nein?«

»Ich brauch's nicht.« Er riß die Tür der Ente auf und ließ sich wieder hinter das Steuer fallen. »Das hier bestimmt nicht. Komm, steig ein.«

Sie starrte ihn verständnislos an.

»Na los, komm!«

»Und die Karten?«

»Scheiß auf die Karten! Wahrscheinlich könnte ich sie noch verscherbeln, da müßte ich aber bis zur Kasse. Wir fahren jetzt zurück und hören uns den ›Ring‹ auf der Couch an.«

Jan – das Miststück!

Sie fuhren nicht zurück. Zumindest nicht bis München. Kurz hinter Grafenwöhr verließ Jan die Autobahn. Gleich hinter der Tankstelle befand sich eine Pizzeria.

Jan rannte hinein und kam mit zwei Pizza-Kartons zurück. Blau-rot waren die. Do sah das Bild ganz deutlich vor sich: Jan mit dem Kosaken-Schnurrbart, in diesem unmöglichen Smoking – und zwei blau-rote Kartons. Die warf er auf die Rückbank, dann steuerte er das nächste Dorf an, fand ein Gasthaus, verlangte ein Zimmer, holte eine Flasche Wein, legte die Pizzen auf die Kofferablage und setzte sich aufs Bett.

»Was ist denn?« erkundigte Do sich.

»Das frage ich dich. Du guckst mich an, als wolltest du mir gleich ein Messer in den Bauch rammen.«

»Würde ich auch gern!«

Sie tat es nicht, konnte es nicht, denn er zog sie an sich, gab ihr kleine Küsse auf den Hals und einen feuchten, endlos langen, beinahe brutalen Kuß auf den Mund. Und sie liebten sich auf diesem unmöglichen, durchgelegenen Bauernbett die ganze Nacht. Jan, das Miststück! – Wieso bist du nicht hier? dachte Do. Jetzt könnte ich dich brauchen! Herrgott noch mal – und vielleicht haben wir damals sogar Kati gezeugt ...

Die Telefonzelle befand sich neben der Küchendurchreiche. Do war es zuwider, beim Telefonieren beobachtet zu werden. Immerhin gab es genügend Licht, um die Nummer zu drükken, die sie Perauers GW-Broschüre entnommen hatte.

Do spürte, wie ihre Hände, die den Hörer umklammerten, feucht wurden. Sie hätte sich dafür ohrfeigen können. Wie viele knifflige Telefonate hatte sie schon geführt! Und hier ging's um Kati. Hier ging's um die Chance, endlich mit Kati sprechen zu können.

Ein Knacken. Dann eine klare Frauenstimme: »Schloß Schönberg. Guten Tag. Kann ich Ihnen behilflich sein?«

Die reinste Hilton-Zentrale.

Do räusperte sich den Hals frei. »Mein Name ist Folkert. Do Folkert.«

»Ja?«

»Könnte ich bitte meine Tochter sprechen? – Kati Folkert.«

»Wie bitte? Wie war noch der Name?«

»Kati Folkert.« Do sagte es laut, vielleicht zu laut. Im Grunde schrie sie es.

»Kati Folkert«, wiederholte die Frauenstimme. »Wenn Sie sich bitte einen Augenblick gedulden würden.«

Es wurde ein langer, quälend langer Augenblick, und die Tatsache, daß irgendein Sitar- und Gitarrengeklimper die

Pause überbrücken sollte, änderte nichts daran, daß Dos Ungeduld ins Unermeßliche wuchs. Endlich knackte es wieder. Dieses Mal war ein Mann am Apparat.

»Frau Folkert?« Er besaß eine angenehme, besänftigende Stimme.

»Ja.«

»Es tut mit sehr leid, Frau Folkert, aber im Augenblick kann ich Sie mit Ihrer Tochter nicht verbinden.«

Dos Herz stolperte. Sie mußte tief durchatmen, so tief, daß sie für einen Moment kein Wort herausbrachte.

Kati ist also in Schönberg ...

Mein Gott, du hast sie gefunden! Dem Himmel sei Dank ...

»Sie ist gerade in einem Kurs. Und ich darf da nicht unterbrechen. Ich kann sie nicht rausholen.«

»Kurs? In welchem Kurs? – Jetzt hören Sie mal«, sagte Do, und endlich hatte sie ihre alte Stimme wieder, sprach energisch und klar. »Ich bin hier in Bayreuth. Und das ist ja nicht sehr weit bis Schloß Schönberg. Sie werden doch wohl Verständnis dafür aufbringen können, daß ich meine Tochter sehen möchte. Oder daß ich zumindest die Gelegenheit haben will, mit ihr eine Begegnung zu arrangieren.«

»Einen Moment ...« sagte die Stimme. Und es war wieder wie zuvor: Sitar und Gitarre.

Doch da war der Mann wieder, diesmal nicht so freundlich, nein diesmal gar nicht: »Hören Sie, Frau Folkert, ich habe mit Kati telefonieren können. Kati sagt ... Es tut mir wirklich leid, doch es ist wohl am besten, wenn ich Ihnen Katis Worte zitiere. Sie sagt, sie hätte kein Interesse, Sie zu treffen. Ich bedauere, Ihnen dies weitergeben zu müssen. Sie sagte außerdem, Sie möchten sie bitte in Frieden lassen.«

»Hören Sie mal!«

»Ich kann Ihnen leider keine weiteren Mitteilungen machen, Frau Folkert. Danke, Frau Folkert. Guten Abend ...«

Es war dunkel geworden.

Do hatte die Scheinwerfer angestellt. Noch ließ ein Hauch von Dämmerung flache Höhenzüge und Hügel erahnen, doch dann schluckte die Nacht auch sie.

Sie hatten Elbersreuth passiert und Wallenfels. Gelegentlich sah man die erhellten Fenster von Bauernhöfen wie winzige gelbe Quadrate. Der Verkehr war nun fast völlig erlahmt. Tommi, der neben Do im Beifahrersitz hing, stellte die Leselampe an und beschäftigte sich mit der Straßenkarte.

»Weiter vorn gibt's eine Kreuzung«, verkündete er. »Da geht's dann links ab. Dann kommt ein Dorf namens Walldorf. Von dort sind es nur noch drei Kilometer.«

»Ja«, sagte Do.

»Was heißt ja?«

»Nichts.«

»Nervös?«

»Mein Gott, Tommi, kannst du in deinem Alter nicht intelligentere Fragen stellen?«

»Was heißt denn hier: in meinem Alter? Hältst du mich für alt?«

Sie schwieg.

»Achtzehn Jahre Unterschied haben wir ... Statistisch ergibt das eine geradezu ideale Differenz, weißt du das? Weißt du überhaupt, daß solche Verbindungen am längsten halten? Hab' ich jedenfalls gelesen.«

»Tommi!«

»Denn dann, stand in diesem Artikel, ergäbe sich endlich jene auf Distanz, Humor und Toleranz gegründete Harmonie, in der sich Frauen, vor allem jüngere Frauen, wohl fühlen.«

»Bitte, Tommi!«

Er legte ihr die Hand aufs Knie. »Ich wollte doch nur sehen, ob ich dich ein bißchen auf die Palme bringen kann ... So was lenkt ab. Du brauchst wirklich nicht so nervös zu sein.«

»Bin ich aber.«

War sie das? Nein, sie war nicht nervös. Sie hatte einfach Angst. Wo waren die eisernen Folkert-Nerven geblieben? Was nur ist mit dir los, Do? Und was wird werden, wenn du so weitermachst? Sie rechtete mit sich selber, nein, sie haßte, verachtete sich. Viel Zeit blieb ihr dazu allerdings nicht.

Das erste Schild hatten sie auf dem Marktplatz des Dorfes entdeckt. Sie waren ihm gefolgt und hatten Walldorf auf einer Seitenstraße verlassen. Die Straße war nun nicht breiter als vier Meter, zwei Fahrzeuge hatten Mühe, aneinander vorbeizukommen. Sie führte auf einen Wald zu.

Der Wald interessierte Do nicht. Es war der helle Lichtschein dahinter. Schwarz zeichneten sich davor einzelne Baumkronen ab. Die Lichter schienen sich rechts und links der Straße zu erstrecken und verloren sich im Dunkel.

»Was ist denn das?«

Tommi knurrte irgend etwas Unverständliches.

»Es müssen jede Menge Lichter sein«, wunderte Do sich.

»Ja, Außenspots. Und ich dachte, wir fahren nach Schloß Schönberg. Dort gibt's dann lauter junge schöne, willige Sektenmädchen, die tanzen Ringelreihen, rufen den lieben Gott zu Hilfe und kriegen 'nen Freudenschock, weil sie mich sehen: Der Tommi! Was will denn der hier?«

Er ging ihr noch mehr auf die Nerven ...

Sie hatten das kurze Waldstück bereits passiert und sahen ein Tor. Ein gewaltiges Tor aus Schmiedeeisen. Rechts und links zog sich eine Mauer entlang. Auf der Mauer wiederum war ein starker Zaun an dicken Eisenstreben befestigt. Und hinter allem – Licht!

»No birds«, sagte Tommi. »Nicht mal Weiber oder Schwestern ... Das ist die Bundesbank. Oder Fort Knox! Oder der Bundesnachrichtendienst. Nur der Teufel weiß, was das sein soll ...«

Sie hatte den Frontera etwa zwanzig Meter vor dem Tor auf einem ziemlich großen Parkplatz geparkt. Hier gab es ein Schild. Do stieg aus und las, was darauf stand.

»Wir bitten unsere Gäste, ihr Fahrzeug auf dem Parkplatz zu lassen und sich über die Rufanlage rechts neben der Einfahrt mit unserem Empfang in Verbindung zu setzen.«

Darunter: *»Kulturstiftung Schloß Schönberg.«*

Es gab tatsächlich eine Pforte. Sie befand sich direkt neben dem mächtigen, geschwungenen Tor und bestand aus starkem Eisenblech. In die Zementumrahmung war eine Gegensprechanlage eingebaut. Do klopfte das Herz im Hals, als sie die Hand hob. Sie ließ sie wieder sinken. Tommi Reinecke schüttelte nur den Kopf und drückte auf die Taste der Anlage. Es knackte. Eine Stimme sagte: »Ja, bitte?«

Jetzt werden wir's ja sehen. Do spürte, wie ihre Zuversicht zusammensackte wie ein angestochener Ballon. Das Tor, die Lichter, der Zaun ... Was sich dahinter befand, schien abgeschottet wie eine Festung.

»Ich bin die Mutter eines Ihrer ...«

Das Wort »Mitglied« oder die Bezeichnung »Gottes-Welt-Angehörige« brachte sie nicht über die Lippen.

»Meine Tochter ist irgendwo bei Ihnen und besucht Kurse. Ihr Name ist Kati Folkert ... Ich möchte sie sprechen. Es ist dringend.«

Verzweifelt suchte Do nach passenden Worten, weiterem Druck, weiteren Argumenten. »Katis Großmutter ist sehr schwer erkrankt. Ich möchte Sie deshalb bitten, sofort mit ...«

»Das geht nicht.«

»Und wieso nicht?«

»Es verstößt gegen die Hausordnung. Außerdem haben sie gerade Kontemplation.«

»Sie haben – was?« Do platzte endgültig der Kragen. »Kontemplation oder nicht, Kati ist meine Tochter. Sie können ihr, verdammt noch mal, zumindest Bescheid sagen.«

»Einen Moment.«

Diesmal gab es keine Musik. Doch die Unterbrechung dauerte nicht länger als eine Minute, dann war wieder eine Stimme da. Diesmal die Stimme eines Mannes. Und sie war noch sachlicher, noch kühler als zuvor. »Würden Sie bitte einen Meter zurücktreten.«

»Was?«

»Nur einen Meter zurücktreten, bitte.«

Sie taten es beide. Tommi blickte zu dem Pfeiler hoch. Er hatte das Kamera-Auge längst bemerkt. Und auch den feinen Draht, der in der Mitte des Zauns verlief. Hier arbeiteten sie mit allen Schikanen.

»Danke, Frau Folkert. Bitte, gedulden Sie sich einige Minuten. Leider können wir Sie um diese Stunde nicht mehr aufs Gelände lassen. Doch Ihre Tochter wird ans Tor kommen ...«

Ein Knacken ...

Do preßte den rechten Handballen so heftig gegen die Mauer, daß es weh tun mußte. Sie spürte nichts. Sie dachte auch nichts, Sie konnte nicht denken, nur der eine Satz wiederholte sich in ihr: Ihre Tochter wird ans Tor kommen.

Tommi wollte sich einen Zigarillo anzünden, er schaffte es erst beim dritten Versuch. Der Tabakrauch war Do zuwider wie nie.

»Na, jetzt bin ich aber gespannt«, hörte sie Tommi murmeln. »Dort oben ... Sieh mal ...«

Sie sah ein Licht, dann hörte sie einen Motor. Es war das Geräusch eines Motorrads, das sich rasch näherte.

»Sie kommen«, sagte Tommi.

Sie? – Wer? Die Schwäche kroch wieder in Do hoch, sie drückte die Stirn gegen den kalten Zement und versuchte sich zu sagen, daß alles nur halb so schlimm sei, daß sie sich nur zusammennehmen müsse und daß dann alles gut würde. Vielleicht konnte sie Kati heute noch nach Hause mitnehmen? Lieber Gott, es kam ja auf sie an, auf sie allein ... Vielleicht würde sie sie überzeugen, vielleicht konnte sie ihr alles erklären, vielleicht ...

»Nun komm doch, Do«, hörte sie Tommi. »Da ist sie!« Da war sie.

Der Scheinwerfer des Motorrads erlosch. Durch die schwarzen Eisenstäbe des großen Tores sah Do zwei Schatten. Sie hörte Schritte. Sie spürte die eisige Berührung der Tropfen auf der Haut, denn ausgerechnet jetzt mußte es wieder leicht zu regnen beginnen.

Sie hörte eine Männerstimme.

»Guten Abend«, sagte der Mann. »Guten Abend, Frau Folkert.« Sie ging näher an das verdammte Tor – und sah ihre Tochter.

»Kati?« flüsterte Do.

Sie konnte nur die Anorakschultern und die runde Form ihrer Kapuze erkennen. Das Licht, dieses schreckliche Scheinwerferlicht kam seitlich von oben. Es verbarg Katis Gesicht, denn es lag im harten Schlagschatten der Kapuze. Kati schwieg.

»Kati, bitte ...«

Do wußte nicht, was sie redete, etwas in ihr redete: »Kati, komm hierher. Kati, komm zu mir ... Kati, bitte ... Komm doch nach Hause ...«

Sie erhielt keine Antwort.

»Kati, das geht doch alles nicht so ... Wir müssen doch miteinander reden. Herrgott, Kati ...«

Kati sagte etwas, doch es war zu leise, als daß Do es verstehen konnte. Oder der Regen war zu laut. Sie sah seine

Silberschnüre im Licht, aber die Augen ihrer Tochter konnte sie nicht erkennen.

»Das geht nicht«, hörte Do sie dann etwas lauter sagen.

»Was geht nicht, Kati? Wer kann es verhindern?«

»Jetzt nicht, Mami, jetzt geht es nicht.«

Sie kannte Kati. Sie hörte an dem dünnen Schwanken der Stimme, wie schwer ihr die Worte fielen.

»Bitte!« Do sagte es zu dem Mann, flehte einen Schatten an: »Bitte, Sie können doch nicht ... Sie können doch nicht im Ernst etwas dagegen haben, daß wir uns in den Wagen setzen ... Wenigstens das darf sie doch ...«

»Aber sicher, Frau Folkert.«

Jetzt konnte sie ihn besser sehen. Er war sehr groß und ziemlich breitschultrig. Sie erkannte auch sein Gesicht. Er war vielleicht fünfunddreißig und hatte ein gutgeschnittenes Männergesicht. Zumindest nicht die Sorte Gesicht, die Do sich bei einem Sekten-Bruder vorstellte.

»Was soll ich denn dagegen haben, Frau Folkert?«

»Dann sagen Sie ihr das.«

Der Regen. Die gelassene Stimme. Die Nacht, das Licht – ein Alptraum!

Herrgott, durchfuhr es Do. Was für eine Situation. Der Zorn kam zurück. »Sagen Sie es ihr!«

»Aber Frau Folkert, sie hört uns doch.«

Und er hat auch noch recht, dachte sie, natürlich hört sie uns.

»Mami?«

»Ja?« Do brachte den Laut kaum über die Lippen.

»Wirr werden miteinander reden.«

»Wir werden? – Bitte, Kati, komm doch ...«

»Nicht jetzt.«

»Nicht jetzt? Wann dann?«

»Wenn ... wenn ...«

»Wenn was?«

»Wenn ich soweit bin, Mami.«
»Und wann ist das?«
Do erhielt keine Antwort. Kati hatte sich umgedreht und ging nun langsam zum Motorrad.
Der Mann blieb unschlüssig stehen.
»Robert«, hörte Do ihre Tochter sagen. »Robert, bitte ...«

6

Im Sommer 1982 beschloß Paul Legrand, die Welt zu retten. Daß sie dabei gründlich geändert werden mußte, ergab sich von selbst: Eines bedingte das andere ...

Paul Legrand war ein neunundvierzigjähriger eminent tüchtiger Geschäftsmann aus Genf. Die weltumspannende Investment- und Finanzierungsgruppe, die er aus dem Familienvermögen und den drei väterlichen Uhrenfabriken geschmiedet hatte, wurde bereits in den frühen achtziger Jahren auf weit über siebenhundert Millionen Schweizer Franken geschätzt. Außerhalb Genfs kannte man Legrand kaum, Diskretion war für ihn Prinzip: Keine Fotos bitte und schon gar kein Interview. Doch trotz aller Presseverdächtigungen konnte nie ein Reporter nachweisen, daß Legrand sich irgendwann etwa an Mafia- und Schmutzgeldern die Hände dreckig gemacht hatte.

Wichtiger, vielleicht entscheidend für Legrands Erfolge waren die Informationen, die er in Genf als Drehscheibe und Schnittpunkt von Geheimdiplomatie und Geheimdiensten erhielt. Bei diesen weitreichenden Verbindungen und Kontakten gewann er nicht nur einen Überblick über den Zustand dieser Welt, sondern auch die Überzeugung, daß die Menschheit bald an ihrem eigenen Dreck ersticken müsse. Die Entscheidung, gerade dagegen etwas zu tun, hatte allerdings eine andere, eine sehr persönliche Vorgeschichte ...

Paul Legrand war am 26. August mit seiner Privatmaschine auf dem Flughafen von Nizza eingetroffen und sofort nach Saint-Tropez gefahren. Für diesen Sommer hatte er sich nicht nur eine, sondern zwei Wochen Urlaub vorgenommen. Hier in der Provence war auch noch ein Immobilien-Deal zu erledigen.

Auf der »Repos II«, seiner Yacht, wartete ein Telegramm. Max Picot, der Architekt, mit dem Legrand sich treffen wollte, ließ sich entschuldigen. Dringende Geschäfte hielten ihn noch für zwei Tage in Paris fest. *»Ich hoffe, cher ami, daß Sie Verständnis haben ...«*

Telegramme dieser Art akzeptierte Legrand aus Prinzip nicht. Picot allerdings ... Nun, nicht nur im geschäftlichen Bereich, auch als Mensch war man sich nähergekommen. Picots profunde Kennerschaft auf den Gebieten Kunst, Weine, gutes Essen und vor allem Frauen hatte einiges dazu beigetragen. So beschloß Legrand, den Urlaub gemächlich anzugehen. Und auf die übliche Art ...

Schon am Nachmittag des nächsten Tages meldete ihm Remo, der genuesische Bootsmann der »Repos II«, er habe zwei Mädchen aufgerissen. Eine sei aus Italien wie er, etwas zart vielleicht, die andere aber, »... *dio mio!* Sie kommt aus Cannes ...«

Remos Hände zeigten Kurven. Es handle sich um zwei *»assolutamente non professionale«,* aber sie seien zu allem bereit. Und wenn der »Dottore« die Damen vielleicht auf einen kleinen Yacht-Trip mitnehmen würde, kenne ihre Begeisterung keine Grenzen.

Legrand nickte.

Die Mädchen kamen um achtzehn Uhr des nächsten Tages an Bord. Das Blumen-Bouquet hing über dem Eßtisch am Heck. Die Rosen waren frisch, der Skipper und Spoerri,

Legrands Kommunikationsmann, hatten wie immer bei solchen Gelegenheiten Ausgang. Remo beendete in der Bordküche das Abendessen: Salat »Frutti di mare«, Lammkeule provençal. Zum Apéro standen ein kleines kaltes Büfett und zwei Flaschen Moët et Chandon bereit. Legrand schließlich hatte sich am Ende doch entschlossen, weiße Hosen und Sandalen anzuziehen, obwohl er weiße Hosen und Sandalen haßte wie die Pest ...

Er erhob sich, als die beiden Mädchen über die Gangway kamen. Seine Augen weiteten sich ein wenig. Remo hatte recht: Sie waren phantastisch. Die Zarte mit dem Blütenhals und der schmalen Taille trug ihre unglaublich reiche, schwingende Haarmähne bis zur Hüfte, die andere wiederum hatte die blonden Haare kurzgeschnitten wie ein Junge und besaß tatsächlich all die Kurven, die Remo beschrieben hatte. Zu dem Blond, das in der Abendsonne schimmerte wie ein Helm, hatte sie tiefe, dunkle Augen. Und der Schwung der Hüften! Und die Beine ... Gott, was für Beine ...

Die Zarte kam aus Livorno und hieß Claudia. Das Mädchen aus Cannes war Lucette.

Paul Legrand hatte sich erhoben, was er bei solchen Gelegenheiten nicht immer tat. Er küßte den beiden sogar die Hände, das war praktisch noch nie vorgekommen.

Remo öffnete die erste Champagnerflasche ...

Paul Legrand legte Wert auf geregelte Abfolgen. Alles ging seinen Gang. Die Mädchen am Heck tranken Champagner, kicherten, und das Licht des siebenflammigen Leuchters wob seine geheimnisvollen Schatten und machte sie noch schöner. Die Mädchen flirteten und erzählten. Draußen auf dem Kai standen wie immer die Touristen in Dreierreihen und glotzten. Das Essen war kurz vor elf zu Ende.

Paul Legrand erhob sich, um den Damen das Schiff zu

zeigen. Zehn Minuten später öffnete er die Tür zu dem großen Eigner-Schlafsalon im Bug, und die Damen sagten: »Oh!« Auch das taten sie stets, und es war auch berechtigt: Legrands Schiffsarchitekt hatte nicht nur Talent, er hatte sich auch eine Menge Mühe gegeben, Pauls Anweisungen auszuführen. Und die waren ziemlich kompliziert. Gut, das Bett oder die vier Manets an den holzschimmernden Wänden, dazu die sonstige Einrichtung, waren schon eindrucksvoll. Doch die Beleuchtung war Legrands wahrer Stolz. Mit ihr ließ sich spielen. Und das wollte er.

Er drückte auf den Knopf der Fernbedienung in seiner Tasche. Musik klang auf, angenehm sinnlich-suggestiv und zugleich beruhigende Töne.

Legrand drückte wieder. Die Farbe des goldschimmernden, mit Brokatfäden durchzogenen Seidenbettüberwurfs veränderte sich. Und es veränderten sich die Wände und Decken. Aus einem bläulich opalisierenden Ton wurde ein sanftes Aurorarot, das nun wieder zu einem helleren Licht aufblühte.

Wieder sagten die Damen: »Oh ...«

Die Blonde sagte es bereits mit halb nacktem Oberkörper. Die Bluse war geöffnet. Paul Legrand schluckte zum zweiten Mal: Die Kurven ihrer Brüste – einzigartig! Vor allem echt. Nichts von Silikon. Einen derart göttlichen Schwung brachte nur die Natur zuwege.

Er würde mit ihr anfangen.

Mit diesem Busen ...

Als er aus dem Bad zurückkam, saß die zarte Claudia, eingehüllt in ihre Haare, doch völlig nackt in einem der Sessel, hatte die Knie leicht geöffnet und die rechte Hand zwischen ihre Schenkel geschoben.

Lucette jedoch lag auf der Decke, den Kopf auf die Hand gestützt und zeigte Legrand den Rücken und die Kurven eines wirklich klassischen Hinterteils. Paul Legrand aber nahm das Sektglas, das sie ihm entgegenstreckte, und trank es in einem einzigen Zug leer. Dann beugte er sich über sie, um zu tun, was er sich vorgenommen hatte: Er widmete sich diesem göttlichen Busen. Und es klappte. Stark spürte er sich werden. Er drang in sie ein. Ihre Hüften zuckten die Antwort, das gefiel ihm. Nun stöhnte sie ein wenig, auch das war noch gut. Doch als sie dann diese komischen spitzen Schreie ausstieß und dazu noch theatralisch die Augen verdrehte, war alles vorbei.

Noch einmal versuchte er es. Und wieder hoffnungslos ...

Paul Legrand fühlte die Schwäche in sich aufsteigen. Und mit der Schwäche etwas anderes: Zorn und Scham – und Ekel. Ekel über sich selbst.

Aber er wollte nicht aufgeben. Noch nicht. Er sah die Kleine an und nickte in Richtung Bett.

Die Italienerin begriff. Vier, fünf Schritte, graziös, kokett, das ja, und schon warf sie sich auf ihre Freundin, schon spielten sie, keuchten, stöhnten ihm etwas vor. Legrand betätigte den Lichtregler und wußte: Nichts als Komödie. Er kannte die Weiber doch, kannte ihre Haut, wußte, wie es aussah, wenn sie scharf wurden, kannte die verräterische, sanfte Rotfärbung an Nacken und Hals.

Doch nichts, kein Hauch davon. Billiges Schmierentheater für sein gutes Geld ...

Lucette blinzelte ins Licht. »Was soll denn das? Drehst du 'nen Film?«

»Ich?« schrie Legrand nun völlig außer sich. »Den Film dreht ihr doch!«

Er schnellte aus seinem Sessel hoch, blickte auf sie herab, blickte auf ineinander verschlungene Körper, auf Schultern, Brüste, Schenkel und fühlte, wie sich ihm der Magen zusammenzog. Sein Kopf schmerzte. Aus der Übelkeit wurde Wut. Eine Wut, die ihm die Kiefer zusammenpreßte.

Paul Legrand rannte ins Bad, schlug die Tür hinter sich zu und zog sich hastig an.

Remo war an der Bar und polierte Gläser. »Monsieur? Was ist?«

Glotzt und weiß natürlich alles. Weiß alles schon lange. Quatsch mit den Weibern, grinst, lacht – und kassiert. Feuern werde ich ihn, feuern!

»Sie gehen noch aus? Und die Mädchen?«

»Schaff mir den Schrott von Bord. Und zwar schnell. Und noch was, Remo: Richte mir eine Gästekabine her ... In mein Bett steige ich nicht mehr, bis die ganze Bude desinfiziert ist.«

Remo nickte gemessen.

Er sah Legrand nach, wie er von Bord stürmte und in dem nächtlichen Gewühl am Kai verschwand.

Verrückt wie tausend Mann ... Aber das ist nicht alles, dachte Remo. Irgendwie ist er wirklich krank im Hirn ...

»Chivas«, sagte Legrand. »Einen großen.«

Er hatte seinen Stammplatz im L'Escale, und er liebte ihn. Nirgends ließ sich so gut beobachten, wie sich die Menschheit auf das reduzierte, was sie war: Idiotische Rollenspieler, alle, ohne Ausnahme ... Und die Schlimmsten blieben die alten Saftsäcke mit ihren jungen frisch eingekleideten Geliebten, ekelerregende Trottel wie du ...

Wenn bloß die Kopfschmerzen, diese Stiche nicht wären ...

Legrand kippte den zweiten Whisky und sah sich um: feuchte, geschminkte Lippen, glitzernde Drogenaugen, Sekretärinnen, die Filmsternchen spielten, Hausfrauen mit Schmachtblicken und all die Böcke dazu, deren Hirn nur einen Gedanken produzierte: Ficken, ficken ... Nutten, Unzucht, Schmutz und Schweine ...

Die Stimme wehte heran wie so oft in solchen Situationen, kam aus der Nacht, drängte sich in ihn, übertönte das Hämmern in Legrands Schädel: »Du weißt, daß das Sünde ist ... Und du hast es trotzdem getan. Du brichst mir das Herz ...« Die Stimme seiner Mutter ...

Er schloß die Augen und sah ihr bleiches, von Kummer zerfurchtes Gesicht, spürte, wie sie das Leintuch zurückschlug, spürte ihre Hände, die seinen Bauch untersuchten, feststellen wollten, ob »es passiert sei«, hörte ihr Schluchzen, weil es so war.

Dann, beim dritten Whisky, kam der Gedanke und schnitt wie ein Beilhieb durch sein Bewußtsein.

Nicht geduscht!

Du warst mit der Blonden zusammen und hast dich nicht geduscht!

Legrand warf ein Franc-Bündel auf den Tisch, hastete zur »Repos« zurück. Remos Ganoven-Visage blieb unsichtbar, Gott sei Dank. Legrand rannte in eines der Gästebäder, riß sich die Kleider vom Leib. Er ließ die Dusche laufen.

»Eines Tages ist es soweit. Du wirst schon sehen, du häßlicher Junge. Du wirst es erleben. Mama hat recht. Eines Tages wirst du am lebendigen Leib verfaulen ...« Er schrubbte, bürstete, bis er krebsrot wurde. Dann betastete er sich. Das tat er immer, und diesmal tat er's gründlich. Er schob die Hoden beiseite, ließ die Fingerkuppen ins Fleisch sinken – und erstarrte.

Da – was ist das? Wie ein Kirschkern, nein größer, viel größer ... Etwas, das nicht zu dir gehört, das ... das ...

O Gott!

Die Panik ließ ihn in die Knie sinken. Er zitterte. Er hockte lange unter dem heißen Peitschen des Wassers und versuchte, sich gegen das schreckliche Wort zu wehren. Schließlich schleppte er sich in die Kabine. Es war zwei Uhr dreißig morgens ...

Meunier, dachte er, Meunier kriegst du um die Zeit nicht aus dem Bett ...

Huren, dachte er, die verdammten Huren!

Das werden sie dir bezahlen! Umbringen lasse ich die ... Du wirst jemanden damit beauftragen. Müll wird auch beseitigt ... Der Müll, der die Welt verpestet, muß verschwinden ...

Doch wie ist das mit Krebs? Krebs wächst langsam ... Dann war es eine andere ... Die Taiwanesin vielleicht, die dir Walcott damals in L.A ...

Und dann dachte Legrand gar nichts mehr. Was blieb, war nur noch Angst.

Guido Spoerri, der Angestellte aus Legrands Genfer Büro, der während der Aufenthalte des Chefs an Bord den Kommunikationsdienst erledigte, warf am nächsten Morgen um sieben Uhr die beiden Piloten von Legrands »Mystère« aus ihren Hotelbetten in Nizza, damit sie den sofortigen Abflug vorbereiteten. Punkt acht Uhr hatte Legrand Professor Meunier am Telefon. Er erhielt die Zusage, daß Professor Meunier Monsieur Legrand selbstredend sofort nach dessen Eintreffen in Genf in seiner Praxis empfangen werde.

Drei Stunden später bereits ließ Legrand das Taxi, das ihn vom Flughafen in die Stadt gebracht hatte, vor einem großen, noblen Jugendstilhaus in der Rue du Rhône stoppen. Clara, Meuniers Krankenschwester für die Privatpatienten, geleitete ihn sofort ins Allerheiligste. Und da stand nun Meunier, breitete die Arme aus, rief: »Paul!« – und Legrand hatte bei seinem Anblick das Gefühl eines Schiffbrüchigen, der endlich das rettende Ufer sieht.

»Was war denn das nun wieder für ein Anruf, Paul? Und zu dieser unchristlichen Zeit? Und der größte Witz: Ich wollte Sie heute auch schon anrufen. Auf diese Weise erfuhr ich wenigstens, daß Sie in Saint-Tropez sind. Na, und jetzt, jetzt stehen Sie leibhaftig vor mir. Unglaublich! – Schon ein hübsches Spielzeug so ein Privatflieger, nicht?«

Legrand nickte. Er schaffte nicht einmal ein Lächeln. Professor Theo Meunier war ein Ein-Meter-neunzig-Klotz mit einem kahlgeschorenen Rundschädel und einem ewig freundlichen Grinsen. Er hatte Legrands Mutter zu Tode gepflegt. Schon damals war Legrand froh um den Optimismus gewesen, den Meunier unablässig ausstrahlte. Jetzt empfand er ihn als Gottesgeschenk.

»Diese Liege dort, Paul! – Und die Hosen müssen auch runter. Die können wir nicht brauchen, wenn wir wieder mal Tumore entdecken wollen.«

Paul Legrand lag mit geschlossenen Augen auf dem harten Plastiküberzug. Die Hände des Arztes fühlte er kaum. Wie denn? Er war in seine Angst zurückgesackt, in das große schwarze Loch, hockte wieder zitternd, die Arme um die Knie geschlungen, unter der Dusche.

Meunier gab irgendeinen undefinierbaren Ton von sich. Zuerst glaubte Legrand, sich getäuscht zu haben. Doch es war so: Meunier kicherte! – Und jetzt lachte er, lachte tatsächlich aus vollem Hals. Lachend schlug er Legrand auf die Schenkel.

»Krebsverdacht haben Sie gesagt? Das ist wirklich gut, alter Junge ... Ach, was wären wir Ärzte ohne unsere Hypochonder? Verarmen würden wir, verarmen ...«

Und lachte schon wieder.

»Wissen Sie, was Sie haben?« rief Professor Meunier. »Soll ich Ihnen sagen, was Sie da entdeckten? – Zwei Talgzysten, noch reichlich klein. Die lassen wir noch ein bißchen weiterwachsen. Und wenn sie Sie dann stören, schneidet sie Ihnen jeder Idiot von Assistent in zehn Minuten raus.«

Eine Tonne, zehn Tonnen, ein Berg fiel von Paul Legrands Brust. Seine Ohren waren knallrot, das Gesicht blaß. O Gott! dachte er. O Gott, Gott, Gott ...

»Sie haben sich die Hosen schief zugeknöpft.«

Laß ihn lachen. Soll er! Warum umarmst du ihn nicht? –

Paul Legrand unterließ es. Er wischte sich mit dem Handrücken die Tränen von den Augen.

»So ... Nachdem wir den Krebs besiegt haben, Paul, wird es Sie vermutlich interessieren, wozu ich Sie heute abend einladen wollte. Ich gebe eine kleine Soiree. Dabei werden Sie einen jungen Mann kennenlernen, der für Sie wichtig sein könnte.«

»Ach ja?«

»Ja. In mancher Hinsicht, Paul, wirklich. Sie kommen doch?«

Legrand nickte. Meunier hätte ihm auf seiner verdammten Soiree eine bucklige Pianistin, einen russischen Dichter oder einen Elefanten präsentieren können, er hätte zu allem genickt. Er war in der seltenen Verfassung, die ganze Welt umarmen zu können. Einen Hellseher sollte er bei Meunier kennenlernen? Wieso denn nicht? War doch mal etwas anderes.

»Eine nachweisbare paranormale Begabung«, sagte Meunier gerade. »Er hat dieses grauenhafte Attentat auf den Bahnhof von Bologna vorausgesehen, Sie erinnern sich genau wie das Attentat auf Reagan, dem er sogar eine Warnung hatte zugehen lassen, die die Holzköpfe vom FBI natürlich in den Papierkorb warfen. Aber alles ist dokumentiert, Paul, alles ... Er wußte, daß sie einen Polen zum Papst wählen, daß sich in Guayana tausend Sektenverrückte umbringen, er wußte alles, wußte es immer ... Nun stellen Sie sich doch mal vor, Arjun sagt Ihnen die Börsenkurse voraus. Das wäre doch ein Ding ...«

Paul Legrand lächelte pflichtschuldig. »Arjun?«

»Arjun Williams. Die Mutter des Jungen ist komischerweise Inderin. Der Vater aber, Bob Williams, ist Herzspezialist. Arbeitet in Salt Lake City, ein internationales Aß ...«

Und das Beste daran: Bob Williams sei clever genug, die Talente seines Sohnes einzusetzen. Was nämlich OP-Komplikationen und Erfolgserwartungen angehe, würden die Voraussagungen seines Sohnes fast immer zutreffen. »Williams war vorher schon Weltspitze. Aber damit hat er eine fast unschlagbare Erfolgsquote.«

Ob der Sohn auch Arzt werden wolle?

»Arjun? O nein. Der beschäftigt sich ausschließlich mit religiösen Dingen.«

Auch das noch! dachte Legrand. Na, von mir aus ...

»Amtskirche! Die Kirche von Gottes Gnaden! Das ist die Vernichtung Hunderter von Millionen Menschen anderer Hautfarbe, das ist die Vernichtung ganzer Völker und ihrer Kultur, das ist die Vernichtung von Hexen, Ketzern, ob sie nun Lutheraner, Baptisten oder Hugenotten heißen, das ist die Leugnung der überlebensnotwendigen Aufgaben, die vor uns stehen – und das alles im Namen Jesu Christi!«

Schon im Korridor klang Legrand dies entgegen. Wie immer war er etwas zu spät. Er hatte sich von Meuniers Dienstmädchen den Schal abnehmen lassen, war an dem in der Halle aufgestellten kalten Büfett vorbeimarschiert, den geöffneten Flügeltüren des Salons entgegen, doch nun blieb er stehen. Was sollte das?

Der Hellseher?

Auf Zehenspitzen ging Legrand näher. Im Schatten der Tür verhielt er wieder. Gut, alles war wie immer. Oder wie meist: Altherrengesichter, kunstvoll aufgetürmte, bläulich getönte Damenfrisuren, Schmuck und zierlich goldene Stühlchen.

Nur, daß der Kerl, der dort in tadellosem Englisch die Kirche verfluchte, um nichts in der Welt ins Bild passen wollte. Und wie sollte er das? In diesem Aufzug! In schmutzigen Jeans, ausgetretenen Turnlatschen, in diesem unmöglichen braun-gelben Holzfäller- oder Cowboyhemd? Meuniers Entdeckung? Ein schreiender Cowboy aus Utah mit schwarzen Kohlenaugen und Schmachtlocken? Ein Hellseher? Dann eher schon ein Wanderprediger ...

Gerade in diesem Augenblick warf der Kerl Legrand einen langen durchdringenden Blick zu.

Paul setzte sich hastig.

»Doch die Menschen haben genug. Sie rennen den Kirchen davon ... Und wohin rennen sie? Sie werfen sich dem Materialismus in die Arme!«

Der Kerl machte zwei riesige Schritte, beinahe Sätze, dann eine fast tänzerische Drehung und stand nun zwischen all den goldenen Stühlchen, drehte den Kopf ganz langsam und hob beschwörend die Hände. »Wo ist die Wahrheit der Bergpredigt geblieben? Wo sind Jesu Worte: Leben ist Liebe? Aus Liebe haben die Kirchen ein Instrument der Unterdrückung gemacht. Sie haben die Liebe zur Sünde erklärt, die Erlösung braucht ... Aber das ist nicht wahr. Nicht Sünde, nicht Erlösung, im Miteinandersein, im Annehmen des Nächsten und seiner Sünde, in der Liebe liegt der Weg ...«

Diese Stimme! Ganz leise war sie nun, nicht mehr wie die Peitsche von zuvor.

Legrand schloß die Augen. Die Worte hallten in seinem Schädel.

Im Annehmen der Sünde liegt der Weg ... War gar nicht so dumm. War, als wäre es für ihn gesprochen. War sogar ein guter Gedanke, war *der* Gedanke überhaupt!

Legrand bog den Kopf zurück. Steht direkt vor dir, der Kerl. Und wie er dich anstarrt. Die Mutter soll Inderin sein, hatte Meunier gesagt. Ganz egal, was sie war, aber einen Blick hatte der vielleicht ... Und was sagte er jetzt?

»Liebe bedeutet immer ein Weiter, heißt Höherentwicklung und damit Evolution. Wer diese Wahrheit vergißt, geht dem Untergang zu und verliert seine Zukunft. Ich kenne diese Zukunft, meine Freunde. Und ich sage Ihnen, sie wird nicht nur schwierig, sie wird schrecklich sein ...«

Den Job als Maître im Circel hatte Philip Tannert seit fünfzehn Jahren. Das Wundern hatte er sich längst abgeschminkt, die Augenbrauen zog er auch nicht mehr hoch. Doch an diesem Vormittag, als er sah, wie diese Studententype da einfach durch den Eingang latschte, blieb ihm doch erst mal die Luft weg: Hände in den Taschen, Flanellhemd – ein Typ, der schnell mal in der Kneipe ein Bier braucht und sich dazu ausgerechnet den exklusivsten Wirtschaftsclub von Genf aussucht.

»Pardon, Monsieur ...«

Es war alles, was Tannert hervorbringen konnte. Denn wer tauchte da plötzlich hinter der Type auf? Legrand. Und Legrand war nun mal Legrand ...

Sie steuerten den Salon an. Na, der Frühstücksrummel war zum Glück vorüber. Dort gab's um ein Uhr niemanden, dem ein Flanellhemd auf die Nerven gehen konnte.

Legrand wies auf die Ecke mit der kunstvoll beleuchteten und mit viel Liebe gepflegten Hibiskusstaude.

»Hier? – Hübsch?«

Arjun Williams lächelte. Das tat er meist. Und meist hatte er auch die Daumen in den Jeansbund gehakt. Er setzte sich nicht, guckte sich einfach um, lange und andächtig wie ein Kind.

»Man riecht's.«

»Wie bitte? Was riecht man?«

»Das Geld«, lächelte Arjun Williams.

Legrand bestellte bei dem herbeieilenden Philip das Vichy, das Arjun haben wollte, und für sich einen Kaffee, obwohl ein Whisky vermutlich angebrachter gewesen wäre.

Es war lange her, daß Legrand sich vor einem Gespräch

so nervös gefühlt hatte wie vor diesem. Dabei war er es selbst gewesen, der es eingefädelt hatte.

»Sagen Sie, Mr. Williams ...«

»Warum nennen Sie mich immer Mr. Williams? Sagen Sie einfach Arjun zu mir.«

»Na schön, Arjun. Wie kommen Sie eigentlich darauf, daß ich vor kurzer Zeit einen seelischen Schock erlitten hätte?«

»Oh? Wollen Sie wirklich, daß ich das beantworte?«

Arjun lehnte sich zurück, hatte beide Hände lässig auf dem feinen Leder der Sessellehnen liegen, lächelte. Wo zum Teufel nahm er nur seine Selbstsicherheit her? Sechsundzwanzig Jahre war er. In dem Alter, dachte Legrand, habe ich zwar schon ein paar Millionen gemacht, aber was war ich? Nichts als ein beschissenes Bündel von Komplexen ...

»Wenn es Ihnen unangenehm ist, natürlich nicht.«

»Sehen Sie, es ist nun mal, wie's ist. Und Sie können mir ruhig glauben: Das ist manchmal gar nicht so angenehm für mich. Aber ich komme nun einmal hinter vieles ... Es ist gewissermaßen mein Schicksal, meine Beschäftigung und mein Talent.« Arjun lächelte. »Ich wußte das übrigens schon, als Sie gestern zur Tür hereinkamen.«

Legrand trank seinen ersten Schluck Kaffee. Na und? Dann hat's dir Meunier gesteckt.

»Sie dürfen sich da keine falschen Vorstellungen machen«, sagte der Kerl. »Ich sehe Dinge nicht genau. Es sind flüchtige, verschwommene Eindrücke, so etwa, wie man sie manchmal in unklaren Träumen hat. Aber irgendwie hatte es mit Wasser zu tun ... Und auch mit einer Frau. Einer jungen Frau ... Einer blonden ...«

Legrands Hals wurde eng: Lucette! Die Weiber. Seine Angst. Davon wußte Meunier nichts. Kein Wort hatte er ihm erzählt.

»Vielleicht haben Sie recht«, sagte Legrand hastig. »Irgendwie ... Aber lassen wir das. Eigentlich hatte ich ein anderes Thema. Was Sie gestern über die Kirchen und über den Zustand der Welt sagten, hat mich sehr beeindruckt.«

Der Flanellhemdkerl schwieg.

»Was Sie da aussprachen, habe ich oft selbst gedacht. Nur – hm – diese Endzeitstimmung, diese Katastrophenprognosen ...«

»Prognosen? Das war eine Tatsachenfeststellung.«

»... daß es im Jahre 2006 mit dieser Welt vorbei sein wird?«

»In der Form, in der wir sie heute erleben, ja. Aber darüber wollten Sie heute vormittag doch gar nicht mit mir reden, nicht wahr?«

»Über was dann? Ich verstehe Sie nicht recht ...«

»Sir, wir können uns hier über vieles unterhalten. Über Religion, den Einfluß höherer Wahrheiten auf den Menschen, von mir aus auch über den Einfluß Verstorbener – Ihrer Mutter zum Beispiel ...«

»Meiner ... meiner Mutter? Wie kommen Sie auf sie?«

»Oh, lassen wir das ... Das war ja nicht das Thema, das Ihnen am Herzen lag, nicht wahr?«

Legrand spürte, wie ihm die Distanz entglitt, die er in solchen Situationen stets aufgebracht hatte, ja daß er kurz davor war, die Nerven zu verlieren, weil ihn unter dem Blick dieses jungen Kerls eine Art Schwäche ankam. Der Einfluß Ihrer Mutter? Mama, was sagt er da? Er mußte den verdammten Whisky aufgeben. Vielleicht waren es auch die Tabletten? Legrand liebte sie, die farbigen, runden kleinen Pillen, die ihn so herrlich auf Trab brachten und die ihm Roi, ein Apotheker aus Annemasse, besorgte. Vielleicht hatte er heute morgen zuviel davon genommen, bestimmt, denn seine Fingerspitzen waren ganz kalt, und sein Herz schlug hart, schnell und so laut. Was war mit ihm? Und was sagte der Junge noch?

»Sie haben ein ganz anderes Problem, Sir. Man könnte es mit einem einzigen Wort ausdrücken: Macht!«

Legrand lehnte den Kopf gegen den Sesselrücken und versuchte sich zu konzentrieren. Vielleicht hat der Junge da recht? Sicher hat er recht ...

»Sie sind nur auf dem falschen Weg.«

»Und ... was meinen Sie damit?« Pauls Stimme war belegt.

»Die Frage lautet nicht, wie bekomme ich Macht, Sir. Wichtig allein ist, warum brauche ich sie? Und zu was?«

Legrand nickte. Diese schrecklichen dunklen Augen ... Sie ließen seinen Blick nicht los ...

»Wenn Macht mit Kenntnis und Erleuchtung verbunden ist, Legrand«, sagte Arjun, »dann wird sie zu Energie, einer Energie, die nicht nur Dinge, sondern auch Zustände verändern kann. Ohne diese Energie ist Macht nichts als ein Spielchen für Neurotiker. Verstehen Sie das? Drücke ich mich klar aus?«

»O ja.«

Es war ganz still im Raum. Nur eine Fliege, die Tanners Spray-Attacken entgangen war, summte am Fenster. »Ich sprach von Energie, Legrand, die, ähnlich wie die universelle, kosmische Energie, alles durchflutet, neue Schwerpunkte, neue Anziehungskräfte, ja eine ganz neue Welt erschaffen kann.«

»Ich glaube zu verstehen«, flüsterte Legrand.

Der Junge nickte zufrieden. »Diese Monopoly-Spielchen, in die Sie bisher so verliebt waren, bringen nicht nur nichts, sie sind auch tödlich für manche und am Ende für Sie selbst.«

Schweigen, Stille.

»Um dies alles zu verstehen, Sir, reichen jedoch nicht die gute Absicht oder gar der Wille.« Diesmal klang das »Sir« ironisch. »Es bedarf – nun, nennen wir es mal – eines bestimmten Trainings.«

Arjun Williams legte seine Hände auf den Tisch. Es waren lange schmale Hände mit langen feingliedrigen Fingern.

Legrand betrachtete sie fasziniert, doch er spürte wieder diesen Blick; man konnte ihm nicht entgehen, und so nahm er den Kopf hoch.

»In dieser Nacht, Legrand, hatte ich eine, nun, nennen wir es eine Art Vision ...«

Legrand erschauerte.

»Ich sah, wie sehr wir beide uns brauchen. Ich sah, wie wir uns ergänzen, was wiederum bedeutet, daß auch in Ihnen die Berufung lebt ... Sie beherrschen Tätigkeiten und Dinge, die ich nicht weiß, und umgekehrt gilt das wohl ebenso ... Wie auch immer, ich sah Großes werden. Ich sah die Änderungen, die wir zustande bringen, den Wandel, und ich sah auch das Unglück – aber ich sah das Ziel ...«

Arjun sprach weiter, und Legrand hatte seiner Stimme nichts entgegenzusetzen. Es war ein Traum, und alles, was Arjun sagte, kam Legrand so vor, als habe er es längst geträumt und längst erwartet, daß es zu Worten werde.

»Legrand! Wenn Sie es wünschen, fliegen wir zu mir nach Hause, nach Utah, in die Berge, und dort rede ich nicht – dort zeige ich Ihnen, was ich meine.«

Vielleicht wäre alles anders gekommen, hätte Legrand diesen Abend bei der Arbeit in seinem Büro oder bei einem Gespräch mit Geschäftsfreunden verbracht. Doch er blieb in seiner einsamen, großen Villa am Quai Gustave und blickte hinaus auf die dunklen Bäume des Parks, lauschte noch immer der Stimme, erwachte noch immer nicht, überließ sich diesem Wirbel von Plänen, Gedanken und Vorstellungen, den Arjun in ihm ausgelöst hatte. Dazu nahm er noch einige Whiskys, vor allem aber die Tabletten aus Annemasse, und als sich dann gegen elf Uhr in dieser Nacht aus den schwarzen Wolken über dem See die ersten Blitze lösten und der Sturm dort draußen dem Sturm und dem Aufruhr in Legrands Innerem zu entsprechen schien, floß alles zusammen, und er erkannte: Das ist sie! Das ist die

Energie! Davon hat Arjun gesprochen! Die Energie, die Kraft, die ab jetzt alles verändern wird …

In Begleitung von Arjun Williams flog Legrand drei Tage später in die USA. Für sein Genfer Büro war er »geschäftlich« unterwegs.

Als er dann zurückkam, Mitte September 1982, schien noch alles beim alten. Nur engeren Mitarbeitern, Sekretärinnen, Abteilungsleitern und Anwälten fiel eine gewisse Veränderung in Legrands Verhalten auf: Manchmal, mitten in einer wichtigen Sitzung, wirkte er abwesend, in sich selbst versunken, als ginge ihn dies alles nichts an. Oder er unterbrach sich mitten in einem Satz, stand auf und ging in den Garten, um dort ganz allein auf und ab zu gehen, wobei sich seine Lippen bewegten, als unterhalte er sich mit sich selbst. Nun, reiche, schwerreiche Männer haben ihre Marotten. Und bei einem unternehmerisch so kreativen Geist wie Legrand konnte man darüber hinwegsehen.

Kreativ, das war er ganz besonders in dieser Zeit, anfangs der achtziger Jahre. Die »Gruppe Legrand« erfuhr einen geradezu phantastischen Aufschwung. Zu den bisherigen Bereichen kamen Hotel- und Warenhausketten hinzu. Bald kaufte Legrand nicht nur ganze Fluglinien auf, sondern richtete auch die entsprechenden Service-Stationen ein, die er dann durch den Bau von Flughäfen erweiterte. Raffinerien oder Schürfrechte – überall mischten er oder die mit ihm assoziierten Investoren mit. Es gab zwar auch Rückschläge und Krisen, doch nichts schien den stetigen Aufwärtstrend stoppen zu können. Ob bei den Investitionen oder an der Börse, Legrand scheffelte Geld. Er war zu einer Art Schweizer König Midas geworden.

Wohin aber all diese Summen gingen, wo die Überschüsse versickerten, das wußte niemand.

Er selbst ließ sich in Genf kaum mehr sehen. Eines Tages rollten am Quai Gustave Schaufelbagger an und tilgten die alte ehrwürdige Villa »Repos« vom Erdboden. Im Park wurde ein modernes Gebäude aus Stahl und Glas errichtet, in das bald darauf die Verwaltung einer religiösen Organisation einzog, die sich »GW« – Gottes Welt – nannte. Fünf Jahre später entstand ein ähnlicher Bau im nahen Lausanne, in dem dann die Bibliothek und das Archiv der GW untergebracht wurde.

Legrand aber blieb verschwunden.

Er lebe nur noch auf See, hieß es in Genf, reise um die Welt, wohne auf einer riesigen modernen Super-Yacht, von wo er, gleich einer Art »fliegendem Holländer«, seine Geschäfte leite ...

Das Schloß! Mit strahlendem Gold überschüttete die Sonne die Fenster von Schönberg. Auch das Dach wechselte seine Farbe zu einem feucht glänzenden, wunderschönen Rosa, und vor dem Portal wehte die Fahne mit dem blauen GW auf weißem Grund.

Nachts war das Schloß nichts als ein leerer schwarzer Kasten. Nachts flog die Erinnerung heran und machte aus Katis Bildern Alpträume, nachts sah sie wieder das Gesicht ihrer Mutter am Haupttor, hörte ihr flehendes, bettelndes: »Wir müssen doch miteinander reden ...«

Und nachts war auch das »Nest«, war ganz Schönberg nichts als ein verlassenes, dunkles Schiff, das im Sturm trieb ... Kati dachte an Toni und hatte doch niemanden, mit dem sie sprechen konnte. Doch, Tennhaff ... Er und du, dachte sie, wir sind die einzigen an Bord. Und manchmal ist es, als seien wir die einzigen Menschen überhaupt.

In der Nacht, als sie vom Garagenbau aus beobachteten, wie Dos Wagen wegfuhr und Kati die Nerven verlor, da hatte Tennhaff sie in die Arme genommen, und sie hatte geheult wie ein Schloßhund ...

Wieder saß Kati im Pavillon.

Reto, ihr Instrukteur und »Begleiter«, war nichts als ein flüsternder Schatten. Vor ihr aber, auf dem riesengroßen Fernsehschirm glitten die Bilder vorüber, eines irgendwie mit dem anderen verwoben, schöne Bilder, Pflanzen, Tiergesichter, Strände, das Meer. Wunderschöne, paradiesische Landschaften, so paradiesisch und beruhigend friedlich wie die Musik, die sie begleitete.

Ein neuer Schnitt.

Die Musik brach ab. Kati sah Tannen, die ihre Schatten auf eine Terrasse warfen. Es war eine große Terrasse, und sie kannte dort jeden Stein. Sie kannte auch das Haus, das sich nun ins Bild schob, und die beiden Menschen: Der Mann war Jan, ihr Vater. Er war braungebrannt, und der Wind riß ihm die Haare hoch. Er lachte. Er sah hinreißend und komisch zugleich aus, und er hatte die Hand auf der Schulter eines Mädchens ...

Wo hatten sie bloß das Video her?

Und die anderen Videos, die man Kati in früheren Sitzungen gezeigt hatte? Und von welcher Stelle im Garten waren sie aufgenommen?

Wieder ein Wechsel ...

Katis Herz schlug schneller.

Do. Do in einem tiefgrünen schimmernden Abendkleid. Sie stand zwischen weißen Hemdbrüsten, Smokingschleifen, Uniformen und Orden. Eine Do, die so gelassen und selbstbewußt in die Kamera blickte, als sei sie die Gastgeberin dieses Staatsempfangs.

Woher? wollte Kati fragen. Ihre Lippen blieben trocken und stumm.

»Was empfindest du beim Anblick deiner Mutter?« fragte der Schatten hinter ihr.

»Nichts.«

»Wirklich nichts?«

»Nichts«, sagte sie. Und es stimmte. Es war ihr, als werde jede Empfindung durch einen schwammigen, tiefen Filter geleitet und ausgelöscht.

Auf dem Bildschirm saß Mami jetzt an irgendeinem Tisch, das Kinn in die Hand gestützt, und sah Kati an. Da waren die beiden Falten über der Nase, die sie so gut kannte, da war der dunkle, intensive, fragende Blick.

Noch immer empfand Kati nichts als dieselbe warme, stumpfe, fast zufriedene Gelassenheit.

»Es ist die Welt, aus der du kommst.« Retos Stimme.

»Nun betrittst du eine neue ... Es ist, als würdest du neu geboren ... Das bringt manchmal Schmerzen mit ... Deshalb sind die ersten Tage im Alpha-Kurs für viele so schwer ... Soll ich dir sagen, was der große Feind dabei ist? Dein Ich, dieses elende Ich, das Wort, der Begriff ›Ich‹. Vergiß es. Bring es zum Schweigen. Das *Ich* ist es, was dich belastet. Laß den Körper, laß jede Zelle in dir singen, aber laß nicht zu, daß dein Kopf sich einmischt. Ja, bring ihn endlich zum Schweigen! Bring ihn zum Schweigen und trinke deinen Tee ...«

Gehorsam streckte Kati die rechte Hand aus.

Bei jeder Sitzung stand auf einem kleinen Tisch neben dem Sessel eine Tasse. Kati hätte sie nicht einmal beschreiben können, denn Reto stellte sie dort ab, wenn der Raum bereits verdunkelt war.

Doch sie ließ die Hand wieder sinken.

Kati wußte nicht, wieso, es war wie ein Reflex ...

Sie hatte mit Übelkeit zu kämpfen, die aus dem Magen hochkroch, mit einem kreisenden, schmerzhaften Druck im Nacken, mit ihrem Herzen, das hart und schnell zu hämmern begann. Schweiß brach an ihren Schläfen aus.

Und dann kam der Gedanke ...

Kati stand auf. Sie hatte Schwierigkeiten, das Gleichgewicht zu halten.

»Was ist?« Die Frage kam scharf und hart. Kati achtete nicht darauf. Die ersten Schritte machten ihr Schwierigkeiten, dann war sie an der Tür, sie öffnete sie, taumelte ins Freie, kniff die Augen zusammen unter dem jähen Einbruch des Lichts, überlegte auch jetzt nicht, sondern ging weiter, begann zu laufen.

»Kati!« Das war Reto.

Laß ihn brüllen. Weiter ...

Sie fühlte ihren Brustkorb wie eine Umklammerung und rannte trotzdem dem Schloß, den Gebäuden entgegen.

Das Atmen machte Schwierigkeiten, doch endlich wurde der Gedanke zur Klarheit: Toni! Was hatte Toni damals in der Nacht gesagt? »Die geben uns irgend etwas, Kati ...«

Irgend etwas? Was immer das war, was immer sie gaben – es war im Tee!

Tennhaff sah sie vom Fenster seines Büros aus über den Hof kommen. Kati machte den Eindruck, als wolle sie laufen und kämpfe dabei mit ihrem Gleichgewicht.

»Ich bin gleich wieder da!« rief er seinem Assistenten zu. Topitz, der auf seinem Laptop herumhämmerte, hob den Kopf. »Was ist?«

»Oh, nichts«, sagte Tennhaff. »Mach du mal weiter.«

Er rannte die Treppe hinab. Er war bereits im Flur, als er Stimmen hörte. Einer der Leute aus der Administration hatte Kati aufgehalten und hielt sie fest. »Du weißt doch, daß du hier nicht ohne Erlaubnis ...«

»Ist schon gut.« Tennhaff schob den Mann zur Seite und führte Kati aus dem Haus. Er mußte sie stützen. Sie stand an die Wand gelehnt, das Gesicht blaß, die Augen weit geöffnet, die Unterlippe zitterte wie bei einem kranken Kind. »Was ist los, Kati? – Komm.«

»Robert ...« Sie keuchte.

»Beruhige dich erst mal.«

»Robert ... O Robert ... Ich weiß jetzt ... Ich ... ich weiß es ganz genau. Es ist der Tee ...«

»Welcher Tee?«

»Toni hat ihn auch getrunken. Der Tee hat sie krank gemacht ... Und er gibt ihn bei jeder Sitzung ...«

»Reto?«

»Ja, Reto. Warum nur, warum tut er so etwas?«

Der verdammte Brandfleck blieb ...

Sooft Hanne auch hinausrannte, um ihn mit ihrem Arsenal von Putzmitteln zu bekämpfen, es nützte nichts.

»Das bleicht schon aus, Frau Folkert. Und wenn mal die Sonne kommt ...«

Sie kam nicht.

Manchmal, wenn Do so am Fenster stand und über den grauverhangenen See blickte, glaubte sie verrückt zu werden: Es war, als sei alles, ihr Leben, die Zeit, der Ablauf der Tage, ihre ganze Wirklichkeit in tausend Splitter zerfallen, in eine Art Horror-Puzzle, auf dessen Einzelteilen sie zwar Vertrautes sah, doch ohne einen Zusammenhang zu erkennen.

Sie hatte mit Jan geredet, stundenlang. Er hatte Termine abgesagt, war zu ihr herausgefahren und hatte auf sie eingesprochen. Sie hatte sich mit zwei Anwälten beraten. Den einen, Pfennigroth, kannte Do aus Verlagsprozessen. Der andere, Thomas Gabert, war ein Strafverteidiger, der sich bei einem Verfahren gegen die Scientologen hervorgetan hatte. Do ließ sich außerdem beim Sektenbeauftragten der evangelischen Landeskirche anmelden und diskutierte zwei Stunden mit dessen Assistenten.

Das Resultat war das gleiche: »Ja, wenn es die Scientologen wären – aber die GW? Wissen Sie, die Leute sind nie auffällig geworden. Und auf dem ganzen Sozialsektor haben sie eine Menge vernünftiger Arbeit geleistet. Außerdem, liebe Frau Folkert, haben wir ja noch den Grundgesetz-Artikel vier. Leider. Aber ob Justiz oder Parteien, an diesen Artikel und damit an die Sekten will keiner ran. Sie wissen doch ... Wenn nicht, werden Sie's bald erfahren ...« Und ob sie wußte. Jeder war nun einmal frei, zu glauben, was er wollte – oder was ihm eingetrichtert wurde.

Doch frei? Wenn sie an Kati dachte, Kati hinter dem von Scheinwerfern angestrahlten Stahlzaun von Schönberg, wurde der Begriff Freiheit für Do zu einem grausamen, gemeinen Witz.

Kati ... Wie schon der Name schmerzte!

Wieso eigentlich knallte sie nicht den ganzen Recherchen-Unterlagen-Kram in den Papierkorb, fuhr hinaus nach Schönberg und versuchte es noch einmal? Doch dieses Redaktionsproblem konnte Do nicht länger vor sich herschieben. Einen Grippeanfall hatte sie erfunden, unerträgliche Kopfschmerzen vorgeschützt, außerdem sei noch Material zu ordnen. Aber das zog jetzt nicht mehr. Eines wurde Do an diesem Donnerstagmorgen klar: Falls du nicht sofort handelst, kannst du zu allem auch noch deinen Job vergessen ...

Sie ging zum Büroanbau, um die Papiere zu ordnen. Sie wollte gerade die Hand nach dem Lichtschalter ausstrecken, als das Telefon summte. Vielleicht Jan?

Sie hob ab.

Es war eine Männerstimme. Sie gehörte nicht Jan. »Frau Folkert?«

»Ja.«

»Frau Folkert, zunächst eine kleine Vorbemerkung, wenn Sie gestatten: Dieses Gespräch wird von einem Handy aus dem Ausland geführt. Falls Sie also eine Fangschaltung besitzen, bei Journalisten weiß man so was ja nie, es wäre zwecklos.«

»Was soll der Quatsch? Also hören Sie mal ...«

»Es sind wohl Sie, Frau Folkert, die besser zuhört. Und das in Ihrem und im Interesse Ihrer Tochter.«

Sie spürte Kälte. Sie spürte sie bis in die Fingerspitzen. »Was ist mit ...«

»Ich sagte doch, Sie sollen zuhören.«

Ohne jede Emotion, der Saukerl! Gelassen, sachlich, die Stimme eines Roboters.

»Frau Folkert: Sie waren in der letzten Woche zusammen mit einem Herrn in Bayreuth.«

»Und?«

»Sie haben gegen fünf Uhr einen gewissen Herrn Perauer besucht, nicht wahr?«

»Wenn Sie's wissen, wieso fragen Sie, Herrgott noch mal?« Auch das brachte ihn nicht aus der Ruhe.

»Sie haben sich mit Perauer zusammen in das Haus Amselweg 7 begeben, das Martin Hilper, dem Stiefsohn von Herrn Perauer, gehört, und sich dann etwa zwanzig Minuten in diesem Haus aufgehalten. Sie haben sich dabei, wir nehmen an, ohne Herrn Perauers Wissen, gewisse Dinge, und zwar Informationsträger, angeeignet, die Ihnen nicht gehören. Sie haben damit, und das muß Ihnen als Journalistin klar sein, ein ernstes Delikt begangen. Wir erwarten ...«

»Wir? Und wer ist wir?«

»Das tut im Moment nichts zur Sache.«

»Die Kulturstiftung Schönberg?«

»Ich sagte doch, es tut nichts zur Sache. Sie können aber davon ausgehen, daß wir sowohl über die Mittel als auch über die Methoden verfügen, dafür zu sorgen, daß Sie unserer Aufforderung Folge leisten. Und zwar bedingungslos, Frau Folkert.«

»Welcher Aufforderung?«

»Richtig. Jetzt kommen wir zum Punkt: Was Sie gestohlen haben, Frau Folkert, das werden Sie ...«

»Gestohlen? Ich habe nichts gestohlen! Wie kommen Sie zu einer derart unverschämten Unterstellung?«

»Was Sie gestohlen haben«, fuhr die Stimme unbeirrt fort, »werden Sie zurückgeben. Sie erfahren dazu jetzt das Datum und den Zeitpunkt, bis wann das spätestens zu geschehen hat. Und eine Adresse. Haben Sie einen Bleistift zur Hand?« Sie zog einen Notizblock heran. Der Bleistift zitterte – und wurde wieder ruhig. Die Mitschnitt-Taste war längst gedrückt. Das Gespräch wurde aufgezeichnet. Vielleicht liefert dieser Kerl einen Anhaltspunkt, eine Adresse?

»Sie können das ruhig nachprüfen«, sagte der Anrufer, nachdem er Do Straße und Hausnummer genannt hatte. »Bei Anders, Liebherr und Partner handelt es sich um eine der größten Wirtschaftsanwaltskanzleien Bayerns. Die beschäftigen sechzig Leute. Wer für uns dort den Kontakt besorgt und unsere Sendung herausfischt, werden Sie nie ermitteln.«

»Hören Sie mal ...«

»Nun der Zeitpunkt: Donnerstag, zwanzig Uhr. Markieren Sie das Paket groß und deutlich mit Ihrem Absender und halten Sie sich penibel an alles, was ich Ihnen sagte, Frau Folkert. Das ist der einzige Rat, den ich Ihnen geben kann. Überlegen Sie sich keine Alternative. Die gibt es nicht. Auch nicht zum Beispiel die, den Inhalt der Info-Träger zu kopieren. Die Folgen würden schlimm sein, unabsehbar schlimm, Frau Folkert ... Für Sie wie für Ihre Tochter wären diese Folgen nicht nur existenz-, sie wären lebensbedrohend ...«

Ein Knacken. Der Mann hatte aufgelegt.

Tennhaff fand Paula Jakuschek nicht in der Küche, wie er vermutet hatte, sondern in einem der angebauten Vorratsräume. Sie stand auf einer Bockleiter und war dabei, Geschirrkartons zu öffnen und den Inhalt in den Regalen zu verstauen.

»Da schau!« Sie hielt Tennhaff eine Tasse hin. »Hübsch, oder?«

»Hm.« Auf der Tasse prangte in Blau und Gold »GW«.

»Auch die Teller und Schüsseln sind so.«

Tennhaff sah sich um. Außer der Tür gab es in dem kleinen Raum noch eine Durchreiche zur Küche. Das behagte ihm nicht. Drüben wurde noch gearbeitet.

»Hast du einen Augenblick Zeit für mich, Paula?«

»Für dich doch immer, scheen wie de bist, Robertchen.«

»Gehen wir mal raus in den Speiseraum?«

Sie plinkerte ihn aus ihren blaßblauen, von tausend Fältchen umgebenen Augen an. Dann ging sie voraus in den leeren großen Raum zu einem der Fenster an der Westseite. Sie war eine gedrungene Frau mit einem runden bräunlichen Gesicht und einem Busch wirren, unglaublich kräftigen Haares, den sie vergeblich mit einer schwarzen Schleife zu bändigen versuchte. Außerdem war Paula Jakuschek die einzige Hinterlassenschaft der ehemaligen Schloßbesitzer. Zur GW gehörte sie nicht, sie hatte keine Verwandte, keine Freunde im Dorf und genoß daher eine Art Gnadenbrot, das sich dadurch bezahlt machte, daß sie wie niemand anderer über die Winkel und Probleme des weitläufigen Baus Bescheid wußte. Paula kam überall herum, sah, roch, hörte alles und war, da sie die GW-Mitglieder als eine Art Marsmenschen betrachtete, die von Schönberg Besitz genommen hatten, für Tennhaff von unschätzbarem Wert.

»Ein Sonnchen, o Gott, ein Sonnchen heute, was?« Paulas rechte Hand machte eine Bewegung. »Haste wieder Fragen? Willste spazieren?«

»Hab ich. Aber Spaziergang ist nicht drin.«

»So ist das hier: Man möchte und kriegt's nicht. Also?«

»Der Pavillon«, sagte er. »Und Reto ...«

»Reto magst du nicht, was?«

»Ich mag dich, Paula«, lächelte Tennhaff. »Das reicht.«

»Soll ich dir sagen, warum du den nich' leiden kannst? Hier gibt's die einen, die wie Kinder sind. Tun alles, weil sie dran glauben ... Der Reto nicht. Der glaubt überhaupt nichts.«

»Du kennst doch den Pavillon?«

»Was gibt's da schon zu kennen? Ich putze. Am schlimmsten sind die Fenster.«

»Ist da eine Küche?«

Sie schüttelte den Kopf.

»Aber ich weiß, daß Reto bei seinen Sitzungen Tee serviert.«

Sie nickte »Ja. Tut er. Aber er braucht keine Küche, der Reto. Den Tee bringt er mit. In 'ner Thermoskanne.«

»Läßt er die manchmal stehen?«

»Nie.«

»Und die Tasse?«

»Nimmt er auch wieder nach Hause. Wieso? Was haste eigentlich mit dem Tee?«

Tennhaff schwieg. Man konnte von Reto Kolb halten, was man wollte, ein Idiot war er bestimmt nicht.

Er mußte also einen anderen Weg finden, um an das Giftzeug heranzukommen ... Und Giftzeug war es, darüber war sich Tennhaff nach allem, was Kati ihm gesagt hatte, klar. Nur was? Daß in der GW zur Leistungssteigerung, aber auch als »Meditationshilfe« Drogen kursierten, war ihm längst bewußt, selbst Topitz hatte es bestätigt. Auch aus der Volksarmee hatte Tennhaff Erfahrungen. Von den Verhörspezialisten, sicher auch von der Stasi wurden Psycho-Drogen oder ein »Wahrheits-Serum« als »begleitende Maßnahme« empfohlen, Mittel, die die kritische Wahrnehmung und Beurteilung auf Null reduzierten, statt dessen aber die Verhörten in eine Art selig-dumpfe Gleichgültigkeit hüllte.

Nur, manchmal klappte das nicht.

Im Fall Toni zum Beispiel ...

Aber wieso, verdammt noch mal, brauchten sie hier so ein Teufelszeug?

»Besuch!« rief Paula.

»Wie?«

»Guck doch. Siehst du nicht? Dort, über dem Rotkopf.«

Sie griff nach seinem Arm. »Der Punkt. Und jetzt – du hörst es doch?«

Die alte Frau, die die meisten im Haus wegen ihrer dicken Brillengläser für halb blind hielten, hatte den Hubschrauber noch vor Robert entdeckt. Sie hatte ihn nicht nur gesehen, sie hatte sogar das Rotorengeräusch vernommen. Noch war die Maschine nur ein schwarzer Punkt über den Tannenwipfeln, doch der Lärm schwoll an, und Robert konnte erkennen, daß die Maschine Kurs auf Schönberg hielt.

»Besuch aus der Schweiz«, sagte Paula.

Auch damit hatte sie vermutlich recht. Zwei- bis dreimal im Monat wurde Schönberg von einem der Hubschrauber aus Cannero angeflogen. »Kurierpost« nannte man das. Filmkassetten, Bücher, Berge von Schulungs- und »Instruktions-Material« enthielten die Container. Manchmal stiegen auch Mitglieder der Europa-Zentrale aus den brandneuen Bells.

So konnte es auch heute sein.

Tennhaff verließ den Speisesaal und ging hinaus, um zu sehen, wer da kam.

Der Landeplatz befand sich unterhalb des Parkplatzes von Schönberg, ein asphaltierter Kreis mit einem weißen Kreuz in der Mitte. Das Empfangs-Komitee hatte sich dort bereits postiert.

Auch Hannes Topitz kam jetzt angerannt und stellte sich neben Robert.

»Marc ist auch dabei«, hörte er ihn sagen.

Ja, und bei sich hatte er Rister und Bohl, beides Mitglieder seiner »Dreier-Riege«, des Führungsausschusses von Schönberg.

Die Kufen setzten auf, der Rotor verstummte, die Luken öffneten sich. Heraus kletterten zwei Männer: der Pilot und sein Passagier.

Der Passagier war ein ziemlich großer, kompakter Mann. Er trug eine jener hüftlangen, gefütterten Lederjacken, die bei französischen Lkw-Fahrern beliebt sind. Auf dem Kopf saß eine Baskenmütze. Beides, Mütze und Jacke, bildete eine Art Legende, denn nur einer lief in der GW so herum.

»Robert, das könnte doch Ted Rocca sein?« hörte er Topitz sagen.

Tennhaff gab keine Antwort.

Sie haben uns Ted Rocca auf den Hals gejagt? dachte er. Na, jetzt wird's interessant ...

Ted Rocca war der Chef der Abteilung 5, der Robert selbst unterstand. Und die Abteilung 5 hatte nicht nur für die Sicherheit der Organisation zu sorgen, sie war auch Justiz-, Straf- und Aufklärungsorgan. Sie war gewissermaßen die Stasi der GW ...

Im Autoradio waren die Nachrichten zu Ende gegangen. Hertie verkündete das Eintreffen einer Sonderlieferung von indonesischen Kleinmöbeln, dann kam ein Mann mit einer ganz, ganz ruhigen Stimme, der die Hörer aufforderte, die Lebenskraft zu fühlen, sie in sich einströmen zu lassen und mit Hilfe der richtigen Zwerchfellatmung allen Streß, alle Sorgen aus dem Körper zu blasen.

Do schaltete ab. Sie hatte Fürstenried passiert. Rechts und links sah man die Häuser der Stadt. Do warf einen kurzen Blick in den Rückspiegel, als sie den Wagen wieder erkannte: einen grauen VW-Kombi. Derselbe Kombi, der sich kurz nach der Autobahnausfahrt Starnberg hinter sie geklemmt hatte.

Sie beschleunigte ihr Tempo. Der Kombi blieb dran. Sie überholte einen Südmilch-Tankwagen mit Anhänger, danach holte der Kombi auf, kam näher.

Sie gab noch mehr Gas, aber er ließ sich nicht abhängen. Sie ging wieder auf die rechte Seite. Und da war er im Spiegel, war verdammt schnell. Er mußte einen frisierten Motor haben.

Bescheuerter Idiot!

Do hob die Hand, ballte sie zur Faust. Fäuste schütteln und fluchen halfen nichts ... So nah war es jetzt, das Schwein, daß Do die Gummidichtungen der Karosserie ausmachen konnte. Der Fahrer, ein Schatten hinter spiegelndem Glas.

Der spinnt, okay. Aber wieso? Was zum Teufel will der? Und dann kam die Angst und mit ihr die Erinnerung an das Telefonat. Dann kamen kalte Krallen, die sich um Dos Nakken legten.

»Es gibt keine Alternative für Sie, Frau Folkert ...«

Sie hatte sich doch vorgenommen, den absurden und gemeinen Dialog aus ihrem Bewußtsein zu verdrängen, sich allein auf das zu konzentrieren, was unmittelbar vor ihr lag: ihr Auftritt im Verlag.

Wie sollte sie das?

Herrgott, der Kerl dort hinten! Kommt näher und näher. Was hat er vor? Will er mich rammen? Rechts von Do zog sich eine Kolonne hin, vor ihr war ein anderer Lieferwagen. *»Junker«* las sie. *»Gasgeräte«* ...

Ihr Herz hämmerte. Die Eindrücke rasten immer schneller, wurden unscharf wie bei einem schlecht belichteten Film. Do preßte die Zähne zusammen und befahl sich, ruhig zu sein. Ganz ruhig.

Wieder sah sie in den Rückspiegel. Es war das erste Mal, daß sie den Fahrer erkennen konnte: Sonnenbrille, Strickmütze, irgend etwas am Leib, das aussah wie ein »blauer Anton« oder sonst eine Arbeitskleidung,

Er war etwas zurückgefallen. Fünf Meter, zehn Meter, und zum ersten Mal konnte Do durchatmen.

Aber da war er schon wieder. Und dieses Mal war es nicht das Spielchen von zuvor, dieses Mal zog er heran, unbeirrt und tödlich aggressiv ... Do umkrampfte das Steuerrad so heftig, daß die Finger schmerzten. Hundertvierzig, hundertfünfzig meldete der Tacho. Der Mann war wahnsinnig!

Wieder blickte sie zum Rückspiegel. Sie sah dunkle Schmutzstreifen, die sich von der Front des Kombis schräg nach unten zogen, sah den Halbkreis des Scheibenwischers, sah den Schatten dahinter ...

Und dann wurde das Steuerrad in ihren Händen plötzlich lebendig, wollte ausschlagen, als besitze es ein eigenes Leben. Das Brüllen des auf Hochtouren laufenden Motors erstickte das Kreischen des ersten Aufpralls.

Tatsächlich, der versucht dich zu rammen! Und das mitten auf der Autobahn, mitten im Verkehr ... Bei hundertfünfzig Stundenkilometer! Nun fällt er zurück ... kommt wieder!

Und da sah sie das Ausfahrtsschild. Sie sah es im letzten Augenblick, zusammen mit der Lücke, die sich bildete, als zwei Wagen der rechten Kolonne ausscherten. Ohne Warnzeichen, ohne den Richtungsanzeiger zu betätigen, zog Do den Frontera nach rechts, schnitt einen wild hupenden BMW, der schwere Wagen legte sich mit kreischenden Reifen zur Seite, aber sie erwischte die Ausfahrt noch, erwischte sie wenigstens mit dem rechten Räderpaar, während das linke Grasbüschel und Erdbrocken aus der Umfassung riß. Mit Mühe brachte Do das schlingernde, tonnenschwere Fahrzeug in Geradeausrichtung und suchte sich einen Platz am nächsten Bordstein, um den Frontera direkt unter einem Halteverbotschild zum Stehen zu bringen.

Der Lieferwagen war verschwunden.

Sie löste den Sicherheitsgurt und rang nach Luft. Sie spürte Tränen in den Augen und wurde wieder einmal zornig auf sich. Aber wieso sollte sie nicht losheulen? Der wollte dich doch ... Der Scheißkerl war nichts anderes als ein Killer! Und es war ihm völlig egal, was passiert wäre, wenn du die Nerven verloren hättest ... Nicht nur ein Killer – ein Kamikaze!

Mein Gott, wer konnte ihn geschickt haben? Nannte sich das auch »Gottes Welt«? – Und die hatten Kati!

Dos Hände zitterten. Einen Augenblick lang war ihr so übel, daß sie befürchtete, aussteigen zu müssen, um sich zu übergeben.

Von der Autobahn kam das Jaulen eines Martinshorns. Do kuppelte ein und ließ den Wagen wieder anfahren. Hier unter dem Schild schnappt dich sonst noch die Polizei. Verrückt, verrückt waren sie alle geworden. Und jetzt hatte sie auch noch Engelmann und womöglich den Verleger zu ertragen ...

Was wirst du sagen? fragte Do sich.

Kein Wort.

Es war kurz nach elf, als Do die Eingangshalle des Verlages betrat. Der Himmel war hell, und durch die breite Glasfront fiel das Licht auf die großen weiß-grauen Marmorfliesen des Fußbodens. Sie fühlte sich mies. Schlimmer: Sie fühlte sich schwach. Sie ließ sich vom Aufzug in die Redaktion bringen.

Helen Weiss, Engelmanns Sekretärin, winkte sie durchs Vorzimmer. »Die warten schon, Frau Folkert.«

»Die?«

»Ja. Vorhin war auch der Verleger da. Aber er mußte wieder weg. Gehen Sie nur rein ...«

Engelmann saß hinter seiner gewaltigen elfenbeinfarbigen Art-Déco-Kopie von Schreibtisch, hatte die Arme verschränkt, blickte Do entgegen und spielte Chefredakteur.

Er besaß die einzige stets perfekt aufgeräumte Schreibtischplatte, die Do jemals in einer Redaktion erlebt hatte. Das schon hatte sie von Anfang an gegen Engelmann eingenommen. Gut, in diesem ovalen Eierkopf, den er mit einer läppisch-modernen blauen Designer-Brille aufzuwerten versuchte, wohnte ein brillanter Verstand. Engelmann war nicht nur ein glänzender Analytiker, er war auch ein hervorragender Kommentator – aber ein Zeitungsmann war er nicht, und im Umgang mit anderen, mit Mitarbeitern, Kollegen und Untergebenen, zeigte er sich als ein von Ehrgeiz zerfressenes Charakterschwein. Wahrlich, es wäre besser gewesen, man hätte ihm seinen verdammten Kitschschreibtisch in irgendeine Wohnung oder ein Häuschen im Grünen gestellt, damit er von dort seine Produkte per Fax in die Redaktion schicken konnte. Besser für ihn, besser für alle, dachte Do, aber aus irgendwelchen nur ihm bekannten Gründen hielt Verleger Schmidt-Weimar große Stücke auf seinen Chefredakteur.

»Ich traue meinen Augen nicht. Da hätten wir Sie ja wieder... Auch noch in Lebensgröße. Ich hatte schon Angst, Sie wären in Ihren See gefallen.«

Engelmann deutete auf den Besuchersessel: gleichfalls Art-Déco. Chrom und Crème. Do setzte sich.

»Und ziemlich blaß um die Nasenspitze.« Engelmann lächelte, aber sein »Ob's denn in Israel so anstrengend gewesen sei?« lag noch unterhalb der üblichen Höflichkeitsfloskel-Stufe. Daß Reporterarbeit hart sein konnte, war im Haus sowieso kein Thema. Sollten die Herrschaften das doch gefälligst mit sich selbst ausmachen, dafür wurden sie schließlich bezahlt. Und dann auch noch eine Grippe kriegen und sich krankmelden!

Er lehnte sich zurück: »Also, was ist mit dem Artikel?« Der Verleger frage schon den ganzen Vormittag nach ihr. Was er, Engelmann, persönlich von dem Thema halte, habe er ihr ohnehin erklärt. »Aber bitte ... Der Alte hat das Ding für die Nummer sieben eingeplant. Ist nun mal sein Baby. Wenn's nach mir ginge, Do, könnten wir darauf verzichten. Das habe ich ihm übrigens auch gesagt ...«

»Das sollten Sie gleich nochmals.«

»Wie bitte?« Er zog die Brauen hoch.

»Ich kann Ihnen die Sorge nehmen. Die Serie wird nicht geschrieben, Dieter. Wenigstens nicht von mir.«

Es war heraus! – Na, Gott sei Dank.

Engelmann starrte sie an. »Aha!«

»Ja.«

Das kurze Ja machte ihm zu schaffen. Er nahm einen Bleistift, lehnte sich zurück, klemmte den Stift zwischen die beiden Zeigefinger und beobachtete Do aus blaßgrauen Augen. »Vielleicht haben wir hier einen kleinen Aufklärungsbedarf, meinen Sie nicht? Vielleicht wär's ganz nett, Do, wenn Sie mir erklären könnten, was das soll.«

Es war die Frage, die sie erwartet hatte. Die Argumente hatte sie bereit. Und nun? Verpufft ... Ihr fiel nichts ein. Do zuckte mit den Schultern, sprach von »strikt persönlichen Gründen«, über die sie im Augenblick »... tut mir wirklich leid, Dieter, diese Sache hat nichts mit Ihnen zu tun, wirklich nicht ...« keine Auskunft geben könne.

»Und das wollen Sie auch Ihrem Verleger sagen?«

»Lassen Sie das meine Sorge sein.«

Er gönnte ihr wieder einen seiner Blicke. »Natürlich, Do. Und ob!« Dann griff er zum Telefon.

7

Unter den Leitenden kursierten verschiedene Gerüchte. Eines davon besagte, Ted Rocca sei früher Richter bei der Marine der Vereinigten Staaten gewesen. Andere behaupteten, er habe einen höheren Posten beim FBI eingenommen. Dazu gab's noch die dritte Version: Rocca habe lediglich eine stinknormale Polizeikarriere bei der Kripo von Milwaukee absolviert. Sicher blieb: Er gehörte nicht nur zu den wenigen Amerikanern, die in der GW-Europa eine Chefposition einnahmen, er hatte auch einige Zeit im inneren Führungskreis Arjuns im Berg-Camp Cedar-City in Utah zugebracht. In seinen Instruktionen jedenfalls nahm Rocco immer wieder darauf Bezug. Außerdem schien er Kontakt zu dem Mann zu haben, den sie in der GW »Omega« nannten und von dem niemand wußte, wer er eigentlich war, obwohl er alle großen Entscheidungen bestimmte.

Wo immer Ted Rocca aber auftrat, wirkte er eminent präsent.

So wie jetzt, als er vom Hubschrauberlandeplatz kurz einen Blick über das Schloß und die Anlage warf, dann den Rand seiner Baskenmütze zurückschob und die Hand hob. »Hello, Marc!« Für die anderen hatte er lediglich ein kurzes: »Morning«.

»Wie war der Flug?«

»Über den Alpen lausig. Ab Lausanne wurde es besser. Wie ist das, kann ich einen Kaffee haben?«

Sie führten ihn in den Raum für interne Konferenzen. Er war klein und enthielt außer dem runden Tisch mit sechs Stühlen keinerlei andere Einrichtungsgegenstände, zumindest keine, die sichtbar gewesen wären. Tennhaff hatte den Raum vor sechs Monaten umgebaut. Metallfolien und unsichtbare Störsender sorgten für Abhörsicherheit.

Rister drückte auf den Knopf der Hausanlage und bestellte Kaffee. Die dunkle große Brille hatte Rocca inzwischen abgenommen, und er zeigte nun sein fast quadratisches, grobporiges, energisches Gesicht und ein paar graue hellbewimperte, ausdruckslose Augen.

»Und? Wo habt ihr meine Abteilung gelassen? Tennhaff heißt der doch hier? Dieser Ex-NVA-Mann.«

»Der hält sich bereit, Ted.« Berg räusperte sich. »Zuvor jedoch hätte ich gerne eine kleine Bemerkung gemacht.«

»Dann mach sie.«

Berg lehnte sich zurück und verschränkte die Arme über der Brust. »Es ist so, Ted: Tennhaffs Leistungen sind zwar tadellos, doch er hat noch nicht einmal eine PD. Ich persönlich halte seine Loyalität für gesichert. Außerdem ist er im persönlichen Bereich stark an uns gebunden, und das nicht nur finanziell. Wir haben ihn also in der Hand. Auch das ist eine Garantie. Aber seinen Alpha-Kurs hat er noch nicht und auch die Fachschulung steht aus ... Das weißt du ja am besten. In Cannero wurde sie oft genug angemahnt.«

»Weiß ich. Bei den Fünfern ist Tennhaff nicht der einzige, der einen so miesen Rekord aufweist. Noch was, Marc: Wir haben keinen anderen – richtig?«

Berg nickte.

»Außerdem, PD? Was ist das schon? Nichts als ein Papier.«

PD war die Abkürzung für »persönliche Disposition«. Das bedeutete: die Einsatzbereitschaft des Einzelnen an der Gesamtarbeit. Die PD wurde in einem komplizierten, sich über zwei Wochen erstreckenden psychologischen Test ausgelotet.

»Entscheidend bleibt: Du kennst ihn. Du läßt ihn hier als deinen Sicherheitsmann arbeiten. Richtig?«

»Richtig.«

»Und was heißt das?« Marc Berg blinzelte nervös, ohne zu antworten.

»Daß du für ihn einstehst, Marc. Nichts anderes. Und zwar mit allen Konsequenzen.«

Berg nickte.

»Na, dann holt ihn doch endlich.« Rocca trank seufzend den ersten Schluck Kaffee. Rister nahm das Haustelefon, um Tennhaff zu rufen.

»Es ist immer der gleiche Scheiß in der Abteilung: zu wenig Leute, zu wenig geeignete, mein' ich«, sagte Rocca. »Klar, ich brauch' nur ›baff‹ zu sagen, und schon hab' ich dreitausend Bewerber ... Aber was für welche? Idealismus, PD und sonstige Qualifikationen, okay – aber damit kommst du nicht weiter. Wir brauchen schon anderes Material. Profis sind aus speziellem Holz ... Ehe ich abflog, habe ich mir die Tennhaff-Akte nochmals angesehen.«

»Er hat gut gearbeitet, wirklich«, sagte Berg schnell.

»Er hat euch den ganzen Laden hier aufgebaut. Was soll er da auf Kursen? Dazu kam er ja gar nicht. Ist es nicht so?«

Berg nickte wieder.

»Ja, dann haken wir das Thema endlich ab. Ich habe verdammt keine Zeit dafür.«

Er hatte graues Haar, ziemlich dichtes graues Haar und Augen unter schweren Brauen mit einem sehr direkten, autoritätsgewohnten Blick. In alten Ufa-Filmen spielten solche Herren Reeder, Medizinprofessoren, Generäle oder Herrenreiter. Nie liefen sie ohne Krawatte herum, dezent getönte Krawatten, versteht sich. Auch Ernst Schmidt-Weimar hätte in einen solchen Film gepaßt.

An diesem Morgen war seine Krawatte stahlblau und mit kleinen Türkis-Karos versehen. Die wiederum kontrastierten zu den dunkelgrauen Streifen seines Anzugs. Während sein Chefredakteur Lifestyle stets mit weiten Bundfaltenhosen und noch weiteren, dünnen pastellfarbenen Rollkragenpullis demonstrierte, bevorzugte Schmidt-Weimar Weste, Krawatte und solide, auf Hochglanz polierte Schuhe. *»Form follows function«,* hatte er einmal grinsend erklärt, als Do ihn mit seiner Traditionsverpackung aufzog.

Was sich in Wirklichkeit hinter der konservativen Fassade des Verlegers verbarg, wußte Do seit jenem Abend, als Schmidt-Weimar versucht hatte, sie dort drüben in der Ecke auf die Ledercouch zu drücken. Schön, sie hatten beide ziemlich viel getrunken ... »In diesem Laden, Do, sind wir die einzigen Menschen. Wir sind so was wie Inselbewohner ...« Es war keine Entschuldigung gewesen, sondern Schmidt-Weimars Form einer Liebeserklärung.

Jetzt stemmte sich der »einzige andere Mensch in diesem Laden« aus seinem Schaukelstuhl am Fenster hoch, kam ihr entgegen und legte ihr beide Arme auf die Schultern. »Ich hab' Sie schon frischer gesehen, Do.«

»Das hab' ich gerade auch von Herrn Engelmann gehört, Herr Doktor.«

»War's so schlimm?«

»Es geht.«

»Wie ist das, läuft das Thema?«

Sie zog die Unterlippe zwischen die Zähne. »Zum Glück ist es ja nicht so aktualitätsgebunden.«

Insofern war Schmidt-Weimar ein guter Verleger, als er mit geradezu weiblicher Intuition stets Unrat witterte. Er reagierte sofort.

»Und was heißt ›zum Glück‹?«

Die Gratwanderung, nein, der Drahtseilakt konnte beginnen. Engelmann starrte Do von der Seite an. Zum Teufel damit, dachte sie. Was hast du noch zu verlieren? Dann dachte sie an das Telefonat von heute morgen, an die Autobahn – und schließlich an Tommi Reinecke. Er hatte recht: Sie war es gewesen, die in den letzten drei Jahren das Blatt hochgeknüppelt hatte. Ihre Porträts und Interviews hatten »Heute« nicht nur in Deutschland, sondern auch international Anerkennung verschafft, so viel Anerkennung sogar, daß sich die Prominenz oder der Teil der Menschheit, der sich dafür hielt, darum riß, von »der Folkert« interviewt zu werden ... Härteste Arbeit war das gewesen. Mit Maultiersturheit hatte sie ihren Job gemacht, so verbissen, daß sie sich am Ende selbst aus den Augen und darüber hinaus auch noch ihre Tochter verloren hatte.

Und genau damit ist jetzt Schluß!

»Ich sprach gerade schon mit Dieter Engelmann darüber ... Ich habe noch sechs Wochen Urlaub gut, Herr Doktor.« Sie brachte die verlagsübliche »Herr Doktor«-Anrede mit so viel distanzierter Betonung vor, daß ihm klar sein mußte, wie ernst es ihr war. *»Entre nous«,* darauf hatte er bestanden, nannten sie sich beim Vornamen.

Dies aber war nicht ein Augenblick der Vertraulichkeiten. Schmidt-Weimar sollte es wissen.

»Meine Recherchen sind auch in zwei Monaten noch brauchbar. Der Artikel und die Interviews, darüber waren wir uns ja im klaren, sollten ohnehin eine allgemeine Analyse der israelischen Situation vor der neuen Nahost-Konferenz liefern. Dieter Engelmann ist gleichfalls der Ansicht, der Bericht ließe sich schieben.«

Engelmann verzog das Gesicht, als hätte Do ihm zwischen die Beine getreten. Na gut, dachte sie, jetzt bist du schon so weit gegangen, dann kann auch der Rest folgen. »Es ist nicht irgendeine Laune, wenn ich das vorbringe, Herr Doktor. Es sind familiäre Gründe ... Leider sind sie so schwerwiegend, daß mir keine andere Wahl bleibt.«

Sie starrten Do an. Ihr Schwung war weg. Sie spürte, wie dieses elende, klägliche Selbstmitleid in ihr hochsteigen wollte – und gleichzeitig der Zorn darüber. Der Zorn über sie selbst, die ganze beschissene Situation, verscheuchte jeden klaren Gedanken. »Tut mir leid«, hörte sie sich sagen.

»War das alles?« Schmidt-Weimar steckte beide Hände in die Hosentaschen. Er musterte sie, als habe er es mit einem exotischen Insekt zu tun.

»Ich kann im Moment nicht schreiben, Herr Doktor ... Auch wenn ich wollte. Ich brauche diesen Urlaub.«

»So?« Er drehte sich um, machte drei Schritte vor, drei zurück, blieb wieder stehen, musterte sie erneut, schüttelte den Kopf »Familiäre Probleme? Vielleicht versuchen Sie die Geschichte mal durch meine Brille zu sehen. Für mich gibt es in allen Situationen nur ein einziges Problem: die Konkurrenz. Persönlich habe ich für alles Verständnis. Und ich bin auch, das wissen Sie, zu jeder Hilfeleistung bereit. Beruflich aber, und das muß ich Ihnen sagen, beruflich bleibt mir gar nichts anderes übrig, als einen anderen Standpunkt einzunehmen. Und zwar radikal, Dorothea! Jedem gegenüber. Auch Ihnen.«

Sie schwieg.

Durch die Wände drang von fern das feine Summen der Rotationsmaschinen. Do glaubte, das Vibrieren unter ihren Füßen zu spüren.

»Ja dann«, sagte sie, zuckte mit den Schultern, drehte sich um – und ging die ersten Schritte zur Tür. Sie kannte Engelmann. Sie kannte die Redaktion. Die Sensation vom beruflichen Selbstmord der Folkert würde in Kürze durch alle Büros laufen.

»Einen Augenblick, Do ...« Schmidt-Weimar lehnte an seinem Schreibtisch, hatte die Beine übereinandergeschlagen und beide Hände auf die Schreibtischplatte gestützt. Auf seiner Stirn brannte ein einziger roter Fleck. »Was ist das denn für ein Abgang? Soll ich beeindruckt sein?«

Sie schwieg.

»Zumindest ist er voreilig. Ich habe nämlich auch noch eine Eröffnung. Sie ist persönlicher, sehr persönlicher Art ... Deshalb, Engelmann, möchte ich Sie bitten, uns allein zu lassen. Also, Do, seien Sie vernünftig, kommen Sie her und setzen Sie sich!«

Der Abwasch war auch noch zu erledigen. Aber das schaffte sie in fünf Minuten. Es wurde ja nicht mehr ordentlich gekocht, nicht mehr gegessen – es hatte sich alles geändert im Haus.

Hanne Moser setzte sich seufzend auf den Küchenstuhl. Zeit für den Kaffee. Und ihre Tabletten ... »Immer schön pünktlich«, sagte Dr. Pachmayer. »Dann lebt es sich mit der Diabetes so gut, als hätten Sie sie gar nicht.«

Ein Wasserhahn tropfte. Das störte Hanne nicht. Das alte Kupfergeschirr an den Wänden leuchtete, und der Raum hellte sich auf. Draußen kämpfte sich die Sonne durch.

Hanne goß sich eine Tasse voll und genoß die friedliche Stimmung. Sie steckte die Pillen in den Mund und spülte mit Kaffee nach. Dabei legte sie den Kopf etwas zurück. Vielleicht hätte sie so die beiden Männer oben am Hang bei den Jungtannen erkennen können, vielleicht hätte sie sie in ihren engsitzenden dunkelblauen Overalls für Arbeiter gehalten, Arbeiter, die wegen der Kälte, so wie die Skifahrer, auch noch haubenartige Gesichtsmasken trugen. Dabei war's gar nicht so kalt ... Vielleicht hätte Hanne Moser die Maskierung dann doch nicht verstanden. Aber sie sah es nicht. Sie verstand auch nichts. Und vielleicht war dieses totale Nichtbegreifen die einzige Gnade, die ihr noch blieb ...

Die vordere der beiden schattenhaften Gestalten kauerte sich hinter einen Busch. Der Mann zog ein spannengroßes Fernglas aus der Brusttasche und beobachtete durch das Küchenfenster die alte Frau.

Er nickte dem anderen zu. Der prüfte noch einmal den Sitz seiner Handschuhe und kletterte dann hinunter bis zu dem kleinen Hof, der das Haus von der Stützmauer trennte. Er konzentrierte sich, nahm einen Anlauf, riß die Arme nach vorne, zog den Kopf ein. Flach und gestreckt wie ein Geschoß brach sein Körper durch das Fenster in die Küche.

Die Kaffeetasse fiel aus Hannes Hand. Kaffee floß über das Tischtuch. Keinen Laut brachte sie hervor, nicht einen einzigen. Nichts war in ihr als diese heiße feurige Welle, die von den Fußspitzen bis zum Nacken brandete – dies und das splitternde, brechende Geräusch der Zerstörung, der verschwommene Eindruck eines Engels des Unheils, der durch das Fenster geflogen kam …

Eine Hand riß Hanne den Kopf zurück.

Irgend etwas Flauschiges, Weiches und doch Schreckliches preßte sich auf ihren Mund und ihre Nase. Es verströmte einen scharfen Geruch, der ihr das Bewußtsein nahm …

Der Mann ließ den schlaffen Körper der alten Frau mit dem Oberkörper über dem Tisch liegen. Er öffnete die Außentür.

Der zweite trat ein, sah sich kurz um. Er erkannte, daß die linke Gesichtshälfte des Opfers in einer Kaffeelache lag, schüttelte den Kopf, riß ein Handtuch vom Halter und trocknete Hanne Mosers Gesicht.

Der andere zog inzwischen ein breites, festes Plastikklebeband aus der Tasche, riß ein Stück ab und klebte es quer über Hanne Mosers Mund. Der erste verschwand in dem großen sich anschließenden Wohnraum, ging durch die Halle, sah sich um und fand, was er suchte: die Tür der Abstellkammer, die den Freiraum unterhalb des Treppenhauses einnahm. Er prüfte das Schloß und ging in die Küche zurück. Sein Kinn wies zur Halle.

Der, der durch das Fenster eingebrochen war, hatte mit dem Klebeband inzwischen Hanne Mosers Knöchel und Hände gefesselt. Sie trugen sie zu zweit aus der Küche, legten sie auf den Boden der Abstellkammer und verschlossen die Tür von außen.

Dann machten sie sich an die Arbeit ...

Ted Rocca lehnte sich zurück und schloß die Augen. Tennhaff konnte die Adern an seiner Stirn schwellen sehen. Der Mann war auf hundertachtzig.

»Wir haben an alles gedacht, um das verdammte Archiv zu sichern. Nur eines haben wir vergessen: Den verdammten Apparat, den Männer und Frauen zwischen den Beinen haben. Die Katholiken sagen, das sei Teufelszeug. Wahrscheinlich haben sie recht.«

Sie schwiegen.

Es war zu ungeheuerlich, was sie gerade erfahren hatten. Das Zentralarchiv der GW in Lausanne war vor zwei Jahren mit einem Millionen-Dollar-Aufwand neu umgruppiert, vor allem aber neu gesichert worden. Sie hatten sogar Sicherheitsspezialisten aus den USA dazu in die Schweiz geschickt. Das Material war dann durch einen Intel-Computer verschlüsselt worden. Und nun hatte man das Archiv geplündert?

Der Gedanke, daß alles umsonst gewesen war, daß alles, was es enthielt, die ganze Entstehungsgeschichte der GW, alle Operationen und ihre Hintergründe, die Budgets, die weitverzweigten Finanzierungsquellen, das Netz der politischen und wirtschaftlichen Einflußnahmen, die Brückenköpfe, die man zu diesem Zweck in aller Welt aufgebaut hatte, dazu noch die Liste der Personen, die dieses Netz flochten, also die Liste der geheimen Förderer und Helfer in allen Staaten und Bereichen von Diplomatie, Geheimdiensten, Politik und Wirtschaft – der Gedanke, daß diese Daten geraubt und damit einem unkontrollierbaren feindlichen Zugriff ausgeliefert waren, war nicht nur so unvorstellbar, daß man ihn gar nicht zu Ende denken konnte, er war schlicht tödlich …

»So. Und jetzt will ich mal eines wissen …« Ted Rocca beugte den Schädel vor. Seine Augen wirkten nicht länger starr, sie waren unheimlich lebendig geworden, sie glitzerten. »Wieso konnte sich ein windiger Typ wie Hilper in Lausanne als Verlagsbeauftragter aus Schönberg ausgeben? Hilper war doch gar kein Schreiber. Was hat euch bloß dazu gebracht, diese Sau für eine solche Geschichte loszuschicken?«

Berg schrak aus der Apathie hoch, die er in den letzten zehn Minuten gezeigt hatte. »Martin Hilper war so eine Art ›Ausputzer‹ bei uns.«

»Und was heißt das?«

»Mädchen für alles, Ted. Außerdem: Er war im Schreiben begabt. Er war wirklich ziemlich intelligent, setzte sich unglaublich ein und hatte ein bestimmtes Talent, Kontakte zu knüpfen.«

»Ein bestimmtes Talent …« Rocca lachte. »Das ist die Untertreibung des Jahres. Ein Kontaktgenie ist er!«

»Aber wie sollten wir denn wissen …«

»Das ›wir‹ streichen Sie besser, Marc. Sie sollten es wissen.«

Das »Sie« traf wie eine Speerspitze. Es verletzte nicht nur, es isolierte. Berg schluckte …

Bohl schaltete sich ein, um ihm zu Hilfe zu kommen. »Nun, wir hatten ihn auch manchmal im Verlag. Er hat erstklassige Arbeiten abgeliefert, die wir auch abdruckten.

Und was seine – hm – Kontaktfähigkeit angeht, wir sollten doch nicht vergessen: Hilper war früher bei anderen Vereinen. Und du kennst doch die Methoden, die die anwenden: ›*Flirty fishing* zum Beispiel …«

»*Flirty fishing.*« Rocca hatte die Hand flach auf dem Tisch, als wolle er die Platte eindrücken. »Genau sechsunddreißig Stunden hat er gebraucht, das haben wir nachgeprüft, um Jacqueline Duran so von sich einzunehmen, daß sie ihn in ihre Wohnung mitnahm. Und Jacqueline ist in Lausanne stellvertretende Chefarchivarin. Sie ist vierzig, also zwölf Jahre älter als er. Eine absolute Spitzenkraft. Und total loyal.«

Er drückte die Zigarette im Aschenbecher aus. Er zermalmte sie buchstäblich.

Sie sahen sich an. Keiner sagte einen Ton.

»Was Hilper alles aus dem Archiv kopiert hat und ob er dabei auch den Code erwischt hat, wird noch geprüft. Diese neue elektronische Einbruchskontrolle registriert derartige Versuche. Wir sind dabei, das zu sichten. Die Ergebnisse kriege ich erst Ende nächster Woche. Aber ich halte es für absolut sinnlos, daß wir uns in diesem Punkt Illusionen machen.«

»Und was ist mit Hilper?« Auch Tennhaff zündete sich eine Zigarette an.

»Hilper?« Ted Rocca runzelte kurz die Stirn und warf ihm einen Blick zu. »Der ist jetzt nicht das Problem. Nicht länger. Es gibt ein anderes, viel dickeres, und die ganze Geschichte, die ich bisher erzählt habe, ist nichts als der Auftakt dazu … Diese Story ist nicht nur unglaublich, sie ist zum Verrücktwerden.«

Wieder sein Obelisken-Blick. Und erneut dieses geduckte, ängstliche, ratlose Schweigen rund um den Tisch.

»Hilper fuhr also mit dem ganzen geklauten Material – was heißt hier geklautes Material – mit unseren wichtigsten

Daten, mit Informationen von einer unvorstellbaren Brisanz nach Hause, nach Bayreuth. Ganz gemütlich ... Das konnte er, glaubte es zumindest, da er meinte, er hätte die Duran in der Tasche. Aber da hat er sich dann doch ein bißchen getäuscht. Jacqueline schöpfte Verdacht. Doch da waren schon zwei Tage vergangen. Als sie merkte, daß etwas schiefgegangen sein mußte, meldete sie uns den Vorfall sofort nach Cannero.«

Die Stimmung im Raum war nicht nur gedrückt, sie war jetzt schwer wie Blei.

»Ich schickte darauf von Cannero gleich zwei Leute los, Spezialisten von uns, die den Auftrag hatten, Hilper sofort aus dem Verkehr zu ziehen und das Material sicherzustellen. Zwei andere kamen aus Lausanne nach Bayreuth zur logistischen Unterstützung und um den Dreck aufzuwischen, der entstehen konnte.«

Sie nickten wieder.

Tennhaffs Hals wurde eng, der Mund trocken. Der Zigarettenrauch schmeckte bitter. Aus dem Verkehr ziehen ... Dreck aufwischen ... Wo bist du überhaupt hingeraten? – Zunächst hatte Rocca ihm imponiert, diese sachliche Kaltschnäuzigkeit, aber nun drängte sich Robert der Eindruck auf, als sitze er mit irgendwelchen Kapos in irgendeinem verqualmten Mafia-Hinterzimmer.

»Wir waren doch ...«

»Natürlich war Schönberg näher, Marc. – Aber verdammt noch mal, wie soll man sich auf euch verlassen? Woher sollte ich die Garantie nehmen, daß irgendein Hilper-Freund dem Schwein nicht einen Tip gibt? Und jetzt komme ich zu dem Grund, weshalb ich hierher geflogen bin: Diese ganze Sauerei ist nur die Vorstufe. Es ist nämlich noch etwas viel Schlimmeres passiert ... Am 14. fuhr Hilper nach Bayreuth. Zur selben Zeit haben unsere Leute aus Lausanne beobachtet, daß sich zwei Journalisten in Hilpers Haus Eingang verschafften. Und sie hatten es vermutlich ziemlich einfach: Hilpers Stiefvater hatte den Schlüssel. Wie auch immer, seitdem ist das Material verschwunden. Das ganze Archiv befindet sich in den Händen von zwei Journalisten, in den Händen von irgendwelchen Irren, die uns, wann immer sie wollen, das Dach über dem Kopf anzünden können!«

»Und wer ist das?« fragte Rister. Er war jetzt aschfahl. Berg hing noch immer mit geschlossenen Augen und stumm wie eine Mumie in seinem Sessel.

»Es handelt sich um einen Mann und eine Frau. Der Mann ist relativ unwichtig. Uns geht es vor allem um die Frau. Sie heißt Folkert. Do Folkert ... Wie man mir sagte, soll es sich bei ihr um eine ganz große Nummer bei der deutschen Presse handeln.«

»Ist sie auch«, murmelte Rister. Dann hob er plötzlich den Kopf. »Aber Herrgott noch mal, wir haben ...«

»Ja«, nickte Rocca. »Wir haben ihre Tochter ...«

Die Tür hatte sich hinter Engelmann geschlossen. Ein leises Klack, nichts als ein diskreter Protest. Do Folkert ertappte sich, wie sie diese Tür anstarrte. Das frühere rot geflammte Tropenholz hatte Schmidt-Weimar sofort nach dem Einzug in sein prächtiges, mit supermodernen Möbeln ausgestattetes Büro durch dunkle deutsche Eiche ersetzen lassen. Er hielt sich an den Zeitgeist. Er ging immer mit der Zeit. Er blieb hinter seinem Schreibtisch, doch er setzte sich nicht. Er sah Do an, als sie ihm wieder den Blick zuwandte, lange, sehr lange – und schweigend.

Dann nahm er mit spitzen Fingern einen dünnen Plastikhefter von seinem Aktenstapel und reichte ihn Do.

»Was ist das?« fragte sie.

»Sehen Sie sich das mal an. Hab' ich gestern bekommen.«

Es war das Schreiben einer Anwaltskanzlei aus Kalifornien: Fisher and Fisher, Los Angeles. Fisher and Fisher teilte mit, daß sie den Verlag »New Science« vertreten und damit auch die Interessen des New-Science-Autors Frederic W. Collado. Der Verlag »New Science« und der Autor hätten sich nicht zuletzt auf Anraten der »International Press Watching Commission« entschlossen, gegen das Nachrichtenmagazin »Heute« und wegen der persönlichen Haftung gegen dessen Chefredakteur Engelmann und gegen die Chefreporterin Dorothea Folkert gerichtliche Schritte zur Einleitung eines Schadenersatzverfahrens wegen Verletzung der Urheberrechte einzuleiten.

Do holte erst mal tief Luft. Sie begriff nichts, kein Wort. Was sollte das schon wieder?

»Starren Sie nicht mich an, Do, lesen Sie schon.«

Es waren nur wenige Blätter. Drei davon Fotokopien im Kleinformat.

Sie erkannte sie sofort: Die eine Kopie enthielt einen ihrer Artikel über gentechnische Freilandversuche in Kalifornien. Der Artikel war zwei Jahre alt. Sie war damals nach Sacramento geflogen und hatte sich auf der Pflanzung einen Monat lang aufgehalten. Auch der andere Bericht war vor Ort recherchiert: Eine kritische Auseinandersetzung über die Zukunftsperspektiven und Konsequenzen, die eintreten würden, wenn die Kronkolonie Hongkong in chinesische Hände überging. Dieser Verlag aber, der da klagen wollte? Es gab »Science«, ein international renommiertes Wissenschaftsmagazin – aber »New Science«? Nie hatte Do von einem Blatt dieses Namens gehört. Und dieses »New Science« nun schien gleichfalls ihre beiden Themen gebracht zu haben ...

Do hielt die Blätter näher an die Augen. Sie konnte es nicht glauben. Wie denn? Der Text war zwar englisch, aber die Sätze waren ihr bis zur letzten Wendung vertraut.

»Was soll denn das? Die haben mich ja wörtlich abgeschrieben. Nun schicken sie es uns auch noch zu?«

»Genau das gleiche behaupten sie von dir, Do.«

Sie überhörte das Du. Sie registrierte es nicht einmal. Ihr Blick suchte den Autorennamen: Unterschrieben hatte ein Frederic W. Collado ...

Und dann verglich sie die beiden Erscheinungsdaten, sowohl bei dem Hongkong- wie bei dem Gentechnik-Artikel. Eine Blutwelle schlug in ihr Gesicht. Sie fühlte ihre Stirn heiß werden.

»Aber ... das gibt's doch gar nicht!«

Sie wollte Schmidt-Weimar das Schreiben auf den Tisch werfen, aber sie bezwang sich und legte es ganz vorsichtig zurück. Es war einfach zu lächerlich, nein, zu unwirklich!

»Dieses New-Science-Blättchen behauptet, vor uns veröffentlicht zu haben. Und zwar den identischen Text. Meinen Text! – Darauf läuft's doch hinaus, nicht wahr?«

»Ja, Do. Nur, die behaupten, daß du aus dem New Science abgeschrieben hast. Wortwörtlich abgekupfert, bis in die letzten Details, einschließlich der Zahlen.«

Do schüttelte den Kopf. Und fing an zu lachen. Der Mund des Verlegers war jetzt sehr schmal. Er stand hinter seinem Schreibtisch auf, ging zum Fenster, kam zurück, holte eine Flasche aus dem Regal und setzte sich, den Cognac in der Hand, auf die Schreibtischkante.

»Wollen Sie ihn nicht trinken?« sagte sie.

»Wissen Sie, Do ...« Er war wieder beim Sie angelangt. »Ich muß jetzt etwas in der Hand haben, das mich beruhigt.« Sie lachte wieder.

Er sah sie an, lange. »Irgendwo und irgendwann muß Ihnen jemand etwas Falsches beigebracht haben – und soll ich Ihnen sagen, was? – Diese moderne Mode: Cool sein ist alles.«

»Der Job hat mir's beigebracht.«

»Nicht nur der Job, Do. Cool sein ist schick, o ja ... Nur leider kommt man nicht immer damit durch.«

»Hören Sie.« Ihre Stimme schwankte. »Wir kennen uns seit einigen Jahren. Aber Himmelherrgott noch mal: Vielleicht hat mich noch niemand so falsch eingeschätzt, wie Sie mich in diesem Augenblick einschätzen.«

Sie deutete mit dem Kinn auf das Fax. »Das ist nichts als eine erbärmliche Fälschung, um mich fertigzumachen. Und Sie wissen das. Eine lächerlich schäbige Fälschung dazu.«

»Die dreihunderttausend Dollar Schadenersatz, die man uns androht, halte ich nicht gerade für schäbig.«

»Androht, ja! Aber androhen und durchkommen sind zweierlei Stiefel. Oder halten Sie mich etwa für fähig, daß ich ...«

»Natürlich nicht«, sagte Schmidt-Weimar. »Ich habe bereits Ronny Tiede beauftragt, nachzuforschen, was dieses ›New Science‹ für ein Laden ist und was es mit der Anwaltskanzlei und der sogenannten Watching-Kommission für eine Bewandtnis hat ... Aber auch wenn wir uns in diesem Punkt einig sind: Wer, verdammt, kann ein Interesse haben, Ihnen das anzuhängen? Wer kocht denn eine solche Sauerei aus? Und warum?«

Wer? Do dachte an die Autobahn. An den VW-Bus. An die Stimme am Telefon heute morgen ... Einen Augenblick lang war sie versucht, Schmidt-Weimar alles zu sagen, es ihm wie einen Haufen stinkenden, ungeordneten Müll vor die Füße zu kippen.

Aber dies war nicht der Zeitpunkt. Noch nicht ...

Tennhaffs Bleistiftspitze brach ab ... In der letzten halben Stunde hatte er alles über sich ergehen lassen, hatte nur stumm dagesessen. Manchmal hatte er gekritzelt, als mache er sich Notizen. Es waren Notizen in den militärischen Code-Kürzeln, die er auf der Akademie in Brandenburg gelernt hatte. Sie sahen sich alle ähnlich, denn es war schließlich immer dasselbe Wort, das er geschrieben hatte. Dreckschwein – Dreckschwein – Dreckschwein ...

»Gibt's hier noch Kaffee?« Ted Rocca schüttelte die leere Kanne und stellte sie auf den Tisch zurück. »Und irgendwas zu essen. Ein Sandwich genügt. Wir fliegen anschließend sofort nach Cannero.«

Rister rannte wieder zum Telefon, und Rocca sprach weiter: »Im Fall Folkert geht's einfach darum, die Frau zu neutralisieren. Und damit meine ich, sie in ihrem gesamten Umfeld, also sozial, menschlich und beruflich derart unter Druck zu setzen, sie auf allen Gebieten so fertigzumachen, daß sie nicht nur jedes Selbstbehauptungsvermögen verliert, sondern dazu auch sämtliche Orientierungs- und Operationskriterien. Mit einem Wort, daß nichts mehr von ihr bleibt als ein Bündel von dampfendem *shit*.«

»Die ist ziemlich hart gesotten«, wandte Bohl ein.

»Na und? Wir auch. Und wir haben die Erfahrung, mit Hartgesottenen fertigzuwerden. Wir hatten da schon ganz andere Fälle, auch in unseren Reihen ... Das ganze Problem habe ich schon mal in einer Instruktion behandelt: Umgang mit *›Aliens‹*. Ich weiß nicht, wer das von euch gelesen hat. Tennhaff vielleicht?«

Tennhaff schüttelte den Kopf. *»Aliens«?* Fremde ... Er hatte die Instruktion nicht gelesen. Er kannte nur einen Hollywood-Film über ein liebes kleines Mars- oder Sonstwas-Monster ...

Für einen Ted Rocca aber wie für alle anderen hier waren gefährliche Monster alle diejenigen, die nicht zur GW gehörten, sich aber erdreisteten, die Organisation zu bekämpfen oder auch nur zu kritisieren. Sie waren *»Aliens«*. Und damit Freiwild, Feinde, die mit allen zu Gebote stehenden Mitteln abzuwehren waren.

»Es ist machbar!« Rocca hatte das Kinn auf beide Fäuste gestützt. Sein Blick ging starr an die Wand. »Muß machbar sein. Und was da getan werden kann, das läuft ... Ich habe bereits vierzehn Leute auf sie angesetzt. Meine ganze Organisation arbeitet an diesem Fall. Omega will stündlich Bericht.«

Omega? Also doch ... Es war das erste Mal, daß Tennhaff bei einer Konferenz diesen Namen im Zusammenhang mit einer Planung vernahm. Und mit was für einer Planung!

»Dieses Weib, die Folkert, hat also einen ziemlichen Einfluß? Und ihr meint, das würde die Sache komplizieren? Ihr werdet sehen, welchen Einfluß wir haben. Auch in der Bundesrepublik. Und wir werden alles, wir werden noch den letzten Kontakt mobilisieren, wir müssen einfach! Sonst sind wir nämlich im Arsch. Ihr alle hier am Tisch. Ihr könnt euch überlegen, ob ihr in den Knast geht oder euch nach Südamerika absetzen wollt. Oder ...« Rocca schwenkte seine Kaffeetasse und ließ eine drohende Pause eintreten. »Oder ob wir den ganzen Laden hier abfackeln, was wahrscheinlich sowieso das Beste wäre ...«

Im Arsch ... Knast ... Laden abfackeln ... Das Gefühl der Unwirklichkeit in Tennhaff verstärkte sich. Das hier war nichts anderes als eine Mafia-Bande ... Er stellte die einzige Frage, die ihn in der letzten Viertelstunde beschäftigte: »Und was ist mit Kati Folkert?«

»Die Tochter?«

»Ja, die Tochter.«

»Was wird schon sein? Wir werden sie mitnehmen. Nach Cannero. Stimmt, ich hätte diesen Punkt längst ansprechen müssen ...« Rocca massierte sich die Schläfen. »Wo steckt sie jetzt?«

Sie sahen sich an. »Das ist leicht feststellbar«, sagte Rister und wollte schon wieder zum Telefon.

»Moment. Alpha-Kurs, wurde mir gesagt?«

»Richtig.«

»Und wie viele habt ihr dort?«

»Niemand. Nur sie.«

»Wer ist der Instrukteur?«

»Reto Kolb.«

»Wer hat sonst mit ihr Kontakt?«

Sie sahen sich an. Dann nickte Berg zu Tennhaff hinüber: »Er. Er hat ein paarmal mit ihr geredet, stimmt doch, Robert?« Tennhaff wunderte sich, woher Berg diese Information hatte. Gut, über das Auftauchen von Do Folkert hatte er einen Bericht geschrieben, wie es Vorschrift war, aber seine Unterhaltungen mit Kati ...

»Nun Robert?« Rocca starrte ihn an. »Ist das richtig?«

»Ja.«

»Wir müssen sofort sicherstellen, daß sie das Gelände nicht verläßt. Was heißt, das Gelände! Daß sie keinen einzigen Schritt, keine einzige verdammte Bewegung mehr ohne Aufsicht machen kann.«

Geiselnahme! – Das Wort drängte sich Tennhaff auf. Dieses Kriminalstück wurde immer verrückter. Und alle starrten ihn an. Zu Recht, dachte er. Sicherheit? Sicherstellen? – Für so etwas bist du zuständig. »Nochmals: Wo ist sie jetzt?« schnappte Rocca.

»Wahrscheinlich im ›Nest‹, der Unterkunft für die Alpha-Leute.«

»Wahrscheinlich? Was heißt das?« schnauzte Rocca.

»Ich kann ja rübergehen«, hörte Tennhaff sich sagen.

»Rübergehen? Das dauert viel zu lange. Ich sagte doch, Tennhaff: Keine einzige Sekunde mehr darf sie unbeaufsichtigt bleiben. Wen gibt es sonst noch dort?«

»Reto Kolb. Er wohnt im ›Nest‹.«

»Dann ruf ihn schon an, verdammt noch mal! Sag ihm, er soll sie sich schnappen und in seine Wohnung bringen. Sag ihm, er soll alle verdammten Türen und Fenster verriegeln und sie festhalten, bis wir kommen und sie holen.«

Tennhaff lehnte sich in seinem Stuhl zurück. Er nahm die

Hände vom Tisch und faltete sie in seinem Schoß. Er hatte sie unter Kontrolle, trotzdem stieg in ihm der Gedanke auf, sie könnten zu zittern beginnen. Was hier gesagt wurde, was er hier gerade erlebt hatte, das konnte es alles nicht geben. Er mußte handeln, klar. Irgend etwas mußte er unternehmen. Nur was?

Was er jetzt brauchte, war nichts als Zeit ...

Sie kamen Do von Anfang an verdächtig vor.

Sie hatte sie bereits gesehen, als sie den Verlag verließ, um zum Parkplatz zu gehen. Sie waren zu dritt. Sie standen vor dem großen grauen Chrysler-Caravan, der die übernächste Parkbucht links vom Frontera einnahm. Es waren nicht die Videokameras, die sie in den Händen hielten, es war ihr Aufzug, der Dos Aufmerksamkeit weckte: Regenmäntel, blankgewienerte Schuhe, weiße Hemdkragen und tief in die Stirn gezogene dunkelblaue Schiffermützen. Eigentlich war es das Uniforme an ihrem Auftritt. Selbst das künstlich-gelassene Lächeln auf ihren Gesichtern wirkte, als kopiere es einer vom anderen. Nun setzten sie sich in Bewegung, in Dreierformation. Der auf der rechten Seite hob als erster die Kamera. Sein Nebenmann tat es gleichfalls. Der letzte hielt sie schußbereit.

Do blieb stehen.

Sie kannte die Leute von den Sendern, wußte, wie sie auftraten. Fernsehleute waren das nicht.

Was wollten sie? Und dieses dämliche Grinsen. Geh weiter! befahl sie sich. Du hast viele Provokationen erlebt. Wenn das eine sein soll, ist sie reichlich blöd. Aber jetzt? Die versuchen dir doch tatsächlich den Weg abzuschneiden ... Auch noch der dritte hielt nun die Kamera auf sie gerichtet. Die Linsen funkelten wie riesige, bösartige Augen. Sie waren so nahe, daß Do die Poren und beim Rasieren vergessene Stoppeln auf den Gesichtern erkennen konnte. Und diese grinsenden Zähne.

»Was soll das?« fragte sie scharf.

Keine Antwort. Nur das Summen der Apparate.

»Soll das ein Witz sein? Sind Sie verrückt? Oder haben Sie sonst Probleme?«

»Gute Frage.«

Do wußte nicht, wer es gesagt hatte. »Gehen Sie mir aus dem Weg ... Lassen Sie mich zu meinem Wagen, sonst ...«

»Sonst was, Frau Folkert?«

Es war der rechte, der sprach. Die Sache wurde wirklich unangenehm. Zurück in die Halle und Seifert, den Portier alarmieren, das wäre eine Möglichkeit. Aber du bist doch andere Kaliber gewöhnt, Do, als diese drei Kacker mit ihren Schiffermützen hier.

Sie umklammerte die Tasche in ihrer Hand. Sie wog ein gutes halbes Kilo. Do hob sie hoch.

»Sie werden doch keine Dummheiten machen, Frau Folkert?« Der rechte. Er sprach, ohne die Kamera abzunehmen. »Sie sind sich doch über die Situation klar? Sie sind nun mal eine Persönlichkeit des öffentlichen Interesses. Und wir, was tun wir? Wir filmen Sie. Im Grunde ist das doch genau dasselbe, was Sie mit anderen machen, nicht?«

»Hören Sie mit dieser Affenkomödie auf und verziehen Sie sich ...« Das wollte sie sagen, doch ihr Kiefer begann unkontrolliert zu beben, und da war sie wieder, diese Schwäche, da waren die Krallen der Furcht, und da waren die Gedanken an alles, was heute geschehen war. Und mit dem Zittern ihrer Lippen kam die Lähmung, die jede Bewegung, jeden Willen erstickte.

»Ich ... ich werde ...«

»Ich werde?« Der rechte ließ die Kamera sinken. »Ich werde was?«

Dann waren die Kameras plötzlich weg. Es gab ein kurzes,

grunzendes Aufstöhnen, und einer der Männer kippte seitlich weg. Die Kamera hielt er fest, doch seine Mütze lag am Boden.

Do beobachtete abwesend, wie er sich danach bückte und dabei die Kamera weit von sich spreizte. Und nun war ein neues Gesicht vor ihr, ein sehr vertrautes Gesicht und ein sehr vertrautes, grimmiges Grinsen. »Was soll denn das hier?«

Tommi.

Do schluckte vor Erleichterung.

»Und heulen tust du auch noch? Haben die Herrschaften etwa ...«

»Hören Sie ...«

Tommi wirbelte herum. »Ich höre nicht.« Er hatte beide Hände in Schlagstellung. Er mochte tausendmal sechzig sein, er wirkte trotzdem überzeugend. »Sie interessieren mich nicht. Sie haben nur eines zu tun: abzuhauen, Leine zu ziehen, sich zu verpissen! Und das auf der Stelle.«

»Und sonst?« höhnte der Typ, der bisher gesprochen hatte.

»Sonst?« Tommi griff in seine Lederjacke und hielt das Handy in der Hand. Er hatte die Polizeinummer so schnell getippt, daß Do es nicht einmal beobachten konnte.

»Reinecke. Ja – Parkplatz »Heute«-Verlag. Hier gibt's Probleme. Wie? – Ja – Ende.« Er starrte den Sprecher der Gruppe an. »Sonst? Das ›sonst‹ ist nicht mehr aktuell. Die Streife ist in zwei Minuten hier.«

Sie sahen sich wortlos an. Dann drehten sie sich um, gingen zu ihrem Wagen, stiegen ein und fuhren weg ...

Der teure Protzbau des Verlagsgebäudes sah aus wie immer: Wolken spiegelten sich in seinen Fenstern, durch den Eingang marschierten Kunden und Personal. Auf der Straße donnerten die blauen Busse der Verkehrsgesellschaft vorüber, am Himmel zog ein Jet vier einsame Kondensstreifen ... Wie immer, ja, wie immer ...

Tommi steckte zum zweiten Mal sein Handy in die Brusttasche.

»Das waren vielleicht Clowns! Die Nummer ihres Schlittens habe ich gerade ans Präsidium durchgegeben. In zehn Minuten krieg' ich Bescheid.«

»Das waren keine Clowns, Tommi.«

»Sondern? Was läuft hier eigentlich?«

Und so sagte Do ihm, was lief. Sie brauchte nicht viele Worte dafür. Sie ging die Liste durch wie bei einer Info-Konferenz in der Redaktion: Der Drohanruf am Morgen, der Autobahn-Zwischenfall, ihr Auftritt bei Engelmann und Schmidt-Weimar und der Brief der Anwaltskanzlei Fisher and Fisher aus Los Angeles wegen des Plagiat-Vorwurfs.

Tommi sah sie nur an. Dann wischte er sich mit dem Handrücken quer über Mund und Bart.

»Wo steht dein Wagen, Tommi?« fragte Do.

Er wandte den Blick zu der schweren alten Harley Davidson, die am Ende der Fahrzeugreihe aufgebockt war.

»Die Harley kann doch nicht ewig im Stall stehen. Die muß doch auch mal raus. Und heute gibt's 'n bißchen Sonne. Wieso gehen wir nicht in die Kantine oder setzen uns in deinen Wagen und sprechen das alles durch?«

»In den Verlag gehe ich nicht zurück. Und in den Frontera setze ich mich nicht. Der existiert nicht mehr für mich.«

»Weil du glaubst, daß da wieder so ein VW-Bus kommt?«

»Und was glaubst du? Hast du noch immer nicht begriffen, Tommi? Das dauert doch sonst nicht so lange. Du weißt doch inzwischen, was das für ein Laden ist. Sie haben alle Möglichkeiten ... Denk an Schönberg. Denk an diesen Prospekt, den Perauer uns gezeigt hat. Und uns haben sie beide im Visier. Die glauben, wir hätten ihnen die allerwichtigsten Betriebsgeheimnisse geklaut ... Begreif doch endlich!«

»Was ich mich frage, ist, was all diese tollen Geheimnisse in Hilpers Bruchbude in Bayreuth zu suchen hatten.«

»Das ist nicht unser Problem, Tommi ...«

»Nein?« sagte er. »Dann tu mir bitte trotzdem den Gefallen und setz dich in deine dämliche Affenschaukel, bis ich zurückkomme. Ich besorge uns einen anderen Wagen.«

Sie setzte sich widerstrebend in den Frontera. Sie kramte das Handschuhfach durch, um die Dinge herauszufischen, die sie vielleicht benötigen könnte. Sie fand nichts als Papiertaschentücher, eine Stabtaschenlampe und einen Kamm. An der rechten Ecke des Kamms befand sich ein kleines »K« aus Straß. Den Kamm hatte sie vor Jahren Kati geschenkt, und Kati hatte ihn wohl hier vergessen. Do sah ihre Tochter vor sich, wie sie vor dem Spiegel stand und mit entrückt andächtiger Miene ihr dichtes Haar kämmte.

Do schloß die Augen. Auch an diesen Schmerz hatte sie sich schon gewöhnt.

»He? Was ist denn?«

Tommi! – Er hatte sich einen Schokoriegel quer zwischen die Zähne geklemmt und winkte ihr mit einem Schlüssel zu. »Wir fahren mit Lobkos Karre. Großzügig, wie er ist, hat er sie mir sofort gegeben, als ich ihm sagte, er könne meinen alten Golf haben.«

Lobkowitz' Wagen war ein Audi 80. Und alt, uralt. Der grüne Lack war mit braunen Rostflecken gesprenkelt. Und dort, vor allem an den Türen, wo das viele Braun Otto wohl auf die Nerven gegangen war, hatte er eine graue Antirost-Paste darübergeschmiert. Aber das Ding lief. Er klapperte zwar ein wenig, als Tommi den Audi in den Verkehr des Mittleren Rings einfädelte, dann aber schnurrte er brav vor sich hin.

Er wollte gerade auf die Überholspur wechseln, als sich

der Summton des Handy meldete. Tommi hörte zu, was durchgegeben wurde, nickte, sagte »ja« und steckte das Gerät zurück. Seine Kontakte mit der Polizei schienen fehlerfrei.

»Und?« fragte Do.

»Und? Was kannst du schon erwarten? Der Wagen ist nicht registriert. Die haben die Nummer gefälscht ... Den Chrysler gibt's gar nicht.«

Sie nickte nur und schielte schon wieder zum Rückspiegel hoch. Und dann vom Rückspiegel zum Außenspiegel. Kein neuer VW-Bus, kein Chrysler – doch was besagte das schon?

»Was ist?« erkundigte Tommi sich.

»Nichts.«

Auch er warf jetzt einen Blick über die Schulter zurück. »Laß dich bloß nicht verrückt machen, Do.«

Als ob das so einfach wäre! In welchen Horrorfilm war sie eigentlich geraten? Wer waren die Wahnsinnigen, die dazu das Drehbuch geschrieben hatten?

»Alles, was recht ist: Die arbeiten mit Haken und Ösen«, hörte sie Tommi sagen. »Und sie halten sich wohl für unheimlich stark ... Aber die können mich mal!«

»Sie haben Kati.«

Es war das Argument, das keinen Widerspruch zuließ. Tommi schwieg und fuhr weiter.

Sie hatten die Grillparzerstraße erreicht und fuhren in Richtung Ostbahnhof.

»Erinnerst du dich noch an diesen bombastischen GW-Prospekt, den uns der Stiefvater von Hilper ...«

»Perauer.«

»Ja, den uns Perauer gezeigt hat. Da gab's doch eine Liste im Anhang? Eine Liste der Firmen, die zur GW gehören.« Sie nickte.

»Schön. Ich hab' da ein paar Leute angerufen, um mich kundig zu machen. Ein Haufen Schrott, hab' ich noch gedacht, das Übliche, was bei solchen Sekten blüht: Alternativer Gartenbau, Immobilien, irgendwelcher Esoterik-Kram und Lebenshilfe natürlich, Lebenshilfe ohne Ende ... Ja, von wegen! Ich hab' vielleicht gestaunt ...«

Do blieb unkonzentriert. Es herrschte so dichter Verkehr, es waren so viele Fahrzeuge, wie sollte sie herausfinden, ob ihnen jemand folgte? Was Tommi ihr gerade erklären wollte und was so staunenswert war, hatte sie ohnehin bereits vermutet.

»Du, unter den europäischen und unter den amerikanischen Produktionsbetrieben wie unter den Serviceunternehmen befinden sich Firmen von internationalem Rang. Ganz dicke Brocken. Namen, die an der Börse gehandelt werden. Sogar Banken. Da wird Zaster bewegt. Unendlich viel Zaster.«

Richtig. Unendlich viel Zaster! Es war Do, als blicke sie in eine nebelverhangene Landschaft, in der sich undeutlich, aber unabweisbar erste dunkle Konturen abzeichneten. Und nicht nur undeutlich – gespenstisch.

»Sag mal, wo fahren wir eigentlich hin?« wollte Tommi wissen.

»Wenn ich das wüßte.«

Er warf ihr einen seiner schnellen, spähenden Blicke zu. »Soll das heißen, daß du nicht mehr nach Starnberg zurück willst?«

»Mein Gott, Tommi ...«

Sie erwischte sich bei einem erneuten Blick zum Rückspiegel. Der Spiegel zeigte diesmal auch die linke Seite ihres Gesichts, das Auge, das geschwollene Lid, die beiden Falten und das Haar, das schweißnaß und unordentlich im Gesicht klebte. Nicht unterkriegen lassen? So ein Satz wird zum Gebet. Aber ob er hilft? – Eine Sekte, ein Haufen religiöser Irrer? Aber waren sie eine Sekte? Und religiös? – Was waren sie eigentlich? Religiöse Killer?

»Fahr mich bitte ins Klinikum, Tommi«, sagte sie. »Fahr mich zu Jan ...«

Sie hatten den Bodensee überflogen. Was dort unten lag, mußte St. Gallen sein. Die Landschaft wirkte weit und ruhig. Sie war manchmal von dünnem Dunst überhaucht und sah unendlich friedlich aus.

Tennhaff richtete den Kopf wieder gerade auf. Zweitausendeinhundert Fuß, dachte er, Flughöhe siebenhundert Meter. Und die Bell hier haben sie in der Schweiz registriert.

Er dachte es ganz automatisch. So wie den anderen Gedanken, der ihn unabänderlich wieder und wieder bedrängte, seit sie in Schönberg gestartet waren: Du hattest keine Chance! Nicht die geringste, nein. Nicht den kleinsten Fetzen einer Chance haben sie dir gelassen. Und Kati auch nicht ...

Sie saß neben ihm. Er brauchte sie nicht anzusehen. Ihr Profil war wie in sein Bewußtsein geschnitten: Die runde Stirn, die hübsche kurze Nase, die Lippen, die nichts als Trauer, Fragen und die ergebene Resignation eines Kindes ausdrückten. Und dann die Augen ...

Keine einzige Möglichkeit hatten wir, dachte Tennhaff wieder. Und die ganzen drei beschissenen Minuten vor dem Start, in denen du Kati so etwas wie eine Erklärung, ein Signal geben konntest, haben auch nichts genützt.

Der Pilot hatte irgend etwas an der Maschine geprüft, während Ted Rocca noch draußen stand und mit Marc Berg diskutierte.

Drei Minuten, um all das loszuwerden, was er, Tennhaff, ihr sagen mußte ... Die Lüge, sie bekäme mit dem Flug die Möglichkeit, ihren Alpha-Kurs im Europa-Zentrum in Cannero fortzusetzen, hatte sie Marc Berg wohl ohnehin nicht abgenommen. Kati hatte kaum zugehört. Jedenfalls hatte sie keinerlei Reaktion gezeigt.

»Was soll das mit Cannero, Robert?« hatte sie geflüstert. »Und warum fliegst du mit?«

»Das weiß ich nicht, Kati. Der Ami will das so. Er ist mein Chef.«

Ted Rocca war zu diesem Zeitpunkt noch immer draußen, doch der Pilot kam in die Maschine zurück. Wenn er den Motor startete, das war klar, würde der Krach jedes weitere Gespräch unmöglich machen.

An der Innenseite seiner Jacke spürte Tennhaff den Druck der Tokarew. Er hatte die Waffe eingesteckt, ehe sie sich am Hubschrauber trafen. Und dabei war ihm zum ersten Mal der Gedanke gekommen: Warum zwingst du nicht den Piloten, zu starten und zum nächsten Polizeiposten zu fliegen? Oder du schmeißt ihn raus? Notfalls würdest du die Kiste auch selbst in die Luft kriegen. Deine Hubschrauberprüfung hast du schon vor acht Jahren bestanden und die Russen-Kisten, die ihr damals geflogen habt, werden sich von diesem Gerät hier auch nicht dramatisch unterscheiden ...

Roberts Gehirn wog blitzschnell die verschiedensten Möglichkeiten gegeneinander ab. Seit dem Zeitpunkt, als die erste Benommenheit gewichen war, die Ted Roccas Eröffnungen hervorgerufen hatten, tat es nichts anderes. Aber jede dieser Überlegungen endete immer an einem Punkt: Unternimm nichts, was dich verdächtig macht und dich in Gefahr bringt. Es ist der einzige Weg, dem Mädchen zu helfen. Nur so kannst du Kati schützen und dafür sorgen, daß sie aus dieser Schweinerei heil wieder rauskommt ...

»Hör zu, Kati. Wenn wir in Cannero sind, versuch dich möglichst häufig in meiner Nähe aufzuhalten oder mit mir in Kontakt zu kommen.«

»Kennst du Cannero?«

»Nein.« Er verfluchte sich dafür. »Jedenfalls, Kati, wenn wir fort sind, halte mich über alles auf dem laufenden.« Sie nickte. Ihre Lippen waren sehr blaß. Ihr Blick verriet nicht nur Zweifel und Unbehagen, sondern Angst. »Du hältst dies auch nicht für richtig, nicht wahr, Robert? Ich meine, daß ich mit muß.«

»Nein.«

»Und du machst dir Sorgen.«

Er nickte.

»Was wollen sie? Was soll das alles überhaupt, Robert? Ich kam doch nur hierher, um zu arbeiten ... Weil ... weil ich mir etwas Gutes versprach. Nicht nur für mich, auch für andere ... Und jetzt – was sind das für Menschen?«

»Ich weiß es nicht.«

»Du gehörst doch auch dazu. Was wollen sie? Martin sagte, ich käme vielleicht in eines dieser Entwicklungs-Camps in Vietnam. Ich wollte wirklich nur arbeiten ...«

»Kati ...« Er hatte sie angesehen. »Ich gehöre nicht zu ihnen. Und mach dir keine Sorgen: Es geschieht dir nichts.« Der Pilot hatte sich in seinem Sitz festgeschnallt. Dann war auch Ted Rocca gekommen, und das Schwein hatte auch noch den Nerv, Katis Gesicht zu streicheln. Und dann flogen sie ...

Und nun die Schweiz! Dörfer zwischen halb geschmolzenen Schneeplacken, nasse Dächer, goldene Wetterhähne auf Kirchtürmen und wieder Schnee, immer mehr Schnee. Und dann eine gewaltige, schräge Mauer, die sich in den Himmel schob: Weiß, wo man hinsah, nur Weiß ...

Sie überflogen die Alpen ...

Kälte ... Nichts als Kälte ...

Sie floß unter der Haut, strömte durch Nerven und Adern, ließ ihre Beine zittern. Die Schmerzen im Rücken und an den Handgelenken spürte sie nicht länger. Auch die hatte die Kälte ausgelöscht.

Hanne Moser lauschte diesem schrecklichen rasselnden und röchelnden Geräusch, das ihr Atem war. Ihre Lungen pumpten nach Luft. Jedesmal, wenn sie in ihrer Qual dem Körper eine neue Anstrengung abverlangte, bäumte er sich auf, doch dann schlug der Kopf wieder hart auf die Fliesen, und es tat so schrecklich weh ...

Heilige Jungfrau ...

Es waren Worte, an die sie sich klammerte. Es waren die Worte des Stufengebets der Heiligen Messe: »Maria. Ich bitte die selige, immerwährende Jungfrau Maria ... bitte den seligen Erzengel ... Michael ... den seligen ... Johannes den Täufer ... ich bitte alle Heiligen und Brüder ... für mich zu beten ... helfen ... bitte helfen ... und für mich beten zum Herren, unserem Gott ...«

Worte.

Sie flossen durch Hannes Kopf, ohne Gestalt und Sinn anzunehmen. Nun war auch die Kälte fort. Endlich! Nun war nichts mehr in ihr als selige Schwäche, ein glückliches Sichergeben.

Hannes Kopf sank zur Seite. Sie starb.

8

Vielleicht hatte es sich so ergeben, Absicht steckte nicht dahinter, doch schon während ihrer Ehe hatte Do Folkert mit der beruflichen Welt ihres Mannes kaum Kontakt gehabt. Nicht nur, daß ihr Krankenhäuser, weiße Kittel und Desinfektionsgeruch ein Greuel waren, für sie blieb die ganze Medizin eine Art abgeschlossene Welt, mit der sie möglichst wenig zu tun haben wollte. Kein gutgelaunter Oberarzt, der Krankenhauswitze erzählte, saß abends am Tisch, keine Oberschwestern oder Medizinalassistentinnen gab es für Do, deren Vornamen und Geburtstage man kennen mußte; schließlich hatte sie Jan auch keine Journalistenkollegen angeschleppt. Und so war es geblieben, und sie hatten es euphemistisch »Zonentrennung« genannt.

Doch jetzt?

Im Klinikum hatte Tommi sich in die Cafeteria gesetzt, und Do stand grübelnd vor einer gewaltigen Tafel vielfarbiger Streifen mit wichtig klingenden Aufschriften darauf. Irgend etwas Weißes huschte an Do vorbei. Sie streckte die Hand aus.

»Verzeihung! Ich suche Dr. Jan Schneider.«

Es war eine etwa vierzigjährige Frau. Die Brille hing ihr mitten auf der Nase, und auf dem Revers ihres Mantels war eine Plakette befestigt, auf der *»Dr. Pfenniger«* stand.

»Professor Schneider? Das ist der vierte Stock. Sein Zimmer ist, glaube ich, vierhundertzwanzig. Sagen Sie ...« Sie wandte sich ab und blieb nochmals stehen.

»Ja?«

»Sagen Sie, kenne ich Sie nicht von irgendwoher?«

»Kann schon sein ...«

Do beeilte sich, daß sie in den vierten Stock und in dieses Zimmer vierhundertzwanzig kam.

Als sie eintrat, stand Jan mit dem Rücken zu ihr an einem Schreibtisch und blätterte in irgendwelchen Papieren. Die Sekretärin am anderen Schreibtisch wandte empört den Kopf und schnappte: »Tut mir leid. So geht das nicht. Sie müssen sich schon anmelden.«

»Gerne«, sagte Do. »Aber es ist wirklich dringend.«

Jan drehte sich um. Seine Halbbrille hing an derselben Stelle wie bei der Ärztin in der Halle, und er hatte auch den gleichen ungläubig forschenden Blick.

»Do? Menschenskind ...«

Sie nickte und versuchte zu lächeln.

»Was ist denn?«

Sie warf der Sekretärin einen Blick zu.

Jan durchquerte den Raum und öffnete eine zweite Tür. »Komm rein. Ich bin zwar ziemlich in Druck, das heißt ... Rosi, tun Sie mir den Gefallen und sagen Sie den Termin mit Dr. Koschek ab. Sagen Sie, ein dringender Fall sei dazwischengekommen. Sagen Sie irgend etwas, ja?«

»Wird gemacht, Herr Professor.«

»Und lassen Sie keinen zu mir.«

»Alles klar, Herr Professor.«

Er schob Do einen Stuhl hin und machte ein besorgtes Gesicht. »Herrgott, Do, du siehst schon wieder aus, als brauchtest du gleich 'ne vierzehntägige Schlafkur.«

Sie nickte wieder. Ihr war nicht nach Sprüchen zumute.

»Nun setz dich doch.«

Sie blickte über seinen Schreibtisch. Neben der Bleistiftschale, in der unter all den Stiften und Kugelschreibern irgendein chirurgisches Instrument blitzte, stand eine Fotografie in einem hübschen geschnitzten Holzrahmen. Sie erkannte Kati, eine braungebrannte, lachende fünfzehnjährige Kati im Bikini. Das Foto war wohl während irgendeiner der Toscana-Urlaube geschossen worden, in denen Jan sie immer mitgenommen hatte. Er hatte das Bild so gestellt, daß er seine Tochter bei der Arbeit ansehen konnte.

Es rührte Do. Doch was nützte das ...

»Do«, vernahm sie seine vorsichtige Stimme, »ich hab' nochmals nachgedacht. Wir sollten ...«

»Das ›wir sollten‹ nervt mich langsam. Ich hab' es zu oft gehört.«

»So? Es nervt dich ...«

Er rutschte von der Schreibtischkante, war mit drei Schritten an einem Fach, riß es auf, griff hinein, holte etwas heraus und funkelte Do aus seinen etwas schräg geschnittenen Augen an.

»Völlig richtig. Mich auch! – Wir werden das hier nehmen.«

Der Gegenstand in seiner Hand machte einen erheblichen Krach, als er von Jan auf die Schreibtischplatte geworfen wurde. Er kreiselte und kam zum Liegen. Do sah genau hin und traute ihren Augen nicht: Es war eine Pistole. Und wie sie so dalag, sah sie gefährlich und ziemlich bösartig aus. Do schloß gequält die Augen. Ihr war noch schwächer, noch elender zumute als zuvor.

»Und was soll das nun wieder? Wo hast du das Ding überhaupt her?«

»Hab ich mir besorgt.«

»Und was willst du damit?«

»Na, was denkst du? Was wohl, Do? Damit fahre ich nach Schönberg und hole sie raus.«

»Du allein?«

»Hältst du mich für blöd?« In seinem Gesicht erschien der wütend-trotzige Jungenausdruck, den sie so gut kannte.

»Natürlich nicht. Ich hab' ein paar Freunde mobilisiert. Oder sagen wir mal, Bekannte.« Er zwirbelte seine Bartspitze.

»Und die stammen natürlich aus irgendeinem Milieu oder irgendeiner ganz harten Szene und sind allesamt furchtbar tough!«

»Hast du einen anderen Vorschlag? Ich weiß keinen. Also sehe ich auch nicht das Geringste, was es da zu ironisieren gäbe.«

»Ich auch nicht«, sagte sie wahrheitsgemäß. »Das Problem ist nur, daß du nicht weißt, mit wem du es zu tun hast.«

»Weißt du es?«

»Ja, Jan. Ja, ich weiß es. Seit heute.« In kurzen, dürren Stichworten berichtete sie.

Er ließ sich in seinen Sessel sinken. »Wahnsinn ... Wahnsinn ist das doch!«

»Richtig. Und mit Methode. Kann ich mal dein Telefon benutzen? Ich muß Hanne anrufen. Bitte, wähl du die Nummer.«

Er drückte die Tasten, klemmte sich den Hörer zwischen Schulter und Kopf und sah sie an. »Und du glaubst, die meinen das ernst mit dieser Drohung?«

»Was soll ich denn sonst nach deiner Meinung glauben? Der Mann auf der Autobahn, wollte er mich erschrecken? Wollte er mich umbringen? Wahrscheinlich nur erschrecken, denn ich muß schließlich noch mein Päckchen abliefern.«

»Wie kommen die bloß auf die Idee, daß du ihre Scheißdisketten ...«

»Frag mich was Einfacheres, Jan.« Sie wurde langsam nervös. »Wie ist das, meldet sich Hanne nicht?« Er schüttelte den Kopf und legte auf.

»Sonderbar. Es ist jetzt drei Uhr. Und um drei kommt sie immer, um nochmals zu lüften oder ihre Einkäufe abzustellen und das Abendessen vorzubereiten ...«

Do holte ihr Telefonbuch aus der Tasche und gab ihm eine zweite Nummer: Die von Hanne Mosers Privatanschluß in Starnberg. Jan tippte sie ein. Wieder vergeblich.

Sie sahen sich an.

Ja, das war sonderbar. Doch schließlich: Warum sollte Hanne für diesen Nachmittag nicht irgend etwas anderes vorgehabt haben, das sie Do verschwiegen hatte? Irgendeine private, persönliche Geschichte, die sie davon abhielt, ihre üblichen Arbeiten zu erledigen.

»Und jetzt?« fragte Jan.

Da lag noch immer die Pistole. Sie wirkte nicht mehr so bedrohlich wie zuvor. Irgendwie erinnerte sie Do auf einmal an ein Kinderspielzeug. »Die haben alle Möglichkeiten, Jan. Wirklich alle ... Und besser ist es, daß wir uns das in den Kopf schreiben. Sie haben endlos Geld, endlos Beziehungen, zumindest scheinen sie das in den anderen Ländern zu haben. Tommi hat das ein bißchen recherchiert. Da hängen ganz gewaltige Firmen drin.«

»Hier auch?«

»Das weiß ich nicht. Noch nicht ... Hier haben sie vor allem eines, und das unterscheidet sie von allen anderen ähnlichen Vereinen: Sie genießen Wohlwollen, mehr noch, sogar Sympathien. Sie haben eine Menge auf dem sozialen Sektor geleistet. Sie können das auch vorweisen. Das ist nachprüfbar.«

»Und jetzt traust du dich wohl nicht mehr in dein Haus zurück?«

Do hatte darüber nachgedacht, sie hatte es in dieser Sekunde beschlossen, und Jan mit seiner Intuition, die noch aus den alten Tagen stammte, wußte es bereits.

»Kannst du mich irgendwo unterbringen? – Oder hat Bea eine Freundin ...«

»Bea gibt's nicht mehr«, sagte er knapp. »Du wohnst bei mir.«

»Sei nicht kindisch, Jan. Wenn die mich tatsächlich beobachten, verfolgen oder, weiß der Teufel, sonst noch was mit mir vorhaben, dann wissen sie auch ganz genau, wo du wohnst und daß ich vielleicht zu dir flüchte.«

Er betrachtete nachdenklich seinen Daumennagel. Dann kratzte er sich damit am Kinn. »Kann was dran sein. Aber wir finden eine Lösung. Ich treib' schon ein Versteck für dich auf ... Übrigens, wo ist eigentlich Tommi?«

»Wieso?«

»Ich möchte mit ihm sprechen. Schließlich sitzt er jetzt im selben Boot, oder?«

»Da brauchst du nicht lange zu laufen«, sagte sie. »Er wartet unten in der Cafeteria ...«

Jan sah sie kurz an und tippte eine Nummer der Hausanlage.

Do erhob sich und ging zum Fenster. Es war nicht Sorge oder Furcht, die sie auf den Parkplatz blicken ließ. Und es war eher ein Zufall, der sie sofort die graue rechteckige Kastenform dort unten entdecken ließ: der Wagen von der Autobahn!

Es war, als entlade sich eine elektrische Ladung in ihre Nervenbahnen: Da ist er wieder! Herrgott, es wird Hunderte, Tausende, vielleicht Zehntausende solcher VW-Transporter in München oder Bayern geben. Also, was soll's? Werd bloß nicht hysterisch.

Do kniff die Lider zusammen, beugte sich noch weiter zum Fenster ...

Doch! Das ist er! Sie hätte es beschwören können. Die Schmutzspuren am Wagen waren dieselben.

»Was gibt's denn so Interessantes?« hörte sie Jan sagen. Sie brachte keine Antwort zustande ... Die drei Männer waren nach ihrer idiotischen Nummer mit den Kameras vor ihren Augen weggefahren. Ihr Chrysler-Van war zu auffällig, als daß er ihr unbemerkt folgen konnte. Und dann, trotz

Lobkos Uraltauto, haben sie herausbekommen, daß du dich im Klinikum aufhältst ...

Wie?

Es gab nur eine Antwort: Sie hatten noch weitere Beobachter ins Verlagsgebäude geschickt. Die Gegend, ganz München wimmelte von ihnen ...

Do drehte sich um.

»Was ist denn jetzt wieder?«

»Komm ans Fenster. Und mach es nicht allzu auffällig ... Schieb den Vorhang ein wenig nach rechts. Siehst du den VW dort am Ende der ersten Reihe?«

»Den Bus?«

»Ja, den Bus.«

»Und was ist mit ihm?«

»Ich glaube, das ist derselbe wie der, der mich auf der Autobahn zu rammen versucht hat.«

Er starrte sie an. »Du glaubst? Besser wäre, du bist dir sicher.«

»Sicher? Ich konnte mir ja noch nicht mal die Nummer merken. Und die Scheißdinger sind sich alle ähnlich. Einer sieht wie der andere aus. Aber ich hab's einfach im Gefühl.«

»So? Im Gefühl ...«

Es klopfte, die Tür ging auf. Da stand Tommi. Entspannt wie sonst wirkte er dieses Mal nicht. Falten zogen sich rechts und links von den Mundwinkeln herab.

»So sieht man sich also wieder!« Die beiden Männer schüttelten sich die Hand.

Tommis Blick fiel auf die Pistole. »Braucht ihr so was jetzt im OP?« Er nahm sie in die Hand. »Eine Beretta ... Nettes Spielzeug.«

»Spielzeug? Richtig ... Im Augenblick aber haben wir andere Sorgen.«

Jan deutete auf Do, die ihnen das Gesicht zudrehte und mit dem Vorhang das Fenster noch ein wenig weiter schloß. »Was ist denn?«

»Sie glaubt, den VW-Bus entdeckt zu haben, der sie auf der Starnberger Autobahn beinahe über den Haufen fuhr.«

»Wirklich?« Tommi Reinecke war mit fünf Schritten bei ihr. Er zog sanft die Vorhangkante zurück.

»Der Fahrer sitzt drin.« Unwillkürlich senkte Do die Stimme zu einem Flüstern.

»Aber du hast doch gesagt, daß du ihn auf der Autobahn nicht erkennen konntest. Nicht einmal die Nummer hast du, nicht wahr?«

»Ja. So ist das auch. Leider ... Aber der Wagen hatte genau die gleichen Schmutzstreifen.«

Tommi sah sie an, runzelte die Stirn und lief zur Tür. Auf halbem Weg blieb er stehen und beugte sich über den Schreibtisch. »Sie gestatten doch, Herr Professor?« Er griff nach der Pistole und versenkte sie in der Innentasche seiner Lederjacke.

»Tommi ... Was soll das denn?« rief Do.

Doch die Tür fiel schon hinter ihm zu.

Drei Minuten, schätzte Tommi Reinecke. Länger hat das von Jans Zimmer bis hier runter in die Halle nicht gedauert. Er spürte die Waffe in seiner Tasche und rannte an den wenigen Menschen vorbei, die am Eingang des Klinikums standen. Hoffentlich war das Ding überhaupt geladen ... Eindruck schinden ließ sich in jedem Fall damit. Tommi war versucht, über den Grünstreifen zu laufen, doch er bezwang sich. Nur nicht auffallen. Auch nicht schneller gehen.

Er hatte den grauen Transporter jetzt genau vor sich. Mehr als dreißig Meter waren das nicht. Die Kamera? Verdammter Mist, er hatte sie im Auto. Damit könntest du ein Porträt schießen. Doch die Autonummer ist jetzt wenigstens deutlich zu lesen.

Tommi versuchte, sie sich bei den nächsten Schritten einzuprägen.

Den Fahrer konnte er nun erkennen. Keine Dreißig,

dunkle Haare, tiefer Haaransatz, ziemlich abstehende Ohren, ein dreieckiges Kinn ... Ein »Gesicht mit südlichem Zuschnitt« nennt man so etwas. Und nun? Die Tür aufreißen, nett sein, freundlich ... »Entschuldigen Sie bitte, fuhren sie vorhin vielleicht über die Autobahn von Starnberg nach München?« – Ja, von wegen! Und wenn der Drecksack zickig wird, zeigst du ihm die Beretta!

Tommis Anspannung wuchs. Er machte einen Schritt zur Seite, um einem Gully auszuweichen, und ausgerechnet jetzt rutschten die Gummisohlen seiner Schuhe auf den feuchten Buchenblättern aus, die die Fahrbahn verklebten.

Im selben Moment hörte er den Motor aufheulen. Da kam der Wagen, schoß förmlich nach vorne! Hätte Tommi sich nicht in blitzschneller, instinktiver Reaktion mit einem Satz nach rechts geworfen, wäre es wohl zu spät gewesen.

»Tommi, Tommi!«

Er hörte seinen Namen, während seine Schulter auf dem Parkplatzbelag aufprallte. Das war Jan Schneiders Stimme, und Jan, dieser Idiot, mußte das Schwein hinter dem Steuer aufmerksam gemacht haben.

Tommi rappelte sich hoch, klopfte sich nasse Blätter und Dreck von den Jeans und starrte Jan wütend entgegen, der mit wehendem Mantel auf ihn zulief.

»Mensch, Tommi!«

»Hast du 'nen Bleistift und Papier?«

Jan griff in die Tasche und gab ihm einen Rezeptblock und seinen goldenen Drehbleistift. Tommi schrieb sich das polizeiliche Erkennungszeichen auf, riß das Blatt ab und steckte es in die Tasche.

»Ich hab' noch gesehen, wie der abgeprescht ist«, keuchte Jan. »Wie ein Wahnsinniger.«

Ja, wie ein Wahnsinniger! Aber was mußte dieser Professor für Gefäßchirurgie auch durch die Gegend rennen und den Wahnsinnigen alarmieren?

»Ich hätte ihn ...« fing Tommi an und unterbrach sich: »Moment mal! Hast du gehört, wann er den Motor angelassen hat?«

»Wieso?«

»Wieso, wieso? – Ich frage, ob du es gehört hast.«

»Als ich noch in der Halle war, lief der Motor schon. Das hörte ich. Ja, und dann gab er Vollgas. Ich dachte, der fährt dich glatt um ...«

»Hätte er wahrscheinlich auch. Aber das ist jetzt nicht so wichtig.«

»Ach nein?«

»Kapier doch, Jan: Wenn du es nicht warst, der ihn auf mich aufmerksam gemacht hat, heißt das, daß er mich bereits erkannt hat, als ich auf ihn zuging. Die kennen jeden von uns. Die haben Fotos von uns allen. Ich hab' mich nämlich ganz gemütlich und harmlos aufgeführt. Aber er wußte genau, wer da kommt. Diese Typen kennen wirklich keine Rücksicht. Sie sind zu allem fähig. Und wie es aussieht, haben sie es nicht nur auf Do, sondern auch auf mich abgesehen.«

Jan Schneider zog die Unterlippe zwischen die Zähne. »Und jetzt?«

»Und jetzt und jetzt ... Jetzt werde ich die Nummer an die Registrierstelle durchgeben. Und dann werde ich erfahren, daß sie gefälscht oder der Wagen geklaut ist. Das ist das eine. Das andere: Wir müssen Do aus dem Klinikum schaffen, und zwar irgendwohin, wo keiner an sie rankommt. Nach Starnberg darf sie auf keinen Fall zurück. Wir brauchen also irgendeine Wohnung. Meinst du, du kannst so was besorgen?«

Jan Schneider nickte. »Ich hab' das auch schon gedacht. In der Personalstelle haben wir einen Mann, der sich um so etwas kümmert. Wir haben ständig irgendwelche Ärzte, MTAs oder Schwestern, die kurzfristig eine Unterkunft brauchen, weil sie zur Schulung kommen oder Vertretungen übernehmen. Die werden dann dort untergebracht. Ja, eine Wohnung kann ich besorgen.«

»Und Dos Abgang aus diesem großartigen Klinikum?«

»Durch die Pathologie.«

Tommi Reinecke riß die Augen auf: »Die Pathologie?«

»Klar. Im Rückgebäude. Und die Anfahrt liegt ziemlich versteckt. Schließlich, welches Krankenhaus zeigt schon gerne seine Leichen?«

Sie flogen noch immer sehr tief.

Tennhaff konnte verfolgen, wie der Fluß dem Ausgang des steilen, schattigen Gebirgstals zustrebte, wie sich das Tal dann in eine Ebene öffnete, und der Fluß dem See dort zufloß, der blau und leuchtend unter einem glasklaren Himmel wie eine Verheißung auf sie zu warten schien.

Ted Rocca drehte Tennhaff den Kopf zu und deutete auf seine Ohrenschalen.

Tennhaff schaltete die Bordverständigung ein. »Da unten rechts, das ist Locarno«, hörte er den Amerikaner sagen. »Und die Ebene die Magadino-Ebene. Siehst du den Flugplatz?«

Tennhaff nickte.

»Unsere vier Hubschrauber haben wir normalerweise dort abgestellt. Wir haben einen Bergrettungs- und Krankentransportdienst aufgezogen. TAS nennt sich das Ding, ›Tessiner Aero-Service‹. Das ist ganz praktisch.«

Tennhaff nickte wieder. Ihm war zwar nicht klar, was in diesem Fall so praktisch sein sollte, doch er wußte: Eine der großen Stärken der GW lag in den sozialen Diensten, die die Vereinigung, wo immer sich die Gelegenheit dazu ergab, lokalen Behörden anbot. Doch Cannero befand sich in Italien – dies hier war die Schweiz. Na ja, in der Schweiz lagen auch Lausanne und Genf. Und vor allem die Banken ...

Der Schatten des Hubschraubers zog weiter seine Bahn nach Süden, glitt jetzt über Häuser und Gärten. Locarno, hatte Rocca gerade gesagt. Der Schatten streifte Straßen, eine gewaltige Landzunge – und wieder den See.

»Dort vorne kommt gleich die Grenze. Der Grenzort heißt Brissago. Und das da, das ist Ascona ...«

Meinetwegen, dachte Tennhaff. Die Bergküste des Sees war von teuren Garten-Pools und weißen Villen besiedelt. Es waren ziemlich hohe Berge. Vor dem anderen Ufer lag ein rosa Nebelschleier. Der See glitzerte.

»Ist das der Lago Maggiore?« fragte Kati.

Tennhaff nickte. »Ja.«

»Ich war mal hier. Mit meinen Eltern ...«

Sie mußte damals ziemlich klein gewesen sein, denn in Schönberg hatte sie ihm erzählt, daß ihre Eltern sich bereits vor zehn Jahren getrennt hatten. Wie immer, wenn er an Katis Geschichte dachte, dachte Robert auch an die Geschichte seiner Ehe und seiner Tochter, die er seit der Scheidung nicht mehr gesehen hatte, und fühlte dabei den gleichen leichten Druck im Hals.

Der Pilot hatte den Rotor auf Steigflug eingestellt, und das singende Dröhnen des Motors füllte die Kabine.

Sie überflogen einen Gipfel. Dicht unter ihnen schien sich eine Alm zu befinden. Ja, da waren Kühe, schwere Granitdächer, ein Mann, der ihnen nachblickte. Ein neues Tal tauchte auf, nichts als tiefe Schattenschluchten, und dann wieder ein Hochplateau. Ab und zu waren an den Hängen vereinzelte Häuser oder kleine Dörfer zu sehen. Sie wirkten wie angeklebt. Dann gab es keine Siedlungen mehr. Auch der See war verschwunden.

»Dies ist schon Italien«, meldete Rocca im Kopfhörer. Der Hubschrauber zog eine geradezu abenteuerliche Linkskurve, flog jetzt so niedrig, daß die Kufen die grauen Granitfelsen zu streifen schienen. Dann waren sie darüber hinweg, und ein neues breites Tal, nein, eine Hochfläche öffnete sich. Das Motorengeräusch erlosch in einem sanften Singen. Tennhaff spürte das Knacken in den Ohren und den Druck im Magen, als die Maschine rasch an Höhe verlor. Er beugte sich nach vorne. Kati tat dasselbe. Auf ihrem Gesicht lag eine Art ungläubiges Staunen. Das Bild war überwältigend.

Das Plateau lag mitten in einer Bergwildnis aus Granit und Gneis. Es lag in einer Höhe von etwa zwölfhundert Metern, schätzte Tennhaff, der die Zahlen am Bordinstrument ablas. Es war sehr breit, und soweit Tennhaff erkennen konnte, führte nur eine einzige schmale Straße hinauf, die geradezu abenteuerliche Serpentinen aufwies. In der Mitte der Hochfläche aber, umringt von kleineren Gebäuden, erhob sich ein gewaltiges kreisrundes Bauwerk. Hoch und unwirklich trutzig mit seinen Zement- und Stahlstreben und Fenstern, die wie Schießscharten wirkten, warf es seinen Schatten bis zum Fuß einer gewaltigen Felswand.

»La Torre«, sagte Rocca, »der Turm.«

Tennhaff kannte den Namen. Er hatte auch Fotos in den GW-Veröffentlichungen gesehen. So imponierend aber hatte er sich das alles nicht vorgestellt. »Und Cannero?«

»Cannero? Das ist ein Küstenstädtchen am Seeufer. Den Namen nehmen wir zur Orientierungshilfe, verstehst du? Was die Zentrale braucht, ist ein bißchen Isolation. Die Schweizer hätten uns ja nie erlaubt, so ein Ding da hinzustellen.« Tennhaff glaubte es ihm.

Die Maschine überflog eine Baumgruppe. Gleich daneben stand ein flacher Bau mit drei großen Parabol-Schüsseln. Es waren leistungsstarke Satellitenantennen neuester Bauart, Geräte, mit denen sich jeder Winkel der Welt erreichen ließ ...

»Es ist besser, du rufst mich nicht direkt an, Do. Man weiß nie. Wir halten über Lobko Kontakt, okay?« hatte Tommi gesagt, ehe er sich verabschiedete.

Nun waren sie wieder allein. Jan saß schon wieder auf seinem Schreibtisch, ließ die Beine baumeln und sah Do an.

»Paß auf, darin sind wir uns alle einig: Nach Starnberg darfst du auf gar keinen Fall zurück. Am besten ist wohl, wir fahren gleich los, und ich bring' dich nach Nymphenburg. Dann fahre ich noch einmal hierher zurück, erledige den restlichen Kram, kaufe für uns ein bißchen was zum Futtern ein und komme zu dir.«

»Zu mir ...« sagte sie bitter.

Er strich ihr über das Haar, langsam und zärtlich. Sein Blick sagte ihr, daß nichts zu ändern war, und sie nickte folgsam.

»So. Und jetzt kommt der interessanteste Teil der Operation. Wir müssen an den Kühlfächern vorbei.«

»Welchen Kühlfächern?«

»Den Kühlfächern, in denen wir unsere lieben Verstorbenen aufbewahren.«

Jan telefonierte schon wieder. Er bestellte ein Taxi, und der Mann schien Bescheid zu wissen, denn Jan brauchte nicht viel zu erklären. Vielleicht arbeitete der Fahrer mit einem Leichenbestatter zusammen?

Do war langsam alles gleichgültig. Sie warf noch einmal einen Blick zum Fenster und griff nach ihrer Handtasche. »Von mir aus kann's losgehen.«

Sie nahmen den Aufzug und ließen sich von ihm ins Untergeschoß des Klinikums tragen.

Die Korridore, die sie durchschritten, waren fensterlos, lang, weiß und gnadenlos hell erleuchtet. Rollbahren standen an den Wänden. Ab und zu begegneten ihnen Angestellte, die höflich grüßten. Und schließlich passierten sie zwei lange Reihen metallisch schimmernder kleiner Türen, die in die Wand eingelassen waren.

Do warf noch nicht einmal einen Blick darauf. Sie brauchte auch nicht zu fragen. Sie wußte, um was es sich handelte.

Wieder eine Schwingtür. Sie kamen in einen Vorraum, verließen das Gebäude und gingen eine Rampe hoch.

Es war dunkler geworden. Das Mercedes-Taxi wartete bereits. Der Fahrer sprang heraus und riß die Tür auf.

Do aber blieb stehen und blickte sich um. Sie konnte kein weiteres Fahrzeug entdecken. In der Ferne rauschte der Verkehr.

»Mach dir keine Sorgen.« Jan zog sie in das Taxi. »Ich hab' dir doch gesagt: Dieses Loch kennen die bestimmt nicht.«

Die Wohnung befand sich im Halb-Souterrain eines gelben Mietshauses: zwei Zimmer, Küche und Bad. Es gab einen Garten, doch eine Tür, durch die man ihn erreichen konnte, existierte nicht. Die sechs armseligen Tannen konnte man durch Gitterstäbe betrachten – ein deprimierendes Bild. Und doch auch wieder beruhigend, denn die Stäbe waren zur Einbruchsicherung angebracht.

»Weißt du, an was mich das erinnert?« Jan sah sich mit einem bedrückten Lächeln um. »An die Böhmkenstraße ...«

In der Böhmkenstraße war ihre erste gemeinsame Wohnung gewesen, eine richtiggehende Studentenbude im Parterre eines Hauses in der nicht gerade übertrieben feinen Hamburger Altstadt. Für sie war es eine Oase, sogar eine Art Paradies, das nach allem, was danach folgte, aus der Vergangenheit herüberleuchtete ... In der Böhmkenstraße hatte es keine Ikea-Möbel gegeben wie hier. Auch keine abstrakten Bilder mit wilden Farben an der Wand. Und es herrschte auch nicht dieser überhitzte, dumpfe Geruch.

Stets war es bitterkalt gewesen, wenn sie nach Hause kamen …

Do ging zum Fenster und riß es auf.

Ein Schwall kalter Luft wehte herein. Der Himmel wirkte brandrot und gefährlich. Davor standen die schwarzen Silhouetten hoher Häuser.

Was tat sie an diesem Kellerfenster, was hatte sie hier eigentlich verloren? Do fühlte weder Furcht noch Beengung, nur Erschöpfung.

»Gar nicht so übel, oder?« Jan übte sich tapfer in Optimismus. »Ich fahre jetzt kurz in die Klinik zurück. In spätestens einer Stunde bin ich wieder da. Du hast doch sicher Hunger?«

Den hatte sie. Sie nickte.

»Na wunderbar. Ich koch' uns was!«

»Ja.«

»Vor allem müssen wir eines: Die Sache ruhig angehen. Klar, ruhig und überlegt.«

»Ja.« Sie hätte endlos weitergenickt und »ja« gesagt. »Und rühr dich nicht aus dem Haus, bis ich zurück bin. Versprochen?«

Sie ließ sich in einen Sessel fallen, als er gegangen war, und schloß die Augen. Dann stand sie wieder auf und schaltete den Fernseher ein. In Japan war eine Verkehrsmaschine abgestürzt …

Do blendete den Ton ab und starrte auf die Bilder. Sie mußte Lobko anrufen. Vielleicht wußte er etwas von Tommi? Und dann vor allem Hanne. Sie zuerst … Aber Do fühlte sich zu kraftlos. Sie sah auf die Uhr: achtzehn Uhr dreißig. Hanne würde, mußte jetzt zu Hause sein … Do holte ihr Telefonbuch aus der Handtasche, suchte Hannes Nummer und wählte.

Nichts.

Sie lauschte dem Freizeichen, bis der Apparat es abschaltete.

Dann legte sie den Hörer zurück. Sie versuchte nachzudenken, aber ihre Erschöpfung mündete in eine tiefe Gleichgültigkeit. Sie erhob sich aus ihrem Sessel und ging in die Küche. Der Eisschrank war leer – natürlich –, aber in dem kleinen Vorratsschrank fand Do zwei Flaschen Mineralwasser. Sie füllte ein Glas und trank. Es wurde ihr besser.

Hanne! Herrgott, sie hatte doch einen Neffen, und der wohnte noch nicht einmal so weit weg von ihrer Wohnung. Er arbeitete irgendwo im Finanzamt. Wie hieß er nur? – Erich.

Do ging ins Wohnzimmer zurück, nahm erneut das Telefon, ließ sich von der Auskunft die Nummer von Erich Moser durchgeben und tippte sie so hastig und unkontrolliert ein, daß sie sich zweimal verwählte. Dann hatte sie Erich Moser am Apparat. Die Tante? Nein, er hätte sie auch nicht gesehen, obwohl sie ihm heute seine Hemden zurückbringen wollte, die sie in ihrer Freizeit wusch und bügelte.

»Hören Sie, könnten Sie nicht einmal bei ihr vorbeischauen? Und falls sie nicht zu Hause ist ...«

Do unterbrach sich. Die Souterrain-Tür klappte dort draußen. Auf der Treppe ertönten Schritte, ganz deutlich. Dos Hand krampfte sich um den Hörer.

»Hallo? Frau Folkert?«

Die Schritte kamen näher, schienen vor der Tür zu verhalten. Laute Schritte. Einer, der was vorhat, macht doch keinen Krach?

»Frau Folkert? Sind Sie noch da?«

»Herr Moser«, flüsterte Do, »würden Sie bitte eine Sekunde warten ...«

Die Schritte entfernten sich. Durch die dünne Tür vernahm sie, wie ein Schlüssel sich in einem Schloß drehte. Dann hörte man das Summen einer Waschmaschine ...

Na also! dachte Do mit pochendem Puls. Die pure Hysterie. Jan hat recht: Das kannst du dir nicht leisten. »Frau Folkert?« rief Erich Moser in Starnberg.

»Entschuldigen Sie bitte. Ich gebe Ihnen jetzt eine Nummer ...« Dabei hast du mit Tommi und Jan vereinbart, die Nummer niemandem zu verraten. Doch was soll's, zum Teufel!

Und wer von denen kannte schon einen Erich Moser? »Sobald sich Hanne meldet oder Sie Hanne gefunden haben, Herr Moser, sagen Sie ihr bitte, sie soll sofort anrufen.«

»Wird gemacht, Frau Folkert.«

»Und nochmals Entschuldigung ... Wissen Sie, ich bin ein wenig nervös.«

Do legte auf. Ein wenig? Ihre Hände waren schon wieder feucht ...

Fast zur selben Zeit, als Do mit Starnberg telefonierte, saß Ted Rocca, der Leiter der Abteilung 5 der GW an seinem Schreibtisch im »Europa-Zentrum« und blickte auf den Fries glitzernder, meterlanger Eiszapfen, die über der nassen schwarzen Granitwand dort drüben hingen.

»Falke? – Hallo Falke.«

An dem kleinen Kästchen des Sat-Receivers auf seinem Schreibtisch leuchtete ein grünes Licht. »Die Verständigung ist gut. Fangen Sie schon an.«

Die Stimme kam flach, etwas automatenhaft, doch fast ohne Verzerrung, obwohl das Gespräch elektronisch verschlüsselt wurde. »Zunächst die schlechte Nachricht: Wir haben die Zielperson verloren.«

»Verloren? Das kann ja wohl nicht wahr sein! Was seid ihr bloß für Flaschen!«

»Das Klinikum ist viel zu groß. Und es hat zu viele Ein- und Ausgänge. Wir hatten nicht die Leute, um sie alle unter Kontrolle zu halten.«

»Weiter?« Rocca wischte sich mit der Hand Kuchenkrümel vom Mund. In solchen Situationen stopfte er sich rein, was er in die Hände bekam. Er griff wieder nach dem Becher Kaffee.

»Wir kriegen sie wieder, Chef, gar keine Frage.«

»Von wo aus führst du das Gespräch?«

»Vom Einsatzwagen. Das ist das beste.«

Er hatte recht. Es waren noch keine Gegenmaßnahmen zu befürchten. Und der Bus war mit allen Schikanen ausgerüstet.

»Ihr habt sie zu finden. Und zwar spätestens bis morgen abend, sonst reiß ich euch den Arsch auf. Auch wenn wir vom schlimmsten Fall ausgehen, nämlich, daß sie das Material nicht ausliefert, so kann sie doch nicht allein operieren. Und ihre Anlaufstellen, ihre wichtigsten Anlaufstellen jedenfalls, kennt ihr.«

»Die haben wir unter ständiger Bewachung, Chef. Aber ich brauche mehr Leute.«

»Die kriegst du. Die hab' ich schon geordert. Was ich brauche, sind Ergebnisse!«

»Ja, Chef.«

»Was ist mit dem Mann, der mit ihr in Bayreuth war, diesem ...«

»Reinecke, Chef. Der ist Fotograf. Die Vier und die Nummer neun waren in seiner Wohnung. Wenn er jetzt telefoniert, wir hören's mit.«

»Resultate?«

»Noch keine. Bisher habe ich keinen Bericht. Die Telefone im Haus in Starnberg sind jetzt uninteressant. Das ist angebranntes Gebiet. Vermutlich wird auch bald die Polizei dort auftauchen.«

»Vermutlich. Und sie wird langsam wissen, woher der Wind weht und das Haus meiden ... Sie hat sich irgendwo versteckt. Aber wo immer das ist, sie wird ihr Loch wieder verlassen. Was ist mit ihrem Ex-Mann?«

In der Leitung war ein kurzes Zögern.

»Was ist mit diesem Mediziner, verdammt noch mal?«

»Da lief was schief ...«

»Schon wieder? Und was lief schief?«

»Die Nummer zwei, die reinging, um das Telefon zu präparieren, muß wohl eine Infrarotschranke übersehen haben. Jedenfalls, das Haus hat eine Alarmanlage, und die ging los. Unserem Mann blieb nichts anderes übrig, als sich zurückzuziehen. Ich dachte, er könnte es heute abend vielleicht noch mal ...«

»Das ist zu riskant. Laß den Mann beschatten. Wir warten noch bis morgen abend. Und dann wird zugegriffen. Ist das klar?«

Rocca wartete nicht auf die Antwort. Er legte auf.

Streß – dein täglich Brot. Operationen, Visiten, Sprech- und Beratungsstunden, Vorlesungen und dazu noch der ganze Verwaltungskrempel. Gut, man kann sich darin einrichten, man kann auch hinnehmen, daß eine Sechsundzwanzigjährige wie Bea das Handtuch wirft, weil sie »dein ewiges Familienproblem nicht länger erträgt.« – Ewiges Familienproblem? Dieses Problem war neu; neu und verrückter als alles, was es zuvor je gegeben hatte. Zu Katis Sekten-Exkursion war auch noch der Sekten-Terror gekommen ... Doch war es das wirklich – Terror?

Wenn Jan Schneider etwas gelernt hatte, dann war es, Vorkommnisse zu objektivieren. Was steckte hinter allem? Und: Was war eigentlich wirklich geschehen? War es nicht Zeit, das zu prüfen, statt in einem Tunnel herumzutappen? Ein Drohanruf. Ein Autobahn-Rowdy. Und derselbe Typ prescht dann wie ein Wilder vom Klinikum-Gelände und bringt Tommi Reinecke in Gefahr ...

Aber war es wirklich derselbe gewesen? Es war der

gleiche Wagentyp. Doch was hieß das schon? Den Fahrer konnte niemand beschreiben. Alles in allem, so sagte sich der Professor Dr. Jan Schneider, alles in allem ist das verdammt wenig ... Und wenn dir ein Student oder ein Assistenzarzt bei einem derartigen Befund eine solche Diagnose stellen würde, würdest du ihn sofort zum Teufel jagen.

Er stoppte den Porsche vor seinem Haus in München-Bogenhausen. Die Straße war schmal, die Grundstücke waren groß. Viele Bäume standen darin. Der Lichtkreis der Straßenlaterne endete vor Jans Gartenpforte.

Etwas hatte sich geändert. Es wurde ihm klar, ehe er die Scheinwerfer des Porsches ausschaltete.

Drüben die Terrassenbeleuchtung ... Auch das Licht an der Pergola war eingeschaltet.

Jan stieg aus. An der Pergola sah er einen Schatten. Nun bewegte er sich. »Herr Professor?«

Der Mann, der auf ihn zukam, trug einen schwarzen Lederblouson, schwarze Hosen und so etwas wie eine Dienstmütze auf dem Kopf. Einer der Hilfs-Sheriffs des Wach- und Schließdienstes. Na, Gott sei Dank ...

»Was tun Sie denn hier? Sind Sie auf Runde?« fragte Jan.

»In Ihrem Fall nicht.«

»Und was soll das heißen?«

Der Mann war jung und hatte ein breites Sportlerkinn. »Ich glaube, man wollte Sie besuchen, Herr Professor. So ganz hat es dann doch nicht geklappt.«

»Könnten Sie sich nicht etwas klarer ausdrücken?«

»Die Alarmanlage. Sie funktionierte tadellos. Wir hatten den Alarm auch sofort in der Zentrale. Und von unserer Außenstelle bis hierher sind es genau zwei Minuten und zwanzig Sekunden. Ich hab' die Zeit gestoppt. Wissen Sie, in solchen Fällen kommen wir mit dem Motorrad. Geht schneller.«

»Und was heißt Besuch?«

»Wenn Sie bitte mitkommen wollen, Herr Professor. Sehen Sie, hier ...« Der Wachmann deutete auf einen Reisigzweig, der auf dem Terrassenpflaster lag. »Das da stammt von der Rosenumhüllung ... Muß an seinen Schuhen hängengeblieben sein. Und da, die Erdspuren auf dem Zement ... Genau bis hierher kam er nämlich. Daneben ist der Infrarotmelder der Alarmanlage. Den hat er nicht gesehen. Der ist nämlich ganz hübsch getarnt.«

»Aha.«

»Ja, und dann legte die Sirene los, und die Lichter gingen an. Da ist er wohl abgehauen. Schlösser, Türen, Fenster, alles okay.«

»Er? Was für ein Er? Meinen Sie einen Einbrecher?«

Der Mann starrte ihn aus runden, fragenden Augen an. »Was sonst, Herr Professor? Oder haben Sie einen bestimmten Verdacht?«

»Ich? O nein ... Natürlich nicht.«

Jan wandte sich wieder dem Ausgang zu. Der Mann begleitete ihn. »Wollten Sie nicht nach Hause, Herr Professor?«

»Eigentlich schon. Aber ich habe noch einen dringenden Besuch zu erledigen.« Jan blieb stehen. »Sagen Sie mal. Könnten Sie mir einen Gefallen tun und heute hier etwas häufiger als sonst Ihre Runden drehen?«

»Aber selbstverständlich, Herr Professor.« Der Wachmann legte den Zeigefinger an den Rand seiner Mütze. »Das hätten wir sowieso so gehalten. Machen wir in solchen Fällen immer.«

»Dann herzlichen Dank ...«

Jan stieg in den Porsche, und sein Blick streifte dabei die beiden großen Einkaufstüten auf dem Rücksitz. Er öffnete das Wagenfenster. »Ich schick Ihnen 'ne Flasche Whisky in Ihre Außenstelle.«

Er gab Gas und fuhr davon. Ruhig bleiben, bloß nicht hysterisch werden. Aber wie macht man das?

Es war der reine Zufall, daß Tommi Reinecke den toten Schopi fand …

Er war vom Klinikum zurückgefahren, hatte die Isar überquert und einige Haken geschlagen, wobei er immer wieder den Rückspiegel beobachtete. Dos Manie schien ansteckend. Tommi hatte sogar ein paarmal die Geschwindigkeit verändert, war ganz langsam, dann wieder schneller gefahren, um festzustellen, ob jemand ihm folgte. Nichts. Fehlanzeige.

Als er schließlich in der Agnesstraße eintraf, geschah das Wunder, daß er keine zehn Meter von der Wohnung entfernt einen Parkplatz entdeckte. Er stellte Lobkos Wagen ab, und gerade, als er dabei war, die Tür zu verschließen, fiel sein Blick auf die Rückbank. Was er dort entdeckte, waren drei Plastiksäcke mit leeren Weinflaschen. Typisch Lobko …

Also öffnete Tommi die Tür erneut und schnappte sich die drei Tüten. Diesen Gefallen war er Lobko schuldig. Falls er das Zeug nicht wegbrachte, würde Otto es noch monatelang durch die Stadt kutschieren. Er kannte ihn doch …

Tommi suchte sich seinen Weg durch den Hinterausgang in den Hof, wo die drei Container standen, hob den Deckel des ersten an, in dem Glas entsorgt wurde, und wollte die Flaschen hineinwerfen.

Er schaffte es nicht. Die Flaschen klirrten zu Boden. Glas splitterte, und Tommi stand ganz still. Irgendwo in ihm brannte noch die aberwitzige Hoffnung, es sei nicht wahr, er habe sich getäuscht, das dort drüben sei etwas anderes, eine weggeworfene zerbrochene Puppe mit einem weißen Dreieck auf der Stirn oder eine andere tote Katze, die gleichfalls vier weiße Pfoten besaß. Und auch die im Hoflicht glitzernde Blutlache existiere nicht, dies alles sei nur ein Traum. Gleich würde Schopi einen Buckel machen, sich strecken und auf ihn zugehen – und wußte doch bereits, daß er sich nur Illusionen machte.

»Schopi!«

Tommi schaffte die fünf Meter, ging in die Knie, kauerte sich nieder, streckte die Hand aus. Er glaubte, unter dem Fell noch Wärme zu spüren. Als er die Finger zurückzog, waren auch sie blutig.

»Nein ... O Schopi ...« flüsterte Tommi.

Er legte den Kopf in den Nacken und blickte nach oben. Sein Wohnzimmerfenster, das einzige, von dem aus der schreckliche Sturz geschehen sein konnte, war geschlossen. So wie zuvor, als er die Wohnung verlassen hatte. Alles war zu, alles verriegelt.

Tommi tastete wieder über den schmalen kleinen Körper, über das sanfte, so vertraute Fell. Er drückte wieder ein wenig und spürte, daß die Knochen gebrochen waren. Das Schlimmste mußte der Aufprall gewesen sein ... Genauso schlimm aber war es, die Folgen zu betrachten: Blutrinnsale aus Nase und dem kläglich geöffneten Mund. Der Innendruck des eingedrückten Schädels hatte die Augen, Schopis herrliche grüne Augen, weit herausgetrieben, so daß sie schimmerten wie zwei schreckliche runde Glasmurmeln.

»Schopi ...«

Tommi nahm einen der Plastiksäcke, ließ die Flaschen über den Zement rollen, auf dem Schopi zerschmettert war. Er nahm den kleinen Körper, vorsichtig, ganz vorsichtig, als könne er ihm noch Schmerzen bereiten, und legte ihn in den Sack. Dann ging er zur Treppe.

Tommi wußte nicht, wie er zu seiner Wohnung hochkam, doch dann, als er nach dem Schlüssel suchte, überfiel ihn das erste Mal eine Ahnung. Wie sonst sollte Schopi aus der geschlossenen Wohnung gekommen sein? Er hatte keine Möglichkeit dazu gehabt.

Tommi nahm den BKS-Schlüssel und steckte ihn in das Sicherheitsschloß. Er drehte den Schlüssel nach rechts und hatte dabei ein anderes Gefühl als sonst: Das Schloß ging schwer. Und so, den blutigen, toten zerschmetterten Kater im Plastiksack an sich gepreßt, begann Tommi Reinecke die verchromte Außenfläche des Schlosses zu studieren.

Kratzer! Ganz deutlich ...

Das Treppenlicht ging aus. Er schaltete es wieder an. Ja, nicht nur Kratzer, da war auch eine Schramme im Eisenlack der Tür!

Tommi schloß auf.

Als er im Hauptraum das Licht anschaltete, schien alles in Ordnung. Und doch, sein Instinkt, jede Nervenzelle sagten ihm, daß sich etwas geändert hatte. Die Schreibtischlampe war zur Seite gedreht. Die Sessel, der Fernseher standen in einem anderen Winkel ...

Jemand hatte die Tür aufgebrochen. Jemand hatte vermutlich die Wohnung durchsucht. Und jemand war auf Schopi getroffen und hatte ihn umgebracht.

Die Wohnung war Tommi so gleichgültig, als habe sie nie für ihn existiert. Es war, als öffne sich in ihm eine endlose dunkle Leere. Er trug den leblosen kleinen Körper zum Stuhl hinüber, auf dem die rot-grüne Decke lag. Schopis Decke ... Tommi dachte daran, ihn aus dem Sack zu ziehen und daraufzulegen, aber er wußte, daß er diesen Anblick nicht ein zweites Mal ertragen würde. Er setzte sich in den Fernsehsessel, der neben dem Stuhl stand, von dem aus Schopi mit ihm das Programm betrachtete, und schloß die Augen. So hatten sie immer gesessen. So würde es nie wieder sein ...

Tommi Reinecke wußte nicht, wie lange er so saß. Doch dann ging ihm auf, daß er weinte. Und daß es lange, verdammt lange hergewesen war, daß er Tränen vergoß.

Er stand auf, ging in die Küche, griff blind in die Flaschen in seinem Eisschrank, zog eine Flasche Gin heraus, öffnete den Verschluß und setzte die Flasche an den Mund. Er trank viel. Sehr viel. Und es wurde dennoch nicht besser.

Er ging ins Wohnzimmer zurück, zu diesem schrecklichen Stuhl, kniete sich nieder und drückte sein nasses Gesicht auf den Plastiksack, in dem der Kater lag.

»O Schopi, Schopi ... Mein Schatz ... mein Liebster ...« Und dann trank er wieder ...

Do tat das, was Jan ihr eingehämmert hatte. Sie öffnete erst auf das verabredete Klopfzeichen die Tür. Und sie öffnete sie nur um den Spalt, den die eingehakte Sicherheitskette zuließ. Über den Rand einer Tüte blickte sie in Jans Grinsen.

»Verzeihen Sie bitte ... Ich bin nämlich der Vertreter von ›Gottes Welt‹ und wollte eigentlich ...«

»Noch so einen Witz, und ich schreie!«

»Mach trotzdem auf, wenn's möglich ist.«

Sie hakte die Kette aus, und als er eintrat, sah sie Stoff aus der Tüte quellen. Er war von einem grauenhaften Rosa. »Was soll denn das?«

»Du kannst auch nackt schlafen. Mit sieben Tropfen Chanel auf der Haut. Wie die Monroe ... Höschen hab' ich auch. Dazu Seife und Zahnbürste. Und vom Futtern reden wir nachher ...«

Jan trug seine Einkäufe in die Küche. Do folgte ihm. Er sah die Mineralwasserflasche und stellte seine Flasche französischen Burgunder daneben. Und dann die Flasche Cognac. »Das sieht schon besser aus.«

Zum ersten Mal erschien etwas wie ein Lächeln um Dos Mund. »Rosa?« sagte sie. »Auch noch rosa ...«

»Lieber Himmel, was kriegst du schon im Supermarkt? Solche Kritik hab' ich gerne. Hunger?«

»Und ob!«

»Na, dann setz dich mal in den Fernsehsessel und schau dir Hans Meiser oder Heino an. Ich besorg' den Rest.«

Sie zögerte immer noch, und aus dem mühsamen Versuch eines Lächelns, das sie zuvor probiert hatte, wurde ein richtiges Lächeln. »Jan, du bist schon 'ne Nummer ...«

»Und du erst!« sagte er und küßte sie aufs Haar. »Wir beide.«

Er machte sich an die Arbeit. Was Do brauchte, war Soforthilfe. So verquirlte er Eier, schnitt Schinken in Streifen, briet eine erste Portion Ham and Eggs und servierte die ihr mit einem Glas Wein. Dann schnitt er den Fenchel in feine Streifen, raspelte Parmesan darüber und drückte ein bißchen Zitrone darüber aus. Schließlich, auch wenn es beschämend einfach und zugleich beschämend barbarisch war, machte Jan einen Topf Wasser heiß und legte das Hauptgericht, Hirsch mit Rotkohl, praktisch in Plastik verpackt, ins heiße Wasser.

Dann ging er zu Do, setzte sich neben sie, trank ein Glas Wein, aß selbst, wischte etwas Fett mit einem Stück Brot vom Teller, verschränkte die Hände im Nacken, lehnte sich in dem Ikea-Sessel zurück und fühlte sich schon ein wenig wohler.

»Nun komm, Do! Iß schon auf. Das ist erst die Vorspeise.«

Doch sie stocherte weiter mit der Gabel auf dem Teller herum.

»Bitte, Do ...«

Sie legte den Kopf schief und widmete ihm ein klägliches Lächeln.

»Do, was du brauchst, sind gute Nerven. Sind wir uns da einig? Na, siehst du. Aber die gibt's nicht geschenkt. Die gibt es nur durch Nahrungszufuhr, Proteine, Kohlenhydrate und alles, was noch dazugehört. Soweit kannst du folgen?«

»Ach, Jan! Kann ich ... Und du hast ja recht. Aber hör auf.«

»Und wie recht ich habe, wirst du gleich sehen, wenn ich dir mein Hauptgericht auf den Tisch zaubere.«

Sie nahm einen Schluck Wein.

Jan war wirklich rührend, nein, er war unglaublich! Aber Eier und Schinken als »erster Gang«? Und dazu diese unglaubliche Geschichte von dem Einbruch in seinem Haus, dem Beinnaheeinbruch, die er gerade erzählte?

»Hör zu, Do: Du darfst jetzt nicht böse sein, aber wenn man das alles so betrachtet, dann bleibt trotzdem die Frage, ob wir nicht vielleicht etwas überzogen reagieren.«

»Wir? – Du meinst wohl mich?«

»Wir. Schließlich hocken wir zu zweit in einem Kellerkabuff bei Rührei und Schinken vom Supermarkt, statt im ›Tandris‹ Kaviar zu bestellen, wie uns da ja wohl zusteht ...«

»Hör auf mit dem Quatsch! – Was meinst du?«

Er sagte es ihr. »Dieser Anruf, dein angeblicher Disketten-Diebstahl in Hilpers Haus, der Rambo auf der Autobahn, die Clowns mit den Kameras, die Autoszene im Klinikum, der Alarm in Bogenhausen, selbst der Brief dieser amerikanischen Anwälte – klar, dies alles ergibt einen Zusammenhang ...«

Aber genauso richtig sei, fuhr er danach fort, daß es sich um eine Kette von Zufällen handeln könne ... Und außerdem existierten genug überzogene Spinner, die ihre Methoden hätten, andere Leute in Panik und Furcht zu versetzen, um irgendein Ziel zu erreichen. »Die gibt's überall, Do! Und vor allem wohl bei Sekten.«

»Genau das habe ich mir auch schon überlegt.«

»Und?«

»Und?« Ihr Gesicht war wieder lebendig. »Das sind keine Zufälle, und das sind auch keine Irren, Jan. Die handeln nach Fahrplan. Die haben eine raffinierte, genau kalkulierte Strategie ... Die glauben, was sie sagen. Die meinen tatsächlich, wir hätten ihre Staatsgeheimnisse geklaut. Und sie werden auch tun, was sie angekündigt haben. Sie haben die Mittel dazu, gewaltige Mittel. Ich habe noch vierundzwanzig Stunden Zeit, um diese Scheißphantom-Disketten abzuliefern. Einen Tag, Jan! Und dann geht das erst richtig los. Für die bin ich so eine Art Leiche auf Abruf ...«

»Aber Do!«

»Nichts ›aber Do‹! – Und sie haben noch etwas: Sie haben Kati.«

Er schwieg. Es war nicht die Angst um seine Tochter, die sein Herz antrieb, es war wohl das gleiche Gefühl, das Do die ganze Zeit über empfunden hatte und das nun auch ihn ansteckte: eine Form von zorniger, zugleich lähmender Ohnmacht.

»Tommi nimmt die Sache jedenfalls so, wie sie es wohl verdient: tödlich ernst. So ernst, daß er hier nicht anrufen will, weil er befürchtet, sie könnten seine Gespräche abhören.«

Do zuckte zusammen. Das Telefon summte. Jan sah sie an. »Beruhige dich, Jan: Es gibt nur eine einzige Person, die außer uns diese Nummer weiß.« Sie griff nach dem Hörer. »Und diese Person ist absolut sauber. Ein Neffe von Hanne ... Vielleicht meldet sich auch Hanne endlich.«

Jan hörte, wie sie »Ja« sagte, erkannte, wie alles Blut aus ihrem Gesicht wich, das nun so weiß wurde wie die Wand dahinter. »Das ist doch nicht wahr!« Es war nur ein Flüstern. »Nein, bitte, nein ... O Gott!«

Der Hörer glitt aus ihrer Hand.

Jan griff danach und und rief: »Hallo?«

Doch da war nichts als das Rauschen der Leitung. Er legte auf.

Do hatte sich erhoben. Sie ging unsicher, die Arme ausgebreitet, als kämpfe sie um ihr Gleichgewicht. Sie sank auf der breiten Bettcouch in der Ecke zusammen. Sie zog die Knie an und vergrub ihr Gesicht in beiden Händen. Ihre Schultern zuckten.

Jan stand auf und ging zu ihr. »Do? Um Himmels willen, Do, was ist denn?«

»Nein«, flüsterte sie wieder und wieder. Sie hatte noch immer beide Hände vor das Gesicht gepreßt. Sie weinte. »Hanne«, schluchzte sie, »meine Hanne ... meine liebe, arme Hanne ...«

»Was ist mit Hanne?«

Sie drehte sich um und zeigte ihm ihr tränennasses Gesicht.

»Sie haben sie umgebracht. Sie sind in mein Haus eingedrungen. Sie haben alles verwüstet, weil sie irgend etwas suchten ... Sie haben Hanne gefesselt und ihr den Mund zugeklebt. Sie ist erstickt. Das ...« Sie schrie jetzt wild: »Das ist dein Zufall!«

Sie waren vor gut einer Stunde gelandet.

Nach all dem Krach in der Hubschrauberkabine hatte die jähe Stille für Kati etwas Erschreckendes gehabt. Der Pilot schrieb etwas in sein Notizbuch. Der Amerikaner hatte die Luke geöffnet, war ausgestiegen, und ein kalter Windstoß fegte herein.

Tennhaff aber schwieg.

Kati hatte durch die Kunstglasverkleidung geblickt und am Rande des dunklen grauen Zementvierecks eine einsame schmale Gestalt gesehen. Es war ein Mädchen: blaue Wollmütze, grün-blaues Outfit, elegant geschnitten, eine Art Après-Ski-Verpackung. Und im Hintergrund vor dem Berghang standen staffelförmige Häuser, links der Turm.

Tennhaff hatte Kati die Schnalle des Sicherheitsgurtes aufgehakt.

»Und jetzt?« flüsterte sie.

»Jetzt werden wir sehen ...« Er blickte ihr lange in die Augen. »Was sonst?«

»Los!« Der Pilot war aus der Maschine geklettert, und auch Tennhaff schob sich aus dem Sitz, streckte den Arm aus, um Kati zu helfen. Und da war es wieder, dieses halb besorgte, halb aufmunternde Tennhaff-Gesicht: »Komm. Und denk daran ... du weißt doch ...«

Sie war ausgestiegen. Der Wind war kalt, doch nicht so eisig, wie sie gedacht hatte. Und der Himmel über den dunklen Bergen färbte sich bereits rosa.

Tennhaff hatte ihr ihre Tasche gegeben. Sein Blick suchte ihr Einverständnis, aber sie pfiff darauf. Und außerdem: Du weißt doch ... Was wußte sie schon? Was wußte er? Dazu noch war er anschließend mit den anderen einfach weggelaufen und hatte sie mit dem Mädchen allein gelassen. Sie sei Chantal, sagte sie, sagte es auch noch auf französisch, von dem Kati ohnehin nur ein paar Brocken verstand.

Kati hatte diese grauenhafte Monstertortenschachtel aus Stahl, Glas und Beton betrachtet, die in der Steinwüste wirkte, als habe sie irgendein bekiffter Hollywood-Film-Architekt in einem Alptraum erfunden. Sie sah, wie das Glas in den hohen Fensternischen so wolkenrosa aufleuchtete wie das Glas von Schönberg, und versuchte, eine Antwort auf die Frage zu finden, was das alles sollte.

Chantal hob den Arm. »Komm! – Tu viens, Cathérine?«

»Cathérine?« – Kati hatte genug! Genug davon, sich in Bewegung zu setzen, wenn irgend jemand den Arm hochnahm, genug, sich wegen irgendwelcher »hoher Ziele«, die man ihr bisher noch nicht einmal erklärt hatte, herumstoßen zu lassen wie ein bescheuertes Postpaket, ja, genug von allem!

Doch was blieb ihr, als die Hände in den Parka zu stecken und in Teufels Namen hinter dieser Chantal herzustapfen? Die Häuser drückten sich in einer Dreierstaffelung mit den Rückfronten an den Berg. Jedes besaß seinen eigenen Balkon, seinen eigenen kleinen Garten. Links schloß sich eine weitere ähnliche Anlage an. Die Fassaden waren aus Naturstein, und alles zusammen hätte sicher einen ganz hübschen Anblick ergeben, wären da nicht die grau-silbernen Aluminium-Jalousien gewesen, die die meisten der Fenster und Türen schützten. Es waren nur wenige der Häuser bewohnt.

»Im Sommer ist es hier viel lustiger.« Chantal hatte eine Tür aufgeschlossen. Sie sei Welsch-Schweizerin, hatte sie Kati erklärt. Nun fand sie auch zu ihren stark mit Schwyzerdütsch gefärbten Sprachkenntnissen zurück. »Im Sommer sind viele Jungen hier, weißt du. Aber jetzt ...«

Aber jetzt? Kati dachte es, als sie das Haus betrat. Es war zwar klein, aber modern, hell und hübsch ... Irgend jemand schien eine besondere Vorliebe für die pastellfarbene blaugrüne Kombination zu haben, die Chantal trug, denn auch das Schlafzimmer war in Blau und Grün gehalten. Und auf der Bettdecke lag der gleiche blau-grüne Thermoanzug.

»Deiner«, hatte Chantal gesagt.

Eine Art Uniform wohl?

»Und hier alles andere. Ein Mantel, Bettwäsche, was du haben willst. Gut, nicht wahr?« Chantal hatte ein hübsches rundes Gesicht, und in ihren Augen leuchtete die gleiche, Zustimmung erwartende Begeisterung, die Kati von den »Brüdern« und »Schwestern« in Schönberg kannte.

Doch sie hatte nur genickt. Und in ihr war nichts als Beklommenheit gewesen.

»Da hast du die Bücher für den Unterricht.«

»So?«

»Diese Woche ist frei. Diese Woche haben wir Ring-Weihe. Nur die Mädchen ...«

»Und was ist Ring-Weihe?«

»Oh, das erfährst du noch ... Aber Omega, Omega selbst wird das durchführen. Zum ersten Mal ...«

»Was durchführen?«

»Die Ring-Weihe.«

»Und wer ist Omega?«

»Omega?« Chantal riß ihre Augen auf, dann lachte sie. »Du weißt nicht, wer Omega ist?«

Kati hatte den Kopf geschüttelt.

»Ah, der größte Mann von allen. Compris?«

Von allen? Sie meinte wohl die GW? »Ich denke, das ist Arjun?« fragte Kati.

»Arjun ist die Seele.« Chantal legte die Hand aufs Herz. »Omega aber, Omega ist la tête, der Kopf.«

»Ah.«

»Ja. Und jetzt komm. Ich hab' schon alles vorbereitet.«

Und das hatte sie. Auf dem Tisch warteten das Geschirr, ein Warmhaltebehälter mit Essen, eine Flasche Mineralwasser und ein Obstkorb. »Wie bringt ihr das alles hier herauf?« fragte Kati.

Chantal lachte wieder. »Mit dem Auto. Oder dem Heli. Manchmal ist die Straße nämlich zugeschneit. Da, du essen. Und ich komme nachher wieder ...«

Ehe Kati etwas erwidern konnte, hatte sie das Häuschen verlassen.

Kati schloß die Augen. Sie hielt beide Hände gekreuzt auf den Knien und blickte auf den Teller mit den beiden Buchstaben GW. Sie saß lange so. Um sie war nichts als Stille, eine so absolute Stille, daß sie wie ein schweres schwarzes Gewicht wirkte.

Kati verspürte keinen Hunger. Sie ließ das Essen unberührt. Sie dachte an Tennhaff, aber das führte auch zu nichts. Sie erhob sich und ging zum Fenster. Draußen färbte sich der Himmel nun blutrot. Die Sonne war verschwunden. Katis Wangen berührte das sanfte, angenehme Fächeln einer Klimaanlage.

Kati versuchte das Fenster zu öffnen. Es ging nicht. Sie drückte noch stärker. Umsonst. Die Klinke war wie verschraubt.

Sie lief durch das Zimmer in den kleinen Vorraum und von dort zur Tür. Abgeschlossen! – Sie ging ins Schlafzimmer und kauerte sich neben ihr Bett. Sie umschlang ihren Kopf mit beiden Händen. Abgeschlossen? Nein, eingesperrt, verriegelt, isoliert, gefangen wie ein gefährliches Tier! ...

9

Kati Folkert lag in ihrem Bett, die Knie angezogen, die Arme um ein Kissen geschlungen, das Gesicht in dasselbe Kissen gedrückt, als könne sie so allem entfliehen, den dunklen Bergen dort draußen, den eisigen Sternen, der schwarzen Silhouette des Turms. Sie konnte nicht schlafen, deshalb hatte sie erneut die Nachttischlampe angeknipst, doch die Augen blieben geschlossen und suchten nach Bildern, die beruhigen konnten: der kleine Hof in der Toscana – wie hieß der Ort noch? Longa ... Und dann Jan, Jan, der so ausgelassen war. Er hatte sie immer nach Longa gebracht ... Kati hatte an das Meer gedacht, doch auch das Meer konnte nicht helfen, und schließlich wieder an Starnberg, den Garten, den Hang, die Tannen, ihr Zimmer vor allem, die Bilder an den Wänden, die Terrasse ... Doch die Erinnerung an die Terrasse war mit dem Feuer verbunden, in dem ihre Bilder verbrannten, mit dem Geräusch der zerberstenden Gitarre, mit Do. Alles war mit Do verbunden – alles!

Damals war Katis Welt zu Bruch gegangen. Wann war dieses Damals? Vor Monaten, Jahren, Ewigkeiten? Oder nur vor Tagen?

»Du bist nichts als auf der Suche, Kati, auf der Suche nach dir selbst ...« Das war Martins leise, weiche Stimme. Und Timo Konietzka? Hatte er nicht genau dasselbe gemeint, wenn er mit ihr sprach? Doch Martin und Timo blieben graue Schemen ...

Nur Tennhaff blieb. Und das war das Sonderbare: Der Gedanke an seine Hände und seine Stimme hielten Kati allein davon ab, verrückt zu werden.

Aber Tennhaff gab's auch nicht mehr ...

Sie drehte sich zur Seite. Sie wußte nicht, wie lange sie so vor sich hindämmerte, aber dann drang ein Geräusch zu ihr. Draußen? Nein, im Haus. Und eine Stimme.

»Kati?«

Sie drehte sich um, schlug die Augen auf und fuhr hoch. Tennhaff!

Es gab ihn also noch. Und er war ins Haus gekommen. Er hielt die Hände in die Seitentaschen seiner Windjacke gestemmt, sah auf Kati herab, hatte sich wie mit einem geheimnisvollen Trick aus der Luft oder aus den Wänden materialisiert und lächelte sogar. »Hab ich dich gestört?«

Sie brachte keinen Ton heraus.

Er legte ihr die Hand auf die Schulter und setzte sich aufs Bett.

Sie starrte ihn an wie ein Wunder. Und er, er hatte noch immer die Hand auf ihrer Schulter.

»Die haben mich eingesperrt, Robert.«

Er nickte. »Ich weiß.«

»Du weißt das? Warum läßt du's dann zu? Und überhaupt, wie bist du reingekommen?«

Er griff in die Tasche. »Damit. Praktisch, nicht?« Es war ein Plastikkärtchen, nicht größer als eine Visitenkarte, irgend so ein High-Tech-Ding für elektronische Verriegelungen.

»Tennhaff«, sagte Kati, »was wollt ihr von mir?«

Zunächst schwieg er, doch dann nahm er plötzlich ihren Kopf in beide Hände und drehte ihn sich zu, so daß sie sein Gesicht und die graugrünen Augen unter den dunklen Brauen ganz nah vor sich hatte. »Sag das nicht noch mal. Sag nicht ›ihr‹ ... Ich gehöre nicht dazu.«

»Wie kommst du dann hier rein?«

»Das ist eine andere Geschichte. Erklär' ich dir noch. Ich hab' dir schon mal gesagt, daß ich mit den Leuten hier nichts zu tun habe. Und ich lüge nicht ...« Er hielt sie noch immer fest, sie begegnete seinem Blick. Und da war etwas in ihr, das sie dazu brachte, ihre Stirn gegen seine zu drücken, so fest, daß sie seinen Atem spüren konnte. Sie zitterte. Sie kam nicht dagegen an.

»Kati? Glaubst du es mir? Weißt du es jetzt? Weißt du's?«

»Was willst du, Tennhaff?«

Er ließ sie los und sah sich um. »An sich könnten wir uns hier noch nicht einmal unterhalten. Ich bin überzeugt, daß dieses Zimmer verwanzt ist ... Sogar wenn du Selbstgespräche führst, wollen sie wissen, was du sprichst ... Sie wollen alles wissen. Aber sie vertrauen mir. Noch ...«

Sollen Sie doch, dachte Kati. Ihr war es gleichgültig. Ihr war langsam alles gleichgültig.

»Und woher weißt du das, Tennhaff?«

»Woher? Das spielt jetzt keine Rolle.« Wieder warf er ihr diesen langen, aufmunternden, doch zugleich besänftigenden Blick zu. »Es geht jetzt nur um eines: Ich muß dich hier rausbringen. Ich muß uns beide rausbringen. Du hast vollkommen recht: Wir haben es nicht mit normalen Menschen zu tun. Und ich rede nicht von irgendwelchen GW-Leuten, ich rede von den Leuten hier, von der Führung. Die sind nicht nur verrückt, die sind gefährlich. Das sind Verbrecher.«

Sie schwieg. Er wollte unbedingt, daß sie verstand, aber es war zuviel.

»Hast du schon einmal den Namen Omega gehört?« fragte sie schließlich.

»Wie kommst du da darauf?«

»Diese Frau, diese Chantal, die mich hierher gebracht

und dann eingesperrt hat, redete von einem Omega. Er sei das Gehirn von allem. Und Arjun, der sei das Herz oder so … Verstehst du das?«

»Ich glaube schon.«

»Dieser Omega ist hier. Und die Mädchen, die bereiten irgend so eine Feier vor. Wie war das nur? Ja, Ring-Weihe nennen sie es.«

Er gab keine Antwort. Er sah sie nur an. »Kati, da mußt jetzt aufpassen. Irgendwann wird alles ganz schnell gehen. Dann hauen wir ab. Und du mußt vorbereitet sein.«

»Irgendwann?« Es klang kläglich.

»Sehr bald. Ich nehme an, schon in den nächsten beiden Tagen. Wenn sie dir Essen bringen, sieh zu, daß du davon etwas zurückbehältst, Brot, Butter, alles, was sich aufbewahren läßt. Mach daraus eine Art Freßpaket, ja? Und halte dich immer marschbereit.«

»Marschbereit?« Sie brachte etwas wie ein Grinsen zustande.

»Ich war beim Militär. Und dort heißt das so. Ich such' uns einen Weg hier raus. Über die Straße geht das nicht, sie hätten uns sofort wieder. Aber es wird irgendwie gehen … Und noch etwas: Diese Geschichte mit der Ring-Weihe – nur der Teufel kann wissen, was sie damit wieder für einen Sektenunfug ausgeheckt haben! Halt dich bloß fern davon. Wenn sie wollen, daß du mitmachst – auf keinen Fall! Schieb irgendwas vor. Sag, du bist krank, ja?«

»In Ordnung.«

Er sah zur Tür. »Ich muß jetzt zurück. Die haben irgendeine Fernsehübertragung, die wichtig sein soll.«

Er beugte sich über Kati und küßte sie auf die Stirn, und sie hätte sich so gerne an ihm festgehalten. Sie brauchte ihn doch …

Der Raum war groß und nur gedämpft beleuchtet, die Westseite in einem Halbrund geschwungenen, an dem ein mit Konsolen und Rechnern bestücktes Board entlangführte. Die Instrumente leuchteten.

Es waren nur fünf Männer an anwesend: Ted Rocca, sein Stellvertreter Les Walcott, Louis Bertrand, der Vize-Direktor der Europa-Zentrale, ein junger Italiener namens Giorgio Breglia, der als Techniker für die Kommunikationsanlagen zuständig war, und Tennhaff. Sie saßen auf ihren schwenkbaren bequemen Ledersesseln und warteten. Irgend jemand hatte Tennhaff gesagt, daß die anderen Mitglieder des Zentrums sich die Übertragung aus Cedar-City im Turm anhören würden. Es war das sogenannte Mittwoch-Briefing, Arjuns regelmäßige Ansprache an die »Roshies«, die leitenden Mitglieder der über die Welt verteilten GW-Zentralen.

Tennhaff lehnte sich zurück. Er verspürte ein brennendes Verlangen nach einer Zigarette. In der Hektik und dem Streß der letzten Tage hatte er sich das Rauchen wieder angewöhnt, sich nun aber entschlossen, zu widerstehen, sich wenigstens in diesem Punkt nicht unterkriegen zu lassen. Als er den Kopf leicht nach links drehte, sah er das flache Profil von Ted Rocca, aus dem wie ein Geschützrohr eine dicke Zigarre ragte. Rocca rauchte nicht. Er kaute die Zigarre kalt.

Tennhaff blickte auf die Leuchtziffern der vor ihm in die Konsole eingelassenen Uhr: zwölf Uhr zwanzig. Mitternacht vorbei ... Er war hundemüde, und der Teufel mochte wissen, wie spät es jetzt irgendwo in den Bergen von Utah, USA, sein mochte. Die ganze Atmosphäre erinnerte ihn an das Ingenieurs- und Wissenschaftler-Team einer NASA-Mannschaft, die auf den Start einer Rakete wartet. Und ähnlich war es auch mit der knisternden Spannung im Raum.

Vier der Monitoren war eingeschaltet. Sie gehörten zur

Überwachungsanlage. Die eigentliche Geländekontrolle aber befand sich in einem anderen Teil des Gebäudes. In der Mitte der Monitor-Reihe befand sich der Hauptschirm für die Übertragungen nach Cedar-City. Er war doppelt so groß wie die anderen. Nun wurde er lebendig. Das Standbild mit den beiden Buchstaben »CC« erlosch, es gab ein kurzes, flimmerndes Lichtgestöber – und da war er, da war Arjun, diesmal im blauen Kaftan, der das schmale Gesicht mit den tiefliegenden, brennenden Augen noch blasser machte. Arjun schien ernst, sehr ernst, und wie er jetzt den Kopf leicht zur Seite neigte und das Kinn auf den wie zum Gebet verschlungenen Händen ruhen ließ, schien er jeden gleichzeitig in seinen Blick zwingen zu wollen.

Stille. Dann:

> *»Schwestern, Brüder! Jedes der Worte, die ich nun sprechen muß, wird mir schwer und wiegt auch schwerer als alles andere, das ich Euch bisher sagen konnte ...«*

Er zog langsam und tief den Atem ein.

> *»Doch es wäre Feigheit, nein, Sünde, länger zu schweigen, Sünde gegenüber Euch und gegenüber dem Geist der Welt, denn diese Welt, die ja nur die unsere sein kann, ist in Gefahr. Das Böse war schon immer in ihr, wie Ihr wißt. Das Böse gehört zu den polaren Gegensätzen, die unser Werden bestimmen. Nun aber hat es seine Kräfte zum Angriff formiert, hat sich neue Strukturen gegeben, wird mächtig und mächtiger, um uns im Kern und im Herzen zu treffen ...«*

Arjun machte eine Pause. Seine Augen waren weit geöffnet und erhellten sich, als seien sie von spiegelndem Licht getroffen.

»Für uns gibt es kein Zurück, und Ihr wißt es! Wir kennen nur das Weiter. Dieses Weiter ist der Befehl der Liebe. Wir kennen auch keine Furcht, denn wir wissen, was Schiwas Tanz uns sagt, daß nämlich Werden und Zerstörung sich bedingen, daß der Tod wie ein Samenkorn ist, aus dem neues Leben wächst, und die Zerstörung wie der Regen, der es befruchtet.
Nein, Furcht kennen wir nicht. Und so werden wir, müssen wir ein Fanal setzen! Wir müssen es in Europa setzen, in Deutschland, denn dort formiert sich in diesen Tagen der Feind, und dieses Fanal muß die ganze Welt erreichen und ihr sagen: Hier sind wir! Und hier werden wir bleiben. Bis hierher und nicht weiter! Und nichts und niemand wird uns besiegen ...«

Die Stimme verklang. Auf dem Schirm war wieder das alte Zeichen: »CC« – Cedar-City zu sehen. Ted Rocca ließ seinen Sessel weit in die Mitte des Raumes rollen, sah sich um, entzündete umständlich seine Zigarre, stieß eine dicke Rauchwolke aus und sah die anderen an, einen nach dem anderen, langsam und sehr genau. »Und jetzt?« sagte er.

Keiner antwortete. Tennhaff, der bereits einige Arjun-Briefings erlebt hatte und sie meist ziemlich beeindruckend fand, fühlte etwas, das wie ein leichter, kühler Hauch in seinem Nacken war.

»Und jetzt frage ich mich, was er mit dem ›Fanal‹ meint«, sagte Rocca langsam. »Ich frage nicht, woher er die Informationen hat. Von uns jedenfalls nicht. Cedar-City bleibt abgeschottet wie bisher, und das ist gut so. Ich frage mich nur eines: Ob er das ernst meint mit seinem Fanal?«

Es herrschte noch immer Schweigen.

»Für mich jedenfalls«, sagte Rocca, »ist es Zeit. Arjun hat recht. Es wäre das beste ... Er kriegt sein Fanal.«

Der Versuch, einen Mann wie Ted Rocca mit rationalen Maßstäben erfassen zu wollen, war sinnlos. Rocca hatte abgehoben, war in eine andere Welt entschwebt wie seine Chefs, und in dieser Welt gab es weder »Brüder« noch »Schwestern« und schon gar nicht die »Liebe als Evolutionsgesetz«. In Roccas ganz spezieller Welt wurde nichts als vernichtet, ausgelöscht, gekillt, bestenfalls noch »neutralisiert«. Da wurde blitzschnell die Lage analysiert, gingen die Befehle raus – und dann nichts wie drauf. Je gefährlicher, um so schöner, je mehr Leichen, um so besser ...

Von Typen wie Rocca hatte Tennhaff schon während seiner Dienstzeit gehört und gelesen, und einmal hatte er auch einen kennengelernt: Grigorij Sublow, einen russischen Fallschirmjäger-Oberst und Afghanistan-Veteranen. Der hatte Tennhaff und seine Gruppe in einem dieser Spezial-Schleifer-Camps südlich von Moskau durch die Mühle gedreht und dann nach dem zehnten oder elften Sprung aus der alten Iljuschin die Geschichte von dem Krankenhaus voller verwundeter afghanischer Frauen und Kinder erzählt, das er in die Luft gesprengt hatte. »Mit drei Mann! Stell dir das vor. Und wir brauchten Tonnen von Sprengstoff dazu ...« Held Grigorij – Held Rocca!

»Falls bis heute einundzwanzig Uhr nicht Vollzug gemeldet ist«, hatte Ted getönt, »oder falls sich nach der Übergabe herausstellt, daß es sich um getürktes Material handelt, tritt sofort Plan B in Kraft. In einer derartigen Verteidigungslage, was bleibt uns da? Nur eines: Der ganzen Aliens-Szene, also auch etwaigen Mithelfern, Mitwissern und Sympathisanten der Folkert zu zeigen, was es heißt, sich mit uns anzulegen, und damit auch unseren Leuten den Rücken zu stärken. Der Plan B muß mit jeder Konsequenz durchgesetzt werden. Und er umfaßt nicht nur die Folkert, sondern alle genannten Personen auf der Liste.«

Alle genannten Personen? Katis Mutter, ihr Vater, dazu

irgendein Fotograf oder Journalist, den Rocca mit in Verdacht hatte, und wer sonst noch bei diesen Aktionen zum Teufel gehen mochte ...

»Und außerdem«, war Teds Abschlußkommentar, »außerdem ist unsere taktische Ausgangssituation gar nicht so übel. Schließlich haben wir die Kleine ...«

Genau darum ging es nun.

Der Raum hatte sich geleert. Tennhaff war als letzter zurückgeblieben. Einer der Zentrum-Engel im grün-blauen Dienstanzug war gerade dabei, den Inhalt des Papierkorbs in einen Plastiksack zu schütten. Das Mädchen tat es mit einer lächelnden Hingabe, die ans Herz griff, und mit demselben Strahlen würde sie den Inhalt anschließend in den Schredder geben. Scheißpapierkorb, dachte Tennhaff, während er seine Jacke anzog. Der Inhalt würde reichen, die alle hier und für alle Zeiten ins Zuchthaus zu bringen!

Er ging an dem Mädchen vorbei, hob die Hand, und sie lächelte. Wahrscheinlich würde sie morgen mit demselben Lächeln zur »Ring-Weihe« marschieren und ein inbrünstiges »Halleluja« singen ...

Der selige Glanz in blauen Augen – und ein Ted Rocca, der Menschen in den Tod jagen wollte – noch so ein Kontrast, mit dem die GW-Führung spielend fertig wurde ...

Ja, Arjun hatte recht: Das Böse will wieder die Oberhand gewinnen.

Arjun ... Arjun ... Paul Legrand dachte es, während er »La Torre« verließ. Er verließ den Turm durch die nur ihm vorbehaltene Tür, die mit einem Aufzug zu seinem Geheimappartement im obersten Stock des Gebäudes verbunden war. Und auch den Weg, den er nun betrat, betrat er allein, ohne die beiden Leibwächter. Der Weg war für ihn gebaut. Eine Art Galerie, schattig im Sommer, schneesicher im Winter. Nun waren es nur die in den Boden eingelassenen Leuchtbänder, die die Richtung zur »Kathedrale« zeigten, doch zwischen dem Skelett der Streben konnte Legrand den Himmel sehen, die schwarzen Berge und die Sterne darüber.

Arjun! Arjun!

Wir kennen kein Zurück. Wir kennen nur das Weiter ...

Gute Sätze. Und ehe Arjun andere beeindruckt, beeindruckt er sich immer erst mal selbst.

Ein Fanal in Deutschland setzen ...

Daß das Böse sich zum Angriff formierte, auch das konnte man sich an den Fingern abzählen, dazu brauchte es wirklich keine besonderen Fähigkeiten. Nur Arjun sagte es jetzt, bei diesem Briefing, ausgerechnet heute, in dieser Nacht, in der in München alles schiefzulaufen begann. Warum produzierte er solche Sätze? Was bewies es? – In erster Linie wohl etwas, das Arjun längst nicht mehr zu beweisen brauchte: Daß nämlich Vergangenheit, Gegenwart und Zukunft für ihn Begriffe ohne Bedeutung waren, Schleier, durch die er jederzeit hindurchzusehen vermochte.

Und trotzdem ...

Legrand ging jetzt langsamer. Es waren nur noch dreißig Meter zu der schmalen hohen Metalltür, die die »Goldpforte« genannt wurde und die nicht wie der Haupteingang ins Zentrum der Berganlage »La Cathedrale« führte, sondern in das Labyrinth von Neben-, Schutz- und Service-Einrichtungen, das die Granitfelsen durchzog.

Legrand massierte sich die Schläfe, eine rein mechanische Geste, die Antwort auf den dumpfen Gegendruck, den er hinter den Augen verspürte. Noch schwieg der Stahlhammer in seinem Hirn, und Paul war dankbar dafür, denn was er jetzt brauchte, war Kraft. Wenn er sie jemals in seinem Leben gebraucht hatte, dann heute, jetzt ...

Ein Fanal setzen?

Legrand dachte nach. Nochmals: Wußte Arjun von der

Gefahr, die der GW drohte! Wußte er von dem Plan B? Wußte er sogar von der »Lösung Schönberg«, die er, Legrand, gestern mit Ted ausgearbeitet hatte? Hatte es ein Leck gegeben, irgendeinen miesen, schäbigen Verrat?

Nichts als Probleme. Und Probleme hatte Arjun schon immer gewittert. Vielleicht war er sich sogar darüber klargeworden, daß er selbst, Arjun, das größte Problem zu werden begann ... Nicht nur die »Lösung Schönberg«, auch die »Lösung Cedar-City« war notwendig. So ungeheuerlich der Gedanke auch sein mochte, ja schlimm und fast undenkbar in seinen Folgen, so erregend war er gleichzeitig.

Legrand ging keinen Schritt weiter. Er drehte sich nach links, blickte über das Tal, blickte hinauf zu diesen eisigen, endlosen Sternen, fischte in den Taschen seiner Pelzjacke nach den Tabletten, öffnete die kleine goldene Dose und nahm gleich drei zwischen die Fingerspitzen. Er legte sie auf die Zunge und schloß die Augen, wartete, bis es sich einstellte, das Gefühl zu fliegen, eine glückliche Schwerelosigkeit. Und dieses Mal war noch etwas anderes dabei: Glück – ein Kontinent von Glück, ein Strom von Kraft, der ihn weitertragen würde. Heraustreten aus Arjuns Schatten! Frei sein, endlich und vollständig er selbst sein ...

Der Tod ein Samenkorn?

Jede Idee, jede Kirche vor allem braucht ihre Märtyrer. Die Menschen brauchen sie, denn Märtyrer waren und sind die Leuchtzeichen, die die Menschheit durch das ewige Jammertal, durch die Dunkelheit ihrer Geschichte führen.

Vielleicht wollte Arjun es selbst? Vielleicht wußte er längst von seiner Bestimmung?

Wie auch immer: In Cedar-City war alles vorbereitet. Ted hatte es organisiert. Und die Flammen, die Schönberg vernichteten, würden mehr als ein Auftakt sein. Sie würden die Blicke der Welt auf Deutschland richten, dann auf ihn, Paul

Legrand, und schließlich auf Arjun, den Toten, den Märtyrer, den Heiligen …

Er selbst aber, er allein war der Vermittler der Wahrheit. Ein Arjun konnte nie mehr sein als das, was er immer gewesen war: ein Instrument. Gewiß, man kann sich sagen, ein Instrument der Wahrheit und damit des göttlichen Willens – aber eben doch nur eine Funktion …

Paul Legrand hatte den Knopf betätigt, der den zentnerschweren Stahl der Tür bewegte.

Er betrat das Innere des Berges, lauschte in sich hinein, wie stets auf der Lauer nach den eigenen Gefühlen. Sein Herz klopfte ein wenig. Es war das sechste Mal, daß er hier stand, seit er die Kathedrale entworfen hatte. Dieses Mal hatte er sich ausgebeten, allein zu sein, ganz allein, wie es die Stunde, sein Herz, aber auch das Gesetz befahl. Sanftes Licht empfing ihn. Sanftes Licht, sanfte Farben, erhebende Bilder, ein ganzer, fließender Zyklus, ein Garten Eden …

So wie die Kathedrale und das ganze sich anschließende Labyrinth im Inneren des Berges war Legrand auch dieser Raum in seinen Visionen erschienen. Er hatte ihm den Namen »Aula« gegeben, denn hier würden die Seelen eingestimmt. Ein subtiles Geschäft, angewandte Psychologie. Und diese Aula war so vollkommen gestaltet, daß sich das Herz unwillkürlich weitete, dem Ziel entgegen: ein schimmerndes, ovales Kleinod, die Wände aus Mosaik, Bäume, Tiere, Pflanzen darstellend, heitere Landschaften, schöne Menschen, schöne Frauen vor allem – Jungfrauen.

Ja, Jungfrauen. Die Ring-Weihe morgen, sie würde hier stattfinden …

Und vielleicht, dachte Legrand, als er langsam zu der zweiflügligen goldschimmernden Tür ging, die die Aula mit der Kathedrale verband, die letzte.

Wieder glitten Türen auseinander.

Und nun mußte er den Kopf in den Nacken legen, um das

Farbwunder der Kathedrale aufzunehmen: eine Goldauster, tief versunken im unzerstörbaren Panzer aus Granit, die die Geheimnisse der Welt enthielt.

»Ich!« rief Legrand. Und »Ich« kam es aus der riesigen Höhle mit ihren zurück. Die Akustik war unglaublich: Ich – ich – ich – ich ...

Er ging in die Mitte, zum »Stern«, riß die Arme hoch, und während er das tat, fühlte Legrand sich wirklich frei, fühlte, wie seine Seele frei wurde und alles Belastende, alle Gedanken und Schmerzen versanken.

Der weiße Mantel, den er stets trug, wenn er in die Berge kam, glitt bis zu seinen Schultern und ließ die Arme frei. Sie waren weiß und mager. Er betrachtete sie, als gehörten sie nicht zu ihm, und dachte in einem Einbruch klarer Erkenntnis, der wie ein Blitzlicht sein Bewußtsein entzündete: Du bist verrückt. Wirklich verrückt ... Und dies alles ist nicht wahr. Dies alles bildest du dir ein, dies ist ... ist Film – ja Film!

Doch dann warf das Licht blaugrüne Bahnen um ihn, und die Säulen leuchteten golden, und er sank auf eine der Polsterbänke.

Die Kopfschmerzen meldeten sich.

Morgen, dachte er, morgen noch ...

Und: Das stehst du noch durch ...

Angst und Dankbarkeit, Dankbarkeit und Angst sind die Quelle der Gebete zu allen Zeiten, der Urgrund des Flehens von Anfang an.

Als die Hitze die Kinder tötete und sie in ihren Höhlen saßen und ihre Blicke vergeblich nach Wolken suchten, die Regen brachten, als der Himmel aus gleißenden Feuerschlangen bestand, die zur Erde fuhren, Menschen und Tiere erschlugen und Wald und Gras in Flammen setzten, waren die Götter zornig, und nur die weisen Männer wußten, wie man sie durch Gebet, durch Tanz und Gesang wieder besänftigen konnte. Ein einziger, der wahre Gott, löste die vielen Götter der Väter ab, und in seinem Ausgeliefertsein strebte der Mensch nach Vereinigung, nach Geborgensein, nach dem Schutz vor den Qualen, der Erlösung im Paradies.

Doch ob Christentum oder Islam, ob einer an die Gesetze des Konfuzius glaubte oder an die ewige Läuterung durch die Wiedergeburt der östlichen Religionen – wer Gottes Willen zu deuten wußte und seine Gesetze vermittelte, der gewann Macht über andere.

Sekte ist ein lateinisches Wort für »Richtung«. Es kommt von *secare*, trennen, und alle, die sich da von den großen Weltreligionen trennten, hatten für sich eine neue Wahrheit gefunden, zielten nach Macht und erhielten sie.

Der Verleger des Nachrichtenmagazins »Heute«, Ernst Schmidt-Weimar, saß an diesem Morgen im Frühstückssalon seiner Villa in München-Grünwald und blätterte in dem schmalen Buch, das er gerade einem flüchtigen Diagonalstudium unterzogen hatte. Das Buch trug den Titel *»Die Psychologie der Sekten«* und war von einem Dreier-Team amerikanischer Wissenschaftler herausgegeben worden.

Schmidt-Weimar gönnte sich einen Schluck aus seiner Kaffeetasse und schloß die Augen. Zehn Uhr. Mein Gott, was für eine Frühstückslektüre, was für ein Tagesbeginn! Köschner würde in zehn Minuten hier sein. »Ich muß Sie leider dringend sprechen, mein Lieber, wirklich, äußerst dringend, sonst würde ich Ihnen meinen Besuch zu dieser Stunde ja nicht zumuten ... Aber es sind einige Dinge vorgefallen. Es geht um die GW ...«

Es geht um die GW? Nur der Teufel konnte wissen, was unter dieser Ankündigung zu verstehen war. Aber das Buch hier war Schmidt-Weimar gestern in die Finger geraten, und wenn Köschner es schon mit der GW so wichtig hatte, war es kein Schaden, ihm mit ein paar klugen Sätzen zu kommen. Hier, dieser Abschnitt zum Beispiel, den Schmidt-Weimar mit Bleistift eingerahmt hatte:

»Zu den entscheidenden Zielen der Sektenführung hat es schon immer gehört, bei ihren Anhängern ein höchstmögliches Maß an Selbstentfremdung zu erreichen. Die Technik, die dazu angewendet wird, beginnt mit der totalen Isolation von Familien, Freunden und bisherigem Umfeld und führt dann zu allen Varianten psychischer und seelischer Indoktrination. Je mehr das Selbst geschwächt wird, desto stärker wird die Autorität des Sektenführers. Er ist es nun, dem alle Verantwortung übertragen wird, weil er das Mitglied nicht nur auf den Heilsweg geführt hat, ihm Sicherheit vermittelt, sondern auch alle seine Ängste und Entbehrungen zu lindern vermag. Die Arbeit, die Fähigkeiten, die Talente und jedes materielle Streben werden den Sektenzielen untergeordnet, und meist werden dabei Geld und Macht zu siamesischen Zwillingen.«

Geld und Macht – siamesische Zwillinge ... Nicht übel, das wird Köschner gefallen ... Als Banker verkörperte er nicht nur das Geld, sondern auch die Macht. Und genau da lag der Haken.

Ernst Schmidt-Weimar seufzte, stand auf und trat an das große Panoramafenster, das den lichtüberfluteten Vorbau von dem parkähnlichen Garten trennte. In der Nacht war leichter Schnee gefallen, doch schon wieder war die Sonne gekommen, um ihn aufzutauen. Amseln flogen ...

Schmidt-Weimar wünschte Köschner zum Teufel. Er wünschte, er könnte das Haus verriegeln.

Ramon, Schmidt-Weimars philippinischer Butler, klopfte und streckte diskret den Kopf durch die Tür. »Mr. Köschner, Herr Doktor.«

Fünf Minuten zu früh. Auch das noch! Scheint reichlich nervös, der Köschner.

»Lassen Sie ihn rein.«

Und da stand er nun: dunkelgrauer Anzug, blau-weiß gestreiftes Hemd, die Nase so rot wie die Krawatte – ganz offensichtlich im Hochstreß.

Sie gaben sich die Hände. Schmidt-Weimar deutete auf einen der beiden Sessel am Frühstückstisch, doch Köschner schüttelte den massigen Kopf. »Im Moment ist mir nicht danach, nehmen Sie's mir nicht übel.«

»Keinen Kaffee?«

»Um Gottes willen, bloß nicht.«

»Aber was ist denn los, mein Lieber? Ich denke, Sie wollen mit mir über die GW reden ... Was ist daran so aufregend?«

Köschner machte drei Schritte vor, dann drei Schritte zurück, blieb schließlich stehen, setzte sich doch in den Sessel und starrte Schmidt-Weimar an. »Es geht nicht allein um die GW. Es geht vor allem um einen ihrer Mitarbeiter.«

»Einen Mitarbeiter? Und um wen?«

»Diese Reporterin. Diese Folkert.«

»Do? – Aber wieso denn?«

»Wieso? – In Genf stehen sie kopf. In Lausanne, wo sich das Archiv der GW befindet, genauso. Sie behaupten, die Folkert hätte sich einer Anzahl lebenswichtiger, vertraulicher Unterlagen bemächtigt. Und sie denke daran, die zu veröffentlichen.«

»Hören Sie, das traue ich ihr nicht zu. Und ich glaube es auch nicht.«

»Und warum nicht?«

»Weil sie gerade noch gestern bei mir war. Und sie hat diese Geschichte, die Sie da erzählen, mit keinem einzigen Wort erwähnt.«

Nein, dachte Schmidt-Weimar, hat sie nicht. Aber sie hat

sich nicht nur sonderbar, sie hat sich richtig hysterisch aufgeführt ... Und dann noch die Sache mit den dringenden Familienangelegenheiten?

»Sie braucht sie ja nicht bei Ihnen zu veröffentlichen, sie kann das auch woanders. Oder sie anderen zuspielen.«

»Dann müßte ich sie rauswerfen. Schließlich steht sie bei mir unter Vertrag.« Schmidt-Weimar sagte es leichthin, mit einem halben überlegenen Lächeln, aber es wurde ihm immer beklommener zumute. Was, zum Teufel, lief da eigentlich?

Eine Pause entstand. Köschner rieb sich mit dem Handrücken den feinen Schweißfilm weg, der sich auf seiner Stirn gebildet hatte. Was war bloß mit dem Mann? Geriet er völlig aus den Fugen?

»Ernst! Sie müssen der GW helfen. Daran kommen Sie gar nicht vorbei. Sie müssen das herausbekommen, hören Sie? Schließlich sind Sie Partner.«

»Von wem?« Wenn Schmidt-Weimar die Brauen hochzog wie jetzt, hatte das noch jeden beeindruckt. Nicht Köschner.

»Etwa nicht? Wem haben Sie denn Ihren hübschen Verlagsausbau zu verdanken? Sie haben ihn mit Conradis Hilfe von der Züricher Zentralbank durchgezogen. Und wen Conradi in der ZZB vertritt, weiß man schließlich: nämlich die GW. Und außerdem, außerdem stehen Sie auf der Liste der Förderer. Und nicht mit Kleckerbeträgen ...«

Das kam überraschend aggressiv, vor allem überraschend bei einem Mann wie Köschner, den Schmidt-Weimar eher als einen auf Form bedachten Erbsenzähler eingeschätzt hatte. Sieh mal an! Und zum Teufel, auf was will er hinaus?

»Ich weiß, ich weiß«, sagte Köschner, »für Sie ist die GW die zuverlässigste Maschine der wunderbaren Geldvermehrung, die je erfunden wurde. Und genauso sehen es vermutlich Conradi und Dutzende von anderen supercleveren Köpfen, einschließlich mir selber. So sieht es vermutlich auch der Oberchef, dieser merkwürdige Monsieur Legrand. Und warum auch nicht? Gibt es ein idealeres Produkt als Glauben? Der Rohstoff ist kostenlos, die Arbeitskräfte sind gratis – und der Rest ist nichts als Organisation und Marketing.«

Schmidt-Weimar schlug die Beine übereinander. »Auf diesen Trick kamen schon einige andere, mein Lieber.«

»Richtig. Und die meisten gingen baden. Weil sie nichts waren als dämliche Ignoranten.«

»Und Moon? Und die Scientologen?«

»Was gehen die mich an?« schnappte Köschner. »Im Gegensatz zu denen verhielt sich die GW diskret, baute im Geheimen ihre Macht aus und war von Anfang an erfolgreich. Doch das ist nicht allein die Erklärung dafür, daß Leute wie Sie und ich auf irgendeiner schönen Fördererliste herumspuken ... Auch nicht dafür, daß die GW jederzeit in der Lage ist, nicht nur gigantische Millionensummen, sondern auch jede Menge Leute und Kontakte zu bewegen.«

»So? Und was dann?«

»Sie wissen es. Sie wissen es ganz genau, Ernst.«

Wieso eigentlich redet er mich mit dem Vornamen an, fragte sich Schmidt-Weimar. Hatte er Köschner jemals Rudi genannt? Sein überlegenes Lächeln war verschwunden. Es wurde ihm unbehaglich. Was steckte hinter alldem?

»Es ist die Genialität, mit der hier ein Konzept entworfen und durchgezogen worden ist.« Diesmal mußte Köschner sich hochstemmen, und es schien ihm Mühe zu machen, denn er keuchte. Dann marschierte er zum Fenster und hielt jetzt seinen Monolog mit dem Rücken zu Schmidt-Weimar. »Keine selbsternannten Wunderprediger, keine kindischen Bibelausleger waren da an der Arbeit, nein, effiziente und fanatische Arbeiter, talentierte und begeisterte Leute. Und wenn sie Naturschutz, soziale Dienste, Erziehung, praktische Lebenshilfe und wirtschaftlichen Aufschwung und, weiß der Teufel, was sonst noch zum Ziel erklären, wenn sie statt irgendwelcher Glaubensphrasen in der Fortentwicklung, in der Evolution, die Liebe und den Willen Gottes sehen, dann haben sie alle für sich eingenommen, Wirtschaft und Parteien. Zumindest kann keiner nein sagen. Auch nicht die Bosse. So ging es und doch allen.«

»Ich habe weder ja noch nein gesagt. Ich habe mir das alles durchgelesen, was ich da zugeschickt bekam, und mir gesagt: Na laß sie mal.«

»Haben wir alle«, konterte Köschner. »Doch dann kamen die Angebote. Dann kam das Geld, nicht wahr?«

Schmidt-Weimar schwieg.

»Und Sie nahmen es. Als ›Förderer‹. Das ist doch der Witz: Nicht Sie haben die GW – die GW hat Sie gefördert!«

»Sie etwa nicht?«

»Das war ja unser verdammter Fehler. Wir haben uns wahrscheinlich nur zwei Dinge gefragt, ohne uns sonderlich für die Antwort zu interessieren. Das erste war: Woher kommt das Geld?«

»Und woher kommt es?«

Köschner war bei seiner Wanderung durch Schmidt-Weimars Frühstückssalon an der Bücherwand angelangt. Er hob den Arm, zog zerstreut einen Band heraus, blätterte, steckte ihn wieder an seinen Platz und kam zurück. Bisher hatte er gesprochen wie in Trance, jetzt wirkte er konzentriert. Er sah sich um, als fürchte er, es könne jemand mithören. Er lehnte sich nach vorn und sagte leise: »Ja, woher? Wer, verdammt noch mal, ist Omega? Was wissen wir von ihm? Ein Geschäftsmann, ein Schweizer Geschäftsmann, eminent erfolgreich. Was heißt eminent, geradezu abenteuerlich erfolgreich …«

Er flüsterte stoßweise wie in höchster Erregung: »Glauben Sie denn wirklich, daß das, was ihm den Erfolg bringt, mit irgendwelchen GW-Jugend-Brigaden im Urwald zu tun hat, mit irgendwelchen Seminarleitern in seinen Psychokursen oder mit den kleinen Ärzten und Pflegemädchen in den Aids- und Altersheimen? – Nein. Die sind nur die Visitenkarte für Politiker, Konzern-Chefs, Banken- oder Zeitungsverleger zum Beispiel.«

»Lassen Sie mich aus dem Spiel.« Auch Schmidt-Weimar hatte jetzt Schwierigkeiten, sich zu beherrschen. »Sagen Sie mir endlich, auf was Sie hinauswollen!«

»Darauf, daß die Post ganz woanders abgeht, Schmidt-Weimar! Darauf zum Beispiel, daß wir es mit dem größten Insider der Finanz-Geschichte, der mundialen Finanzgeschichte wohlgemerkt, zu tun haben, den es je gegeben hat. Darauf, daß es kaum ein großes Geschäft, keine große Transaktion gibt, in die er nicht seine Finger reinkriegt, weil er nämlich dank seiner Beziehungen von vornherein Bescheid weiß und mit seinen Leuten in jeder Ecke der Welt einsteigen und mitmischen kann. Der sahnt ab. Weltweit.«

»Wie angenehm für ihn.« Spöttisch sollte es klingen, es kam aber gepreßt.

»Und was die Informationen angeht: Es gibt Leute, die sagen, er habe irgendeine Hexe engagiert oder irgendeinen hellseherischen Waldschratt, der ihn mit seinen Erkenntnissen beliefert.«

»Nach Gottes Willen ...« Schmidt-Weimar verschlang die Hände, um sie ruhig zu halten. »Wieso regen Sie sich eigentlich darüber so auf?«

»Wieso?« Köschner starrte ihn an. Seine Lider waren rötlich verschwollen, und die Augen wirkten wie glitzerndes, zerbrochenes Metall. »Damit wären wir am Punkt zwei, von dem ich vorhin gesprochen habe. Weil's damit zu Ende ist. Und nicht nur damit, mit Ihnen und mit mir wahrscheinlich auch. Mit ziemlicher Sicherheit zu Ende ... Omega wußte schon, warum er sich ständig auf Schiffen aufhielt und von dort seine Geschäfte leitete. Immer hübsch außerhalb aller Staatsgrenzen und Staatsgesetze.

Doch wir sind an Land und haben hier unsere Köpfe hinzuhalten ...«

»Und hat das etwas mit Do Folkert zu tun?«

»Ja. Hat es. Und wie!«

Ein feines Singen wurde in Schmidt-Weimars Ohren wach. »Ihr Blutdruck, Herr Schmidt-Weimar«, hatte der Arzt gesagt, »gefällt mir in letzter Zeit überhaupt nicht ...« Mir auch nicht, dachte er und sog tief die Luft ein. Mir auch nicht. Und dieser Arsch von Köschner noch weniger ... Was sagt er da gerade?

»Soll ich Ihnen sagen, warum? Weil sich auf den Disketten, die da in Lausanne geklaut worden sind, nicht nur unsere Namen befinden, einer nach dem anderen, mit Adresse, Position und Einflußnahmen, die für die GW geleistet worden sind, und ...« Köschner hob die Hände, und als er die Fingerspitzen zusammenpreßte, wirkte es, als würde er beten. »Und mit all den Beträgen, die von der GW geflossen sind. Bei jedem. Und nun stellen Sie sich mal eine solche Liste in der Presse vor! Was glauben Sie, wie sich Ihre Kollegen freuen, einen derartigen Skandal loszutreten.«

Da war es wieder, dieses Singen in seinem Kopf. Schmidt-Weimars Mund wurde trocken. »Das ist ... das ist doch nicht möglich ...«

»Sie werden erleben, was möglich ist ...«

Um sieben Uhr vierzig wartete der Bus am Heumarkt. Franz Slezak, ein Neffe des Busbesitzers, der an diesem Donnerstag als Chauffeur eingeteilt war, verstaute die Rucksäcke in der Ladeluke.

Noch war es dunkel, noch brannten die Scheinwerfer. Schwester Beate, die Klassenlehrerin in der Vierten der katholischen Mädchenschule zählte durch, verabschiedete die kleine Gruppe von Eltern, die fröstelnd herumstand, und scheuchte ihre verschlafenen Zehn-, Elf- und Zwölfjährigen in den Bus.

Franz Slezak, ließ den Motor an, Schwester Beate griff zum Mikrophon und schrie: »Juhuu!« Slezak gab Gas, der Bus fuhr zum Heinrichsdamm, dann den Kanal entlang zur Autobahn.

»So«, rief Schwester Beate, »und jetzt wird gesungen! Und zwar ›Hoch auf dem gelben Wagen‹. Und auch nicht leise und nicht verpennt – laut, kräftig und fröhlich.«

Und so verließ ein Bus mit achtzehn singenden Mädchen die Stadt Bamberg. Er fuhr bis zum Autobahndreieck in Richtung Nordosten. In Schönwald würden sie aussteigen und sich umsehen, ob es genug Schnee für die mitgenommenen Skier gab. Wenn nicht, würden sie halt zur Körber-Mühle laufen, wo sie ein Essen erwartete. Als sich die Sonne über den Horizont schob, war zu erkennen, daß auch an diesem Tag der Himmel klar und wolkenfrei sein würde.

Es gab keinen Schnee. So gingen sie zu Fuß den Berg hoch und durch den Wald. Es wurde Mittag, und die Kids meuterten.

»Na gut«, entschied Schwester Beate, »hier in der Lichtung können wir ein Feuer machen. Da gibt's keine Bäume. Und dann halten wir halt eine Brotzeit ab.«

Sie schleppten Holz heran. Das Feuer qualmte, und Schwester Beate brach tapfer weitere morsche Äste.

Es wurde langweilig. Rosi Kaufinger sah ihre Freundin Inge an. Und Inge wußte sofort, was der Blick bedeutete: Komm, die Alte ist beschäftigt. Nur weg hier!

Rosi war der Draufgänger der Klasse und Inge stolz auf diese Freundschaft. Manchmal, da war Rosi ein wenig unbequem und fing derartig an zu spinnen, daß sie einem richtig auf den Keks ging. Auch jetzt wieder ... Was rannte sie da den Berg hinab?

Inge rannte hinterher und rutschte. Sie suchte einen Halt,

und Rosi war schon wieder weiter, mitten im Laub, immer den Abhang hinab, immer diesem Stausee entgegen, der von unten durch die Stämme blau glitzernd heraufleuchtete.

»He, warte doch!« schrie Inge. Doch weil Rosi wieder nicht reagierte und sie auch nicht lauter brüllen wollte, zielte sie mit einem Aststück nach ihr und hätte sie auch getroffen, wäre Rosi nicht zur Seite gesprungen.

»Guck mal!« Endlich, Rosi stand. Sie hatte den Arm gehoben. Doch was sie zeigte, hatte Inge schon zuvor beobachtet: Der Sturm mußte Bäume entwurzelt und in den See geworfen haben. Daß die sich dann an den Ufern wieder verfingen, war ja wohl nicht besonders aufregend.

Doch was war mit Rosi? Sie ging noch näher zum Ufer, überquerte eine Straße, blieb stehen – und schrie.

»Inge! Inge!«

Aber es war nicht Rosis normale Stimme, es war ein Schrei, der in einer Art Horror-Kiekser abbrach. Zuerst hatte Inge noch an einen der typischen Rosi-Witze gedacht, doch jetzt wußte sie: Das ist Ernst. Auch sie rannte nun zur Straße. Dort vorne war Rosi. Sie bewegte sich nicht, stand nur, hatte die Hände vor dem Gesicht ...

Zögernd, Schritt um Schritt, ging Inge näher. Und dann sah sie es auch ... Es waren fünf Stämme. Und drei davon lagen parallel zum Ufer mit all den Zweigen und dem Gestrüpp, das zu ihnen gehörte. Die beiden anderen hatten sich in einem schrägen Winkel dazu verkeilt. Und in dem Dreieck, das dort entstanden war, da schwamm etwas, war festgehakt. Ein schwarzes nasses Tuch, irgendwie von unten aufgeblasen, rundgewölbt und schimmernd ... Und da war etwas anderes, das weiß war, unnatürlich, schrecklich weiß ... Ein Schuh mit einem Menschenfuß ...

»Der ist tot!« schrie Rosi gerade. »Das ist 'ne Leiche. 'ne richtige Leiche ... Der ist tot, tot, tot ...«

Später sollte Rosi erzählen, der Fuß und die Hand des

Mannes hätten ausgesehen wie ein Saumagen. Ihr Vater war Metzger ... Aber jetzt kam sie Inge entgegengekeucht, fiel hin, war selber ganz weiß im Gesicht. Sie kämpften sich den Hang hoch, und als sie oben waren, ohne Atem, nach Luft schnappend, begann Rosi zu schreien: »Schwester Beate! Schwester Beate! ... Dort unten, da ist einer! Da ist 'ne Leiche, Schwester Beate. Da ist ein Toter, ein Toter! ...«

»Altmühlstraße« las der Kommandoführer, eine stille Wohngegend, genau wie er es vermutet hatte. Er ließ den Transporter jetzt ganz langsam rollen und drehte den Kopf. »Und?«

Die Nummer zwei gab keine Antwort. Der Beifahrer hing mit geschlossenen Augen etwas nach vorne und konzentrierte sich auf die Einstellung des Peilsenders. Er hatte das kleine Kästchen auf den Knien.

»Also, was ist?«

»Alles in Ordnung. Wir sind richtig.«

»Was heißt das?«

»Fahr weiter. Ich hab' sie jetzt ziemlich nah. Dort vorne, ja, siehst du ... an der Ecke, da muß es nach links gehen.«

Der Kommandoführer wich einer Baustelle aus, hielt sich in der Straßenmitte und bog ab. Die Straße war ziemlich kurz. Ein Schild konnte er nirgends sehen. Er warf einen Blick auf den Ausschnitt der Stadtkarte, den er am Steuerrad befestigt hatte, um sich über Fluchtmöglichkeiten zu orientieren.

Es hatte kein besonderes Problem bereitet, in die Personalgarage des Klinikums einzudringen und die kleine, gerade fingerlange Metallröhre des Senders am Chassis des schwarzen Porsche anzubringen, dessen Nummer sie ihm durchgegeben hatten. Der Besitzer war einer der Ärzte, der Ex-Mann des Zielobjekts. Die Frau hatte mit ihm im Klinikum gesprochen. Soviel stand fest. Und der Fotograf, den er beinahe über den Haufen gefahren hatte, war auch dabei gewesen. Wahrscheinlich war nicht nur ihr Ex-Mann, wahrscheinlich war sie selbst ganz in der Nähe ... Auch die Zentrale war dieser Meinung. Na, das wäre ein Glück!

Die Nummer zwei stieß ihn in die Seite: »Dort, das gelbe Haus ...«

Parkplätze gab's. Er fuhr rechts ran und stellte den Motor ab. Von hier waren es noch keine hundert Meter bis zu dem Haus, auf das die Nummer zwei gedeutet hatte.

»Und jetzt?«

»Moment.«

Der Kommandoführer griff zum Telefon, drückte die Nummer der Zentrale und schilderte die Situation. »Nein ... anzuzapfen, da ist keine Chance. Ich sehe keinen Verteiler. Ist hier nicht so einfach, die ganze Gegend ist mit Glasfaser verkabelt.« Er richtete sich steif auf. »Im Ernst?« Dann sagte er: »Okay. In Ordnung ...«

Die Nummer zwei starrte ihn fragend an.

»Plan B«, sagte der Kommandoführer.

»Jetzt? Hier?«

»Später. Den Zündbefehl geben sie noch durch. Aber das Ding müsse angebracht werden. Wenn's nicht zu riskant sei ... Und das ist es nicht. Ich seh kein Schwein. Also los. Versuch's wenigstens.«

Der Mann nickte. Er öffnete die Seitentür, und als er dann wieder zum Vorschein kam, hing ein rot-grün karierter Matchsack von seiner Schulter. In dem Matchsack befand sich eine durch Fernsteuerung auszulösende Autobombe, die sich mittels eines Haftmagneten ohne viel Schwierigkeiten an der Unterseite eines Auto-Chassis oder eines Kotflügels anbringen ließ.

Der Kommandoführer lehnte sich zurück, verschränkte die Arme und sah, wie der andere die Straße entlangschlenderte, bis er den flachen Sportwagen erreichte. Er sah, wie der Mann sich rasch bückte, hinter dem Dach eines anderen Wagens verschwand und dann wieder auftauchte und weiterging.

Na also!

Er ließ den Transporter wieder anrollen, stoppte. Erneut nahm die Nummer zwei neben ihm Platz.

»Und?«

»Kein Problem.« Die Nummer zwei grinste müde. »Nur ein einziges: Ich glaube langsam, daß sie in Cannero jetzt völlig bescheuert sind.«

»Nicht nur jetzt«, knurrte der Kommandoführer. »Das sind die schon seit einiger Zeit ...«

Die Welt war dunkler geworden. Im Westen, dort wo sich das Tal öffnete, wuchs eine dunkle Wolkenwand hoch, Tennhaff verließ das »HQ5«, die Kommandozentrale der Abteilung 5, um hinüber zum »Torre« zu gehen. Sehr eilig bewegte er sich nicht, obwohl sich in ihm das Gefühl verstärkte, als schnurre die Zeit wie ein Gummifaden zusammen. Doch diese Minuten brauchte er, um über die nächsten Schritte zu entscheiden. Alles, was er gerade erfahren hatte, in erster Linie dieser »Plan B«-Irrsinn, machte jede Atempause unmöglich.

Er mußte handeln. Sofort.

Tennhaff schlug den Kragen der gefütterten Jacke hoch. Ein leichtes Schneetreiben hatte eingesetzt, kaum sichtbar noch, doch er fühlte bereits die kühle, flüchtige Berührung winziger Flocken auf der Stirn.

Er ging noch langsamer.

Dort drüben die beiden Bell-Hubschrauber! Der eine, der sie gestern hierher gebracht hatte, kam nicht in Frage. Tennhaff war nicht sicher, ob er bereits aufgetankt worden war.

Der andere hatte die Nummer »166« auf der Seite aufgepinselt.

Die Zementplatten des Weges bedeckte bereits eine leichte weiße Schicht. Wenn der Schneefall so blieb, war er zu verkraften, doch wenn er sich verstärkte, wenn die Wolke dort oben all den Schnee herunterschickte, den sie in sich trug...

Nicht daran denken! Langsam gibt es nur noch Sachen, an die du besser nicht denkst...

Tennhaff ging jetzt schneller und schätzte dabei noch einmal die Entfernung von dem Haus dort, in dem Kati wartete, dem dritten in der ersten Reihe, zum Landeplatz ab. Sechzig, siebzig Meter, mehr sind das nicht ... Kein Problem, die wird sie in wenigen Sekunden schaffen. Doch es gab noch das andere Risiko: ihre Nerven. »Robert, glaub's doch, ich hab's kapiert. Du brauchst es mir nicht zu wiederholen: Sobald der Motor läuft ...« Falls sie wirklich alles verstanden hatte, würde sie den Schneid aufbringen? Sie muß! Herrgott noch mal, sie muß ...

Tennhaff traute es ihr zu.

Hinter den Glasscheiben des »Torre« ging das Licht an. Auch dort wurde es langsam zu dunkel...

Robert passierte den Eingang und blieb erst mal stehen. Von außen mochte der Bau für einen Schlag gegen den Magen sorgen – innen jedoch! All der Marmor, all das Kiefernholz, die Granitquader, erhellt von geheimnisvollem, verdecktem Licht ... Aber dies war wirklich nicht der Moment, sich vom Geschmack des Omega-Architekten beeindrucken zu lassen ... Tennhaff drehte sich zum Empfangstresen, hinter dem ihn eine der GW-Schönheiten erwartungsvoll ansah. Ansah? Anstrahlte!

»Das Casino, bitte?«

»Oh, das Casino? Gleich im ersten Stock. Da kannst du aber auch den Lift nehmen, Bruder. Oder du gehst über die Zentraltreppe rauf. Und oben gleich rechts ...«

»Aha!«

Was bist du lieb, Schwester! Er sagte es nicht, er ging zur Zentraltreppe. Marmor natürlich ... Oben noch mehr Holz und Gott sei Dank auch Glas. Die beiden Bells schienen ihm von hier aus zum Greifen nahe.

Auch wenn sein Verstand meuterte und der Hals ein wenig eng wurde, in die linke, in die »Hundertsechsundsechzig« hatte Tennhaff sich bereits verliebt. Er versuchte, sich das Cockpit der alten russischen NVA-Hubschrauber in Erinnerung zu rufen. Wendezeiger, Variometer, Kurskreisel, Drehflügeleinstellung. Er war gerade bei den Pedalen angelangt, während er die Tür mit den imposanten Messingbuchstaben *Casino* aufschob.

In dem großen, holzgetäfelten Raum hätten hundert Personen Platz gehabt, wenn sie dagewesen wären. Trotz der Tischleuchten und des ganzen Luxusschnickschnacks, den man von Edeltreffpunkten schließlich erwarten kann, wirkte der Saal jetzt mit den paar verlorenen Figuren so vereinsamt wie ein Fußballplatz nach einem verlorenen Spiel.

Auf der rechten Seite gab es vier Nischen für die besseren Herrschaften. Eine davon war besetzt. Tennhaff sah Ted Roccas Betonkopf. Neben ihm saß Walcott, Roccas rechte Hand in der Euro-Zentrale. Die drei anderen kannte Robert nicht. Vielleicht waren sie auch Abteilung-5-Leute oder sie gehörten zur Europa-Spitze. Sie steckten die Köpfe zusammen, taten schrecklich wichtig, und Robert konnte sich denken, wieso.

Rocca hatte ihn gesehen. Er hob kurz die Hand, aber eine Bewegung, die auch nur angedeutet hätte, daß er Tennhaff gerne am Tisch sehen würde, war das nicht.

Um so besser.

Tennhaff setzte sich, ließ sich von einem neuen Service-Engel das Menü bringen und betete, daß Kati sich an seine Anordnung hielt und alles Eßbare in den Rucksack packte, was sie in ihrer Bude vorfand ... Er beobachtete, daß Rocca schon wieder sein Handy am Ohr hatte. Vielleicht war er inzwischen einen Schritt weitergekommen. Vielleicht war er bereits zum »Plan B-I« vorgestoßen: Atombombeneinsatz im Raum München. Total-Liquidierung der *»Aliens«* nebst Gesamtumfeld. Und das für alle Zeiten bitte!

Doch Rocca war jetzt nicht wichtig. Wichtig allein waren die beiden Typen, die drei Tische weiter saßen: Den einen, untersetzt und rotgesichtig, kannte Tennhaff. Das war der Luftkutscher, der sie gestern hierher gebracht hatte. Auch der andere war Robert inzwischen bekannt. Er hieß Campo. Ob das nun Italienisch oder Spanisch war, wußte Tennhaff nicht, italienisch oder spanisch aber sah er aus: ein schlaksiger, hagerer Kerl in Jeans und gefütterter Lederweste.

Campo war der Pilot der »166«. Nun hob er sogar das Glas und prostete Tennhaff zu. Das würde er mit Sicherheit nie wieder tun ...

Tennhaff lächelte zurück und aß noch schneller, ohne das geringste Geschmacksempfinden für das, was er sich zwischen die Zähne schob. Was er jetzt brauchte, war ein bißchen Kraft. Vor allem aber Nerven.

Er hatte die Suppe hinter sich und machte sich an seine Kalbsplätzchen, als Campo sich erhob. Campo hatte zwei Bier getrunken. Das könnte reichen, wenn du Glück und er eine schwache Blase hat, dachte Robert. Und du hast Glück, ein geradezu riesiges Schwein hast du: Er steuert zum Ausgang!

Tennhaff gab ihm eine Minute. Dann stand auch er auf. Die Tür schlug zu. Er war draußen. *»Toilette«* las er an der Granitwand vor ihm. Darunter ein Pfeil.

Bis zur Toilette waren es nur wenige Sekunden, genug Zeit, um festzustellen, daß sich die verfluchte dunkle Wolke dort draußen noch weiter aufgebläht hatte.

Zuerst kam der Vorraum. Schon als Robert ihn betrat,

erkannte er, daß dies seine letzte Chance war: Campo hatte sich bereits über das Becken gebeugt und ließ Wasser über seine Hände fließen. Im Spiegel sah Robert seine Augen. Darin war ein kurzes Aufleuchten des Erkennens.

Ab jetzt blieb alles Routine und Handwerk. Und Tennhaff hatte nichts verlernt.

Er plazierte seinen Handkantenschlag mit derselben Präzision wie einst bei den Nahkampfübungen. Er führte ihn ziemlich hart aus, so daß Campo in Sekundenschnelle und ohne einen einzigen Laut das Bewußtsein verlor. Gut. Tennhaff griff ihm unter die Schultern, schleppte den Ohnmächtigen in die Toilette und dort in die große Kabine, auf deren Tür »Waschraum« stand. Vielleicht gefiel es Campo hier besser, wenn er aufwachte ... Sein Körper war nicht besonders schwer, doch als er ihn hinlegen wollte, rutschte Roberts Hand ab, und Campos Hinterkopf knallte gegen die harten Kacheln. Er merkte nichts davon. Er schnorchelte nur ein wenig heftiger.

Tennhaff griff in die Innentasche von Campos Weste. Nichts. Nur ein Päckchen Zigaretten ...

Weiter. Er öffnete die Gürtelschließe am Hosenbund der Jeans, um so die Jeanstasche besser untersuchen zu können, griff in die rechte Hosentasche – und da waren sie!

Schon als seine Fingerspitzen das kühle Metall berührten, wußte Robert, daß es sich hier nur um den Schlüssel zu dem Fluggerät handeln konnte. Er zog ihn heraus. Metall funkelte im kalten Neonlicht. Tennhaff lächelte und steckte ihn ein.

Nun mußte es schnell, sehr schnell gehen. Die nächsten dreißig Sekunden waren Arbeit mit dem Klebeband. Dann war alles fertig. Der GW-Pilot würde sich nun weder bewegen noch einen Mucks von sich geben. Dessen war Tennhaff sich sicher.

Jetzt nichts wie raus!

Diesmal nahm Tennhaff den Aufzug. Und diesmal kam es ihm auch ziemlich hart an, dem Strahlen des Mädchens am Empfang mit einem gleichwertigen Strahlen zu danken.

Aber dann war er draußen und fing sofort an zu rennen. Die Wolke, diese Scheißwolke! Ausgerechnet in diesem Augenblick mußte sie auseinanderbrechen und all ihren elenden Schnee über Tal, Berge, Häuser und Hubschrauber verschütten ...

Die Welt wurde noch dunkler ...

Sie zog das harte Plastikkärtchen durch den Metallschlitz, genau wie Tennhaff sie angewiesen hatte. Sie drehte den Türknopf und drückte mit der Schulter gegen das Holz. Nichts. Kati schloß die Augen, ihr Herz trommelte. Für ein paar Augenblicke stieg Panik in ihr auf, aber dann brachte sie es doch fertig, das wilde, schlingernde Rad der Gedanken zu verlangsamen. Vielleicht hast du die Karte falsch reingeschoben? Kati drehte sie um und versuchte es nochmals.

Die Tür ging auf. Schnee, ein ganzer Schwall von Flocken wehte auf sie zu, doch für Kati existierte nur das Pfeifen des Düsenmotors und das laute Knattern eines sich drehenden Hubschrauberrotors.

Mein Gott, dachte sie, hilf! Lieber Gott, hilf! Und rannte, den Rucksack im rechten Arm, wie Tennhaff es ihr befohlen hatte: »Den Rucksack am Arm, sonst behindert er beim Einstieg. Also reinwerfen, einsteigen – und ab!«

Reinwerfen, einsteigen und ab ...

Und da war die Maschine, zuvor noch ein Schatten, nun stabiles Metall. Die Tür stand offen, eine winzige Treppe war heruntergeklappt, und da war der fauchende Luftstrom, der an Katis Jacke und ihrer Kapuze riß und sie sich ducken ließ – und vor allem: Tennhaffs Gesicht, Tennhaffs Hand ...

Sie stieg hoch.

Noch während sie sich drehte, um sich in den Sitz neben den Piloten fallen zu lassen, erkannte sie die Lichtflecken: bösartige, helle Augen, die sich rasend schnell näherten, ein Schatten in diesem ganzen verrückten weißen Schneetanz, ein Schatten, der Konturen bekam – die Umrisse eines Jeeps.

Tennhaff stieß den Gashebel nach vorne, gab vollen Schub. Das Triebwerk brüllte auf, er stellte auf Steigleistung, der Irre dort draußen wollte ihn rammen, der Jeep zog eine Kurve. Er will dich von der Seite kriegen, aber unter deinem Arsch bewegt es sich, die Bell geht hoch, er kommt zu spät ... Servus!

Tennhaff beugte sich etwas vor: Sie springen aus dem Jeep. Drei! Und sicher Rocca darunter ... Und jeder der drei reißt den Arm hoch ... Plopp-plopp-plopp ...

Die Schüsse klangen, als würden irgendwo Erbsen auf ein Blechdach geworfen.

»Sie schießen!« rief Kati.

Na und?

Tennhaff zog die Bell in einen steilen Aufwärtsturn.

Und dann war nichts mehr um sie als wirbelnder, tanzender Schnee ...

Außer in den Frühnachrichten des Bayerischen Fernsehens gab es keinen Bericht über Hannes Tod. Doch Jan hatte das Fernsehgerät immer noch an und zappte mit der Fernbedienung herum, als ob das etwas ändern würde, als ob man noch etwas hinzufügen könnte ... Hanne gab's nicht mehr. Hanne Moser war siebenundsechzig Jahre alt geworden, Sternbild Fisch. In sechs Wochen hätte Do sich den Kopf darüber zerbrochen, was sie ihr diesmal zum Geburtstag schenken könnte, und vermutlich wären es eine Handtasche, ein Paar Hausschuhe oder ein Pullover geworden ...

Jan hielt den Blick auf das Gerät gerichtet. Er war wieder bei N-TV angekommen, aber N-TV brachte nichts als einen schwammigen Typ mit Brille, der von irgendwelchen Aktien faselte, die rauf- oder runtergingen.

Do nahm Jan die Fernbedienung aus der Hand, schaltete ab und griff nach der Kaffeetasse.

Auf dem Tisch standen Brötchen aus Jans gestrigem Supermarkt-Einkauf. Er hatte sie im Ofen aufgewärmt. Do hatte sie nicht angerührt, sie hatte auch kaum geschlafen, die ganze Nacht hatte sie wach im Bett gelegen, und das einzige, was sie zu beruhigen vermochte, war Jans Gegenwart, sein Atem, die Wärme, die von seinem Körper zu ihr hinüberströmte und ihr etwas wie Ruhe vermittelte, weil sie von früher noch so vertraut schien. Ruhe und Schutz ...

Nun benötigte Do das bißchen Kraft, das ihr geblieben war, um sich zu konzentrieren und die Erinnerung an Hannes Gesicht zu verdrängen und an das, was sie mit ihr gemacht hatten.

»Ich könnte alles von hier aus organisieren«, sagte Jan. »Ich bin mir ganz sicher, daß Böhler mir die Bude überläßt. Er braucht sie schließlich nicht. Es kostet mich einen Anruf.«

Sie waren sich einig geworden, daß die Wohnung als Versteck nichts taugte. Eine kleine abgelegene Wohnstraße, wenig Leute, das war viel zu gefährlich. Das Richtige wäre ein Appartement in einem Miet-Silo, in dem ein Haufen Menschen wohnte und in dem man schön anonym untertauchen konnte. Böhler, einer von Jans Freunden, irgendein Mensch, der in Hanau wohnte, schien so etwas als Zweitwohnung in der Schleißheimer Straße zu besitzen.

»Jan, was soll das? Das ist jetzt das wenigste ... Ich muß Kontakt mit Tommi bekommen. Ich finde das gar nicht gut, daß er sich noch nicht gemeldet hat.«

Jan sagte: »Na, wenigstens hast du mit Lobko gesprochen.«

Sie hörte es nicht. Sie sah wieder einmal auf ihre Uhr, dabei wußte sie doch genau, daß es zehn war. Sie hatte es gerade erst festgestellt. »Diese Irren geben mir ab jetzt noch zehn Stunden.«

»Fünf oder zehn oder zwölf? Na und? So geht das sowieso nicht. Do, wir müssen die Polizei einschalten.«

»Deshalb will ich ja mit Tommi reden. Der hat unglaubliche Beziehungen. Der macht so was hundertmal besser als ich.«

Sie wollte schon wieder von ihrem Stuhl hoch, um im Raum hin und her zu gehen, doch Jan hielt sie am Handgelenk fest. »Do?«

»Ach, Mensch – ach, Jan ...« Sie sackte zusammen.

»Do! Wir werden uns nicht von einem Haufen beschissener Neurotiker fertigmachen lassen, hörst du? Wer sind die schon? Idiotische Fanatiker, irre Außenseiter, denen es zur Abwechslung einfällt, Amok zu laufen. Mit Psychopathen wird man fertig. Man muß aufpassen, richtig, aber man kriegt sie wieder an die Kandare.«

Sie blickte ihn an, und er sah die Verzweiflung, die ihre Augen trübte wie schmutziger Rauch. Er sah die Unruhe darin, aber auch zu seiner Erleichterung kalte Entschlossenheit.

»Schön wär's, Jan.«

»Du weißt es auch.«

»Ich weiß gar nichts. Ich weiß nur eines: Daß sie Kati haben und daß Hanne tot ist ... Und da ist noch etwas, das ich weiß: Daß ich in den Verlag muß.«

»Jetzt?«

Sie nickte heftig. »Ja. Ich muß mit Schmidt-Weimar reden. Ich muß den Alten sehen. Und vor allem muß ich mit den Nachrichten-Agenturen Kontakt aufnehmen. Das muß raus und gedruckt werden in der gesamten Presse, in allen Medien.«

»Dazu mußt du wirklich in den Verlag? Das halte ich im Moment für zu gefährlich.«

»So? Meinst du? – Soll ich dir was sagen, Jan: In Somalia hatte sich einer der Jungens, ich glaube, es war der RTL-Mann, den schönen Satz ›Risiko, dein täglich Brot‹ ans Auto geschmiert. Mag zwar dämlich klingen, aber es war was dran. Was ich damit sagen will: Ich habe keine Angst um mich. Daran hab' ich mich gewöhnt. Ich habe nur Angst um Kati.«

»In Ordnung, aber ...«

Sie hob die Hand. »Laß mich ausreden. Über die Angst bin ich weg, obwohl ich kein bißchen an deine Theorie von den irren Außenseitern glaube. Sie stimmt nicht. Schmink sie dir ab, Jan. Das sind keine Psychopathen, das sind Leute vom Fach. Und sie verstehen ihr Handwerk ...«

»Ich glaub's trotzdem nicht.«

»Es ist jetzt nicht so wichtig, was du glaubst, Jan. Es ist wichtig, was ich glaube. Ich glaube an meine Schreibmaschine. Die ist nicht nur die einzige, sie ist auch die wirksamste Waffe, die ich besitze. Ich hab' mich ein Leben lang damit verteidigt, und das gar nicht so schlecht, wie du weißt ... Wenn ich angriff, bewegte sich manches. Und konnte ich mal richtig draufhalten, dann flogen sogar die Fetzen ...«

Jan nickte. Was sonst? Dos Augen waren wieder klar, die Farbe war in ihr Gesicht zurückgekehrt. Es wirkte unglaublich lebendig.

»Und die Fetzen werden fliegen, Jan! Das schwör ich dir.«

»Na, dann laß sie fliegen«, grinste er.

»Du bringst mich also in den Verlag?«

»Nein. Wir werden nicht in den Verlag fahren, sondern erst mal deinen Schmidt-Weimar anrufen und ihm vorschlagen, daß wir uns an irgendeinem hübschen kleinen, diskreten Ort treffen.«

Sie nickte. »Ich kann auch ein Taxi nehmen.«

Er schüttelte den Kopf und griff nach ihrer Hand. »Nee, nee, ab jetzt bleiben wir schön zusammen.«

Hauptkommissar Ludwig Heininger saß genau an der Stelle, die er Tommi Reinecke zuvor am Telefon angekündigt hatte: Am zweiten Fenstertisch des »Kurfürsten-Eck«, rechts vom Eingang. Die Kellnerin servierte ihm gerade ein Paar Weißwürste, und die Sonne leuchtete auf seinem Bierglas.

»Die Wecken, Maria.«

»Sind schon da, Herr Heininger, sind schon da …« Die dicke blonde Frau rannte.

Kommissar Ludwig Heininger nahm einen Schluck Bier und las dabei gleichzeitig auf seiner Armbanduhr die Zeit ab, erst dann warf er Tommi Reinecke, der sich vor ihm am Tisch aufgebaut hatte, einen langen, vorwurfsvollen Blick zu: »Zwanzig Minuten zu spät! Die Weißwürst' zahlst du, mein Lieber. Und überhaupt: Was ist denn mit dir los? Wie siehst du denn aus?«

Wie unter einem Reflex massierte Tommi sich die Stoppeln an den Wangen und strich über seine geschwollenen Lider.

»Das Bild der menschlichen Katastrophe«, setzte Heininger gnadenlos nach. »Zuviel gesoffen, oder was?«

»Dafür kann ich nichts, Ludwig, aber deine Weißwürste übernehm' ich.«

»Du kannst nie was dafür.«

Tommi Reinecke bestellte sich gleichfalls ein Bier und schwieg. Er hatte wenig Lust, mit Heininger über Schopi zu reden oder ihm die Geschichte von einem Mann in einer blauen Strickjacke zu berichten, der ihn von seiner Wohnungstür aus zu verfolgen versucht hatte und den er erst nach ziemlich komplizierten Manövern abschütteln konnte.

Vor Heiningers ausgeschlafenem, gnadenlosem Polizistenblick schien das alles viel zu kompliziert – und zu unglaubwürdig.

»Also, was du mir da vorhin am Telefon erzählt hast, kam ein bißchen wie Kraut und Rüben ...«

»Kraut und Rüben? Und was für Rüben!«

Tommi setzte sich. »Das war übrigens auch nicht mein Telefon, sondern das von meinem Nachbarn. In meinem eigenen habe ich nämlich das hier gefunden ...«

Er griff in die Brusttasche seines Hemdes, fischte einen Gegenstand heraus und legte ihn auf den Tisch. Es war ein etwa daumennagellanger, runder Metallzylinder mit winzigen Anschlüssen. »Im Telefon im Hauptraum. Im Küchenanschluß war auch 'ne Wanze.«

Heiningers Augen waren wachsam geworden. »Und das Ding hier, das schleppst du natürlich im Hemd herum.«

»Wo sonst?«

»Mensch, Tommi, du bist doch nicht von gestern. Warum hast du es nicht in eine Plastiktüte gepackt? Dann hätten wir's auf Fingerabdrücke untersuchen können.«

»Warum, warum?« Tommi nahm einen Schluck Bier, einen ziemlich großen. »Weil ich wahrscheinlich zu verdammt nervös bin ... Das wäre doch ein Grund?«

»Und wer versteckt so was in deiner Wohnung? Und wie bist du überhaupt draufgekommen?«

»Zwei Fragen auf einmal. Fangen wir bei der letzten an. Wie ich draufgekommen bin?« Tommi grinste schief. »Rein zufällig, Ludwig. Rein zufällig. An der Tür Lackschrammen. Das Sicherheitsschloß verkratzt ... Die Wohnung – na, wie soll ich sagen? Bei mir waren die noch gnädig. Wenn ich dagegen an Do Folkert denke ...«

»Die Journalistin?«

»Ja, die Journalistin.«

»Und was ist mit ihr?«

»Das ist das zweite Thema, Ludwig. Einer von denen wollte sie auf der Autobahn rammen.«

»Von denen? – Von welchen?«

»Geduld, Ludwig, Geduld. Das hast du doch bei der Polizei gelernt? Jedenfalls, als ich das Türschloß sah, bin ich wach geworden. Und außerdem: Mein Kater war auch nicht in der Wohnung.«

»Schopi?«

»Ja, Schopi. Ich hab' ihn dann gefunden. Soll ich dir sagen, wo? Auf dem Hof. Sie haben ihn aus dem fünften Stock in den Hof gefeuert. Und der ist solider Zement.«

Tommi trank wieder. Er umspannte sein Glas so fest mit der rechten Hand, daß die Finger- und Gelenkknöchel weiß hervortraten. »Das werden sie mir bezahlen. Das garantier' ich dir, Ludwig ...«

Der Kommissar wußte um Tommi Reineckes Einsamkeit, wußte, wie sehr Tommi das Tier geliebt hatte. »Mein Gott, Schopi ...«

»Richtig: Mein Gott ...« Tommi sprach nun so leise, daß er kaum zu verstehen war. »Sind ja ganz idealistische, gottesfürchtige Leute. Sie betreiben Gottes Werke, sagen sie ... Und nennen sich ja auch so ähnlich: Gottes Welt.«

»Die GW? – Du meinst, das waren die von der GW?«

Tommi Reinecke achtete nicht auf den Einwurf. »Sie haben mir die Bude auseinandergenommen. Ganz diskret, das muß man ihnen lassen. Die müssen haufenweise Einbruchswerkzeug mitgeschleppt haben. Vom Archiv bis zu meinen Socken, alles war durchsucht. 'ne Menge Arbeit haben sie sich gemacht, die Jungens ... Was ich nicht weiß, ist, ob sie Schopi am Anfang oder am Schluß aus dem Fenster geschmissen haben.«

»Und du meinst, Leute von der GW? – Was wollten die? Was wollen sie von der Folkert? Arbeitet ihr zusammen an einer GW-Reportage?«

»Nein. Es geht um etwas anderes. Die glauben, wir hätten ihnen Geheimmaterial geklaut.«

Heiningers Augen wurden hart und fragend. Tommi gab ihm eine knappe Darstellung der Ereignisse und genau das Maß an Informationen, das er für richtig hielt.

»Ich könnte dir die Spurensicherung schicken. Die sind in zwanzig Minuten in deiner Wohnung.«

»Und? Was bringt das?« Tommi hatte Schwierigkeiten zu sprechen, sein Hals schnürte sich zusammen. »Die GW arbeitet in sechsunddreißig Ländern. Das behaupten die nicht nur, das tun sie auch. Da findest du keinen einzigen Fingerabdruck in eurem Archiv. Für derartige Schweinereien holen die sich doch Leute von auswärts. Und schicken sie sofort wieder weg.«

»Na ja, gibt doch noch die Interpol. Aber sonst, fürchte ich, hast du leider recht. Ich hab' schon meine Erfahrungen gemacht ... Ein Teil ihrer wichtigsten europäischen Organisationen sitzt in der Schweiz. Die operative Zentrale ist in Cannero, ziemlich nah an der Schweizer Grenze, im italienischen Teil des Tessins ... Wir hatten schon Ärger mit dem Verein, ziemlichen sogar.«

Tommi ließ das Streichholz vor seinem Zigarillo brennen. »Und?«

»Freiheitsberaubung zum Beispiel. Ähnliche Fälle also wie das, was du gerade von der Folkert-Tochter erzählt hast. Und dann eine ganz üble Kiste, ein Riesenfall von Geldwäsche, über vierzig Millionen D-Mark! – Das Geld wurde von einem Mitglied erpreßt und über die Schweiz verschoben. Das war wenigstens unsere Vermutung, aber ...«

»Aber was?«

»Ja, nun ...« Der Kommissar betrachtete die letzte Weißwursthälfte auf seinem Teller. Er stieß die Gabel hinein und drehte sie hin und her, ohne zu essen.

»Das ist es ja ... Das ist es immer mit diesen Brüdern, in

allen Fällen, die sich bei uns hier angesammelt haben. Wir haben solche Fälle schon an Interpol gemeldet ...«

Die Schweizer Kollegen haben dazu eine Stabsstelle für organisiertes Verbrechen in Bern, mit denen wir sonst ganz gut zusammenarbeiten. Resultat: nichtssagende Antworten. Und das Ersuchen um Amtshilfe wurde mit irgendwelchen lächerlichen Begründungen abgelehnt. Die Italiener haben übrigens überhaupt nicht geantwortet.

»Und was ergibt sich daraus?«

»Daß die GW-Leute überall ihre Finger drin haben, was sonst? Daß es ihnen gelungen ist, ihre Fühler bis in die Behörden zu strecken. Ob sie's mit Bestechung oder ihrer Philosophie schaffen, wer kann das wissen? Eine Krake ist das, Tommi! Und anscheinend so stark wie die Mafia.«

»Ja, wunderbar!« Tommi nahm einen tiefen Schluck. »Du kennst doch das Problem. Wir haben es auch hier. Unser Staatsanwalt, der Weissner zum Beispiel, ihn bin ich in einem anderen GW-Fall angegangen. Nichts zu wollen ... Dabei bin ich mir noch nicht mal sicher, ob der Mann eine Art Sympathieträger ist. Ich glaube nicht. Nur: Du kriegst einfach keine Antwort, keine Stellungnahme, nichts kriegst du ins Rollen. Die geben von vornherein auf. Ein ›übersensibler Bereich‹ – und damit hat sich's dann. Das ›Übersensible‹ besteht darin, daß sich die Brüder von der Justiz in der Nazizeit mit der Sektenverfolgung nicht nur alle Finger, sondern auch noch den Arsch verbrannt haben. Und jetzt wollen sie nicht mal mehr ein Streichholz anfassen, geschweige den Feuerlöscher, um mit dieser ganzen Schweinerei aufzuräumen. So ist das, verstehst du?«

Tommi Reinecke spürte nichts als Zorn.

»Und die haben dir und der Folkert also ein Ultimatum gestellt. Und du glaubst, das ist ernst zu nehmen?«

»Ernst zu nehmen? – Du hättest Schopi sehen sollen, wie er da unten im Hof lag, den Schädel offen, das Gehirn im

Dreck. Und guckte mich noch immer an. Ernst zu nehmen! Du gefällst mir ... Mir brechen sie die Bude auf, ein Typ rammt Do beinahe auf der Autobahn, drei andere filmen sie im Hof des eigenen Verlags, nachdem sie sich telefonische Drohungen anhören mußte, dann versuchen sie sie mit irgendwelchen gefälschten Artikeln unter Druck zu setzen – und du fragst mich?«

»Tommi, richtig. Aber trotzdem: Damit komme ich bei keinem Staatsanwalt durch. Du kennst doch die alte Leier: Und wo sind die Beweise? – Telefondrohungen, getürkte Fahrzeugschilder, ein VW-Bus? Hat die Folkert die Polizei in Starnberg benachrichtigt?«

»Weiß ich nicht.«

Tommis Handy begann zu quäken. Er schob es an sein Ohr. »Was sagst du da, Lobko? Do Folkerts Haus? Und die Hanne? Gefesselt und erstickt? Diese Säue! – Ja, ich ruf sie an.«

Er trank hastig sein Bier aus, berichtete, daß Hanne ermordet worden war, fixierte den Kommissar und fragte: »Und jetzt?«

»Na, wenn das so ist – und wenn sie's so haben wollen, bitte, dann sollen sie's auch kriegen.«

Ludwig Heininger winkte der Kellnerin ...

10

»Hätte ich nicht gedacht. Unglaublich eigentlich ...«

Do Folkert legte den Hörer auf die Gabel zurück. »Der Verleger hat kaum Fragen gestellt, fand es sofort okay, daß wir uns außerhalb des Verlags treffen. Schmidt-Weimar hat sich wirklich so aufgeführt, als habe er die ganze Zeit nichts anderes getan, als in seinem Büro zu sitzen und auf meinen Anruf zu warten. Und zu allem noch hat er auf Engelmann geschimpft und tatsächlich zugegeben, daß das Blatt ohne mich in Schwierigkeiten käme ...«

»Und weiter?« fragte Jan.

»Und weiter? – Er selbst hat mir vorgeschlagen, wo wir uns ungestört und unbeobachtet treffen könnten.« Sie schob ihm den Zettel hin, auf dem sie zuvor die Adresse aufgeschrieben hatte. Es war eine Adresse in Grünwald. »Ich könnte ihm ja dort die Gründe erklären, warum das alles so geheimnisvoll ablaufen muß. Aber wenn wir uns schon ungestört und unbeobachtet treffen müßten, dann wäre das Beste das Café seines Tennis-Clubs. Na, was sagst du dazu?«

»Wann?« fragte Jan.

Sie stand auf. »Jetzt. Er ist in seiner Wohnung und fährt in einer Viertelstunde los. Für ihn sind das fünf, für uns hier zwanzig Minuten oder ein bißchen mehr.«

Er nickte und zog den Mantel an. Do stand noch immer am Telefon. »Ich weiß nicht«, sagte sie, »soviel Freundlichkeit, soviel Verständnis ... Irgendwie ist das schon unheimlich.«

»Ich denke, er steht auf dich? Das hast du doch gesagt.«

»Schon. Aber in letzter Zeit ist die Sympathie ziemlich abgekühlt …«

»He«, grinste Jan Schneider, »du kennst die alte Regel: Je mieser die Frauen die Männer behandeln, desto mehr Punkte sammeln sie. Muß eine Art Gesetz sein. Ich wenigstens habe mir mein Leben lang darüber Gedanken gemacht, warum das so geht …«

Es gab nicht nur eine, sondern gleich zwei Hallen. Riesige gelbe Plastikwürste, deren Wände mit Preßluft aufgeblasen worden waren und die unter den kahlen Bäumen wirkten wie zwei gestrandete Zeppeline. Im rechten Winkel dazu stand das Club-Gebäude: roter Klinker, weiß verfugt. Zwischen Club-Gebäude und den beiden Hallen erstreckte sich der Parkplatz, auch er ziemlich groß. Das halbe Dutzend Autos darauf wirkte reichlich verloren.

Do hob die Hand. »Das ist er! Das ist sein Wagen.«

»Der Jaguar?«

»Richtig. Das war er immer, Jaguar-Fahrer.«

Jan hatte beschlossen, außerhalb des etwa zwei Meter hohen grünen Drahtzauns zu parken, der das Gelände umschloß. Während der Fahrt nach Grünwald hatte er ständig zu kontrollieren versucht, ob sie verfolgt wurden, war sogar nur vierzig Stundenkilometer gefahren, um dann wieder loszupreschen. Soweit er es beurteilen konnte, war alles in Ordnung. Von seinem Standort aus konnte er leicht Straße und Einfahrt kontrollieren und feststellen, ob irgendein verdächtiger Wagen kam, um irgendwelche verdächtigen Leute abzusetzen.

»Na dann«, sagte Do, öffnete die Tür, klopfte Jan auf die Hand und zeigte jenes verbissen-tapfere Lächeln, das sie schon immer gezeigt hatte, wenn ihr etwas besonders gegen den Strich ging.

»Ab mit dir, mein tapferer Krieger!«

Sie war schon draußen, doch dann kniete sie sich noch einmal in das niedere Wageninnere und mußte sich ziemlich strecken, um Jan beide Hände auf die Schultern zu legen und ihm einen Kuß zu geben. »Weißt du, Jan, weißt du, über was ich bei allem froh bin?«

»Und?«

»Daß es uns beide noch gibt ... Meinst du nicht?«

»Und ob!« Er streichelte über ihr Haar. »Wie sagt meine Tante Fritzi so schön: Und so hat alles Schlimme auch sein Gutes ...«

Do stupste ihm den Zeigefinger gegen die Nase und ging.

Jan Schneider warf einen Blick auf die Borduhr des Porsche: Dreißig Minuten. Nicht besonders viel, aber unerträglich, wenn die Zeit zu zähem Leim wird und noch diese bohrende Nervosität hinzukommt. Es ist wie im OP, wenn du merkst, daß alles schiefläuft: die Diagnose vermurkst, der Assistent eine Flasche, und die Schwester findet das richtige Instrument nicht ...

Und wie im OP versuchte Jan es mit seinem Repertoire an Entspannungstechniken. Ganz schaffte er es nicht. Er dachte schon wieder an den grauen VW, der vorhin auf der Fahrbahn vorbeigewischt war, ganz überraschend und mit zu hoher Geschwindigkeit, als daß Jan die Nummer feststellen konnte. Und dann, kaum drei Minuten später, war der Wagen wieder auf der Gegenfahrbahn zurückgekommen. Diesmal war es ein Laster gewesen, der Jan die Sicht auf das Nummernschild versperrt hatte.

Wieder sah er zum Eingang des Club-Geländes. Da kommt sie doch ... Und sie kommt nicht allein.

Professor Jan Schneider kannte Ernst Schmidt-Weimar von den Fotos, die in »Heute« erschienen waren: »Der Verleger hielt es für besonders wichtig, bei der Übergabe des heutigen Jugend-Literaturpreises ...« und so weiter und so fort. Doch als Jan ihn nun so beobachtete, den pelzgefütterten Trenchcoat lässig über der Schulter, Seidenschal um den Hals, erinnerte Schmidt-Weimar mit seiner Silbermähne eher an einen abgehalfterten Schauspieler als an einen Verlags-Tycoon. Jetzt stieg er in seinen Jaguar, schob noch einmal die Hand aus dem Fenster, ließ kokett die Finger spielen – dann rollte der große schwarz-grüne Wagen durchs Tor und verschwand.

Jan machte Do die Tür auf. »Na?«

Er würde den Teufel tun und irgendeine Geschichte von einem grauen VW erzählen.

»Fahr zu. Reden wir später darüber ...« bat sie.

Er fuhr nicht an. Er sagte: »Nein, jetzt.«

»Was willst du hören? Ich hab' sein Okay für den Bericht. Sogar für einen Aufmacher. Aber er kommt mit der alten Arie: Und was ist daran bewiesen? Was hat diese schreckliche Geschichte in Starnberg mit der GW zu tun? Schmidt-Weimar will diese verdammte Diskettenübergabe abwarten und mir dazu seinen Anwalt, einen Privatdetektiv und weiß der Teufel sonst noch was zur Verfügung stellen.«

Sie steckte den Daumen in den Mund, und wie sie so zornig auf ihrem Nagel herumbiß, ähnelte sie einem verzweifelten Kind.

Er sagte: »Da würde ich aber die Polizei vorziehen!« und ließ den Motor an.

Sie fuhren in Richtung Grünwald. Am Straßenrand tauchte ein als Forsthaus getarntes Restaurant auf. Dann gab es wieder nur Wald. Zwischen den Stämmen schimmerten die Villen der Schönen und Reichen. Es herrschte nur spärlicher Verkehr. Im Rückspiegel und sehr weit entfernt tauchte ein kastenförmiger Wagen auf. Jan ertappte sich dabei, daß er das Gaspedal durchtreten wollte. Er ließ es sein. Er würde sich doch nicht von jedem blöden Lieferwagen, der an einen VW-Transporter erinnerte, verrückt machen lassen.

»Natürlich hat er irgendwie recht«, hörte er Do sagen. »Wenn mir jemand einen derartigen Fall schildern würde, hätte ich wahrscheinlich ähnlich reagiert. Doch für mich ist das reine Hinhaltetaktik.«

Ein ganzer Pulk von Fahrzeugen schoß an ihnen vorbei.

Der »Kasten« war nicht darunter ...

»Das ist es aber nicht«, fuhr Do fort, »das nicht. Es ist etwas anders.«

»Und?«

»Ich weiß es nicht. Wenn ich es mir jetzt überlege, finde ich alles irgendwie merkwürdig. Schmidt-Weimar ging es die ganze Zeit um diese blöden Disketten ... Ob ich die verdammten Dinger denn wirklich nicht in Hilpers Haus gesehen hätte ... Ob ich absolut sicher wäre, daß sie dort nicht existierten. Und jetzt kommt das Größte: Wenn ich sie schon nicht hätte, ob ich mir sicher wäre, daß Tommi sie in einem unbeobachteten Moment nicht eingesteckt hätte.«

»Tatsächlich?« Do hatte recht. Trotzdem, wieso sollte Schmidt-Weimar nicht diese Frage stellen? Vermutlich traute er Tommi Reinecke alles mögliche zu ...

»Wir müssen sofort mit Tommi reden, Jan. Hat er sich nicht gemeldet?« Tommi besaß Jans Mobil-Nummer und wußte, daß sie zusammen waren. Falls Do tatsächlich nicht ohne ihn zur Polizei wollte, gab's nur eines: ihn ausfindig zu machen. Und das möglichst sofort.

Jan nahm das Funktelefon von der Konsole und streckte es ihr hin. »Da! Ruf Lobko an.«

Es schien zu klappen. Do sprach bereits, doch Jan konnte sich nicht auf das konzentrieren, was sie sagte. Er hatte anderes zu tun: Vor allem den VW-Transporter beobachten, der im Außenspiegel auftauchte. Und das war er ... Sicher, graue VW-Transporter gab es viele, aber nur einen in dieser

Sonderlackierung, diesem tief dunklen Hitler-Wehrmacht-Grau ... Diesen Wagen hatte Jan tatsächlich schon gesehen: auf dem Klinikparkplatz.

Er war's! Jan hatte ihn jetzt direkt hinter sich, da die anderen, die ihn gerade überholt hatten, nun langsamer fuhren, zurückfielen und die Überholspur zu sperren drohten. Eine Ampel. Sie stand auf Rot. Und drei Fahrzeuge dahinter. Was nützt dir da ein Porsche?

»He!« hörte er Do sagen. »Das ist er doch!«

Ja. Das war er. Und damit tauchte die interessante Frage auf, ob der VW nachvollziehen konnte, was er, Jan, ihm jetzt vormachte, denn es gab noch eine Lücke, gleich links vor der Verkehrsinsel. Jan bat seinen alten guten 111er und dessen Untergestell um Verzeihung, gab Gas, ließ die Breitwandreifen aufbrüllen, rasierte über den matschigen Rasenstreifen der Verkehrsinsel, richtete den Blick bereits auf die Gegenfahrbahn, rechnete mit allem, das ja ... aber nicht mit dem gemeinen Stoß an der linken Seite und dem schlimmen Ächzen verbogenen Blechs, dem schrecklichen Krach!

»Jan! Jan!« schrie Do.

Er verfluchte sich in dieser Sekunde. Und verfluchte vor allem den schäbigen runden Betonklotz mit dem roten Streifen am Ende, gegen den er gefahren war. Einen Meter hoch war das Ding. Der Meter hatte gereicht ...

Und dann, noch immer im Kampf mit dem Steuerrad, noch immer beim Versuch, ein weiteres Ausbrechen des schlitternden Wagens zu verhindern, sah Professor Jan Schneider noch etwas, sah einen schwarzen Gegenstand, dachte zuerst, es wäre der Auspuffstutzen, nein, die Auspuffhalterung. Er dachte es noch, während das schwarze Ding weiterkreiselte, direkt auf den grauen VW zu.

Dann sah er nichts mehr. Nichts als Licht, einen harten, gemeinen Kern von Licht, Zentrum eines rot-schwarzen Feuerballs.

Die Druckwelle kam, als Jan nach rechts steuerte, um den Porsche abzufangen. Auch dies hatte keine Bedeutung mehr. Die Räder des »111« hatten bereits jede Haftung verloren. Die Druckwelle war wie eine riesige unsichtbare Faust. Sie hob den schwarzen Wagen hoch und warf ihn über die Böschung ...

Nichts, das dort draußen noch existierte, nichts als tobendes Weiß ... Die Welt war erloschen.

Die einzige Wirklichkeit blieb für Robert Tennhaff der künstliche Horizont, die Höhenanzeige und die Instrumente. Er hatte jede Orientierung verloren, zugleich auch den Sinn für Gleichgewicht, Balance und Fluglage. Es gibt kein empfindlicheres Fluggerät als den Helikopter, er muß ständig gesteuert und unter Antrieb gehalten werden, kennt keine Stabilität. Es ist unglaublich schwer zu fliegen, so ein Ding, ist nur an seinem verdammten Luftquirl aufgehängt und jederzeit bereit, sich um sich selbst zu drehen, nach vorne oder nach hinten zu kippen ...

Und dort draußen eine Hölle aus schierem Weiß!

Tennhaff warf einen Blick zu dem Mädchen an seiner Seite. Aus der Kapuze, die Kati noch immer nicht abgenommen hatte, ragte eine Nasenspitze.

Nun drehte Kati den Kopf. »Wo fliegen wir hin, Robert?«

Das war die Preisfrage. Wenn er es wüßte ...

Das einzige, was klar war: Sie gurkten inzwischen in einer Höhe von dreitausend Metern herum, hoch genug also, um nicht gerade an der nächsten Bergwand zu zerschellen. Doch ob das noch immer die »Torre«-Gegend war, ob sie sich dem See näherten oder weiter ins Innere, in Richtung Turin flogen, wer konnte das sagen?

Irgendein Kerl vor irgendeinem Radarschirm vielleicht, dachte Tennhaff. Und wenn er mit dir Kontakt aufnehmen könnte, wird er nie glauben, daß er es mit einem Hubschrauber zu tun hat. Kein »Heli« steigt bei solchem Wetter auf ... Und wenn er sich trotzdem womöglich noch die Mühe machen würde, irgendeine Kurshilfe durchzugeben, müßte er, Robert, sich bedanken und ihm mitteilen, daß in diesem Fall alle Liebesmühe leider umsonst gewesen sei. *Mille grazie, amico! Arrivederci* ... Der Sprit geht aus!

Wieder richtete er den Blick auf die Treibstoffanzeige. Es kostete ihm jedesmal mehr Überwindung. Seit Rocca wie ein wildgewordener Bulle aus dem Jeep gesprungen war und Tennhaff gerade noch rechtzeitig abgehoben hatte, war der weiße Zeiger von vierzehn auf zwei Komma fünf gesackt. Das bedeutete den Verlust von zwölfhundertfünfzig Litern Kerosin. Robert konnte sich ausrechnen, wie lange sie sich noch in der Luft hielten. Er wollte es zwar nicht, aber er mußte. Vor allem mußte er eines: Mit Kati reden.

Er tippte ihr auf die Schultern. Ihr Kopf fuhr herum, und da waren ihre Augen, weit und forschend, doch etwas wie Panik sah Robert nicht darin. »Kati! Es ging doch nicht ganz so schön, wie ich es mir vorgestellt habe.«

»Warum?«

Er deutete auf den kleinen schwarzen Kreis mit dem weißen Zeiger, der längst in die bösartig glimmende rote Zone eingetaucht war.

»Vorhin«, sagte Tennhaff, »da müssen die uns den Tank oder eine Brennstoffleitung angeschossen haben.«

Sie sah ihn noch immer an. »Und jetzt?«

»Ich denke, wir haben noch sechs oder sieben Minuten Zeit, uns in der Luft zu halten. Dann aber ...« Sie sah ihn weiter an, unverwandt. Und er blickte zurück. Es war ein Blick, den er nie in seinem Leben erlebt hatte, ein Blick von solcher Eindringlichkeit, daß er schmerzte, und gleichzeitig war er voller Vertrauen.

»Hast du Angst?« fragte Kati.

Was für eine Frage, dachte er.

»Du mußt keine Angst haben!« Sie mußte rufen, damit er sie verstand, aber ihre Stimme blieb ruhig. »Eines habe ich gelernt, Tennhaff: Was geschieht, muß geschehen ... Und so ist es auch gut ...«

Es war ein Satz, den man bewundern konnte, aber Robert hatte jetzt keine Lust, sich GW-Weisheiten anzuhören. Auch nicht von ihr.

Aber dann tat sie noch etwas. Sie griff nach Roberts Hand, beugte sich über sie und küßte sie. Draußen der Schnee, ihr Kopf über seiner Hand ... In dieser Sekunde wußte Robert, sie würden hier rauskommen, koste es, was es wolle ...

»Kati, wenn es zu Bodenberührung kommt ...«

»Ja, ja!« schrie sie. »Beine anziehen, Brille und Gebiß abnehmen ... Tennhaff, in meiner Bude gab's eine Landkarte. Ich hab' sie mitgenommen, als du mir sagtest, was du vorhast. Und ich weiß, die hohen, die schlimmen Berge stehen nur um ›La Torre‹. Nach Süden wie nach Westen wird das Land flacher. Und auf der anderen Seite gibt's den See ...«

Er sah sie nur an. Sie nickte. »Ich weiß schon, schlimm ist's überall ...«

Er mußte ihr die Hand entziehen, um auch noch den kleinsten Impuls aufzunehmen, den ihm die Maschine zusandte.

»Guck raus! Wenn du irgend etwas siehst ...«

Und so starrten sie mit schmerzenden Augen. Doch draußen war es noch immer dasselbe: tanzender, wahnsinniger Schnee.

Wieder griff Tennhaff zum Gemischregler. Nun komm schon!

Vielleicht läßt sich so noch ein bißchen Leistung herauskitzeln ... Die Turbine lief rund, verstummte, die Maschine sackte – da kam die Turbine wieder ...

Aus den Augenwinkeln beobachtete er Kati. Sie saß steil und aufrecht im Sitz. Hast du Angst, Tennhaff? Ja. Herrgott noch mal. Und sie?

Robert stieß sie mit dem Ellbogen an. Er hatte keine Hand frei, um ihr den Kopf auf die Knie zu zwingen. Sie begriff und machte es von selbst. Auch die Turbine schien es sich inzwischen zu überlegen, oder sie hatte seine Gebete erhört. Wenigstens lief sie für die nächsten Herzschläge wieder völlig normal. Aber gleich würde sie völlig aussetzen. Und es gab auch keine Zeit mehr, am künstlichen Horizont zu korrigieren oder auch nur zu prüfen, ob der verdammte Schneebesen seine Nase hochnahm, und das mußte er! Herrgott, das wird er doch! Weiß und blind, dachte Robert.

Oder dort? Etwas Dunkles ...

Laß es keine Wand sein, Herrgott! Nicht irgendein beschissener Berggipfel oder -rücken mit riesigen Granitbrocken! Laß es etwas Vernünftiges sein ... Das war es auch. Es waren Baumwipfel, Kiefernwipfel ...

Nie in seinem Leben war Robert Tennhaff ein Anblick so süß erschienen wie diese kleinen pyramidenförmigen Gebilde. Nach dem Winkel, in dem er auf sie blickte, und dem Winkel, in dem sie hochwuchsen, würden sie mit dem Heck auftreffen. Und das mitten in einer Kiefernschonung!

Zündung aus! Nur noch ein Geräusch herrschte für die nächste Sekunde: das Pfeifen verdrängte Luft. Dann ein nicht enden wollendes Kratzen, Metallgeklirr, das Ächzen gequetschten Aluminiums, ein Krach, ein zweiter ... Die Plexiglasverkleidung flog weg, Kälte drang herein, ein Schlag wie mit einem gewaltigen Hammer – und dann nichts mehr ...

Do Folkert schlug die Augen auf und blickte in angenehm verfließendes, mildes Licht. Es war wie Sonne hinter Wolken, und gleich würde die Sonne sie wärmen, und sie würde aus ihrer Sandkuhle herauskrabbeln und durch den Strandhafer ans Meer hinunterlaufen ...

Aber da war kein Strandhafer, da waren auch keine Dünen, da waren nur blitzende Kacheln und ein weiß emaillierter Stahlrahmen, in dem sich Stoff spannte. Und davor war ein Gesicht: Jans Gesicht! Es schien vertraut und doch reichlich sonderbar, denn der rechte Teil des Schnurrbarts war unter einem Pflaster verschwunden, das sich über die ganze rechte Wange zog, und an der linken Schläfe war ein zweites Pflaster zu bestaunen.

»Na?« hörte Do. Und sie bekam auch noch den Satz geliefert, den sie stets am meisten gehaßt hatte. »Na, meine Kleine, wie steht's denn so mit uns?«

Ja, wie? Die Erinnerung regte sich, wenn auch mit Mühe, denn sie lieferte nur in Raten. Doch dann fügte sich alles, wie von einem Zauberstab berührt, blitzschnell zu einem einzigen Bild zusammen. Do wollte sich aufrichten. Das ging zwar, aber es tat weh.

»Oh«, flüsterte sie. »Da haben wir anscheinend noch Glück ...«

Sie kam nicht weiter, denn nun war auch noch ein zweites Gesicht erschienen: ohne Pflaster, aber nicht weniger zerknautscht. Zusätzlich zu seinem Bart hatte sich Tommi Reinecke inzwischen einen Pelz häßlicher braun-weißer Stoppeln zugelegt.

»Du siehst ja furchtbar aus«, flüsterte Do.

Tommi grinste friedfertig. »So schön bist du auch nicht.«

»Und was ist sonst mit mir?«

»Was schon?« sagte Jan. »Die haben dir in Narkose das Schultergelenk eingerenkt. Die Narkose fand ich ja nun reichlich übertrieben ...«

»Wieso läßt du es dann zu? Ich denke, du bist Professor und so was wie ein Chef hier.«

»Es ist nicht mein Krankenhaus. Das ist die Ambulanz in der Nußbaumstraße.«

»Was du nicht sagst ...«

Jan legte ihr den Arm um den Rücken, sanft, beinahe streichelnd – der Arztgriff. So hielt er sie, schob ein wenig nach. »Geht es so?«

Natürlich ging es so. Nur, es war ihr so verdammt schlecht ... Jans Gesicht verschwamm, die Wände dahinter auch, noch schlimmer war die Schwäche. Und trotzdem, irgendwo in Dos Schädel begann es schon wieder zu ticken. »Was war da los?« flüsterte sie. »Wie ist das passiert?«

»Später.«

»Was ist mit dem Porsche?«

»Der? Totalschaden. Versicherungsfall ... Ich wollte schon längst einen neuen.« Jan lächelte. »Und jetzt krieg' ich ihn auch.«

»Wie schön für dich. Aber was, Herrgott noch mal, war los?«

»Ich sag' doch, Do, das hat Zeit ...«

Doch dies war eine Ausrede, schlimmer noch, eine glatte Lüge. Nichts hatte mehr Zeit. Es wurde Do klar, als sie zehn Minuten später durch den Hinterausgang in einen nassen, düsteren Hof geführt wurde. Dort wartete ein Krankenwagen der Malteser. Der Fahrer rannte und riß die Tür auf. Tommi Reinecke rieb sich sein Gesicht, und Jan verstärkte schon wieder den Druck um Dos Ellbogen.

»Komm, steig ein und leg dich auf die Trage.«

»Ich brauche keine Trage, verdammt noch mal.«

»Trotzdem«, sagte er. »Sonst haben wir keinen Platz da drin.«

Das wurde ja immer besser! »Was soll denn das? Ich hab' doch keine Gehirnerschütterung.«

»Nein. Hast du nicht. Das haben wir schon kontrolliert.«

»Warum dann?«

Die Tür klappte zu, und Do lag tatsächlich auf der Trage. Der Fahrer ließ den Motor an, der Wagen glitt zum Ausgang.

»Was soll das, Jan? Wo fahren wir hin?«

»Zur Polizei«, sagte er. »Darüber waren wir uns doch einig, oder?«

Als die Benommenheit verschwand, war um Tennhaff nichts als Kälte und weiße Helligkeit. Das erste, was er genau wahrnahm, war ein süßlicher Geschmack nach Eisen und daß anstelle von Kiefer und Gaumen nichts vorhanden war als pelzige Gefühllosigkeit.

Er versuchte Luft zu holen, schluckte statt dessen Blut, hustete, bekam dann auch Luft, doch nur durch den Mund. Die Nase war ein heißes, pulsierendes, undurchlässiges Stück Fleisch.

Scheiße! Aber du lebst!

Er bewegte den Kopf. Das ging. Dann hörte er eine Stimme, und sie war klar, hell und voller Angst. »Robert? O Robert ... Robert, lebst du?«

»Anscheinend.«

Das war eine dämliche Antwort, und zur Strafe spuckte er prompt Blut und dazu noch einen Zahn aus.

»O Robert!«

Kati hielt seinen Kopf. Er öffnete die Augen und sah ihr Gesicht und dahinter von dickem Schnee befrachtete Zweige. Jedesmal, wenn Kati sich bewegte, löste sich eine dieser Schneeleisten und fiel auf sie herab. Nun wurden Robert bereits viele Dinge auf einmal klar: Einmal, daß der bittere Ölgestank von dem immer noch warmen Triebwerk kommen mußte, das sich noch keine vier Meter von ihnen entfernt in den Schnee gebohrt haben mußte, nachdem es einen ganzen Baum abgesäbelt hatte. Dann, daß es das Leitwerk nicht mehr gab, sondern nur noch die zertrümmerte Kabine, und daß die zertrümmerte Kabine wiederum seitlich am Hang lag und der Aufprall durch die Schonung gemildert worden war. Robert sah ein Rotorblatt, das steil in den Himmel ragte. Und wieder Katis Gesicht, das hübscheste Mädchen – was heißt Mädchen? Das hübscheste Frauengesicht, in das er je geblickt hatte. Und das besorgteste.

»Robert, o Robert, da bist du ja wieder ...«

»Ja, und ob«, nuschelte er.

»Und ich hatte solche Angst.«

Er versuchte sich aufzurichten. Es ging nicht. Oder doch, nachdem Kati ihm den Sicherheitsgürtel gelöst und die verdammte Kabinenstrebe zurückgebogen hatte, die ihn einklemmte. Woher nur nahm sie die Kraft? Nun beugte sie sich über ihn, und ihr Haar streifte all das Blut in seinem Gesicht. Robert streckte die Muskeln, rollte sich zur Seite, fiel in den Schnee. Nicht zu glauben: Sie hatten es geschafft! Wenigstens vorläufig ...

Er richtete sich auf, nahm eine Handvoll Schnee, rieb sich trotz der Schmerzen das Gesicht sauber, versuchte zu grinsen, was ziemlich weh tat, und probierte es als Ersatz dann mit einem »Hätten Sie vielleicht einen Spiegel in Ihrer Handtasche, gnädige Frau? – Und die Puderdose ...«

»O Robert!«

Da zog er sie an sich, preßte seinen schmerzenden Kopf an ihr Gesicht und hätte sie am liebsten nie mehr losgelassen ...

Schmal, ziemlich schmächtig hing er in seinem Sessel im Vernehmungszimmer der »Soko VII«, der Sonderkommission für organisiertes Verbrechen, dem falschen Paß zufolge siebenundzwanzig Jahre alt, was sogar stimmen konnte, die rechte Hand, den rechten Arm bandagiert, im Gesicht noch immer Spuren von Rauch und Ölschmiere, die Lederjacke zerrissen, Jeans und Turnschuhe blutverschmiert. Er hing da und starrte leichenblaß und hohläugig zur Decke.

Da stand nun der Name »Louis Gerard Lombard«, doch wie er wirklich hieß, war nicht aus ihm herauszubringen – noch nicht.

»Also von vorne: In dieser ›Rue Willems‹ in Brüssel sind Sie jedenfalls nicht gemeldet. Da haben wir uns bereits erkundigt.«

Schweigen.

»Na, kommen Sie schon, viel Spaß macht mir das auch nicht.«

Kopfschütteln. Gut, dieses Problem war jetzt nicht so wichtig, wenigstens sprach er deutsch, wenn auch etwas umständlich und mit holländischem oder flämischem Akzent.

Kommissar Ludwig Heininger, Chef der »Soko«, warf einen kurzen fragenden Blick zum Fenster. Dort lehnte Staatsanwalt Weissner, hatte die Beine übereinandergeschlagen und zeigte sein übliches ausdrucksloses Pokergesicht.

»Und von einer Sekte, die sich GW nennt, haben Sie natürlich nie etwas gehört?«

Schweigen.

»Und auch nicht von einer Abteilung 5, die innerhalb der GW so etwas wie Polizei, Ordnungs- und Terrororganisationen darstellt?«

Der Gefangene streckte die Fingerspitzen der linken Hand und behielt die rechte zur Faust geballt. Er hob beide Hände etwas hoch und ließ sie wieder fallen. Diesmal machte er sich noch nicht einmal die Mühe, den Kopf zu schütteln.

Heininger überwand sich, tat drei Schritte und hob ihm mit dem angewinkelten Zeigefinger den Kopf hoch.

»Ich hab' Sie etwas gefragt.«

»Ja ... ja, Sie fragten.« Es kam dünn und zitternd, und das Zittern konnte man ihm noch nicht mal verübeln nach allem, was hinter ihm lag. »Und ich hab' gesagt: Nein ... Und ich hab' gesagt, was Sie mich können ... Und ich hab' gesagt, daß ich Anwalt will. Wo ist Anwalt?«

»Der wird schon kommen. Anwälte haben zu tun ... Benachrichtigt haben wir ihn.«

Heininger brachte seine Stirn näher zu dem Kopf des Verhafteten, wollte ihn dazu bringen, ihn anzusehen, aber es klappte nicht. »Gut, bleiben wir also bei Lombard. Wie die Sache nun mal liegt, Lombard, haben Sie heute morgen da draußen in Grünwald eine ganz spezielle Nummer abgezogen. Und aus diesem einfachen Grund ist für Sie auch eine ganz besondere Abteilung zuständig. Wir nämlich – Und wir sind so etwas ähnliches wie eure Abteilung 5, könnte man sagen ...«

Heininger zog einen Stuhl heran. »Und bei uns gibt's Material über euch, ziemlich viel sogar. Wir wissen also einiges. Und das wissen wir schon länger ... Aber jetzt hat uns ihr toter Kollege endgültig auf die Sprünge geholfen.«

Der Gefangene zeigte auch jetzt keine Angst, er schüttelte nicht angewidert den Kopf, sagte nicht »Na und?« Er blickte nur auf die bandagierte Hand.

»In einem Punkt sind wir uns wohl einig: daß Sie heute 'ne Menge Glück gehabt haben. Als die Bombe explodierte, saßen Sie hinten und sind gleich durch die Tür geflogen. Aber Glück muß nicht anhalten. Mit Ihrem Kollegen war's ja auch ein bißchen anders ... Für das, was wir von dem noch zusammenklauben konnten, braucht man nicht mal 'ne Orangenkiste. Etwas aber blieb uns doch von ihm. Das hier ...«

Heininger drehte sich zu seiner Schreibtischplatte und nahm einen durchsichtigen Plastikbeutel hoch, der ein rechteckiges Notizbuch enthielt. Es war in einen biegsamen schwarzen Umschlag gebunden. Er hob es hoch und wedelte damit vor Lombards Augen herum.

»Das hier! – Intakt, wie Sie sehen. Bloß die Ecke hier ist ein bißchen zerfleddert. Ein Glücksfall, wirklich. Und ein echter Glücksfall ist erst der Inhalt. Ich habe ihn mir vorgenommen. Und dann gab ich das Buch meinen Leuten. Die haben auch manches begriffen, ganz schön viel sogar. Aber leider bleibt noch jede Menge unklar. Und dabei, glaube ich, könnten Sie uns helfen ...«

Heininger bekam keine Antwort. Nichts als ein kurzes pfeifendes Atemgeräusch war zu hören. Es ließ noch nicht einmal darauf schließen, daß Lombard überhaupt zugehört hatte.

»Zum Beispiel die Sache mit den Nummern. Daß er, ich meine den Mann mit dem Notizbuch, der Chef war, also die Nummer 1, das ist uns klar. Aber nehmen wir mal Sie ... Was sind Sie? Die Nummer 3, die Nummer 9? Wieviel von euch schwirren hier überhaupt durch die Gegend?«

Diesmal reichte der Zeigefinger nicht, diesmal nahm der Kommissar die ganze Hand. Der Kopf des Gefangenen flog zurück.

»He! Ich unterhalte mich mit Ihnen. Und ich hab' verdammt wenig Zeit. Sie sollten also zuhören. Und nicht nur aus Höflichkeit – in Ihrem Interesse.«

Lombard starrte ihn an. Die Augen waren aufgerissen, und die hochgezogene Oberlippe entblößte eine Reihe kleiner braun verfärbter Zähne.

»Ob Nummer 3 oder Nummer 9, ist mir scheißegal, Lombard – aber hinter wem seid ihr her? Das will ich wissen. Was hattet ihr vor?«

Staatsanwalt Weissner ließ die Mundwinkel noch tiefer sinken. Offensichtlich fand er, daß Heininger sich nicht korrekt benahm. Sollte er ...

Aber der Kommissar hatte Lombard losgelassen, und das

war ein Fehler. Er hatte nur für einen Augenblick die Hand weggenommen, doch Lombard sah darin wohl seine Chance und nutzte sie. Blitzschnell flog seine Hand zum Mund, es war die linke, die unversehrte. Er legte den Kopf zurück ... Heininger, der die Bewegung nur aus den Augenwinkeln mitbekommen hatte, handelte genauso schnell. In einem jähen, völlig unbewußten Reflex schlug er zu. Etwas blitzte im Licht, als es durch den Raum flog. Heininger bückte sich danach, pflückte es vom Boden ...

Es war eine Kapsel. Sie war durchsichtig und enthielt eine gleichfalls durchsichtige Flüssigkeit. Heininger wog sie in der hohlen Hand, knipste die Schreibtischlampe an und hielt die Hand unter den Schirm. Mit Lombard war eine geradezu dramatische Veränderung vorgegangen. Er saß nicht mehr ungerührt wie eine Puppe da, er sackte buchstäblich in sich zusammen. Der Kopf sank nach vorne, die Schultern zuckten.

Der Staatsanwalt starrte Heininger an. »Was ist denn das?«

»Wenn ich's wüßte ... Weiß der Teufel ... Vielleicht Drogen, vielleicht Gift? Ich geb's den Leuten vom Labor.«

»Ah.«

»Wissen Sie, Herr Staatsanwalt, das muß ja nun wirklich ziemlich langweilig für Sie sein ... Reine Vernehmungsroutine.«

»So? Langweilig?« Weissner leistete sich ein dünnes Grinsen. »Daher weht der Wind?«

»Man könnte so sagen, Herr Staatsanwalt.«

»Na dann ...« Der Staatsanwalt ging zur Tür. Er schloß sie so leise, daß nicht mal Heininger es hörte.

Er drückte auf den Knopf seiner Hausanlage. »Pozner, komm doch mal rüber.«

Die zweite Tür des Büros öffnete sich, und ein dicker Mann in einem karierten Hemd trat ein.

»Bring das runter zu den Labor-Typen und sag ihnen, sie sollen mir sofort Bescheid geben, wenn sie herausgefunden haben, um was es sich handelt.«

»In Ordnung.«

Pozner war verschwunden. Ludwig Heininger steckte die Hände in die Taschen und stand drei Sekunden vollkommen in sich versunken da. Dann ging er zum Schreibtisch, zog eine Schublade auf und nahm ein Päckchen Papiertaschentücher heraus. Er legte es auf den Tisch und betrachtete wieder den Gefangenen. Er hörte dessen trockenes Schluchzen und sah auf das gelockte dunkelblonde, schweißfeuchte Haar und zwei zuckende Schultern.

»Schluß jetzt!« Heiningers Stimme hatte sich vollkommen verändert, sie klang höher, in einem unangenehmen, rasiermesserscharfen Kommandoton. Er stand jetzt an der Schreibtischecke, und gleich darauf war er mit einer schnellen Drehung über Lombard, riß dessen Kopf an den Haaren zurück, sah, wie die weit geöffneten Augen sich schlossen, griff in die Tasche, schob rasch einen Pfropf zerknüllter Papiertaschentücher in den zu einem Schrei aufgerissenen Rachen, gleichzeitig griff er mit der linken Hand von hinten nach Lombardis Nase und drückte sie zu. Die Adern an Lombards Schläfen schwollen an, die Augen schienen herauszuquellen, das Gesicht verfärbte sich tiefrot. Er versuchte, mit den Armen nach Heininger zu schlagen, zog die Knie an, doch seine Bewegungen wurden schwächer und schwächer.

»Ersticken«, sagte Heininger an seinem Ohr. »Das ist Ersticken ... So fühlt sich so was an.«

Er lockerte die Finger etwas, damit Lombard ein wenig Luft holen konnte. »Genau so ... Und so hat das auch die alte Frau erlebt. ›Projekt Starnberg durchgeführt‹, steht im

Notizbuch. Mit Uhrzeit. So wurde das gemacht ... Und so war das auch mit dem Mann, den ihr in den See gekippt habt, diesem Hilper ...«

Wieder schlug der Gefangene aus, hämmerte die Absätze auf den Fußboden, der Stuhl rutschte, kippte, der Kommissar ließ ihn fallen. Lombard lag auf der Seite, das Gesicht fahl, keuchte und rang nach Luft.

Heininger ließ sich auf die Knie nieder und sah ihn an. Der Mann weinte, war fertig. Endlich ...

Leise, fast behutsam, aber sehr eindringlich sagte Heininger: »Wenn das, was ich glaube, richtig ist, mein Junge, wenn das Scheißzeug, das du vorhin schlucken wolltest, eine Giftkapsel war, wenn ihr Wahnsinnigen euch nach einer Verhaftung umbringt, weil das einfach so befohlen wird – dann hättest du genau dasselbe erlebt. Mit allen Konsequenzen, bis zum Ende, Junge ... Solche Strychnin-Kapseln lähmen das Atemzentrum im Gehirn. Und die Folge?«

Er packte ihn an den Schultern, zog ihn hoch, schüttelte ihn. Der Mund des Gefangenen stand weit offen, Speichel rann aus den Mundwinkeln. Er sah schrecklich aus.

»Du erstickst. Dann erstickst du! Hörst du: erstickst!«

Heininger ließ ihn wieder fallen. »Und warum? Weil du an einen Arjun glaubst ... Weil du glaubst, du könntest eine neue Welt bauen, indem du Leute umbringst, genauso wie all die anderen Bescheuerten, die das schon versucht haben ... Ja, von wegen. Die Welt mag beschissen sein, da hast du recht, aber so gemein und so beschissen wie diese Wahnsinnigen, für die du die Drecksarbeit erledigen sollst und die dir dann sagen, daß du dich anschließend umbringen mußt – so gemein und so beschissen, mein Junge, ist sie noch immer nicht. Hast du das verstanden?«

Heininger ließ ihn liegen, wo er lag. Sein Schluchzen ging ihm auch nicht mehr auf die Nerven. Er tat ihm sogar leid. Schließlich sagte er: »So, und jetzt reden wir. Jetzt sagst du mir, was die sich noch so alles ausgedacht haben. ›Plan B‹ zum Beispiel. Was ist mit ›Plan B‹?«

Von seiner Nase wollte Tennhaff nichts mehr wissen, die hämmerte so vor sich hin. Laß sie, sagte er sich. Und daß auch die Jeans von den Knien abwärts aufgerissen waren – nun, es gab Schlimmeres. Aber Schnee, Kälte und Nässe wurden unangenehm. Und der Schneefall hielt an, nicht mehr so stark wie zuvor, auch nicht mehr von so viel Wind begleitet, aber stetig und unbeirrbar.

Tennhaff hatte sich an der stärksten der Jungkiefern hochgezogen, es bis zum dritten Ast geschafft und dabei weitere weiße kalte Ladungen abbekommen. Und nun begann die dämliche Nase wieder zu brennen wie Feuer. Er wagte nicht länger daran herumzufingern, er war überzeugt, daß er sich das Nasenbein gebrochen hatte. Na, wenn schon ... Der Mensch kriegt seinen Sauerstoff auch durch den Mund. Hauptsache, er konnte überhaupt atmen.

Wieder drehte er den Kopf nach links, sah über den Hang, auf dem die Schonung wuchs. Die Sicht reichte jetzt weiter, über hundert, vielleicht sogar zweihundert Meter. Der Hang war ziemlich flach. Er schien wie ein weißes glattes Brett.

»He!« hörte er Katis Stimme. »He, Robert!«

Sie hatten sich etwa zwanzig Meter unterhalb des Hubschrauberwracks mit Zweigen eine Art Unterschlupf gebaut. Katis Stimme aber kam von oben, von der Absturzstelle. Sie hatte sich also wieder hochgekämpft.

Robert drehte sich um, und da war sie. An den Leib gepreßt hielt sie einen kleinen Verbandskasten mit einem aufgepinselten roten Kreuz und eine zusammengerollte Plastikplane. »Sieh mal ...« Sie hob den Verbandskasten hoch. Ihr Atem trieb weiße Wölkchen zu ihm hin. »Und dann hab' ich auch noch nach Wolldecken gesucht. Nichts. Sense ... Nichts als dieses Plastikzeug ...«

»Was heißt, nichts als Plastikzeug! Das ist doch super. Damit können wir uns einen Iglu bauen.«

»So, einen Iglu? Was du nicht sagst. Jetzt komm mal her.« Sie kniete im Schnee, hatte den Verbandskasten offen, eine Schere in der Hand und war bereits dabei, Leukoplast zuzuschneiden. »Jetzt bauen wir was ganz anderes ...«

Robert kauerte sich vor sie hin. Nun waren die Atemwölkchen noch näher. Mein Gott, was für ein Mädchen ... Was heißt Mädchen? Was für eine Frau! Und wie hatte sie sich verändert. Kaum zu glauben ... Da war nichts mehr von ergebener, ängstlicher Schüchternheit. Vielleicht war dieser Unfall dazu nötig – oder du hast sie vollkommen falsch eingeschätzt.

Es tat weh, als Kati ihm das erste Pflaster wie eine Leiste auf seinen Nasenrücken drückte. Sie gab zwei neue Lagen darauf, dann Querstreifen, schließlich Mull und wieder Leukoplast, kniff das rechte Auge zusammen und verkündete, nun sähe er genauso aus wie Pinocchio ...

Es war ihm völlig gleichgültig, wie er aussah. Er staunte über Katis Nerven. Sie versorgte ihn ruhig und umsichtig. Da war kein Zittern in den Händen, keine Klage, nichts. »Weißt du, Kati, was du für mich bist: eine Art Weltwunder«, sagte er.

Sie klappte den Kasten zu und rieb sich die Hände. »Hier gibt's nur ein Wunder, Tennhaff: daß wir noch leben ...«

Er schwieg.

Sie hob den Kopf und starrte ihn an. »Gut. Ich bin ein Weltwunder. Und wer bist du?«

Er griff nach ihrer Hand. »Das werde ich dir alles noch erklären. Aber das ist eine sehr lange und eine sehr komplizierte Geschichte ...«

»Dann erklär's mir später.«

Sie stand auf und klopfte den Schnee von ihrem grünblauen Anorak. »Du wußtest, was das für Irre sind? Und du wolltest auch raus aus der GW? In der letzten Zeit warst du überhaupt der einzige, den ich für normal hielt ... Weißt du, was das größte Glück ist? Daß wir das geschafft haben, findest du nicht?«

Er nickte.

»Du«, sagte sie, »ich bin gerade noch mal zu der Stelle gegangen, wo der Rotor den Baum umgesäbelt hat. Dann bin ich ein bißchen hochgeklettert und hab' nach rechts geguckt, auf die andere Hangseite. Da ist ein Felsen und vor dem Felsen ein ganzes Viereck schwarzer kleiner Punkte.«

»Punkte? Wieso Punkte.«

»Ein Zaun«, sagte Kati »Und wegen des Schnees siehst du nur die Oberkante der Pfähle. Aber das ist noch nicht alles ... Unterhalb des Felsens, da ist 'ne halb zugewehte Mauer. Das hab' ich zunächst gar nicht erkannt, denn sie ist so granitgrau wie der Fels, verstehst du? Aber die Mauer gehört zu einem Haus. Da war auch so 'ne Schräge, und da sah ich: Das ist das Dach. Unterhalb dieser Felsen, Tennhaff, steht eine Berghütte.«

Sie sah ihn an. Sie hatte so viel Glanz in den Augen, und dazu noch dieses Lächeln. »Na, was sagst du jetzt?«

»Daß du ein Weltwunder bist.«

Der Marsch durch den Schnee war mühsam, und auch die Sicherheitsnadeln aus dem Verbandskasten, mit deren Hilfe Kati Roberts linkes Hosenbein geflickt hatte, halfen nicht viel. Der Schnee war eiskalt, und für die paar hundert Meter bis zur Wand brauchten sie beinahe eine Stunde. Immerhin hatte das Schneetreiben inzwischen fast völlig nachgelassen, dafür aber hatte sich ein ziemlich scharfer Wind aufgetan, der in die Haut biß. Er würde die Wolken vertreiben, und das bedeutete klare Sicht. Auch das war nicht unbedingt angenehm.

Schon auf der letzten Strecke zu der Wand und der dunklen Steinmauer, in der Tennhaff nun eine Tür und zwei Fensteröffnungen erkennen konnte, war er immer wieder stehengeblieben und hatte gelauscht: Nichts. Nur gelegentliches Schneerieseln, wenn ein Ast unter der Last brach. Rocca hatte nicht viel Chancen, seine Leute loszuhetzen. Das war zu beschwerlich. Aber sie würden sie suchen, soviel stand fest, und es gab immer noch den zweiten Hubschrauber ...

Robert sah auf die Uhr. Es war jetzt vier. In zwei oder drei Stunden kam die Dunkelheit. Mit dem Feuer in der Hütte, auf das er gehofft hatte, würde es wohl nichts werden.

»Tennhaff?«

Kati war vorausgelaufen und rüttelte an dem Vorhängeschloß, das die schwere Tür aus groben Holzbohlen sicherte.

Er fand ein verbogenes Eisenstück, mit dem er das Schloß aus der Halterung brechen konnte, und hatte ein schlechtes Gewissen dabei. Aber gut: Dies war eine Art übergesetzlicher Notstand. Und er konnte zum Ausgleich ja ein paar Mark mit einigen entschuldigenden Zeilen hinterlassen. Robert zog die Tür auf. Dämmrige Dunkelheit und ein wenig Wärme empfingen sie ...

»Sie sind das also?« sagte Do Folkert, als Heininger die Krankenstation betrat, in die sie zusammen mit Jan und Tommi gleich nach ihrem Eintreffen im Präsidium gebracht worden war. »Und wenn Sie als Soko-Chef schon sagen, wo's langgeht, könnten Sie ja auch die Freundlichkeit besitzen, mir zu erklären, was das hier soll. Wollen Sie mich etwa in der Krankenstation einschließen? Und wenn schon – warum hier?«

Sie trug den Arm in der Schlinge, und auch ihr Gesicht war ziemlich blaß, aber in ihr brannte Kampflust. Ausgerechnet jetzt mußte diese mistige Schulter ihr wieder Schmerzen bereiten. Do biß sich auf die Unterlippe und betrachtete den Kommissar. Knochig sah er aus, ziemlich ungelenk, so als hätte es einige Mühe gekostet, ihn zusammenzubauen. Er hatte graues kurzgeschnittenes Haar und hinter der randlosen Brille ein Paar dunkle aufmerksame Augen. Typ Physiklehrer, entschied Do, der auch den Sportunterricht übernimmt, wenn's darauf ankommt. Heininger wiederum betrachtete sie, als habe er es mit einem seltenen Vogel zu tun, was Do mißfiel. Es mißfiel ihr heftig. Was sagte er da?

»Nun«, sagte Heininger, »Ich hab' mir halt eingebildet, Sie wären etwas pflegebedürftig.«

»Das heißt noch lange nicht, daß ich ...«

»Daß du was?« mischte Jan sich ein. »Daß du etwa nicht in eine Krankenstation paßt?«

Tommi grinste.

»Ich habe Hunger«, sagte Do. »Und hier kriegt man nur Tee oder Cola.«

»Das läßt sich schnell ändern, Frau Folkert. Wir gehen rauf in mein Büro, falls Sie keine Beschwerden haben, und ich lasse Ihnen ein paar belegte Brote bringen.«

»Beschwerden? Mir tut die Schulter weh, das ist wohl normal. Aber für eine Beschwerde halte ich das nicht.«

Und so gingen sie in den ersten Stock hinauf, über endlose Korridore, an Uniformen und Gesichtern vorbei, die nicht in ihrem Gedächtnis haften blieben.

»Wissen Sie«, sagte Heininger, »ich bin elend in Druck. Wirklich. Aber einige Dinge sind zu klären.«

»Einige? Viele!«

»Richtig. Leider. Meine Situation ist heikel. Wir haben verdammt wenig Zeit.«

»Heikel ist gut. Und meine?« Do blickte auf ihre Armbanduhr: »Und Zeit? Mir bleiben noch vier Stunden.«

Er öffnete eine Tür und komplimentierte sie in einen

Sessel. »Vergessen Sie die Geschichte mit den Disketten, Frau Folkert. Streichen Sie die einfach.«

»Streichen?« Sie funkelte ihn an. »Mit Vergnügen! Bloß wie?«

Die anderen bekamen Stühle. Heininger blieb stehen und schob die Hände in die Taschen seiner dunklen Kordhose. »In den letzten Stunden haben sich eine ganze Menge Dinge ereignet, über die ich Sie jetzt kurz in Kenntnis setzen möchte. In der Nähe von Marktredwitz haben ein paar Schulkinder eine Leiche entdeckt. Sie hing zwischen angeschwemmten Stämmen am Ufer eines Stausees. Als die hinzugerufenen Beamten mit einem Scheinwerfer die Stelle ausleuchteten, fanden sie einen Wagen, der gar nicht tief unter Wasser an irgendeinem Felsen hing. Nun, er wurde geborgen, und dabei machte man eine interessante Entdeckung: Disketten! Neun Computerdisketten ... Sie waren in einem Versteck der Innenraumverkleidung untergebracht. Die aber hatte sich durch das Wasser gelöst, und so brauchten die Beamten gar nicht erst zu suchen.«

Do starrte ihn ungläubig an. »Sie meinen doch nicht etwa, daß es sich bei diesen Disketten um dieselben handelt, die ...«

»Doch, das meine ich.« Der Kommissar nahm die Brille ab und blinzelte müde. »Und ich nehme sogar an, es sind alle. Die Auswertung ist noch nicht beendet. Die Dinger waren elend verdreckt, mußten getrocknet und was weiß ich noch werden. Aber einige wenige Teile sind schon abgeschrieben. Danach steht ganz zweifellos fest: Es handelt sich um GW-Interna.«

Dos Mund wurde trocken. Keiner sagte einen Ton.

»Der Mann«, fuhr Heininger fort, »ich meine, der Tote, der im See gefunden worden ist, war Ihnen bekannt. Wenigstens dem Namen nach ... Sie wollten ihn schließlich in Bayreuth besuchen.«

»Hilper?« flüsterte sie. »Martin Hilper?«

Heininger nickte. »Ja, Hilper ... Er hat eine schwere Kopfverletzung. Sie mußten ihn niedergeschlagen, aus seinem Haus weggefahren und dann in seinem eigenen Auto ertränkt haben. Beim Sturz in den See hatte sich die Tür geöffnet, und der Mann wurde abgetrieben.«

»Mein Gott ...«

»Stimmt, Frau Folkert, mein Gott!« Kommissar Heininger leistete sich ein erstes schwaches Lächeln. »Aber das ist nicht alles: Diese Explosion heute morgen auf der Grünwalder Straße war auch so eine völlig verrückte Sache. Eine Menge Glück war da im Spiel. Zum Beispiel, daß sich niemand auf der Verkehrsinsel aufhielt, sonst wäre ein Blutbad daraus geworden. Also gut: Was da hochging, war eine Bombe. Amonal. Ein äußerst wirksamer Sprengstoff. Die Bombe wiederum war für Fern- und Zeitzündung ausgelegt, was bedeutet, daß es sich um einen Sprengkörper handelte, den nur hochkarätige Spezialisten herstellen, Leute, die man im allgemeinen nur bei der ETA, in Irland oder im Nahen Osten findet.«

»Eine Bombe? – Ja, wieso denn?«

»Das wissen wir inzwischen. Ich hatte schon verdammt viel Pech bei Ermittlungen ...« Der Kommissar leistete sich ein melancholisches Grinsen. »Diesmal aber haben wir eine Glückssträhne in der Hand. Alles passiert zur gleichen Zeit. Und alles paßt ... Fast unglaublich, wie es paßt. Jedenfalls, im Wagen waren zwei Insassen. Einer hat überlebt. Und auch noch fast unverletzt ... Ich habe ihn gerade verhört. Er hat gestanden. Aber vorher wollte er sich noch schnell mit einer Strychnin-Kapsel umbringen, was ihm nicht gelang ... Die GW-Killer-Gruppe ist eine Art Selbstmordkommando, aber sie handelt nach genauen Anweisungen und mit hoher technischer Raffinesse.«

Do saß ganz steif da. Er hob beruhigend die Hand. »Keine

Sorge, wir werden die Truppe unschädlich machen. Schon jetzt ist sie, nach unserer Einschätzung nicht mehr operationsfähig ... Gut, einem dieser Leute gelang es, in der Krankenhausgarage einen Sender im Porsche von Herrn Professor Schneider zu installieren, die Signale brachten das Kommando dann in die Altmühlstraße, und dort wurde die Bombe plaziert.«

Do stöhnte und hielt sich die Schulter. »Und ich dachte, die wollen die Menschen lieben, wollen eine bessere, eine andere Welt.«

»Eine andere Welt schon, aber ihre! Ich kenne das Propagandamaterial: Liebe heißt in der GW bedingungsloser Gehorsam.«

»Dieser Mann, der überlebte, dieser Mann hat also gesprochen?« Sie brachte die Worte kaum über die Lippen. »Haben Sie ihn nach meiner Tochter gefragt?«

»Ja, natürlich. Er weiß nichts von ihr. Er gehört zu einer Sonderabteilung ihrer Euro-Zentrale. Und die ist nicht für junge Mädchen, sondern für Terror zuständig.«

»Moment mal«, sagte Jan. »Die bringen dieses Zeug, diese Bombe bei mir an – und ihr Wagen fliegt in die Luft?«

Die Sandwichs wurden gebracht, dazu ein gewaltiger, ziemlich mitgenommener, mit bunten kleinen Bären verzierter Thermobehälter. Beides, Essen und Kaffee, blieb unberührt. Heininger erklärte, wie sich der Sprengkörper bei Jans verwegenem Fahrmanöver vom Porsche gelöst haben mußte und dann in die Fahrbahn des Killerkommandos geriet.

»Einen astronomischen Glücksfall nennt man so was wohl«, schloß er und beobachtete mit mißbilligend gerunzelter Stirn Tommi Reinecke, der sich gerade zum dritten Mal seinen Zigarillo anzündete. »Der Mann, den ich gerade vernahm, ein Belgier, befand sich im Laderaum und flog raus. Auch der hatte ein Riesenschwein.«

Do saß in sich versunken da. Alles, was sie vernommen hatte, klang zu ungeheuerlich, als daß sie es sofort begreifen und verarbeiten konnte. »Und jetzt?« sagte sie schließlich. »Was geschieht jetzt?«

»Jetzt?« Er sah sie an, räusperte sich und massierte sein Kinn. Die Falten in seinem Gesicht schienen noch tiefer als zuvor. »Jetzt sind Gott sei Dank die Dinge endlich in Bewegung geraten. Die Staatsanwaltschaft spielt mit, und damit nicht nur der Justizminister, sondern auch das Innenministerium. Die Einsatzbefehle sind raus. Wir haben die Untersuchungserlaubnis für Schönberg. Die Aktion wird morgen beginnen. Morgen früh ... Sogar die Schweizer und Italiener sind benachrichtigt. Einer meiner Leute ist gerade nach Mailand geflogen. Natürlich ist das Risiko hoch, die haben überall ihre Kontaktleute. Wahrscheinlich werden sie Wind bekommen. Aber wir müssen das Risiko eingehen. Uns bleibt gar keine andere Möglichkeit, verstehen Sie?«

Sie griff nach Jans Hand. Kati, dachte sie, um Himmels willen, Kati! Was gingen sie die Schweiz oder Italien an? Aber Schönberg ... Und morgen? – Endlich war es soweit: Morgen würde sie Kati sehen! Vielleicht ...

»Kann ich dabeisein?« fragte Do. »Ich muß, Herr Kommissar. Ich mache mir solche Sorgen um meine Tochter ...«

»Schwierig. Und dann noch mit diesem Arm?«

»Es ist nicht mein Arm, es ist meine Schulter. Und ich bin schließlich nicht nur Mutter, ich bin auch Journalistin.«

»Das ist ja das Problem. Ich habe Ihnen dies alles nur mitgeteilt, weil ich davon ausgehe, daß Sie sich ab jetzt strikt an meine Anweisungen halten, schon im Interesse Ihrer eigenen Sicherheit.«

»Und was sind das für Anweisungen?«

»Für gefährdete Zeugen oder auch für verdeckte Ermittler, die in Schwierigkeiten sind, haben wir hier ein paar Sicherheits-Unterkünfte.«

»Im Präsidium?«

»Nein, das sind ganz hübsche, bequeme, aber streng bewachte Wohnungen. Dort werden Sie sich heute nacht aufhalten müssen, heute nacht – und solange, bis keine Gefahr mehr besteht.«

»Und morgen? Wenn Sie Schönberg durchsuchen ...«

Ludwig Heininger wiegte bekümmert den Kopf. »Na gut, ich werde mich mit dem Staatsanwalt in Verbindung setzen. Sie bekommen von mir Bescheid ...«

11

Die schwere Tür aus dunklem Kastanienholz knarrte. Der Ziegengeruch wurde stärker. Tennhaff bückte sich. Der Boden war weich und trocken. Zu Staub zerfallene Streu, Erde und Mist ...

»Ich mag Ziegen«, hörte er Kati hinter sich sagen. »Ich mag auch, wie sie riechen. Ich hab' sie immer gemocht.«

Er leuchtete mit der Stablampe umher.

»Wir könnten doch die Fensterläden aufmachen, Tennhaff?«

»Ja«, sagte er, »aber dann wird's noch kälter hier drin.«

Kälter? Der kleine Lichtfleck der Lampe erfaßte einen Kamin. Asche lag darin, sogar verkohlte Holzreste. Und in der Ecke gab's noch mehr Holz, trockenes Holz! Auf den Steinen um den Kamin erkannte Robert einen verrußten Tontopf und einen gleichfalls verrußten Topf aus Kupfer. Daneben standen zwei emaillierte Trinkbecher.

»Na also«, sagte Kati. »Geschirr ist da. Jetzt muß nur noch etwas in den Ofen, dann können wir kochen.«

»Kochen entfällt. Und was sollten wir denn überhaupt kochen?«

»Du könntest doch zum Beispiel einen Hasen fangen«, schlug sie vor. Er konnte nicht anders, er legte ihr die Hand auf die Schulter und lächelte. Sie aber neigte den Kopf und strich mit der Wange über seine Hand. »So was schaffst du doch?«

»Ich könnte ein Feuer machen. Dann wär's wärmer hier. Nur – das geht nicht ...« Er erklärte ihr, daß der Rauch verräterisch und gefährlich sein könnte und daß es daher besser sei, bis zum Einbruch der Dunkelheit zu warten. Kati nickte und fragte, was sie denn in der Zwischenzeit tun sollten? Erfrieren etwa? Oder Freiübungen machen? Robert ging in die Ecke, schüttelte das Stroh auf, fühlte, daß die unteren Lagen trockener waren. Er drehte es um, sah die kleine Kiste, in der die Ziegenhirten, die hier wohl hausten, ihre Lebensmittel verstauten. Er zerschlug das Holz mit dem Absatz, machte mit Hilfe seines Schweizer Armeemessers kleinere Späne und ließ die Flamme des Feuerzeugs aufspringen.

»So. Für einen Tee reicht das. Und für ein bißchen Wärme auch. Außerdem ist Kistenholz so trocken, daß es kaum Rauch machen wird. Hast du Tee dabei?«

»Tee, vier Schinkenbrote, Schokolade. Zwei Äpfel und zwei Stück Original-GW-Rosinenkuchen.«

Das Feuer warf seinen rosa Schein über Katis Gesicht, über ihre Augen, die runde Stirn, den Mund, die Haare ... Rosa? Rosenfingrig, dachte Tennhaff plötzlich. Und dann: Wo hast du nur dieses Wort »rosenfingrig« her?

»Robert«, sagte Kati leise, »ich glaube, jetzt wird es langsam Zeit, daß du mir eine Menge Dinge erklärst.«

»Ja. Und du hast auch ein Recht darauf, Kati. Paß auf, das ist so: Die ganze GW-Geschichte fing für mich an, als ich ...«

Sie sah ihn noch immer an. Es war vieles in diesem Blick, so viel, daß er nicht anders konnte, als ihn zurückzugeben.

»Nein«, sagte Kati unvermittelt.

»Was – nein?«

Sie sank auf dem Stroh zusammen. Das Feuer warf den Schatten ihrer Schulter und des Kopfes verzerrt auf die grauen Granitquader der Wand. »Ach, ich weiß auch nicht ...«

»Kati, was ist?«

Tennhaff setzte sich neben sie. Er fühlte, daß sie zitterte. Sie hatte die Hände tief in die Taschen der Jacke geschoben, die Schultern waren zusammengekrümmt. Er konnte ihr Gesicht nicht erkennen, die Haare bedeckten es – aber dieses Zittern, ihr leiser, gepreßter Atem ...

»Du hast Angst, Kati, nicht?«

Stille. Nur das Feuer knisterte leise, wurde heller. Lange würde es nicht brennen.

»Angst? Das weiß ich nicht ... Es ist alles ... alles ist so ... Was soll ich denn sonst haben? Wir sind raus, das ja ... Und jetzt? Was kommt jetzt?«

Er schob eine Strähne ihres Haares zur Seite. Tränen glitzerten im Licht. Robert versuchte, sich in Kati hineinzuversetzen. Er wußte ja, daß diese Reaktion kommen mußte, wußte plötzlich, daß es nicht allein der Schrecken des Absturzes, die Strapazen oder die Angst waren, sondern mehr, viel mehr: enttäuschte Hoffnung. All die Träume, die sie geträumt, all die Erwartungen, die sie in die anderen gesetzt hatte, waren mit unvorstellbarer Brutalität zerschlagen worden. Dann der Gedanke an das, was zuvor gewesen war, was Kati verlassen hatte, um ihr neues Leben zu beginnen, ihre Mutter, ihre Jugend – alles ...

Die Tränen rannen zu Katis Mund, sie wischte sie ab. Robert suchte hilflos nach einem Taschentuch, wollte etwas sagen und wußte doch, daß er jetzt nichts tun konnte, daß es nur eines gab: still zu bleiben und bei ihr zu sein. Er hatte schon lange auf diese Reaktion gewartet. Nun kam sie. Und das war gut so ...

Und dann drehte Kati ihm ihr nasses Gesicht mit den weit geöffneten glänzenden Augen zu. »O Robert ... Ich benehme mich wie eine Blöde, nicht?«

Er schüttelte den Kopf.

»Tennhaff, weißt du, ich bin froh um dich ... Und ich kann

dir … ich kann dir noch nicht mal einen Kuß geben.« Sie lächelte sogar, lächelte unter Tränen: »Geht ja gar nicht – mit deiner Nase …« Sie berührte sie flüchtig. »Und außerdem, du würdest das doch nicht kapieren.«

»O doch. Wieso nicht? Schließlich hab' ich eine Tochter, und die ist auch …«

Er kam nicht weiter. Kati legte ihm die Hand auf die Lippen. »Tennhaff, fang nicht schon wieder damit an. Wann wirst du endlich mit diesem komischen Tochterkomplex fertig? Und außerdem, sie ist siebzehn, hast du gesagt – und ich bin einundzwanzig.«

Und dann tat sie etwas, das ihn so überraschte, daß er sich hilflos und wie gelähmt fühlte. Ihre Hand schob seinen Pullover hoch. Es war dieselbe Hand, die das Hemd aufknöpfte, über seine Haut strich und nun ruhig und warm auf seiner Brust lag.

»Das sind vier Jahre, Tennhaff … Vier Jahre Unterschied.«

»Na, unglaublich, was?« Er versuchte es mit Ironie. Ihre Hand wanderte weiter. »Richtig! Unglaublich. Was verstehst du schon davon? Ich werde dir zeigen, was vier Jahre Unterschied sind. Und überhaupt, soll ich dir etwas sagen, Robert? – Nein, besser nicht … Das heißt, wieso eigentlich nicht? Aber es ist gut so, wie es ist, denn du hast es fertiggebracht, Tennhaff. Ich hab' mich … ich hab' mich in dich verliebt. Was sagst du nun?«

Was gab es da zu sagen? Er blieb überwältigt und stumm. Außerdem: Kati hatte recht, mit seiner Nase war nichts anzufangen.

»Soll ich dir noch etwas sagen, Tennhaff?«

Sie sagte es nicht. Robert hatte sich ganz schnell aufgerichtet. Sanft schob er ihre Hand weg.

»Was ist denn?« fragte sie irritiert.

Er sah sie an. »Das Feuer! Schnell!«

Sie begriff sofort und sprang auf. Sie hatte den Schöpflöffel, der auf dem Kaminbord lag, schon in der Hand, riß das brennende Holz auseinander, während Tennhaff die Flammen mit einem alten Lappen zu ersticken versuchte.

Das Feuer erlosch. Und jetzt war es ganz deutlich zu hören: das Summen eines Hubschraubermotors, das rhythmische Klopfen der Drehflügel – ja, ganz deutlich, aber nicht allzu nah.

Tennhaff ging zur Tür und öffnete sie. Das Geräusch kam von Westen. Zum ersten Mal konnte er die Umrisse der Berge ausmachen, so klar und deutlich standen sie gegen den silbergrauen Himmel, als seien sie mit schwarzer und weißer Tusche gezeichnet.

Herrgott, wenn du wenigstens wüßtest, aus welcher Richtung du selbst gekommen bist! Diese gezackte Linie mit dem Dreiergipfel, dann der einzelne hohe Berg dort? So nahe können diese Berge doch nicht beim Torre-Gebiet liegen, denn ihre Konturen hast du nie gesehen ...

Kati stand hinter ihm. Robert spürte den sanften Druck ihres Körpers. Für Sekunden war das Motorgeräusch etwas leiser geworden – doch da war es wieder, kam näher!

»Geh rein, Kati!« sagte Robert.

»Und? Was ändert das? Die sind zu weit entfernt.«

Sie hatte recht. Wieder wandte er den Blick nach Westen, dort, wo dies verdammte Kiste herumgurken mußte. Wieso zeigte sie sich nicht? Und wieso, zum Teufel, fing es nicht wieder an zu schneien? Ein paar lächerliche Flocken, die gab's, weiße Punkte, die ab und zu wie zum Hohn vor seinen Augen tanzten. Vorhin noch hatte Robert den Schnee verflucht, jetzt wünschte er ihn sich inbrünstig herbei.

»Geh rein«, sagte er wieder. »In meiner Jacke, in meiner Brusttasche, da ist eine Pistole.«

»Du bist ja verrückt. Wozu brauchst du eine Pistole? Ja,

bist du noch zu retten, Tennhaff? Es passiert nichts. Du wirst es sehen.«

»Das sagst du.«

»Ja. Der wird uns nicht finden«, flüsterte Kati an seinem Ohr.

Er drehte sich zu ihr. »Und woher weißt du das?«

»Weil ich's weiß. Weil's nicht im Fahrplan steht, in keinem Programm, Tennhaff. Im Programm steht nämlich, daß uns keiner mehr etwas kann. Niemand! Und im Programm steht vor allem, daß wir bald in einem kleinen hübschen Hotel ein Bad nehmen und dann in einem Superbett liegen werden. Verstehst du?«

Er holte tief Luft. Sie war – sie war wirklich unglaublich! Er wollte die Hand nach ihr ausstrecken, doch da rief sie: »Da kommt er!«

Ja, da kam er, ein schwarzer Punkt in der Öffnung, die die drei Felszacken dort links bildeten. Er stieg höher, aber nicht in Richtung Osten, nein, nicht auf sie zu. Unbewegt, wie festgenagelt, hing der Helikopter dort oben ... Vielleicht überlegen die sich gerade, welchen Kurs sie nun nehmen sollen, dachte Tennhaff. Vielleicht haben sie die Ferngläser an den Augen. Bestimmt sogar.

Tennhaff spürte, wie sich Katis Hand in seinen Arm krampfte. »Die kommen nicht, Robert. Die kommen nicht ...«

Sie kamen auch nicht. Sie betrachteten die Welt von oben, sahen vielleicht eine Fichtenschonung, sahen eine dunkle, steil abfallende Wand, an deren Fuß es einen Steinhaufen gab. Daß es sich dabei um das Granitdach einer Hütte handelte, schienen sie nicht zu erkennen.

Jetzt beschrieb der schwarze Punkt eine Kurve, kam dadurch wieder näher, flog aber – Gott sei Dank – weiter diese Kurve, vollendete sie und verschwand im Süden. Dort mußte »La Torre« liegen ...

»Siehst du, Tennhaff!« rief Kati. »Ich hab's dir doch gesagt.«

Er drehte sich um. Sie legte ihm die Hände um den Nacken und sah ihn an. Und dann sagte sie: »Herrgott, Robert, nun gib mir einen Kuß! Vielleicht schaffst du es auch mit der blöden Nase?«

Er schaffte es. Und als er Kati losließ, benommen von soviel Glück, streichelte sie ganz sanft seine Augen und lächelte.

»Jetzt will ich einen Tee, Robert. Und Hunger hab' ich auch.«

Die entscheidende Meldung über das, was sich wirklich anbahnte, die Meldung, die das ganze Ausmaß der Katastrophe blitzartig erhellte, kam nicht aus Genf, obwohl die GW dort das effektivste Informantensystem aufgebaut hatte. Sie kam auch nicht aus der Bezirksstadt Intra, wo ihre Kontaktleute selbst bei Gericht waren – nein, sie kam von einem kleinen Capo der italienischen Finanzpolizei, der *Guardia di Finanze*, und dieser wiederum hatte sie von einem Maresciallo, einem Carabinieri-Feldwebel. Die Nachricht kam nach Einbruch der Dunkelheit, kurz vor zwanzig Uhr. Ted Rocca zögerte keine Sekunde, sie sofort persönlich an Legrand weiterzugeben. Es ging nicht anders. Der ganzen Desaster-Serie, die da in München gelaufen war, mußte man mit einem neuen Konzept begegnen. Der »Plan B« war ad acta gelegt. Nicht realisierbar. Wie auch? Fünf Mann der Einsatzgruppe hatten den Befehl, sich auf eigene Faust in die Schweiz abzusetzen, was nicht einfach war. Die deutschen Kontaktleute waren zurückgezogen worden und warteten auf weitere Anordnungen. Da nach den letzten Informationen die deutsche Polizeifahndung auf Hochtouren lief und gleichfalls eine Polizeioperation gegen Schloß Schönberg angeordnet worden war, hatten sich die vier restlichen Kommando-Mitglieder, und zwar der harte Kern, bereits in Schönberg verschanzt.

Schönberg aber?

Nun, Arjun würde sein Fanal bekommen.

Durchführbar jedenfalls war diese Operation: Im Geheimdepot im Keller von Schönberg lagerten genug Sprengstoff und Munition, um Schloß und Umgebung in die Luft zu sprengen und dann die Ruinen noch tagelang zu verteidigen. Rocca hatte die Ware schließlich selbst in Dutzenden von Flügen hinschaffen lassen. Jetzt machte sich diese Voraussicht bezahlt.

Als Ted Rocca sich dies alles überlegte, war er im Jeep bereits auf dem Weg zum Turm. Es war eine klare Nacht. An Tennhaff wollte er nicht denken, das hatte Rocca sich befohlen. Er durfte sich durch nichts und schon gar nicht durch irgendwelche Emotionen wie Haß und Zorn von seinem Job ablenken lassen. Tennhaff und die Kleine würden sie sich holen. Morgen, dachte Rocca, seid ihr dran! Der Schneefall beginnt schon nachzulassen ...

Rocca war einer der fünf, die im Euro-Zentrum einen Schlüssel zu Omegas Privataufzug besaßen. Oben empfing ihn einer von den Sicherheitsleuten, die Omega »meine Leibengel« nannte. Dieser »Leibengel« hieß Manu, war Franzose, blond und ganz schön kräftig. Manu befand sich stets in Omegas Begleitung, und der Teufel mochte wissen, zu was er sonst noch gebraucht wurde ...

»Ich muß zum Chef« sagte Rocca.

Der Typ überragte ihn fast um einen Kopf. Er lächelte. Die Art, wie er lächelte, genügte.

»Komm. Meinst du, ich hätte Lust, meine Zeit auch noch mit Idioten zu verlieren?« Rocca versuchte, ihn zur Seite zu schieben. Es ging nicht. Zum Glück meldete sich Omegas Stimme in dieser Sekunde. Sie kam aus dem Ankleidezimmer.

»Was ist denn, Manu?«

»Monsieur Rocca ist hier, Meister.«

»Ted? Na, laß ihn herein.«

Omega stand vor einem mannshohen Spiegel. Auch das noch! Rocca dachte es fast hilflos. Auch noch Purpur! Purpur mit Gold, dieser kaftanähnliche Priesterornat für die Ring-Weihe, oder wie immer Omega es nannte. Und was tut er? Er pudert sich? – Pudert sich doch tatsächlich das Gesicht!

»Der ist zu hell, Manu. Ich brauch' einen dunkleren Ton.«

»Ja, Meister.«

Der »Leibengel« trat näher. Er nahm eine andere Puderdose und verteilte den Puder sorgfältig auf Omegas Wangen. Dann kam der Lidstrich. Dieses Pinselchen in Manus Pranken, das Gesicht, das er dabei machte!

Rocca stand sprachlos. Dazu bekam Legrand auch noch ein goldenes Metallband um die Stirn und die dünnen weißlichen Haarfransen.

»Ring-Weihe« – ausgerechnet! Für Ted Rocca waren Meditation, Ring-Weihe, spirituelles Powering, und wie das alles hieß, immer nur Firlefanz gewesen. Er gehörte vielleicht dazu; schließlich waren sie eine Art Kirche, eine religiöse Vereinigung, und da mußte man den Leuten auch etwas bieten. Aber sein, Ted Roccas, Job war konkret, verdammt konkret – im Augenblick mehr denn je.

»Meister, es tut mir leid, wenn ich unterbrechen muß.« Er räusperte sich. »Leider hab' ich verteufelt üble Nachrichten: Die Situation hat sich verschlechtert ... Oder besser, sie hat sich auf eine Weise zugespitzt, die ein sofortiges Handeln verlangt.«

»Ach ja?«

Nun drehte Legrand sich zu ihm, lächelte und fragte: »Schönberg?«

»Nicht Schönberg. Wenn's nur das wäre ... Hier!«

»Hier? Ach ja?« Legrand grinste noch immer.

Hat die Augen geschminkt, Puder auf den Falten, grinst, dachte Rocca. Sieh dir nur die Pupillen an! Zu ist er, bis oben zu!

Daß Legrand diesen verdammten »PC1-Engelstaub«, auch das Phenzyklidin, seit Jahren nahm und dafür sorgte, daß »PC1« und alle möglichen anderen Aufputschmittel und Hypnose-Drogen auch die »Brüder« und »Schwestern« von den Anfängern bis zu den Leitenden schluckten, damit sie stets in der richtigen heiter-beschwingten Stimmung ihre Arbeit erledigten, das alles war Rocca schon längst bekannt. Er wußte auch, daß sich Legrand von seinen Ärzten und Chemikern ganze Drogen-Cocktails zusammenmischen ließ. Es hatte ihn nie gestört. Wieso auch? Ergebnisse und Erfolg gaben Legrand schließlich recht. Nie hätte Rocca daran gedacht, deshalb Kritik am »Meister« zu üben.

Aber ausgerechnet jetzt!

Gedopt, zu bis oben hin! Diese Augen ... Und zu allem noch dieses überirdische, allwissende Lächeln. Der Anblick war mehr, als Rocca ertragen konnte.

»Hast du etwa Furcht, mein lieber Ted?« sagte Legrand. »Aber wieso denn?«

Und Manu, das Arschloch Manu, der ihm gerade den Gürtel umband, lächelte mit.

»Du solltest keine Furcht haben ... Es ist unnötig ...«

»Unnötig?« In Rocca zerbrach etwas. Er schrie: »Ihr seid ja wahnsinnig!« Er verlor die Nerven und tausend Pluspunkte bei Legrand, er wußte es, doch was sollte es? »Die Carabinieri haben Befehl zum Großeinsatz! Und sie haben ihn vorbereitet. Für morgen früh ... Versteht ihr nicht, was das heißt? Das ist nicht nur eine dämliche Razzia, sondern ein richtig beschissener, militärisch organisierter Aufmarsch! Mit Hubschraubern, Spezialeinheiten, mit allem Drum und Dran!«

»Und?«

Rocca blieb die Luft weg: Legrand lächelte. Lächelte noch immer.

»Hab ich dir nicht gesagt, Ted, daß du dir keine Sorgen zu machen brauchst. Sie kommen nicht. Hast du es nicht verstanden? – Gut, dann sag ich's dir noch ein zweites Mal: Sie kommen nicht! Und das dritte: Selbst wenn sie es versuchten, selbst wenn sie kämen, wir werden Barrieren errichten, Energiebarrieren, magische Barrieren, die ihre Flugzeuge vom Himmel holen, die ihre Soldaten vernichten werden. Verstehst du das?«

»Verstehen« sagte er auch noch ... Rocca raste vor Zorn.

»Mein Freund, wo bleibt dein Mut? Und vor allem deine Kraft? Wie viele Gegner hast du schon zur Strecke gebracht, wieviel Widerstand niedergerissen? Nun also, jetzt bin ich an deiner Seite. Und mit mir ist Gott. Komm, gehen wir zur Kathedrale ...«

»Zur Kathedrale?« Es war gerade noch ein Flüstern, das Rocca hervorbrachte. »Wozu brauchen wir ein Fest? Die Schau ist gelaufen. Aber ich kann die Leute trotz des Schnees mit den Autos rausbringen ... Wir müssen La Torre räumen. Und das sofort.«

Mißbilligend schüttelte der »Meister« den Kopf. »Du verstehst also noch immer nicht? – Nun komm, dann wirst du verstehen ...«

Und so marschierte Ted Rocca kurz vor Mitternacht ohnmächtig und benommen vor Hilflosigkeit durch die Galerie zum Berg hinüber. Draußen, soviel konnte er erkennen, schneite es noch immer, wenn auch nicht mehr mit der Heftigkeit des Nachmittags.

Als die Türen zur Aula auseinanderglitten, wehte ihm Musik entgegen. Zimbelgeklirr, Trommeln und dann der dunkle, langgezogene Ton tibetanischer Muschelhörner, die die Vorhalle vibrieren ließen. Die Hörner sollten jenen erlösenden Zustand der Selbstvergessenheit auslösen, der, so hatte Rocca einmal gelesen, ebenso wie die Hintergrundstrahlung des Weltalls nichts war als Harmonie.

Harmonie? Scheißharmonie!

Und Legrand lächelte.

Sie betraten eine Art Loge, die sich zur »Aula« öffnete. Ted Rocca spürte sein Herz hämmern. Er war wie betäubt, weniger von der Stimmung, der Musik, auch nicht von dem alles durchdringenden Weihrauchgeruch, es war das beschissene Gefühl, daß ihm die Zeit davonrannte.

»Wir haben keine Zeit! Glauben Sie mir doch, Meister.«

»Zeit?« sagte Legrand. »Zeit, was ist das?«

Dem haben sie die Schalter ausgedreht! Rocca dachte es mit kalter Wut. Oder alle Leitungen falsch gekoppelt. Aber es muß doch möglich sein, einen letzten Rest Vernunft aus ihm herauszukratzen!

Doch es war nicht möglich.

Bisher lag der kreisrunde Raum im Berg völlig im Dunkel. Nun dämmerte Licht auf, langsam erweckte es die Wandfriese zum Leben, konzentrierte sich auf die Gruppe junger Mädchen, die dort in der Mitte um den Stern stand. Es waren vierzehn. Sie trugen weiße durchsichtige Gewänder und bildeten einen Ring.

»Siehst du es? Siehst du, wie rein, wie zart und wie stark sie sind?«

Rocca schluckte.

Und dann beugte Legrand sich ein wenig nach vorne, stützte beide Hände auf die Balustrade und griff nach dem Mikrophon. »Ihr habt euch vereinigt in diesem Raum, meine Schwestern, um euch, euer Ich, euer Sein in unserem Glauben aufzulösen ... Ich sage ›aufzulösen‹, denn ihr wißt: Alles im Leben ist Energie und nichts weiter ... Ja, Gott ist Energie. Was ihr seht, was ihr fühlt, alles ist nichts als Illusion, und doch sind es Formen, die sich wandeln in einem einzigen Ziel: die Vollkommenheit zu erreichen. Reinigt euch, wandelt euch – immer der Vollendung entgegen ...«

Ich werde verrückt! dachte Rocca.

»Die Welt ist voller Dämonen, ja, meine Schwestern, voller Dämonen, die sich uns entgegenwerfen. Wir werden ihnen ihre Kraft nehmen und sie verwandeln in unsere Kraft, die Kraft des Guten, die, unwiderstehlich und von göttlicher Macht beseelt, alles löscht, was sich ihr entgegenstellt ...«

Rocca war sich darüber klar, daß er dies nicht mehr länger durchstehen konnte. Keine Sekunde länger ... Und dennoch, trotz des Aufruhrs in ihm war er fasziniert von dem Bild, das sich ihm bot. Vier der Mädchen trugen große amphorenartige Behälter aus Messing, hoben sie hoch. Das Wasser funkelte, als es sich über die Körper der anderen ergoß, die Gewänder an ihre Haut preßte und sie nackt erscheinen ließ.

»Sieh es, Mama!« rief Legrand. »Die Reinheit ... Siehst du es? Aller Schmutz fließt weg. Rein sind sie ...«

Mama? – Welche Mama?

Und da drehte der Verrückte sich um, verzog das Gesicht zu einem schiefen, schrecklichen Lächeln. »Ungläubiger! Erkennst du es jetzt, daß wir unbesiegbar sind?«

In dieser Sekunde wußte Rocca, daß alles verloren war. Der »Meister« war ein Irrer.

Doch schon wieder hatte Legrand das Mikrophon in der Hand: »Alles sind Illusionen ... Alles ist nur Spiel ... Ja, wir sind die Spieler Gottes ...«

Na, dann spielt mal schön! dachte Rocca und ging. Er durchquerte die Vorhalle, öffnete eine graue Stahltür, betrat einen Gang, der tiefer ins Innere des Berges führte. Weitere Türen tauchten auf der rechten Seite auf. Rocca betätigte die elektronische Entriegelung. Bisher war ihm jede Bewegung schwergefallen, doch als er die Reihen grauer Kisten sah, die sich in den Regalen stapelten, fühlte er sich wie befreit.

Einmal geht alles zu Ende. Für ihn, Ted Rocca, gab es keine Existenz außerhalb der GW. Die GW war sein Leben. Endstation! Zwecklos, sich selbst zu betrügen. Aus diesem Loch kommst du nicht mehr raus ... Und da lagen nun vierhundertzwanzig AK-74, Dutzende von Bazookas, Kisten mit Sprengstoff. Na ja, so bleibt Schönberg wenigstens nicht allein. Arjun bekommt sein zweites Fanal! So viele gute Waffen, beste Ware – und um dich herum nur Verrückte, mit denen nichts anzufangen ist ... Für das, was bleibt, reicht eine kleine K-18. Hier hast du sie!

Rocca hob den Deckel eines Behälters an, griff hinein und holte eine Handgranate heraus. Bewährtes Gerät, oft genug erprobt ...

Er zog den Sicherheitsstift aus der Granate. In seine Augen stiegen Tränen. Er ging sehr langsam zurück, langsam, aufrecht, mit abgezirkelten Bewegungen wie ein Automat. Die Türen hinter sich zu schließen, diese Mühe machte er sich nicht mehr.

Er betrat die Loge. Diese Stimme! Die Stimme des Irren, der schon wieder etwas von Gott und dem ewigen Fortdauern seines Willens faselte. Und da war der Schatten Manus, der irgend etwas zu ahnen schien und sich plötzlich nach Rocca umdrehte. Sollte er! Rocca war jetzt dicht hinter Legrand, ihm so nahe, daß er seinen Körper spüren konnte. Zwischen ihnen gab es nur noch die Granate.

Rocca drückte den Zünder ...

Es gab eine Ritze in den schweren Steinplatten des Daches, aus der ein kühler Hauch über sein Gesicht wehte. An den Leuchtziffern seiner Uhr las Tennhaff die Zeit ab: Sechs Uhr zwanzig am Morgen. Doch da war Katis Atem, neben ihm, ihr warmer Körper auf dem Stroh, und dazu die Erinnerung an all das, was in dieser Nacht geschehen war, die Gedanken an ihre hilflosen, zärtlichen Worte und die leisen verzückten Laute, die sie ausstieß, als sie sich liebten …

Sie hatten ihre Anoraks ausgezogen, als sie sich auf das Stroh legten. Zuvor noch hatte Robert in einem höhlenartigen Anbau der Hütte Kastanienscheite gefunden, dickes, eisenhartes Holz, das schwer anzuzünden war, aber wenn es einmal brannte, für Stunden anhielt.

Nun gab es nur noch Glutreste, und sein Anorak lag auf dem Boden.

Tennhaff fachte die Glut erneut zu einem kleinen Feuer an, beugte sich über Katis schlafendes, entspanntes Gesicht und küßte ihre Stirn. Das Flanellhemd war falsch zugeknöpft, das konnte es auch bleiben, vorerst. Sie hatten die Stiefel ausgezogen, und als Robert nun leicht nach ihren Füßen faßte, spürte er, daß sie kühl geworden waren. Er ordnete die beiden Anoraks zu einer Decke, hüllte ihre Füße ein, zog sich an und trat vor die Hütte.

Die Berge im Nordwesten waren scharf und hart umrissen. Schweigend, ja drohend und in jedem Fall anders, als Tennhaff sie in Erinnerung hatte.

Und darüber der Nachthimmel mit den Myriaden an Sternen, Galaxien, Sonnen und Planeten … Tennhaff hatte den Kopf in den Nacken gelegt und starrte nach oben und dachte an andere Nächte. Nächte in seiner Jugend, Nächte der Heiterkeit oder der Verwirrung, Nächte bei der Armee.

»Seht in der Nacht zu den Sternen, und ihr wißt, wovon ich spreche, wißt um den universalen Fluß der kosmischen Energie, der nicht nur unser Werden, sondern das Werden und Schicksal aller anderen Wesen, all dessen bestimmt, was sich irdisch nennt …«

Arjun.

Was der sagte, dachte Tennhaff, hat dich immer irgendwie

getroffen oder angerührt – wie die Stimme eines Freundes, nein, eines Lehrers, dem man vertrauen konnte. Es war aber nur eine Stimme, war nichts als ein Fernsehbild. Arjun hockte auch zwischen Bergen, mit ein paar Leuten vielleicht, dennoch total einsam, wie sie erzählen, guckt zu den Sternen, hält Ansprachen. Wie nur konnte er all das in Gang setzen, was sich GW nennt? Ein außerordentlicher Mensch, sicher. Er ahnt alles, fühlt alles, weiß vielleicht alles – oder vieles, aber eine Einzelfigur ... Einem Arjun hätte man folgen können. An einen Arjun hat auch Kati geglaubt ...

Doch es gab Leute wie Rocca und diesen Mann, der sich Omega nannte, es gab diejenigen, die alles zugrunde richteten, und so war es wohl immer gewesen.

Tennhaff ging in die Hütte zurück, und der Geruch nach Holzfeuer und Heu begrüßte ihn, war genau die Mischung, die dich die Augen schließen und an einen langen, endlos gemütlichen Tag an der Seite eines Mädchens denken läßt ...

Doch damit war's vorbei.

Im Topf war noch Schneewasser von gestern. Die sechs Teebeutel aus Katis Rucksack waren verbraucht, Tennhaff setzte das Wasser trotzdem auf, schüttete Zucker aus den Zuckerbeutelchen in die Trinkbecher, gab das heiße Wasser drüber und fand noch sechs Kekse in der Rolle. Er legte die Hand auf Katis warme Stirn und strich ein wenig an ihren Haaren herum. Sie seufzte. Und dann sagte sie irgend etwas. Robert hob ihren Kopf an, und sie fuhr hoch.

»Mensch, Tennhaff!«

Sie hatte ganz offensichtlich Schwierigkeiten zu begreifen. Er half ihr nach, indem er ihre Augen küßte. Sie schmiegte sich an ihn. »O Robert ...«

»Na ja, dieser Robert«, sagte er in ihr Haar, »dieser Robert ist eine ziemlich miese Type.«

»So? Meinst du?«

»Ja. Weiß ich. Der wird dich jetzt zwingen, heißes Zuckerwasser zu trinken und dazu drei Kekse hinunterzuschlingen, und dann sollst du raus. In die Nacht. In die Kälte.«

»Wirklich?«

»Wirklich«, sagte er und klopfte ihr bestätigend auf den Rücken.

»Kann ich mir gar nicht vorstellen, daß der so widerlich ist ... Und wohin?«

Das war es: Wohin? Zuvor, als Tennhaff das Feuer nochmals zum Leben erweckt und die Situation durchdacht hatte, hatte er versucht, sich die Karte, die Topitz ihm in Schönberg einmal bei einem Gespräch über »La Torre« gezeigt hatte, in Erinnerung zu rufen. Es war eine reichlich schematische Darstellung der Gegend westlich des Lago Maggiore gewesen, nicht viel größer als eine Sechs-mal-neun-Fotografie, aber immerhin, man konnte Flußläufe, Straßen, einige Orte, vor allem aber die reliefartigen geographischen Erhöhungen erkennen. Und dann hatte Robert daran gedacht, was Kati ihm in ihrem Haus erzählt hatte: daß es sich nämlich bei der Torre-Zone um einen Bergkessel am Monte Zeda handelte, daß die Gegend in Richtung See aber keine weiteren hohen Berge aufwies. Und genauso hatte auch Tennhaff es in Erinnerung: eine Art Hochebene, die an ihrem Ende zum Lago Maggiore abfiel ...

Eine Hochebene. Und darauf würde es Häuser geben, Höfe, Ortschaften und mit Sicherheit Straßen. Und der Hang dort draußen führte direkt nach Osten.

»Komm, Kati!« sagte Robert.

Sie setzte die Tasse ab und schnürte die Stiefel zu. Sie funkelte ihn an. »Sag bloß nicht wieder Beeilung. Das hast du jetzt schon dreimal gebracht.«

»Komm, Kati, Beeilung!«

Sie konnten die Tür nicht abschließen. Das tat ihm leid. Aber sie sicherten sie, so gut es ging, mit Hilfe von Steinen.

Die Tassen waren geputzt, und darin lagen zwei Zwanzigmarkscheine.

Es war heller geworden, und der Hang eine zerfließende, graue Fläche. Das Pochen in Tennhaffs Nase hatte nachgelassen, und die Kälte sorgte dafür, daß die Schwellung noch weiter zurückging. Nur die Kälte, diese nasse Schneekälte an den Beinen war unangenehm. Egal!

Sie marschierten los. Es war anstrengend. Doch als die Sonne aufging und eine verschneite Zauberlandschaft beleuchtete, sahen sie Telegrafenmasten, die ihre langen Schatten über eine Straße warfen.

»Na also, Tennhaff! Hab' ich nicht recht gehabt?«

Er nickte. Der Himmel war klar und von einem durchsichtigen Grün – aber vor allem frei von Hubschraubern und Motorengeräuschen.

Oder doch nicht? Aber was da in der Ferne brummte, hatte nichts mit einem Hubschrauber zu tun.

»Mensch, Tennhaff!« Kati tanzte auf der Straße herum, rutschte, fiel hin, rappelte sich auf, tanzte weiter und kickte Splittsteine vor sich her, die ein Schneeräumer hinterlassen haben mußte, der wohl gerade vorübergekommen war.

Es war ein Lieferwagen, ein Fiat Ducado mit einer Pritschenkarosserie. Auf der Ladefläche, soviel konnte Tennhaff erkennen, türmten sich Kisten.

Er riß Kati von der Straße in den Graben hinter eine Schneewächte.

»Spinnst du, Tennhaff?«

Er griff in die Innntasche der Jacke. Bisher hatten ihn das Gewicht und der Druck der Tokarew belästigt, jetzt war er froh um sie. Er zog sie heraus.

»Spinnst du?« schrie Kati wieder.

Die Entfernung zu dem Lieferwagen betrug noch etwa sechzig Meter. Er näherte sich, aber er fuhr langsamer, zu langsam für Tennhaffs Geschmack. Er kauerte sich im Straßengraben in den Schnee. So wie Ted Roccas Gehirn tickte, mußten sie von der Zentrale Suchkommandos ausgesandt haben, aber diesen Wagen schien nur ein einziger Mann zu steuern … Und die Kisten? Vielleicht hockten die anderen hinten auf der Pritsche, vielleicht waren die Kisten nur Tarnung, nur wieder ein besonders schmutziger Rocca-Trick?

Der Wagen war herangekommen.

Tennhaff richtete sich auf. Der Ducado stoppte. Die Fahrerscheibe wurde herabgekurbelt, im Türausschnitt erschien ein freundlich-rundes Bauerngesicht, übersät von Bartstoppeln.

Tennhaff hielt die Tokarew noch immer in der Hand, als er aufstand und auf den Wagen zuging.

»Signore? Dio mio!«

Der Fahrer nahm die Hände vom Steuerrad und hob sie hoch.

Tennhaff kam sich plötzlich vor wie ein Idiot. Er lächelte, so gut er das mit seiner Nase konnte, und ging noch näher. Der Fahrer wollte nach dem Ganghebel greifen …

»Momento!« sagte Tennhaff und hob die Pistole. Der Fahrer ließ den Kopf sinken. Es war eine Bewegung von so jämmerlich rührender Ergebenheit, daß Tennhaff die Tokarew endgültig wegsteckte. Und jetzt? Was erklärst du ihm? Wenn du jemanden brauchst, wenn es überhaupt noch eine einzige liebenswerte Person gibt, dann doch der? Was sagst du ihm?

Er kam nicht dazu. Erklärungen entfielen, wieso Tennhaff mit einer Pistole herumfuchtelte, denn da war schon Kati. Sie hing förmlich am Wagen, schob die Hand rein, berührte, streichelte tatsächlich das Gesicht des Mannes, der hinter dem Steuer saß, und als ob das nicht reichte, redete sie wie ein Wasserfall auf ihn ein. Sie hatte auch sofort Erfolg, denn der Fahrer nickte jetzt, blickte sogar freundlich zu Tennhaff hinüber und schob die Beifahrertür auf.

»Na!« Kati schüttelte wütend den Kopf. »Du mit deiner Scheißkanone ... Dem mußte ich erzählen, wir hätten ein Chalet in den Bergen und seien von Einbrechern überfallen worden, und deshalb hättest du die Nerven verloren.«

Sie kletterte vor Robert in die Kabine und gab dem Mann einen Kuß. »Übrigens, er heißt Pietro«, verkündete sie Tennhaff.

»Scusi, Pietro«, sagte Tennhaff und schlug die Tür zu. Das *»scusi«* gehörte zu den zehn italienischen Wörtern, die er kannte.

Der Motor brummte, Pietro gab Gas, Kati lehnte sich zurück und schloß die Augen. *»Dio mio«,* flüsterte sie. »Der Mann hat so recht: *Dio mio ...*«

Sie fuhren über Landstraßen, an Höfen vorbei, durch kleine Dörfer, bis sich vor ihnen die in der Ferne glänzende Fläche eines Sees öffnete.

Er bringe seine Ladung nach Intra auf den Markt, hatte Pietro gesagt, doch sie erreichten Intra nicht. Hinter einer Kurve am Hang wartete eine Straßensperre. Daneben stand ein Motorrad. Ein Carabiniere hob die Kelle, ein zweiter hielt die Maschinenpistole im Anschlag. Und dahinter, die ganze Strecke bis zur nächsten Kurve, erkannte Tennhaff jetzt eine Kolonne wartender Polizeifahrzeuge.

»Kontrolle!«

Pietro stieg aus. Tennhaff und Kati blieb nichts anderes übrig, als das gleiche zu tun. Auch die Tür des vordersten Pkw mit der Aufschrift *»Polizia«* öffnete sich. Ein junger Offizier stand dort, rückte an der Sonnenbrille, kam näher, blieb wieder stehen, betrachtete das junge Mädchen und den Mann mit den zerrissenen Jeans und der blutverkrusteten, -verklebten Nase.

Der Carabiniere überreichte ihm Tennhaffs und Katis Personalausweise: *»Sono tedeschi, Teniente.«*

Der Leutnant betrachtete sich Tennhaff eingehend von

Kopf bis Fuß. Er blätterte den Paß durch. Sein Blick blieb an dem Wohnort-Eintrag hängen: »Schönberg.« – Er runzelte die Stirn, sagte in tadellosem Deutsch: »Aha? – Kommen Sie bitte beide mit, und steigen Sie dort in den Wagen.«

Sie setzten sich auf die Rücksitze. Eine Mikrophonstimme füllte den Innenraum. Auf dem Beifahrersitz saß ein Unteroffizier und lauschte mit angestrengtem Gesicht. Auch Kati beugte sich plötzlich nach vorne.

»Was ist?«

»Weiß nicht. Ich versteh' das nicht ... Er redet zu schnell. Aber ... In La Torre muß was passiert sein ... Der redet von einer großen Explosion, von Verschütteten ... und daß der Berg herabgekommen sei ...«

12

Angriff bei Morgengrauen! Do dachte es, als Tommi Reinecke den Frontera durch die dunklen Straßen des Dorfes steuerte. Nur vereinzelte Fenster waren erleuchtet. Do erkannte die Hauptstraße wieder, die zur Kirche von Walldorf führte. Kein Mensch war zu sehen. Sie hatten die Mannschaftstransporter in einer Seitenstraße und auf dem Platz vor der Molkerei aufgestellt, klobige Militärfahrzeuge mit schweren Stollenreifen. Eine Gruppe Männer in Uniform stand davor. Es waren Bereitschaftspolizisten in kugelsicheren Schutzwesten, die Maschinenpistolen und Schnellfeuergewehre in den Händen.

»Rechts vor der Kirche«, sagte Tommi. »Das Eckhaus.«

In diesem Eckhaus befand sich die Gaststätte »Krone«. Und in der »Krone« wiederum, so hatte ihnen der Beamte gesagt, der am Dorfeingang ankommende Fahrzeuge kontrollierte und weiterwies, in der »Krone« befinde sich auch der Einsatzstab.

Tommi nahm kurz die Hand vom Steuer. »Gleich an der Kirche, da geht's ab nach Schönberg. Erinnerst du dich?«

Do schwieg. Und ob sie sich erinnerte ...

Er stellte den Motor ab und stieg aus. Die Jalousien der Gaststube waren herabgelassen. Sie betraten einen niedrigen, fast quadratischen Raum. Die Theke zog sich links vom Eingang an der Wand entlang, mächtige Holzbalken trugen die Decke.

Hinter der Theke stand ein dicker Mann. Er hatte eine graue Strickweste an und dunkelblaue Trainingshosen. Die rechte Hand war auf einen der Zapfhähne gelegt. Er hatte ein verschlafenes, abwesendes Gesicht, doch vielleicht versuchte er auch nur mitzubekommen, was hier eigentlich vorging. Zwei der Holztische an den Fenstern waren besetzt. Am ersten saßen zwei junge Polizeibeamte. Sie hatten Karten und Notizblöcke vor sich, vor ihnen stand ein kleines Funkgerät.

Am Ecktisch daneben hatten drei Männer Platz genommen. Einer von ihnen war in Uniform. Die beiden in Zivil waren der Staatsanwalt, der wohl den Einsatz kommandierte, und Ludwig Heininger, der Chef der »Soko«. Vor ihnen standen drei Kaffeetassen und ein Aschenbecher. Der Kommissar hielt eine Zigarette in der Hand.

»Sieh mal einer an, der Heininger raucht«, rief Tommi. »Und bei mir ...«

»Nur ausnahmsweise.« Heininger verzog grimmig das Gesicht. »Und nur bei solchen Gelegenheiten.«

»Ah, deshalb magst du die und bist so fleißig?«

Tommi konnte es nicht lassen. Die beiden anderen hatten sich erhoben. Heininger blieb sitzen. Nicht nur sein, auch das Gesicht des Staatsanwaltes wirkte bleich und übernächtigt.

»Ich habe Ihnen von Frau Folkert erzählt, Herr Oberrat« sagte der Staatsanwalt.

Der Uniformierte nickte. »Ich kenne sie als Journalistin.«

Sie gaben sich die Hand.

»Das ist Oberrat Heinze von der Bereitschaftspolizei«, stellte Weissner vor. Tommi nahm er überhaupt nicht zur Kenntnis. »Wenn Sie wollen, können Sie auch eine Tasse Kaffee kriegen, aber dann müssen Sie mir erst mal eine Frage beantworten: Was, um Himmels willen, tun Sie so früh hier draußen? Sie sollten doch in München ...«

»Ich habe Ihre Erlaubnis, hier dabeizusein, Herr Staatsanwalt. Die haben Sie mir gegeben, und die Beamten in der Wohnung haben es sogar mitgehört.«

»Aber doch nicht für jetzt. Erst wenn die Geschichte gelaufen ist.«

Do ließ sich auf einen Stuhl fallen. Tommi setzte sich neben sie. Und noch immer starrte sie Staatsanwalt Weissner aus seinen rotgeäderten Augen vorwurfsvoll an.

»So etwas können Sie keinem Journalisten sagen, Herr Weissner. Und Sie haben sicher ziemlich viel mit Journalisten zu tun, oder?« Do versuchte zu lächeln. »Könnte ich einen Kaffee haben? Wir sind alle hundemüde. Die Betten in dieser Bayreuther Pension waren schauderhaft.«

Weissner schüttelte nur den Kopf und winkte dem Mann hinter der Theke.

Nach dem ersten Schluck Kaffee fühlte Do sich besser. »Aber bitte, Herr Staatsanwalt, wie heißt das so schön? Die Lage ... Könnten Sie mir darüber etwas erzählen?«

Heininger beobachtete sie von der Seite und grinste schadenfroh.

»Frau Folkert ...« Staatsanwalt Weissner bemühte sich um Fassung. Gut, die Folkert hatte nun mal einen Namen. Außerdem war sie eine hervorragende Reporterin, so exzellent, daß man ziemlich sichergehen konnte, daß auch andere Medien ihren Bericht übernehmen würden. Das war an sich nicht übel, rechnete sich also irgendwie ... Aber sich einfach über seine Anordnungen hinwegzusetzen und noch vor Einsatzbeginn hier aufzutauchen ...

»Jetzt hören Sie mir mal zu, Frau Folkert. Sie sind die einzige Journalistin, die über diesen Einsatz Bescheid weiß. Und glauben Sie nur nicht, daß ich mir dies nicht überlegt habe. Man könnte meine Erlaubnis – hm – nun ja, als Verständnis und auch als Anerkennung bewerten ... Schließlich haben Sie wegen Ihrer Tochter gewisse Probleme.«

»Gewisse?« sagte sie. »So kann man es auch nennen ...«

»Zum anderen aber, und das war das Ausschlaggebende für uns, zum anderen haben Sie, gewollt oder ungewollt, einen ganz entscheidenden Ermittlungsbeitrag geleistet, den ich nicht nur gerne anerkennen will, sondern für den wir Ihnen auch dankbar sind.«

Do schielte zu Tommi hinüber, der mit eiserner Miene neben ihr saß. Das Ausschlaggebende ist, dachte sie, daß Weissner hofft, von mir in der Presse hochgejubelt zu werden. Es war wie so oft ein Geschäft, nichts anderes. Ein ganz normales Geschäft ... »Und die Lage?«

»Na schön, Frau Folkert: Wir haben hier zwei Kompanien Bereitschaftspolizei. Sie dienen zur Sicherung. Und sie werden auch bis zu diesem komischen Zaun hier ...« Er deutete auf die Karte, die vor ihm lag und auf der mit roten Strichen Schloß und Gelände des Besitzes Schönberg gekennzeichnet waren. »Sie werden bis hierher vorgezogen. Vorsichtshalber. Es ist jetzt sechs Uhr dreißig. Um sechs Uhr fünfundvierzig, also in einer Viertelstunde, gehen wir dann rein.«

»Wir?«

»Ja ich, Heininger und einige Leute seines ›Soko‹.« Weissner sah sie wieder an. Diesmal war der Blick scharf und befehlsgewohnt. »Sie aber bleiben hier.«

»Sie meinen, ich kann nachher aufs Gelände, wenn alles schon gelaufen ist ...«

»So in etwa.«

Nun war es der Kommissar, der half, und wahrscheinlich deshalb, weil er Tommi Reineckes verzweifelten Blick aufgefangen hatte. »Nun, Herr Weissner, die beiden könnten ja in einigem Abstand vor dem Tor bleiben. Sie müssen ja nicht unbedingt mit uns aufs Gelände.«

»Gut. Das wäre so etwas wie ein Kompromiß. Akzeptiert.«

Es war nichts zu machen. Do nickte zögernd.

Der Mann in der Strickjacke erschien erneut am Tisch. Er

hielt ein Tablett in den Händen. Darauf standen Schnapsgläser. »Nur weil's Januar ist ... und draußen so scheißkalt ... Da kann's nicht schaden.«

Die Augen des Staatsanwalts wurden schmal. »Sie wissen doch genau ...«

»Ich weiß vieles genau«, sagte der Wirt. »Daß ich zum Beispiel heilfroh bin, daß der Sauladen jetzt endlich mal ausgemistet wird. Ja, ich sag's: Ein Sauladen ist aus Schönberg geworden! Haschen tun die doch ... und huren. All die Weiber, die da rumlaufen ...«

Die Äderchen an seiner Nase wirkten im Licht fast schwarz, und wenn er sprach, kam ein Sprühregen durch die fetten Lippen. Er setzte das Tablett auf den Tisch. »Da, trinken Sie! Wenn nicht, dann trink' ich darauf, daß es mit denen da oben Schluß ist. Und das ganze Geld? Ja woher kommt denn das? Können Sie mir das vielleicht sagen? Die schmeißen mit dem Geld doch nur so um sich. Und wie die uns behandelt haben hier in Walldorf! Wie den letzten Dreck! Und dann reden die auch noch von Gott. Eine Saubande ist das, sag ich, eine Saubande!«

Sie rührten die Gläser nicht an. Sie sprachen auch nicht mit dem Wirt. Sie ließen ihn einfach stehen.

Als sie im Vorraum der Gaststube nach ihren Mänteln griffen, knurrte der Staatsanwalt: »Ich mach jede Wette, daß der längst in Schönberg angerufen und erzählt hat, was los ist ... Die wissen Bescheid. Die warten nur auf uns.«

Heininger nickte. »Ja. Aber mit Sicherheit schon länger.«

Das hast du doch schon einmal erlebt. Nun erlebst du es wieder: die Allee im Licht der abgeblendeten Scheinwerfer, Baum an Baum. Ulmen sind es, schöne alte Ulmen, die sich irgendein Herr von Schönberg einmal hat pflanzen lassen. Nun die leichte Linkskurve, die dem Parkplatz zuführt ...

Schon einmal erlebt, das ja. Aber es hatte sich etwas geändert.

»Die haben die Scheinwerfer abgeschaltet«, flüsterte Tommi neben Do. Er hatte die Leika bereits umgehängt, trotz Weissners striktem Fotografierverbot. »Alles dunkel, verdamm mich! Das stinkt, stinkt gewaltig, sag' ich dir.«

Er hatte recht.

Da war der Parkplatz, Die beiden BMW, die vor ihnen fuhren, bogen ein und stoppten. Der Himmel über den Bäumen begann sich mit einem leichten, ganz zarten Grau zu färben, doch es war noch immer dunkel. Do konnte das Tor ausmachen, zumindest die beiden aus Sandsteinquadern gebauten helleren Pfeiler.

Eine Welle von Kälte überlief ihren Nacken: Das letzte Mal ... Das letzte Mal brannten die Scheinwerfer, und ein Motorrad kam. Ein Mann stieg ab, und dann stand Kati dort: »Wir werden miteinander reden, Mami. Dann, wenn ich soweit bin.«

War sie jetzt soweit?

Der erste der beiden Wagen schaltete die Scheinwerfer wieder an. Das Schild *»Kulturstiftung Schönberg«* leuchtete auf. Do sah, wie der Staatsanwalt und der Polizeioffizier ausstiegen. Nun öffnete sich auch die Tür des zweiten Wagens, und Heininger kreuzte die Lichtbahn. In diesem Augenblick knackte ein Lautsprecher. Musik klang auf. Sie mußten ziemlich leistungsfähige Verstärker und Lautsprecher benutzen, denn die Töne, die nun zu hören waren, hüllten sie förmlich ein: sanfte, harmonische Töne, Sitar-Saitenklänge, Klavier, nun eine Flöte – Astral-Musik, New-Age-Klänge, so rein, so friedlich, so passend ...

»He? Und jetzt?« sagte Tommi. »Sollen wir etwa tanzen? Ist das die Aufforderung?«

Er stand neben dem Frontera und hielt die Nase hoch, als könne er wittern, was dort hinter den Mauern vorging. Auch die Gruppe von Männern war stehengeblieben.

Die Musik verklang. Eine Stimme folgte. Sie war tief, sonor, ruhig und sehr bestimmt: »Hier spricht die GW. Sie befinden sich auf Privatgelände. Auch der Parkplatz gehört dazu. Wir bitten Sie, diesen Parkplatz sofort zu verlassen.«

Do und Tommi Reinecke sahen sich an. Alles hatten sie erwartet, das nicht.

Nun wieder Musik. Einer der Beamten löste sich aus der Gruppe, rannte zum Wagen des Kommissars, holte ein Megaphon heraus und brachte es zu den anderen. Wieder erklang Musik. Diesmal waren es nur wenige Takte, dann die Stimme: »Herr Staatsanwalt! Und dies gilt auch für die Herren der Polizei.« In der Stimme des Mannes schwang ein leicht ironischer Ton mit, als genieße er die Situation. »Ich fordere Sie zum zweiten Mal auf: Verlassen Sie das Gelände. Fahren Sie zurück. Ich gebe Ihnen dazu eine Minute Zeit. Das sind sechzig Sekunden ... Nach Ablauf dieser sechzig Sekunden sind Sie es, Herr Staatsanwalt, der für alle weiteren Folgen die Verantwortung zu tragen hat ...«

Die Stimme schwieg einen Augenblick und fuhr dann fort: »Immerhin habe ich noch die Zeit, Ihnen die Gründe unseres Handelns und auch unsere Position zu erklären: Nach unserer Auffassung und unserer tiefen Überzeugung ist GW-Gebiet und damit vor allem auch Schönberg ein Hort kosmischen Friedens und universeller Harmonie in einer Welt der Zerstörung und des aggressiven Bösen ... Diesen Frieden und diese Harmonie zu verbreiten, dazu sind wir angetreten. Dafür sind wir bereit zu kämpfen – und auch zu sterben ... Blicken Sie jetzt auf Ihre Uhren. Ab jetzt wird gezählt. Ab jetzt läuft der Countdown. So, jetzt! Steigen Sie sofort in Ihren Wagen und fahren Sie ab!«

Sprachlos starrte Tommi Do Folkert an. Sie wandte sich um und rannte zu Heininger, der gerade seinen Wagen bestieg. »Fahrt ihr ab?«

»Den Teufel werden wir!« Heininger nahm das Mikrophon des Funkgeräts hoch. »Hier Albert – hier Albert. Berta, kommen. He, Schellinger! Paßt auf ... Der Staatsanwalt gibt gerade den Einsatzbefehl. Ja, über die Mauern ... Und an allen besprochenen Punkten ... Richtig. Wahrscheinlich, mit ziemlicher Sicherheit sogar, werden wir hier Verstärkung brauchen, benachrichtige also Anderson, benachrichtige jeden, den du erwischen kannst, daß er sich bereithalten soll. Ende.«

Do sah ihn fragend an.

Er zerrte nervös am Kragen seiner Jacke. »Frau Folkert, Sie verziehen sich jetzt hier. Ist das klar? Und zwar sofort! Das kann haarig werden, sehr haarig. Auch für Sie.«

»Sieben Sekunden«, kam die Stimme über den Lautsprecher und hallte durch die Nacht: »Sechs ... fünf ... vier ... drei ...« und als die Stimme »eins« sagte, peitschten bereits die ersten Schüsse auf.

Do warf sich zu Boden, wie sie es so oft getan hatte. Doch dieses Mal war es anders. Sie hatte nicht an ihre Schulter gedacht, und der grelle Schmerz lähmte ihr Denken für Sekunden. Sie lag neben Heiningers Wagen, sie sah Heininger rennen, sich hinwerfen, sah die Leuchtschnüre automatischer Waffen auf den BMW zuwandern, sah, wie aus der dunklen Karosserie eine Flamme hochschoß.

Nein! dachte Do. Nicht wieder! Welcher Wahnsinn ... Das träumst du! Und dann kamen die Druckwelle, die Hitze, der Krach und das Licht ...

Der Wagen des Staatsanwaltes explodierte, und dort, wo er gerade noch gestanden hatte, waren wie auf einer überbelichteten Aufnahme nur noch die nackten schwarzen Streben seines Stahlskeletts zu erkennen ...

Do hatte beide Arme vor das Gesicht gepreßt, als könnten sie ihr in dieser wüsten Schießerei so etwas wie Schutz gewähren.

Die Schulter schmerzte wie Feuer. Sie konnte sich nicht seitwärts rollen, also robbte sie rückwärts, hinter das Heck von Heiningers Wagen ... Wenn der auch getroffen wird? Wenn hier das gleiche geschieht, wenn der BMW zu brennen beginnt wie der Wagen des Staatsanwalts?

So richtete Do sich auf und begann geduckt auf den Frontera zuzulaufen, stolperte über einen Stein oder Ast, schlug hin, aber da kam Tommi angerannt, zog sie hoch, zerrte sie zum Wagen und schob sie hinein. Und dann saß er hinter dem Steuer und fuhr den schweren Frontera mit ausgeschaltetem Licht im Rückwärtsgang vom Parkplatz, eine kleine Böschung hoch auf die Straße und hinter die Alleebäume.

Zwischen den Stämmen konnten sie jetzt den dunklen Streifen der Mauer ausmachen und die Büsche, die den Parkplatz begrenzten. Hinter den Büschen gab es dunkle Flecken: Männer, die sich niederkauerten, wahrscheinlich Heininger und die anderen. Do hoffte zu Gott, daß keiner verletzt war, daß sie sich retten konnten, sie hoffte ... hoffte ... hoffte ...

Kati! Kati steckte irgendwo hinter diesen Mauern.

Irgendwo hinter den Baumkronen dort, mitten unter diesen Dafür-kämpfen-wir-dafür-sterben-wir-Wahnsinnigen ...

»Die sind schon drüben!« rief Tommi neben Do.

»Was?«

»Die sind über die Mauer. Auch am Tor, weiter rechts, siehst du nicht?«

Ja, dort rannten Männer mit Stahlhelmen und Leitern, weiter vorne und rechts ebenfalls. Schwere Motoren dröhnten. Die Wagen der Polizei schoben sich an die Mauer heran. Wieder Schüsse. Sie kamen von oben, vom Hang. Sie klangen entfernter als die ersten.

Do zitterte unter der Welle von Kälte, die sie durchfloß, die immer tiefer kroch, ihr Herz umfaßte.

Sie fühlte Tommis Hand auf der Schulter. »Es passiert ihr nichts, Do. Glaub mir. Kati passiert nichts ...«

Sie konnte das Zittern nicht länger zurückhalten. Sie krümmte sich zusammen, und Tränen schossen aus ihren Augen.

»Ruhe, Do, ganz ruhig ... Sie werden ihr nichts tun. Bestimmt nicht. Es geht gut mit Kati.«

Es geht gut mit Kati ... Sie dachte es wie ein Automat: Geht gut mit Kati ... geht gut mit Kati ...

Als Rister und diese vier Cannero-Banditen noch am Tor herumballerten und Rister brüllte: »Dafür werden wir kämpfen«, hatte Marc Berg trotz des ganzen chaotischen Durcheinanders doch noch etwas wie Stolz gefühlt. Das jedoch änderte sich. Kämpfen, ja. Aber doch nicht sterben, auch nicht andere umbringen, vor allem keine Polizeibeamten! Etwas wie Überlegung und Vernunft zeigen, darauf kam es an, auch wenn Omega die verrücktesten Befehle sandte.

Sechsundvierzig Menschen befanden sich im Schloß. Vierunddreißig davon waren Männer. Die von der Abteilung 5 aber waren zu viert, und dazu kam noch Rister.

»Wenn's drauf ankommt, dann fliegt der ganze Laden in die Luft.« Jean Rouiller, ihr Anführer, hatte es gestern abend gesagt. Aber wie soll man so was ernst nehmen? Das konnte man doch nicht ... Ein »Roshi« schon gar nicht. Alles, was Marc Berg gelernt hatte, alles, was Arjun war, stand dagegen ...

Wieder rannte Marc Berg hinab in die Halle. Er traf auf Hans Flach, einen der Computer-Leute.

»Sind sie alle drüben?« fragte Marc.
»Ja. Alle in der Druckerei, wie du gesagt hast.«
»Trotzdem, kontrollier noch mal den ersten Stock.«
»Aber was ist denn, Marc?«
»Wenn ich das wüßte ...«
Er kam nicht weiter. Neue Schüsse ertönten, das Prasseln von Salven. Die beiden drückten sich in die Nische neben dem Schloßeingang. Marc schob den Kopf zum Fenster. Vorne rannten die drei von der Abteilung 5 zum Westflügel, und wer da jetzt auf den Haupteingang zulief, war Rister. Berg drehte sich um und wußte, warum er den vierten Rocca-Mann nicht draußen gesehen hatte. Er stand im Kellereingang, eine Kabelrolle und eine schwarzen Kasten in der Hand. Jetzt zog er das Kabel quer durch die Empfangshalle, seelenruhig, der Typ, stellte den Kasten auf den Tresen neben den Behälter mit dem ganzen GW-Propaganda-Material nahm das Kabelende hoch, wollte es an dem schwarzen Kasten anschließen ...
Marc Berg schluckte. »Was ist das? Was tust du da?«
Der Typ reagierte nicht. Weder daß er den Kopf hob noch irgend etwas sagte. Er machte einfach weiter ...
»Iwan« nennen sie ihn, dachte Berg. Und der Nachname? Egal. Mit dem Stiernacken, den Muskeln, dem runden, fast glattrasierten Kopf konnte er ein Russe sein, direkt aus Tschetschenien oder sonstwo importiert.
Jetzt schielte er zu Marc hinüber. »Ruhe! Delikate Arbeit, das ...«
Die Tür sprang auf: Rister mit der Knarre in der Hand. »Eine KA-72«, hatte er zuvor noch stolz erklärt, »die Waffe der russischen Sturmtruppen. Hundertmal besser als die alte Kalaschnikow!« Dies war nun Rister, der immer vom »Endziel« gefaselt hatte, Theo, Marcs alter Freund, jetzt in dieser lächerlichen Safariweste, die er mit Magazinen vollgepackt hatte: Rambo-Rister.

Marc ging auf ihn zu. »Theo! – Das hört auf!«

Auch Rister wollte ihn nicht beachten, sondern ging auf diesen Typ mit dem Zündkasten zu.

Marc Berg nahm all seinen Mut zusammen, packte Rister an der Schulter, riß ihn herum. Risters Gesicht lief rot an. Dreckverschmiert war es, an der Schläfe hatte er blutige Striemen. Das Schlimmste aber waren die Augen.

»Ich will, daß du mir zuhörst! Ich hab' dir was gesagt, Theo.«

»Wirklich? Hast du?«

»Ich hab' dir gesagt: Noch bin ich der Chef hier. Noch hab' ich das Kommando ... Und ich sage dir, dieser ganze Wahnsinn hier hat aufzuhören, sofort aufzuhören!«

»Sag das jemand anderem.«

»Rister! Das ist mein letztes Wort. Ich habe immer mitgespielt, ich habe vieles getan, sehr vieles ... Ich habe meinen fünfzehnten Grad nicht umsonst ...«

»Steck dir deinen Grad an den Hut!«

»Genau, das tu ich. Ich geh! – Und ich tu' noch was: Ich hol' meine Leute. Wenn ihr verrückten Idioten glaubt, ihr könntet alles aufs Spiel setzen, was ...«

»Du holst wen?«

»Meine Leute. Und die werden dir zeigen ...«

Rister schüttelte den Kopf. Die Fassungslosigkeit in seinem Gesicht war nicht gespielt. »Hör mal, Marc, wenn du meinst, du könntest desertieren, dann ...«

Er beendete den Satz nicht.

Der, den sie Iwan nannten, war lautlos hinter Marc Berg getreten, und ehe er ihn auch nur wahrnehmen konnte, wurde ihm der Kopf zurückgerissen, zerschnitt ihm die rasiermesserscharfe gekurvte Schneide eines Nahkampfmessers die Kehle ...

Marc gab keinen Ton von sich. Man hörte nur das weiche,

abgedämpfte Geräusch seines Aufpralls auf den Boden. Und sah Blut, viel, viel Blut ...

»Ausgerechnet im Eingang«, sagte Rister. »Das hättest du dir sparen können.«

»Diesen Eingang«, grinste Iwan, »den gibt's in ein paar Minuten sowieso nicht mehr. Und Munition hab' ich auch gespart ...«

Es war ein gewaltiger, zitternder Ton, so als habe jemand alle Bässe einer riesigen Orgel auf einmal betätigt. Die Erde zitterte. Den Schein der Explosion dämpften die Bäume, die Nacht schluckte die gewaltige Staubwolke, die zum Himmel flog, als der Sprengstoff den gesamten Mittelteil des Schlosses Schönberg zerriß. Doch das Prasseln der herabregnenden Trümmer in das Astwerk war zu vernehmen, und dann hörte man einzelne dünne Schreie. Sie klangen wie die Klagerufe von Nachtvögeln.

Stille.

Eine sehr lange, lautlose Stille. Sie lastete wie Blei.

Nun flammten Scheinwerfer auf. Sie badeten den Park von Schönberg in ihrem weißen gleißenden Licht, ließen Stein- und Mörtelstaub vorbeiwehen wie Nebelfahnen. Die Stille aber zerschnitt eine blecherne Lautsprecherstimme:

»Hier spricht die Polizei! – Hier spricht die Polizei! – Dies ist eine Warnung ... Dies ist eine Warnung. Von nun an werden wir zurückschießen. Wir machen Sie also darauf aufmerksam, daß jeder weitere Schußwaffengebrauch von uns mit gnadenloser Härte beantwortet wird. Wir fordern Sie auf, daß sich jede Person, die sich zur Zeit auf dem Gelände von Schönberg befindet, sofort zum rückwärtigen, unversehrt gebliebenen Schloßplatz begibt. Wir werden dort in Kürze einen Verbandsplatz einrichten ... Alle GW-Mitglieder sofort zum rückwärtigen Schloßplatz! Vor allem diejenigen, die Verletzungen davongetragen haben.«

Heininger saß stumm da, die Hände um das Steuerrad gekrampft, den Blick zu all der staubdurchzogenen Helligkeit dort drüben gewandt.

Do erwachte aus ihrer Betäubung. Sie rannte zum Frontera.

»So jetzt haben sie ihn, ihren Weltuntergang, diese Arschlöcher!« hörte sie Tommi schreien. »Jetzt haben sie, was sie wollten, die verdammten Dreckschweine!«

Ihr Weltuntergang? – Nein, ihr eigener und Katis Untergang ... Doch das durfte, das konnte nicht sein! In Do war nichts als verzweifelte Rebellion.

Sie kletterte in den Wagen. »Fahr los! Fahr doch! Auf was wartest du eigentlich?«

Und Tommi gab Gas. »Bring das Presseschild an, Do! Schnell!«

Sie griff ins Handschuhfach, riß das weiße Rechteck mit der Aufschrift *»Presse«* heraus und schob es in die Halterung an der Windschutzscheibe. Und da war auch schon das Tor. Die Flügel standen offen, ein halbes Dutzend Beamte war dabei, an der Einfahrt Trümmer wegzuräumen.

Einer richtete sich auf und hob die Hand, aber Tommi beschleunigte die Fahrt. Der Mann mußte zurückspringen, griff nach seiner Waffe und ließ sie wieder sinken.

Und dann sahen sie es.

Der Anblick war zu unglaublich, als daß sie ihn ohne weiteres aufnehmen und verarbeiten konnten. All das Licht auf der Zerstörung, die verwüstete Fassade, aus der, als habe eine gewaltige Faust zugeschlagen, der gesamte Mittelteil herausgebrochen war. Die Fahrzeuge davor, die Menschen, die Männer in Uniform, die hin und her rannten ... Tommi nahm die rechte Auffahrt und stoppte vor dem Garagengebäude. Er schaltete den Motor ab und drehte den Kopf: »Und jetzt?«

Ja – und jetzt? dachte Do erschöpft.

Er war schon draußen, hatte die Kamera in der Hand und rannte zum Schloß. Do fühlte sich zu schwach, um sich aus dem Sitz zu erheben. Doch war das Schwäche? Nein, nichts als Angst, eine Furcht, die jeden Impuls, jeden Nerv und jede Zelle in ihr zu lähmen drohte … Kati! O Kati …

Schließlich schob Do doch die Tür auf und stieg aus. In der kalten Luft lag der Geruch der Zerstörung, den sie so gut kannte, der Geruch nach Rauch, Brand, Staub.

Ihre Knie zitterten, als sie sich in Bewegung setzte. Sie ging auch nicht weit. Der Anblick, der sich ihr bot, ließ sie stehenbleiben: Dort, auf der Bank, die alte Frau … Sie war klein und wie gepudert vom Staub. Sie hatte die Hände auf einem kleinen verschrammten Koffer und hielt den Oberkörper darübergebeugt, als müsse sie ihn schützen.

Do setzte sich neben sie und legte ihr die Hand auf die Schulter. Die alte Frau schien unverletzt. Sie drehte ihr das Gesicht zu, ein uraltes, tränenverschmiertes Gesicht.

»Ich hab' alles«, sagte die alte Frau mit dem Versuch eines Lächelns. »Alles hab' ich noch, was wichtig ist. Meine Heiratspapiere … Und auch das Sparbuch … Ja, alles … Und Heinrichs Briefe … Alles, da drin …«

Do nickte.

»Es mußte ja so kommen«, sagte die alte Frau, »finden Sie nicht? Ich wußte schon immer, daß hier irgend so was passieren würde. Na ja, jetzt ist es auch mit Schönberg vorbei … Und wer sind Sie? Sie gehören nicht hierher …«

»Nein«, sagte Do. »Ich gehöre nicht hierher. Ich wollte meine Tochter holen.«

»Und die ist hier?«

»Ja. Kati Folkert. Kennen Sie sie?«

»Die kleine Kati? – Die war aber nur ein paar Tage in Schönberg.«

Do sah über die Trümmerlandschaft, die abgeknickten Bäume, die zerborstenen Mauern, das Chaos von Zerstörung, Menschen und Polizisten hinweg und benötigte alle Kraft, um die nächste Frage zu stellen: »Ich habe solche Angst. Bitte, sagen Sie mir, wo sie ist – bitte!«

Die alte Frau lächelte. »Sie müssen keine Angst haben ... Sie ist fort. Sie ist schon vorher weg, bevor es passierte. Gestern ...«

»Und wohin?«

»Ich weiß nicht ... Ich glaube, in die Schweiz. Mit dem Hubschrauber ...«

Es war beinahe zuviel.

Aber da sagte Paula Jakuschek noch etwas. »Sie müssen keine Angst haben. Robert ist bei ihr.«

»Wer ist Robert?«

»Robert Tennhaff. Und das ist ein guter, ein sehr guter Mensch ... Er wird sie schützen. Haben Sie keine Angst ...«

Wie die nächsten zwei Stunden vergingen, wußte Do nicht. Sie flossen vorüber, ohne irgendeine Gestalt anzunehmen. Sie wußte nur eines: Sie mußte diese Stunden vergessen, verdrängen, so wie sie so vieles vergessen und verdrängt hatte. Doch nie war es so schlimm gewesen.

Sie hatte den Frontera nah ans Schloß gefahren. Tommi schwirrte irgendwo auf dem Gelände herum und schoß seine Bilder. Do aber saß da, die Hände im Schoß, saß da und betete. Sie hatte versucht, Jan zu erreichen, es hatte über die Funktelefone auch geklappt. Er hatte die Nachrichten gehört, sich ein Taxi besorgt und war auf der Fahrt nach Schönberg.

Do rauchte eine Zigarette nach der anderen. Schließlich ertrug sie es nicht länger und stieg aus. Ein Verbandsplatz war errichtet worden, Rettungshubschrauber pendelten hin und her. Neben einem Polizeifahrzeug mit einer hohen Funkantenne entdeckte sie Heininger.

Er kam auf sie zu. »Gut, daß ich Sie sehe. Ich wollte Sie jetzt suchen. Gerade habe ich erfahren, daß nicht nur hier, sondern auch in der GW-Zentrale in Cannero der Teufel los ist. Aber Ihre Tochter ist in Sicherheit. Kati sitzt mit einem Mann namens Tennhaff in einer italienischen Präfektur. Ich glaube, Intra heißt der Ort ... Ja, Intra, am Lago Maggiore ...«

Sie wollte auf ihn zugehen, wollte ihm die Hände auf die Schultern legen. Sie konnte nicht. Sie brach zusammen ...

Das Haus, ein von den Stürmen mitgenommener Bau aus den dreißiger Jahren, lag auf einem Felsvorsprung. Von den Fenstern an der Frontseite sah man das Meer bis zum Horizont. Das Unglaublichste waren die Farben: alle Blau- und Türkis-Schattierungen bis hin zu tiefem Tintenblau.

Die Tage schienen sich einer im anderen aufzulösen ... Bei ihrer Flucht aus München hatte Do ihre Uhr vergessen, und so verlief die Zeit fast ohne Orientierung. War es nun Mittwoch, war es Montag? Einmal in der Woche fuhr sie in das kleine Postamt nach La Caleta hinüber, um die Faxe und das Material zu holen, das Tommi ihr zusandte. Das war Montag. Sonst aber ...

Jan hatte unbezahlten Urlaub genommen. Gleich nachdem alle Zeitungen und das Fernsehen sich mit ihren Meldungen über das »Sekten-Inferno Schönberg« überschlugen, nach der Nacht, in der sie zusammen im Hauptbahnhof von München eine offensichtlich unversehrte, wenn auch erschöpfte Kati an der Seite eines großen schweigsamen Mannes mit verklebter Nase abgeholt hatten, waren sie abgeflogen. Es hätte auch die Karibik sein können, aber es wurde

Teneriffa, weil dorthin der nächste Flug ging. Tennhaff wurde von der Polizei in München zurückbehalten. Er wurde für die Verhöre und die erste Beweisaufnahme dringend benötigt.

»Könnt ihr das begreifen?« sagte Kati, als sie im Flugzeug saßen. »Jetzt kenne ich den Mann kaum länger als eine Woche, aber wie ich eine weitere Woche ohne ihn durchstehen soll, kann ich mir nicht mal vorstellen ...«

Die ersten fünf Tage wohnten sie in einem dieser Betonwabenmonster von Hotel, umgeben von aufgetakelten Touristinnen und bayerischen, hessischen und rheinischen Kampf-Trinkern. Was schlimm war, war auch heilsam: Der Rummel ließ sie vergessen. An den Schlagzeilen, die ihnen vom Hotelkiosk entgegenleuchteten, gingen sie vorüber. Der Ausblick auf den Hafen von Santa Cruz mit seinen großen weißen Kreuzfahrtschiffen und den ungezählten Segelbooten und Yachten aber versetzte sie jeden Morgen in eine andere Welt.

So sehr hatte sich alles verändert und war doch im Grunde gleich geblieben. Die Selbstverständlichkeit, mit der es geschah, war das eigentliche Wunder.

Gleich am ersten Tag, nach der Landung in Los Rodeos, hatte Do ihre Tochter an die Hand genommen. Sie waren in die Stadt zum Einkaufen gefahren. Katis Anorak, die zerschlissenen Jeans hatten ausgedient. Weise hielt Do sich zurück – nur kein Fehler jetzt – und staunte, wie ihre Tochter es für geradezu unglaublich wenig Geld fertigbrachte, sich in eine ganz normale Touristin zu verwandeln.

Anschließend zogen sie einträchtig glücklich durch die engen Gassen. Auch hier gab es deutsche Zeitungen mit den bekannten Schlagzeilen. Aber auch Männer, die die Köpfe drehten ... Und es gab noch eine ganz wichtige Selbstverständlichkeit. Daß sie sich daran hielten, was Jan noch vor dem Abflug gesagt hatte: »Es gibt eine Menge zu bereden, klar. Aber ich würde meinen, wir sollten erst mal wieder Menschen werden, ganz normale Menschen, die sich ihren Urlaub hart verdient haben ... Über alles andere reden wir erst dann, wenn jeder fühlt, daß die Zeit gekommen ist.«

Am fünften Tag fand Jan das Haus auf dem Felsen. Es gehörte einem englischen Maler, hatte einen verwilderten, kläglichen Garten, war sehr bescheiden und ziemlich unpraktisch – und sie verliebten sich von Anfang an darin. Manchmal besuchten sie die kleine Gruppe von Fischerhäusern in der Bucht, oder sie liefen stundenlang am Strand entlang, oft frierend in einem diesigen Nieselregen. Jan hatte sich mit den Fischern angefreundet, fuhr in der letzten Zeit mit ihnen aufs Meer hinaus, und oft genug saßen sie dann an irgendeinem Tisch unter einem Palmwedeldach vor riesigen Bergen von Calamares und Fischen.

Daß es nun Donnerstag war, das wußte Do. Als sie am Morgen die Terrasse betrat, raschelten die Palmenblätter wie Metallfolien. Beim Anblick der von der Sonne ausgebleichten Holzbretter fielen ihr wieder die Haare ein: Sie mußte zum Friseur, unbedingt – obwohl Jan diese häßlichen grau-rötlichen Streifen als »einfach hinreißend interessant« erklärt hatte. Vielleicht schaffte sie es heute am Flughafen, wenn sie Robert Tennhaff abholten. Viel Hoffnung hatte Do allerdings nicht ... Kati ließ sich nicht blicken. Vielleicht war sie schon im Bad, um sich für den großen Augenblick schön zu machen.

Aber der Schreibtisch wartete, mit all seinen Büchern, dem ganzen Kram, vor allem mit Berichten und dem Buchmanuskript *Die Sekte des Todes,* das Do zu schreiben begonnen hatte.

Voll schlechten Gewissens nahm sie Tommis letzten Bericht in die Hand. Die Hexenjagd hatte also begonnen. »Heute« war in heftige Turbulenzen gekommen, nachdem Schmidt-

Weimars Verbindungen zur GW von der Konkurrenz in allen Details geschildert wurden. Und nicht nur Schmidt-Weimars Verbindungen. Die Liste der Namen umfaßte alle Gebiete von Wirtschaft, Politik und Gesellschaft bis in die sogenannten »feinsten Kreise«. Daß dort ein Arjun oder Legrand vergöttert wurde, war kaum anzunehmen; an was man glaubte, das waren die Zahlen auf den Schecks. Nun, diese Leute würden es aussitzen, wie immer ... Schönberg aber mußte von Polizisten abgeriegelt werden. Ganze Busladungen von Neugierigen wurden an die Ruinen gekarrt, und an der Mauer saßen die zurückgebliebenen GW-Anhänger vor den Bildern von Arjun, Legrand und Marc Berg, zündeten Kerzen an und meditierten.

Als Do sich das alles vorzustellen versuchte, legten sich zwei Hände um ihre Augen und die Stirn. Beide rochen nach Fisch. Do schüttelte sie ab. Das erste, was sie sah, war nicht Jans Grinsen, sondern zwei dicke Seebarsche auf Zeitungspapier.

»Siehst du, frisch aus dem Meer! Bis du dich zur Arbeit entschlossen hast, bin ich schon fertig.« Er strahlte sie an, zog einen Stuhl heran und ließ sich darauf fallen. »Stör' ich dich sehr?«

Sie schüttelte kläglich den Kopf. »Ich hab' das hier noch nicht mal durchgelesen.«

»Aber ich.«

»Du? – Du hast was?«

»Gelesen. Alles. Gestern nacht. Ich konnte irgendwie nicht einschlafen. Da bin ich noch mal raus.«

»Raus auf die Terrasse?«

Er nickte und sagte: »Rocca, Legrand, Arjun ...« Er wiederholte die Namen fast feierlich. »Wieso nennst du dein Buch nicht ›Das Dreigestirn des Todes‹?«

»Weil das ziemlich kitschig klänge.«

»Finde ich nicht. Daß nicht Hunderte daran glauben mußten, war ja wohl das einzige Wunder. Aber immerhin: Hilper. Und in Schönberg Marc Berg, die beiden Killer, die von der Polizei erledigt wurden, und drei harmlose GW-Leute, die unter den Trümmern umkamen. Dazu jede Menge Verletzte. Und dann in diesem sonderbaren Berg in Italien nochmals drei. Darunter sogar Legrand und Rocca, ein wildgewordener Militarist, Vietnam-Veteran, der in seiner Polizeikarriere dann auch noch die Pensionskasse beklaute. Die typische Söldnerseele. So was läuft auch heute noch zu Hunderten herum ... Und Legrand? Ein Geschäftsmann, der sich in seinem psychopathischen Größenwahn für Gott hielt. Auch das mag's geben ... Aber Arjun – Arjun beschäftigt mich.«

Er stand auf, ging zu dem Wasserhahn am Ende der Terrasse und wusch sich die Hände. Er kam nicht gleich zurück. Er steckte die nassen Hände in die Taschen und blickte übers Meer.

»Und was ist mit Arjun?« sagte Do.

»Ja, Arjun ... Weißt du, daß vieles, was er schrieb, auch für mich bestechend klingt. Die Liebe als kosmische Energie, als Antrieb der Evolution im ewigen Kampf zwischen Gut und Böse. Gut, das klingt nach Buddhismus. Auch beim Christentum und Islam hat Arjun seine Anleihen gemacht. Kein Wunder also, daß sich der Erfolg einstellte. Vor allem bei Legrand, den Arjun damals in seinem Berg-Camp in Utah indoktrinierte. Aber trotzdem ... Diese Macht über Menschen! Und was ist mit all den Dingen, die Arjun angeblich voraussah oder erkannt hat? Fragen über Fragen. Und es gibt noch eine letzte, die größte ...«

»Welche?«

»Hier. Das Fax. Von Tommi geschrieben ... Aber soweit warst du wohl noch nicht. Sie haben Arjun tot aufgefunden. In einem Wald. Erschossen ... Ob es nun Anhänger waren oder Selbstmord – man weiß es nicht.«

Sie schwiegen lange. Do räumte die Papiere vom Tisch in einen Strohkorb.

»Laß uns ein bißchen gehen.«

Sie gingen zwei Stunden, immer am Strand entlang, dann hoch in die Felsen zu den Pinien und wieder zurück. Irgendwann sagte Jan: »Aber auch Arjun, der immer nur Sanftmut und Liebe predigte, kam ohne Tod nicht aus. Im Jahr 2006 sollten ja schließlich alle krepieren. Mit Ausnahme der Herrschaften von der GW natürlich.«

»Es ist die alte Opferidee, Jan: Ohne Tod kein Gott. Auch in unseren Kirchen. Man muß opfern. Abraham, Hiob, sie sollten die Söhne hergeben. Gott selbst gab Jesus, den eigenen Sohn. Tod und Erlösung ...«

Er gab keine Antwort. Sie blickten lange über all diese weißen, sich ewig erneuernden Streifen von Gischt, die das Meer aus seiner Tiefe an die Küste sandte. Und dann gingen sie zurück ...

Kati erwartete sie bereits auf der Terrasse, den Oberkörper über die Brüstung gelehnt, und schrie: »Endlich!« Es war nicht die Kati, die Do erwartet hatte. Sie hatte nicht einmal die Augenlider nachgezogen, nichts im Haar als ein grünes Band. Dazu trug sie Shorts, Männerhemd und Sandalen ... Aber es war eine Kati, die Do hübscher schien, als sie sie jemals gesehen hatte ...

»Mein Gott«, sagte Jan, »es sind noch zweieinhalb Stunden, bis er landet. Was sollen wir da jetzt schon auf dem Flugplatz?«

»Weiß ich auch nicht, Jan. Es klingt auch total logisch, was du sagst, aber ich bin nun mal bescheuert. Komm, laß uns fahren!«

Und so fuhren sie und erlebten schließlich nach endlosem Warten, wie ihre Tochter auf diesen langen schlaksigen, etwas linkischen Mann losstürmte, der da von der Gepäckausgabe kam, ihm am Hals hing, auf seine Schultern hämmerte, während er sich vor diesem Anprall am Gepäckkarren festhalten mußte.

Do sah Jan an. »Na? Wird das was?«

»Weiß ich doch nicht.« Er strich ihr über das Haar. »Hauptsache, aus uns wird was ...« Aber dann sah er wieder zu seiner Tochter hinüber, und sein Lächeln wurde nachdenklich, beinahe feierlich ...

Vier junge Leute planen, die großen historischen Entdeckerfahrten auf einer kleinen Segelyacht ohne technische Hilfsmittel nachzuvollziehen – eine moderne Odyssee auf den Spuren James Cooks, Magellans und Vasco da Gamas. Die Crew: zwei Männer und zwei Frauen, allesamt Fachleute auf ihrem Gebiet.

Doch was als Abenteuer anfängt, wird für die vier schon bald zur schwersten Prüfung ihres Lebens, denn es beginnt ein Drama, das sie in extreme Grenzsituationen und die Dunkelheit der menschlichen Seele führt ...

ISBN 3-404-14718-9

BASTEI LÜBBE

Als der Hypnosearzt Stefan Bergmann nachts zu einem Notfall gerufen wird, ahnt er nicht, daß die bevorstehende Begegnung sein Leben verändern soll. Am Unfallort trifft er den verletzten Investment-Banker Thomas C. Lindner, der in Monte Carlo zu Hause ist. Zum Dank für die Hilfe lädt Lindner den Arzt nach Südfrankreich ein, wo Bergmann dessen Frau kennenlernt. Maria fasziniert den Mediziner vom ersten Augenblick an, und er spürt, daß ihre Ehe nur ein Geschäft ist. Lindner selbst hat bloß eine Leidenschaft: Macht. Als der Manager den Arzt zur Mitarbeit an seinem neuesten Projekt – einer Hypnoseklinik für Manager und Industrielle – auffordert, läßt Bergmann sich darauf ein, zumal auch Maria ihn darum bittet. Zu spät erkennt er, daß er in ein Räderwerk von Korruption und Intrigen geraten ist ...

ISBN-3-404-14549-6

BASTEI
LÜBBE

Der erste Roman der englischen Bestsellerautorin in Deutschland

Die Schwestern Dulcie und May sind 8 und 5 Jahre alt, als bei einem Streit ihrer Eltern die Mutter auf tragische Weise stirbt. Obwohl ihr Vater unschuldig ist und seine Töchter über alles liebt, kommen die Mädchen in ein Waisenhaus. Eine Zeit voller Entbehrungen und Einsamkeit beginnt. Als Dulcie und May Jahre später die Gelegenheit erhalten, nach Australien auszuwandern, ergreifen die Mädchen trotz ihrer Jugend die vermeintliche Chance. Doch bald zeigt sich, dass das Leben auf dem „neuen Kontinent“ nicht nur aufregend und abenteuerlich, sondern auch entbehrungsreich und gefährlich ist ...

ISBN 3-404-14839-8

BASTEI LÜBBE

Ein faszinierender Südafrika-Roman der »heimlichen Bestsellerautorin«

In Südafrika lernt die erfolgreiche Geschäftsfrau Nina Ogilvie den ebenso charmanten wie geheimnisvollen Wolf Möller kennen. Die beiden heiraten, und ein Jahr später wird ihr Sohn Nicholas geboren. Doch obwohl Nina ihren Mann über alles liebt, bleibt er ihr seltsam fremd. Und dann merkt sie, dass Wolf tatsächlich Geheimnisse vor ihr hat. Als er von einem Ausflug mit Nicholas nicht zurückkehrt, nimmt die verzweifelte Nina die Verfolgung auf. Eine dramatische Jagd um den halben Erdball beginnt ...

ISBN 3-404-14790-1

BASTEI
LÜBBE